JEAN DORNIS

13196

Essai sur Leconte de Lisle

PARIS

SOCIÉTÉ D'ÉDITIONS LITTÉRAIRES ET ARTISTIQUES

Librairie Paul Ollendorff

50, CHAUSSÉE D'ANTIN, 50

À Hélène Vacaresco
à la poétesse exquise
et forte
en vive amitié

ESSAI

Leconte de Lisle

Elen Meer — Dorris

Juin 1909

DU MÊME AUTEUR

ROMANS

La Voie Douloureuse, roman.
Les Frères d'Élection, nouvelles.
La Force de Vivre, roman.
Le Voile du Temple, roman.

CRITIQUE

Leconte de Lisle intime, brochure.
La Poésie italienne contemporaine. (Ouvrage couronné par l'Académie française.)
Le Théâtre italien contemporain.
Le Roman italien contemporain.
Essai sur Leconte de Lisle.

En préparation :

Le Jour Nouveau, roman.
Études sur la Poésie française contemporaine.

Leconté de lisle

JEAN DORNIS

ESSAI

SUR

Leconte de Lisle

Deuxième Édition

PARIS

SOCIÉTÉ D'ÉDITIONS LITTÉRAIRES ET ARTISTIQUES
Librairie Paul Ollendorff
50, CHAUSSÉE D'ANTIN, 50

1909

IL A ÉTÉ TIRÉ À PART :

6 exemplaires sur papier du Japon
12 exemplaires sur papier de Hollande
6 exemplaires sur papier de Chine
numérotés à la presse.

AUX JEUNES POÈTES
DE FRANCE

ESSAI

SUR

LECONTE DE LISLE

PREMIÈRE PARTIE

—

CHAPITRE Ier

—

Les Origines

Aucun écrivain contemporain n'a pratiqué, plus exactement que Leconte de Lisle, ce conseil du sage : « Ami, cache ta vie et répands ton esprit. » De sorte, que le jour tardif où sa gloire se révéla en pleine lumière, — comme un soleil qui, tout d'un coup, triomphe des nuages au moment où il va descendre derrière l'horizon — ses admirateurs les plus passionnés ne savaient presque rien de lui, sinon qu'il avait écrit des vers où la forme avait enveloppé la pensée d'une splendeur de beauté qu'on ne dépassera point.

Mais la piété des lecteurs anonymes est exigeante. Derrière l'homme inspiré, elle tient à connaître l'homme lui-même. Elle cherche à isoler ce qu'il y a en lui de don inné, de divin, puis à faire la part de ce qu'il a emprunté à son temps, et de ce qu'il lui a rendu. Cette curiosité n'est point vaine. De la monographie de chaque individualité d'élite, elle fait une précieuse contribution à l'histoire d'une génération, à l'histoire de l'homme dans l'humanité.

La retraite, la demi obscurité dans laquelle Leconte de Lisle à vécu jusqu'à sa dernière heure, les légendes qu'il a traînées derrière soi, devaient inciter l'amitié à le prier de fixer quelques-uns des traits de sa physionomie poétique et morale, de découvrir, comme dans une espèce de testament philosophique, l'opinion qu'il se formait, personnellement, sur la discipline première de son esprit.

Un an avant sa mort, il consentit à prendre la plume pour écrire des notes qui serviraient un jour à l'établissement de sa biographie poétique, qui définiraient les influences, fixeraient les faits, auxquels lui-même attachait de l'importance. Ces renseignements qui, dans la forme où ils furent donnés, n'étaient pas destinés à la publicité, étaient accompagnés de cette lettre :

Paris, 3 novembre 1893.

« ... En me demandant avec tant de bonté des notes personnelles pour l'Etude littéraire que vous voulez bien entreprendre, vous m'embarrassez beaucoup, je l'avoue... Il est toujours délicat de parler de soi avec toute la modestie désirable, et bien que je ne sois pas de ceux qui s'illusionnent volontiers sur eux-mêmes, j'éprouve une certaine appréhension dès qu'il s'agit de me mettre en scène. Cependant le peu que je puisse vous dire étant presque impersonnel, je m'empresse de tenir la promesse que je vous ai faite. Ceci pourrait s'intituler : *Comment la Poésie s'é-*

veille dans l'esprit et le cœur d'un enfant de quinze ans.

« C'est tout d'abord grâce au hasard heureux d'être né dans un pays merveilleusement beau et à moitié sauvage, riche de végétations étranges, sous un ciel éblouissant, et surtout grâce à cet éternel premier amour, fait de désirs vagues et de timidités délicieuses. Cette sensibilité naissante d'un cœur et d'un corps vierges, attendrie par le sentiment inné de la nature, a suffi pour créer le poète que je suis devenu, si peu qu'il soit.

« La solitude d'une jeunesse privée de sympathies intellectuelles, l'immensité et la plainte incessante de la mer, le calme splendide de nos nuits, les rêves d'un cœur gonflé de tendresse, forcément silencieuses, ont fait croire longtemps que j'étais indifférent, et même étranger aux émotions que tous ont plus ou moins ressenties, quand, au contraire, j'étouffais du besoin de me répandre en larmes passionnées. J'en ai versé plus tard, en sachant par moi-même que les femmes nous plaignent volontiers des peines que d'autres femmes nous font endurer et jouissent de celles qu'elles mêmes nous infligent...

« Que vous dirai-je de plus à propos de moi ? Développez ces quelques lignes, usez de mes notes et vous écrirez une page psychologique que je serai reconnaissant et fier d'avoir suscitée.... »

Leconte de Lisle.

Le présent livre désire répondre au vœu que le poète lui-même exprima. Pour le composer, on n'avait pas à rechercher une autre méthode que celle qui est indiquée par cette lettre, et qui se résume en quelques mots : on ne peut concevoir l'étude du caractère d'un homme — particulièrement d'un poète — en dehors des influences qui ont contribué à le former. De même faut-il que l'on recherche, avec précision, quelle influence cet artiste — maître, un jour, de sa poétique et de sa pensée propres — a exercé sur la poétique et sur la pensée de son temps.

On sait que Leconte de Lisle attribuait au « milieu » une grande importance : c'est là un des axiomes de sa poétique. Il n'était pas moins préoccupé des hérédités. Parmi les notes qu'il a rédigées de sa main, pour servir à l'histoire de sa pensée, on trouve sous le titre de : *Généalogie* des lignes qu'il convient certainement de reproduire ici, dans la forme abrégée que le poète a voulu leur donner :

« Le marquis François de Lanux, d'origine languedocienne, ayant pris part à une conspiration contre le Régent, se réfugie en Hollande, puis se rend à l'île Bourbon en 1720. Il s'y marie. Il a deux fils et une fille. Celle-ci, Geneviève de Lanux, épouse Paul de Parny. Elle a un fils Evariste de Parny. Auguste de Riscourt de Lanux qui fut le père de ma mère était cousin germain de cet Evariste Parny. Le poète Parny est donc ainsi mon grand oncle maternel : l'oncle et le neveu ne se ressemblent guère.

« Pour mon père, il est d'origine normande et bretonne. Notre nom est ainsi orthographié dans les anciens papiers de famille : le Conte de Lisle, branche aînée ; le Conte de Préval, branche cadette. Les Préval n'ont gardé que le nom patronymique : Le Conte. Le premier, j'ai réuni Le et Conte, pour éviter le semblant de titre [1]. »

On ne saurait accorder trop d'attention à ces renseignements généalogiques : ils éclairent l'impression physique

---

[1]. Le père du poète est en 1813 — à 23 ans — chirurgien au corps de Bavière. Il quitte son poste à la chute de l'Empire. En 1816, il part pour Bourbon. Il y exerce la chirurgie et y fait de la grande culture. Il épouse, en 1817, Mlle Elysée de Riscourt de Lanux dont le 23 octobre 1818, il a un fils : Charles-René-Marie Leconte de Lisle. Pour de plus amples informations sur la famille du poète — dont les origines connues remontent au xvie siècle — consulter l'étude de Bellier-Dumaine (*L'Hermine*, mai 1899) et les papiers de famille des Leconte de Lisle déposés, par Mme Le Branchu cousine à la mode de Bretagne du poète, aux Archives départementales d'Ille-et-Vilaine (série E).

que Leconte de Lisle causait à première vue, aussi bien que les fonds psychologiques de son caractère et de son talent.

Et tout d'abord, il convient de s'expliquer ici sur le sens précis de ce mot de « créole », dont on se sert trop souvent en Europe, particulièrement en France, sans lui donner sa signification exacte. Le créole est un européen, né, accidentellement, aux colonies, de parents européens, dont le sang est pur de métissage, noir ou indigène. Tel est exactement le cas de Charles Leconte de Lisle. Nous venons de le voir : sa mère, Mademoiselle de Lanux, descend de parents languedociens, son père est d'origine normande et bretonne.

Le lien, entre la France et les Leconte de Lisle, fraîchement expatriés, est demeuré si étroit, qu'à trois ans le petit Charles est ramené en Bretagne. Sept années, essentielles pour la formation de son esprit se passent donc pour lui, dans le pays même dont les siens sont originaires.

A dix ans, il retourne à Bourbon, où il reste jusqu'à vingt ans, entre son père, nourri de Rousseau, des Encyclopédistes, et qui préconise la méthode anarchiste des philosophes préconventionnels — et sa mère, conservatrice et pieuse. Pour la seconde fois il traverse l'Océan, revient en Bretagne, s'installe à Dinan, puis à Rennes, afin d'y achever ses études. A vingt-cinq ans, il reprend la mer, rentre dans son île créole; il y passe deux années. A vingt-sept ans, il s'embarque pour la France, cette fois définitivement. Il s'installe à Paris, qu'il ne connaissait pas, et qu'il ne quittera plus.

L'influence créole s'est donc fait sentir en lui deux fois : d'abord à travers sa mère, née à Bourbon, ensuite par lui-même, surtout pendant ce séjour de la dixième à la vingtième année, au cours duquel toutes les facultés supérieures du poète s'éveillaient dans le contact avec une nature tropicale.

Or, ce sont là des influences auxquelles personne n'é-
chappe. Aux États-Unis, on constate encore aujourd'hui que
les enfants, nés dans les États méridionaux, par exemple à
la Nouvelle-Orléans, de parents venus de France ou d'ailleurs, évoluent, dès le lendemain de leur naissance, en con-
formité avec ce que l'on pourrait nommer le type local.
Cela va de la tonalité du teint, qui se fait plus mat, jusqu'au dessin du pied qui presque toujours s'améliore.
Cela se caractérise par une délicatesse plus grande dans
les attaches, des progrès dans la souplesse, un ensemble de
retouches au type atavique qui concourent au développement de la grâce.

Cette souplesse, cette élégance, dissimulées sous la force,
persistèrent chez Leconte de Lisle jusque dans la vieillesse.
Vers soixante-cinq ans, après une longue privation d'exercices physiques, et les chances d'engourdissement d'une vie
sédentaire, il était encore si jeune d'allures, si vigoureux et
si musclé, qu'il put se remettre à monter à cheval avec l'aisance d'un bon cavalier pour accompagner, dans ses promenades, une jeune femme dont la beauté le charmait, et même,
accomplir sous ses yeux des prouesses de nageur.

La veille de sa mort sa stature était toujours aussi droite,
sa poitrine aussi ouverte, sa tête aussi fièrement posée sur
ses épaules, qu'au temps de sa jeunesse.

Mais cette part faite aux dons heureux que le poète devait
à son île nourrice, il n'y avait rien de créole en Leconte de
Lisle, pas plus dans son âme que dans le dessein de son visage. En dehors de photographies, peu nombreuses, — car
Leconte de Lisle répugnait à venir s'assoir devant un objec-
tif — il existe de lui deux portraits de son ami Jobbé Duval, un à l'huile, qui le peint vers sa trentième année, l'autre à la sanguine, qui le montre dix ans plus tard. Puis de
belles images de La Gandara et de Blanche, enfin un portrait de Benjamin Constant qui fut achevé lorsque le poète
venait d'atteindre sa soixante-dixième année : à cette mi-

nute, Leconte de Lisle a revêtu le masque définitif avec lequel il entre dans l'immortalité.

Les écrivains, qui l'ont approché, caractérisent, en ces termes, cette noblesse de port et d'expression dont ils sont frappés : « ... Jamais, écrit Armand Sylvestre, visage humain ne témoigna aussi hautement des sublimités constantes de la pensée et du mépris de tout le reste. Son front a la majesté d'un temple ; le regard d'un aigle habite ses yeux. Il semble que l'ironie elle-même ait pétri sa bouche. Les traits, d'une admirable pureté, défient l'abâtardissement des races : il est bien de celle des dieux qu'il a chantés. Les cheveux très fins font, à sa tête, comme une couronne trop étroite qui se serait brisée, ouverte au front sous quelque puissante idée... »

Verlaine parle de ses traits : « hardis et réguliers » ; de : « son grand front obstiné » ; de son nez : « droit et volontaire » ; de ses lèvres : « assez fortes, dessinées d'une ligne infiniment nette et pure » ; de son regard : « clair, troublant dès qu'il insiste ». Maurice Barrès note : « sa scructure athlétique » ; ses « mouvements calmes, fiers, grandioses » ; sa figure : « faite de plans accusés et d'espaces uniformes ».

La critique anecdotique décrit sa cigarette légendaire, ses cheveux « qui semblent plantés sur du marbre », sa face soigneusement rasée ; son monocle toujours miroitant devant son œil droit, qui fait de lui, « un démon homme du monde ».

Le fait est que, dépouillé de ce qu'il a d'essentiellement personnel dans l'expression, de ce qu'il doit au reflet du génie et à la concentration perpétuelle de la pensée, le visage de Leconte de Lisle rappelle les traits d'un Mac Kinley, de ces Américains de grande lignée, qui ont dû, à leurs origines celtiques, c'est-à-dire bretonnes, ces larges plans du visage, cette construction particulière, noble et nette du menton, cette expression claire du regard derrière laquelle on sent de la mysticité, à la minute même où le dessin de la bouche révèle l'ironie.

Ce n'est en effet ni l'hérédité languedocienne, ni l'influence créole, qui dominent dans Leconte de Lisle : c'est l'hérédité normande, et, surtout, l'hérédité celtique. Il a emprunté, à ses aïeux normands, la régularité des traits — pour tout le reste, et avant tout, il est un enfant de Bretagne. Il l'est au moral comme au physique.

Tout ce que son compatriote Ernest Renan a dit des instincts du peuple celte, de son total désintéressement pour ce qui n'est pas l'idée pure ; de sa douceur foncière ; de sa façon si particulière et si chaste de comprendre l'amour ; de sa curiosité angoissée et inextinguible du divin, de son goût de l'absolu — tout, jusqu'à ces dons littéraires d'une couleur unique, qui aboutirent autrefois à la création des romans de la Table Ronde et firent, du Cycle de littérature bretonne, le modèle des diverses littératures européennes — tout cela éclate dans l'œuvre de Leconte de Lisle. A côté du Breton qui « croit », il est le Breton qui « nie » ; le « Bleu » de Bretagne à côté du « Chouan ». Les passions sont les mêmes, les vertus et les défauts sont pareils, l'idéal est un.

Ce n'est même pas Bourbon, mais bien le pays celtique qui a fait de Leconte de Lisle un indolent.

Pour le Celte, rêver c'est agir. S'il a tant aimé la nature vierge, la philosophie hindoue ; surtout s'il a dégagé de la mythologie grecque son caractère d'impassibilité ; s'il a fini par se figer lui-même dans une sorte de sérénité qu'il voulait considérer comme la fleur de la philosophie, — c'est que, dans ses méditations, dans ses études, il découvrait la possibilité de donner la figure d'une méthode et la valeur d'un idéal à son penchant le plus secret, le plus atavique. S'il déconcerte, par de subits et courts sursauts d'action, ceux qui ont découvert cet instinct d'indolence dans ses moelles, c'est qu'il cède à son tempérament de celte, qui, de temps en temps, sort de ses songes, pour faire une

« chouannerie », quand il estime que l'on attente aux idées, dont il se nourrit autant que de pain noir.

C'est encore dans le souvenir de ces hérédités atlantiques, que Leconte de Lisle a précisé l'amour de ces vierges du Nord que l'on voit se dégager de son œuvre avec leurs « yeux clairs », leurs « cheveux de lin », leurs « lèvres de cerises », et qui finissent par lui masquer tout à fait, de leur pureté, voire de leurs « flirts » intellectuels et un peu pervers, les visions de beauté brune et de sincère ardeur créole, dont le contact avait embrasé son adolescence.

D'autre part, ceux qui ont décrit, avec le plus d'exactitude, la mentalité celtique, ont insisté sur l'ironie qui alterne, chez l'Irlandais comme chez le Breton, avec les foucades d'enthousiasme. C'est comme une chute de l'âme sur elle même après la brusquerie d'un effort démesuré. C'est le réveil de pareils élans, toujours suivis d'écrasements. A ces minutes-là le Celte ne se fâche plus, il rit de soi-même et des autres. Il plaisante comme un Oriental. Renan a été l'homme de cette ironie particulière. Leconte de Lisle l'a connue autant que lui. Elle a été la source de ces mots parfois cruels, de ces traits fulgurants, l'origine de ces plaisanteries énormes, où il se délectait avec une naïveté enfantine, et qui font penser aux bons mots dont « Patt », c'est-à-dire Patrick, c'est-à-dire le Celte, est le héros dans les chroniques anglo-saxonnes, et qui vont de la raillerie la plus fine à des bouffonneries de clown shakespearien.

Ernest Renan a dit en propres termes comment la passion que les Celtes, irlandais ou bretons, ont pour les boissons qui grisent, n'a pas son origine dans un désir brutal. Ce qu'ils recherchent, parmi les fumées du rêve, c'est l'oubli de l'existence telle qu'elle est.

Créole, cette fois, par la sobriété qui lui fait boire de l'eau et se nourrir au besoin d'une poignée de riz, Leconte de Lisle, ici encore, apparaît semblable à ces hommes particuliers : il s'enivre, lui, de poésie.

Dès qu'il a touché à cette ambroisie, un monde idéal s'ouvre devant ses yeux extasiés. La Beauté, la Vérité, la Justice, traversent ses songes avec des visages divins : dans de telles contemplations, il a oublié les misères de la vie, le monde, et lui-même.

CHAPITRE II

—

L'Éveil du Poète

On connaît « l'hypothèse de la statue » que Condillac mit à la mode au cours du xviiie siècle. Le philosophe imagine une « figure » de marbre dans laquelle il ouvre successivement toutes les portes des sens. Il débute par l'odorat. Il veut que sur les lèvres closes de la déesse marmoréenne on place une rose : « Ainsi, dit-il, son âme sera d'abord odeur de rose. Sa conscience d'elle-même sera le parfum, uniquement le parfum qu'on lui aura fait respirer. »

De cette sensation première à laquelle les autres sensations s'ajoutent, Condillac fait partir l'éducation du « moi ».

Certes, une telle hypothèse ne suffit plus à nous satisfaire sur le terrain philosophique, mais elle demeure une explication lumineuse et symbolique, de la formation d'une âme de poète.

Tel était le sentiment de Leconte de Lisle lui-même, il s'est expliqué sur ce sujet avec netteté : « Le premier soin de celui qui écrit en vers ou en prose, dit-il, doit être de mettre en relief le côté pittoresque des choses extérieures. »

Doué d'une façon supérieure pour entrer, par la voie des sens, en communication avec l'univers, Leconte de Lisle a fait, à l'émotion qui lui vient du parfum des choses, une place importante dans sa poésie. C'est ainsi que, pour lui, le souffle d'un beau soir d'été est « chargé d'odeurs suaves »; il lui apporte « l'âme errante des fleurs ». Une ville orientale l'enveloppe de ses « odeurs d'épices »; il est caressé, à la fois par l'air tiède, et par le parfum des jasmins, qui embaument, dans la vérandah où il s'assoupit.

Il n'a pas besoin de la présence de l'homme, dans le paysage, pour faire flotter des parfums dans l'air. Il suffit qu'un fauve traverse une clairière de la forêt vierge pour éveiller, sous ses griffes, le chœur des odeurs, dans la lumière :

« ... Et des monts et des bois, des fleurs, des hautes mousses,
Dans l'air tiède et subtil, brusquement dilaté,
S'épanouit un flot d'odeurs fortes et douces,
        Plein de fièvre et de volupté [1]. »

Ces odeurs « fortes et douces » le poète les perçoit à la fois et simultanément. Dans la grande symphonie des odeurs, il distingue la note la plus isolée, la plus discrète, comme par exemple, l'odeur d'une coupe de bois « récemment ciselé » par un pasteur grec.

A côté de la joie que lui apportent les parfums, la vision de la couleur, enchante le jeune créole autant que la perception des bruits de la nature; pour lui, les choses, n'existent et ne valent que par le cerveau qui les conçoit et par les yeux qui les contemplent.

Il aime le livre des *Contemplations* de Victor Hugo « parce qu'on y entend les voix sans nombre de la nature, mêlées aux douleurs et aux joies humaines ». Il félicite Baudelaire de ce que ses poésies laissent dans les yeux « de splen-

---

1. « La Panthère noire ». *Poèmes Barbares.*

dides couleurs ». Enfin il pardonne à Barbier les libertés qu'il prend avec la forme, parce que ce poète voit les choses « par les masses aussi bien que par les détails, et qu'il les voit bien », ce qui est « un rare mérite ».

Lorsqu'il aura à déposer, sur le cercueil de Théophile Gautier, l'hommage qu'un poète apporte à un poète, Leconte de Lisle parlera « de ses yeux qui erraient, altérés de lumière » :

> « ... De la couleur divine, au contour immortel,
> Et de la chair vivante à la splendeur du ciel... [1] »

Enfin, quand il s'assoiera devant le pupitre du critique, pour dire sous quel angle il admire particulièrement le génie d'Hugo, il écrira :

« Son œil, saisit le détail infini et l'ensemble des formes, des couleurs, des jeux d'ombre et de lumière : les perceptions diverses qui affluent incessamment en lui s'avivent et jaillissent en images vivantes, toujours précises, toujours justes dans leur accumulation formidable, ou dans leur charme irrésistible... »

Et encore : « Victor Hugo a su « voir » ce qui est plus rare qu'on ne pense : ce grand poète saisit, d'un œil infaillible, le détail infini, et l'ensemble des formes. »

En parlant ainsi, Leconte de Lisle ne pense pas seulement à Hugo, mais à soi-même. La faculté qu'il a, d'entrer en contact avec la nature est, de ses dons de naissance, celui dont, jusqu'à son dernier jour, il sera le plus heureux et le plus fier. On a trouvé, précieusement conservée parmi ses papiers une lettre de Théodore de Banville :

« ... Vous disposez, lui écrivait le poète, non seulement de la couleur, mais de la lumière. Vos personnages se meuvent dans une atmosphère que rêvait Delacroix... vous dis-

---

1. « A un Poète mort ». *Poèmes Tragiques*.

posez d'une fraîcheur de tons qui, avant vous, ne fut jamais atteinte. »

L'ivresse qu'éprouvait en effet, Leconte de Lisle à ouvrir « les portes de ses sens » aux émotions qui viennent du monde extérieur, était si vive, que le jour où il fut touché au cœur d'un amour malheureux, il ne trouva pas de marque plus éclatante à donner, de son désespoir, que de blasphémer cette passion native qu'il s'était toujours connue pour la beauté extérieure du monde, il s'écria :

« ... Voir, entendre, sentir ? Vent, fumée et poussière ! [1] »

Autant que les parfums, autant que les couleurs, les bruits de la nature, arrivent à l'âme de Leconte de Lisle. Aucun poète n'a été, plus que lui, dominé par la musique des choses qui, tour à tour l'emporte hors de lui-même ou l'oblige à rentrer en soi.

Avant sa vingtième année, il avait écrit ses premiers vers . « afin qu'ils fussent mis en musique ». C'était l'époque où il improvisait des « romances », qu'il copiait soigneusement dans un album, où des camarades ajoutaient des mélodies et des accords. Plus tard, quand on lui proposa de mettre de la musique sous sa célèbre pièce de *Midi* il s'indigna. C'est que, dès 1837, avec son poème : *Hypathie*, il avait eu la joie triomphante de trouver, et de pouvoir répandre dans sa poésie, cette harmonie pleine, que son âme d'artiste cherchait : « Je n'ai plus besoin désormais des musiciens, dit-il alors : la musique ne m'est plus extérieure, je l'ai mise dans ma poésie elle-même, les harmonies que mes vers enferment suffisent. »

C'est que, si le poète de Bourbon est un visuel, enivré par l'orgie des couleurs et la magie de la forme, il est, au même degré, un auditif vibrant, passionné pour cette chanson sans fin qui monte des éléments, des mers, des montagnes, des

---

1. « A un Poète mort », *Poèmes Tragiques*.

forêts, des bêtes, des hommes. Il écoute l'infiniment grand comme l'infiniment petit. Il caractérise chacune des notes de la symphonie d'un mot qui représente, à miracle, le timbre particulier de l'instrument. Chez lui, le bambou : « sonne »; le figuier : « murmure »; les « glapissements » du caïman alternent avec les « miaulements » du tigre; les « calaous » heurtent sourdement les mortiers, évocateurs du travail esclave. Les cymbales, les conques, les tambours — bruyantes expressions des naïfs plaisirs d'une foule noire — « vibrent, grondent ». Les beuglements « des bœufs bossus de Tamatave » évoquent la lamentation des bêtes, asservies par l'homme. Toutes les rumeurs, confuses et familières, qui montent de la terre et de l'eau, chantent, au commandement de sa rêverie, ainsi que les voix d'un orchestre. S'il a un choix à faire entre les sensations de la vue, de l'odorat, de l'ouïe, qui l'assaillent de toutes parts, il semble que ce soit encore dans cette musique naturelle des choses que Leconte de Lisle puise le plus de volupté :

« ... Au tintement de l'eau dans les porphyres roux
Les rosiers de l'Iran mêlent leurs frais murmures,
Et les ramiers rêveurs leurs roucoulements doux.
Tandis que l'oiseau grêle et le frelon jaloux,
Sifflant et bourdonnant mordent les figues mûres,
Les rosiers de l'Iran mêlent leurs frais murmures
Au tintement de l'eau dans les porphyres roux[1]. »

Ces bruits, qu'il lui arrivera de qualifier de « divins » animent pour lui le spectacle du monde. S'ils manquent, si tout est muet, la vision de la nuit, de la mort, brusquement l'assaillent.

Il y a des minutes où ces « voix pieuses du monde » lui emplissent l'âme de paix. Alors son oreille n'entend plus les murmures humains, la nature entière psalmodie pour lui comme un orgue :

[1]. « La Vérandah ». *Poèmes Barbares.*

« ... Sur le sable au loin, chante la mer divine.
Et des hautes forêts gémit la grande voix,
Et l'air sonore, aux cieux que la nuit illumine,
Porte le chant des mers et le soupir des bois... [1] »

Il y a des heures où il se laisse rouler tout au fond des
siècles morts pour écouter, haletant, avec l'esprit d'un homme
des premiers temps du monde, la descente terrible de la nuit
définitive sur les murailles d'une des cités antédiluviennes
élevées par les fils d'Enoch :

« ... L'abîme de la nuit laisse, de toutes parts,
Suinter la terreur vague et sourdre l'épouvante,
En un rauque soupir sur le ciel morne épars... [2] »

Et c'est là l'impression dernière que, las d'avoir tant vi-
bré au spectacle des choses, le poète gardera des heures où,
l'âme recueillie, il a écouté l'écho des bruits vivants. Il affirmera, qu'au bout du compte, le murmure de tout ce qui est,
finit en plainte :

« ... Tout gémit, l'astre pleure et le mont se lamente,
Un soupir douloureux s'exhale des forêts,
Le désert va, roulant sa plainte et ses regrets,
La nuit sinistre, en proie au mal qui la tourmente,
Rugit comme un lion sous l'étreinte des rêts. [3] »

Dans son enfance, à l'île natale, Charles Leconte de Lisle
avait ressenti, en face des alternatives de la lumière et de la
nuit, tous les frissons d'un primitif.

Le premier culte de l'homme, comme le mouvement de
tout ce qui est, ne se manifeste-t-il pas sous la forme d'un
élan vers la lumière ? C'est que, après les disparitions an-
goissantes de l'ombre, il semble que la clarté recrée les for-

---

1. « Nox ». *Poèmes Antiques.*
2. « Qaïn ». *Poèmes Barbares.*
3. *Ibid.*

mes avec les couleurs. Le premier amour du jeune créole devait se tourner tout naturellement, vers cette source glorieuse
de vie, avec autant de gratitude poétique et religieuse, que
l'âme du petit napolitain qui chante sa strophe de reconnaissance au soleil, sur le quai de Santa-Lucia.

C'est dans la contemplation constante et amoureuse de
l'Océan, vu du haut de sa montagne bourbonienne que le
jeune poète prit, pour l'aurore, une passion dont l'expression
revêt le caractère d'un hymne. Il n'imite personne lorsqu'il
parle des nues d'or pâle, des arômes légers qui sortent des
herbes et des fleurs, des éveils d'oiseaux par milliers, des
« âmes des choses »

« ... Qui font chanter la source et s'entr'ouvrir les roses. [1] »

Il a vraiment vu l'Aurore s'élancer, « en souriant » de la
mer au nuées :

« ... Dans un brouillard de perles empli de flèche d'or... [2] »

Mais, si ému que soit le jeune créole de ces grâces initia-
les du jour, le Soleil lui sera toujours plus cher que les roses
clartés qui l'annoncent. Et, comme si le poète et son Dieu favori, se renvoyaient le bienfait en échange de l'adoration,
c'est par la glorieuse description des splendeurs de *Midi* que
le poète de Bourbon entre dans la renommée :

« ... Midi, roi des étés épandu sur la plaine,
Tombe en nappes d'argent des hauteurs du ciel bleu.
Tout se tait. L'air flamboie et brûle sans haleine ;
La terre est assoupie en sa robe de feu. [3] »

Théophile Gautier a admirablement expliqué quel lien
unit Leconte de Lisle à son astre favori :

1. « L'Aurore ». *Poèmes Barbares.*
2. « Çunacepa ». *Poèmes Antiques.*
3. « Midi ». *Poèmes Antiques.*

« ... Midi, a-t-il écrit, l'heure de l'implacable clarté et du soleil vertical, l'heure qui ne laisse à l'ombre qu'une étroite ligne bleue au bord des bois, midi, convient à ce poète ferme et précis, ennemi des contours vaporeux et fuyants : il sait en rendre mieux que personne l'accablement lumineux et la sereine tristesse [1]. »

Leconte de Lisle ne serait pas un créole s'il ne savait gré, à la splendeur de midi d'avoir apporté comme un don merveilleux, caché dans les plis de sa toge éblouissante, la douceur des siestes. Il n'oubliera jamais, dans nos pays d'activité et de brumes, les heures de délicieuse torpeur où il a dormi :

« ... Sous les treillis d'argent de la vérandah close
Où la splendeur du jour darde une flèche rose... [2] »

Lorsque le pessimisme, définitivement triomphant dans l'âme du poète, lui aura imposé le devoir de ne plus admirer ni louer que les forces destructrices, ne voulant pas renoncer à sa tendresse première pour l'astre, qu'il a adoré comme créateur de toute vie, il le louera comme le maître de toute destruction. Il le montrera, au désert, où il fait flamber la terre muette, « affaissée en son lit », là où toute vie, tout bruit, se tarissent, où il circule, immense, dans l'air que nul oiseau ne fouette de son aile, où il finit de brûler l'espace, où il est :

« ... L'orbe en flamme où tout rentre et se noie,
Les formes, les couleurs, les parfums et la joie
Des choses... [3] »

Désormais, il ne sera plus question pour Leconte de Lisle

1. Théophile Gautier : *Etude sur Leconte de Lisle.* (Histoire du Romantisme.)
2. « La Vérandah ». *Poèmes Barbares.*
3. « La Mort de Valmiki ». *Poèmes Antiques.*

de noter les douceurs de la naissance du soleil. Il assistera
à son engloutissement dans de flamboyants décombres, dans
des tourbillons d'ombre et de pourpre. Et le poète se ré-
jouira : car, à cette minute, en attendant la mort, dont les
destructions seront plus complètes encore, il assistera, avec
l'agonie du soleil, à la disparition de ces apparences haïssables, trompeuses, illusoires, qui tentent l'homme, et qui,
à certaines minutes, lui font croire à la réalité du monde
extérieur.

Les étoiles et la lune tiennent moins de place que le soleil
dans les contemplations de cet amant des grands contrastes
de la lumière qu'est Leconte de Lisle. C'est à peine si, une
fois, par hasard, après avoir regardé l'Orbe d'or s'enfoncer
dans l'Océan indien il note qu'une étoile :

« ... Jaillit du bleu noir de la nuit,
Toute vive, et palpite, en sa blancheur de perle... [1] »

Si épris de lumière, si hostile à tout ce qui est baigné,
forme ou idée, d'une clarté incertaine, il ne parle guère de
la lune avec tendresse. C'est là un culte qu'il laisse aux
cerveaux nuageux des gens du Nord, amoureux de contours
vagues. L'astre de la nuit est pour lui « la lune froide »
qui, sur la lividité du ciel découpe des silhouettes obscures. Il la nomme « un monde difforme, abrupt, laid » ;
le « spectre monstrueux d'un univers détruit » ; un « enfer
pétrifié. » Il ne lui donne à éclairer que les épouvantes de
la vie animale où, dans les ténèbres, le plus faible devient
la proie du plus fort. Le seul sentiment qu'elle lui inspire est,
si on peut dire, une espèce d'estime philosophique : c'est
qu'elle lui apparaît comme une preuve nouvelle de la destruction successive des mondes, de l'anéantissement qui menace la terre, ainsi que les autres planètes : « la terre, qui
rêve, et veille encore... »

1. « L'Orbe d'or ». *Poèmes Tragiques.*

S'il donne, d'aventure, un amant à cette disgrâciée, c'est
le loup, roi du Hartz, qui, dans le ciel étincelant d'hiver :

« ... Regarde resplendir la lune large et jaune [1]. »

S'il s'avise qu'elle « pend du ciel par la chaîne d'or des
étoiles vives [2] », c'est pour regretter qu'elle prolonge inu-
tilement sa demi clarté dans des ténèbres. Il voudrait la
voir s'éteindre dans le gouffre noir afin que rien ne trouble
plus la nuit et le silence [3].

Le fait est, qu'après le Soleil, le panthéiste que fut Leconte de Lisle a surtout adoré la Nuit. La nuit, qui roule
de l'est, avec la figure de la Mort ; qui endort les villes, les
rivages, la mer, l'horizon ; qui s'empare des continents
muets ; qui escalade les cimes ; qui arrive, comme une
haute marée, déferle, et couvre tout.

Un tel culte est l'aboutissement d'une philosophie de désillusion. Mais avant d'en venir là le poète devait passer par
l'adoration de la beauté des choses. Et en effet, l'enfant créole
savoura longuement le spectacle du monde comme la plus
voluptueuse et la plus enivrante des réalités, avant de le
considérer philosophiquement comme une apparence déce-
vante et vaine.

A ces élans, appartiennent les peintures que Leconte de

---

1. « L'Incantation du loup ». *Poèmes Tragiques.*
2. « La Lampe du ciel ». *Poèmes Tragiques.*
3. Ce parti pris d'ostracisme donne toute sa valeur à une pièce que
le poète écrivit, à la fin de sa vie — 1893. Le poète oublie les préventions qu'il a nourries contre cette lumière incertaine et ceux qui
vivent dans sa religion fade :

> « ... O, Divine, salut, viens à nous qui t'aimons !
> Descends d'un pied léger, par la pente des monts.
> Au fond des bois touffus, pleins de soupirs magiques;
> Sur la source qui dort penche ton front charmant,
> Et baigne son cristal du doux rayonnement
> De tes beaux yeux mélancoliques... » « Hymnes Orphiques ».
> *Derniers Poèmes.*

Lisle a laissées du décor de la planète ; mer, montagne ;
et puis des formes en mouvement.

C'est ainsi que l'on entend respirer, dans ses poèmes, une
mer, que l'on a envie de nommer : « créole » par opposition à l'Océan, qu'il connut dans ses nombreuses traversées
de l'Equateur, — à la mer celtique, qu'il vit déferler contre
les granits de Bretagne, — à la « mer élément », qu'il
chanta plus tard comme le soleil — comme la nuit — parce
qu'il apercevait en elle une autre figure de la dévastation
dévoratrice. Ce fut pour cette « mer créole » de Bourbon
qu'il écrivit ces deux vers d'amour qui ne périront pas :

> « ... La mer soupire et semble accroître le silence
> Et berce le reflet des mondes dans ses plis... [1] »

Le désenchantement du poète pour la mer commence avec
l'ennui de ces longues traversées, que l'on faisait alors sur
de lents voiliers, et qui furent toujours liées, pour Leconte
de Lisle, à des souvenirs de déracinements douloureux, de
changements de vie qui déchirent, de départs vers des espérances trop incertaines, de retours vers un idéal que, déjà,
l'absence a pâli. Ce fut, pendant ces heures lourdes, que
l'Océan lui apparut, pour la première fois, comme le morne
miroir de la destinée. Il note la lassitude de ces heures
où la mer n'est qu'une étendue grise, calme, immense « dont
l'œil fait vainement le tour. » Il descend dans le profond
ennui qui pèse entre le ciel et la terre lorsque la lourde
coque du bâtiment montre à peine, hors de l'eau, ses flancs
de cuivre ; quand :

> « ... Les hommes de quart sans rien voir,
> Regardent, en songeant, les houles
> Monter, descendre, et se mouvoir. [2] »

1. « Illusion suprême ». *Poèmes Barbares.*
2. « Clairs de Lune ». *Poèmes Barbares.*

On trouvera dans les *Poèmes Tragiques* une *Villanelle* en quatre strophes, écrites — dit l'épigraphe — « Par un calme plat sous l'Equateur. » Ce jour-là le poète a longuement regardé les astres s'incliner à l'horizon, descendre dans la mer, et, tout de suite il a songé, au jour où, de la même façon, mais pour ne plus ressusciter, sombreront :

> « ... Le Temps, l'Etendue et le Nombre
> Dans la mer immobile et sombre. »

C'est ainsi que le spectacle extérieur des choses contribue, par une pente presque fatale, à abîmer le poète plus profondément dans sa philosophie pessimiste. Il en viendra à ne plus contempler la pleine mer sans songer qu'il a, sous les yeux, l'image du déluge ; à ne pouvoir écouter le fracas d'une tempête sans rêver que l'océan, avec sa « chevelure de flots blêmes », va sortir de son lit pour anéantir tout.

En attendant cette heure — qu'il appelle bienheureuse — où la douleur finira avec la vie, Leconte de Lisle aime la mer qui se bat avec le vent, beugle, rugit, souffle, râle, miaule, bondit : « toute blanche de bave furieuse. » Il l'a adorée dans la nuit de l'ouragan, quand elle roule, mugit « comme un troupeau de bœufs, » multiplie ses bonds, se dresse en convulsions dans l'ombre, livre un assaut désordonné à la falaise celtique qui brise ses fureurs en gerbes ; quand enfin elle apparaît, dans les ténèbres, sous ses blancheurs d'écume, « toute cernée de sombres spectres. »

Plus que tout le reste, le flux marin est, pour Leconte de Lisle, l'emblème de l'universelle destruction. L'enfant qui veut être abusé peut s'exalter l'âme un instant en écoutant la mer divine chanter au loin sur le sable, mais l'homme, qui pense, celui qui connaît le néant de tout, doit regarder la mer avec le même amour qu'il réserve à la mort : comme elle, en effet, l'océan n'a ni trêve, ni hâte, son flot inexorable monte : il sait que tout est promis à son engloutissement.

Chaque fois que Leconte de Lisle a voulu chanter la terre, il semble qu'elle lui soit apparue sous la figure de la montagne. C'était là un souvenir donné aux premières visions qu'il ait eues de la nature. En effet, l'île de Bourbon n'est qu'un pic volcanique surgi de la mer. Avec ses étages de végétations, superposées selon l'échelle de l'altitude, elle offre un résumé de tout l'effort de beauté dont la création est capable. Décidé, qu'il était d'autre part, à mêler l'idée des violences cachées, à tous les songes heureux qui, un instant, bercent l'âme dans les apparences du calme, la montagne donnait à Leconte de Lisle la satisfaction philosophique de se présenter comme un témoin du combat terrible des chaos primitifs :

« ... La montagne, en émergeant des flots,
Rugissant, et par jet de granit et de soufre,
Se figea dans le ciel et connut le repos... [1] »

La conscience du penseur était ainsi faite, qu'il lui fallait mêler, à toutes ses émotions de joie, le rappel de l'inanité de cette joie. Il croyait se devoir à soi-même et devoir aux autres, d'évoquer, en face des enchantements de la vie, cette certitude, qu'un jour, la montagne s'abaisserait dans les flots avec les mêmes convulsions qui l'en on fait surgir. Après cela, en règle avec sa philosophie, le poëte consent à jouir de ces quelques heures de la durée, où, le profil de l'île bénie apparaît, « figé » en beauté, sur le fond du ciel.

En effet, qu'il ait la joie de la contemplation directe, ou que, plus tard, il ferme les yeux, aux heures les plus pesantes de l'exil, pour ressusciter la vision chère, les minutes où sa détresse connut les meilleures trêves furent celles, où, en réalité ou sur l'écran du souvenir, il aperçût « les pics d'où tombe la cascade » ; où, ses yeux furent éblouis par la vision de ces belles eaux, réfléchies « à travers l'arc-en-ciel

1. « La Ravine Saint Gilles ». *Poèmes Barbares.*

des cieux » ; où, « ... sur la pourpre des soirs » la montagne
« souveraine » se dressait, telle qu'il l'avait adorée aux heures d'aurore, nageant dans l'air éblouissant, avec ses verts
coteaux, ses cônes d'azur, ses forêts « bercées par la brise ».

Si l'on prenait la peine de noter, à travers l'œuvre du
poète, les termes dont il a caractérisé la vie végétale, — de la
mousse aux arbres géants, — on s'apercevrait que la précision des mots dont il a usé est faite pour satisfaire, à la fois, un
artiste et un botaniste. Là, comme ailleurs, il décrit avec tous
ses sens en éveil. Il respire « mille arômes légers », émanant
des feuillages. Telle plante, reparaît chez lui avec son épithète qui la suit pas à pas : la mangue est : « vermeille »;
la canne, « dont la peau d'ambre mûre s'ouvre au jus at-
tiédi », est « grêle ». Le souvenir de leurs bruissements suit
partout « les bambous éveillés, où le vent bat des ailes ».
La sensation du « velours » accompagne les touffes de gazon;
l'impression de « défense » se hérisse avec les rideaux d'a-
loès ; le cactus « éclate », la liane semble « s'évader » de la
vie végétale pour se faire la cousine du serpent :

« ... Comme le reptile, en de souples détours,
La liane aux cent nœuds étreint les rameaux lourds,
Et laisse, du sommet des immenses feuillages,
Pendre ses fleurs de pourpre au milieu des herbages... [1] »

Cependant, au-dessus de toutes ces vies de plantes secon-
daires, se dressent les grands cèdres immobiles avec leurs
larges bras :

« ... Dans leurs germes, étouffant les arbres et les plantes
Et versant l'ombre immense aux nations tremblantes. [2] »

Ce roi de la forêt a été particulièrement cher au poète.
Il lui est arrivé de le transplanter de sa montagne bour-

1. « Çunacepa ». *Poèmes Antiques.*
2. « Les Paraboles de Dom Guy ». *Poèmes Barbares.*

bonienne, sur la glorieuse arrête du Liban afin de le montrer
baigné de la « flamme occidentale » qui :

> « ... Par flots rouges, s'enflant de parois en parois,
> Inonde les rochers qu'elle allume, et s'étale
> Sur les cèdres anciens, immobiles et droits... [1] »

Leconte de Lisle n'aurait pas eu besoin de pousser, comme
il l'a fait, jusqu'aux Indes, à Java et aux îles de la Sonde,
pour enmagasiner dans ses yeux, les sensations de la forêt
vierge : la montagne natale lui fournissait le paysage touffu
dont il avait besoin pour encadrer son œuvre indienne, aussi
bien que les lignes sèches et brillantes dont il devait faire
un fond à ses mythologies grecques.

On ne saurait dire s'il préféra l'une de ces visions à l'autre, épris qu'il fut, tour à tour et simultanément, d'ordre dans
les lignes et d'orgie dans la couleur. Le fait est que la forêt
vierge le passionnait par le fourmillement des vies anonymes
qu'elle enferme. Il voyait en elle le symbole même de cette
nature, perpétuellement créatrice et destructrice, qu'avec les
sages de l'Inde, il considérait comme la vraie image de la Divinité. Il a chanté, les litanies de cette forêt sans fond, avec
une inépuisable exaltation d'amour. Elle est, pour lui, « une
sombre mer qu'enfle un soupir immense » ; la « mère des
lions » ; « l'indomptable, qui a toujours reverdi ». Il a sondé,
d'un œil ravi, les profondeurs sublimes de ses arceaux de
feuillage, et ses grandes ombres entourées de lumière. Il
s'est enivré de son horreur ineffable ; il a écouté le rugis-
sement qui, toujours, s'est exhalé de son sein. Et combien,
il la préfère à ce roi des derniers jours destructeur des
bois, à « l'homme au pâle visage ». Il est chez lui, chez elle,
dans ce royaume de fécondité triomphante, où les êtres humains n'ont rien nommé, où les fleuves monstrueux, débor-

---

1. « Apothéose de Monça-Al-Kébir ». *Poèmes Tragiques.*

dants, vagabonds, « tombent, des pics lointains sans nom et sans rivages. »

C'est une joie pour l'observateur de constater que le même artiste qui s'est jeté, comme dans la mer, dans l'anonymat débordant de ces végétations, sera capable de se ressaisir, dès la minute où il lui plaira de se dominer, pour évoquer — dans la sécheresse précieuse de lignes, nettes comme des reliefs de camées, la beauté toute intellectuelle du paysage hellénique. Ici, tout a un nom, des épithètes : le vert acanthe ; le lentisque épais ; la sombre violette ; la pâle hyacinthe ; la mélisse odorante ; le cytise amer ; le noir térébinthe ; la rouge verveine ; l'anis flexible ; le safran sauvage ; la rose de Milet ; l'hélicryse aux fleurs jaunes. Le sentier se fait poussiéreux pour qu'un beau pied s'y imprime ; la colline a un front ; la gorge de la montagne a une légende ; les pins semblent avoir été plantés par la main de l'homme, tout exprès, pour tamiser, entre leurs branches, les rougeurs du soleil qui décline.

On aime à se représenter cet adolescent créole, couché dans une clairière, sur le velours des mousses sauvages de son île, qui caressent son indolence. Les yeux mi-clos, il écoute le bruit de la vie, palpitante autour de ses premiers songes. Le bruissement des insectes se confond avec le murmure des feuilles, et semble, à l'enfant poète, la première manifestation animée de la vie végétale.

Dans l'air lourd, son oreille exercée distingue des sons particuliers. Ils caractérisent chaque être, l'évoque, sans qu'il soit nécessaire de l'apercevoir dans son dessin, dans sa couleur. Le jeune homme sait le nom de tous ces invisibles hôtes qui bruissent dans les herbes. Cette bestiole, qui bourdonne en s'envolant, c'est l'abeille : elle retourne se mêler au vol d'or qui, ailleurs, tournoie et frémit autour des ruches. Cet autre vol, « vif et strident » annonce une « rose sauterelle ». Supposez que le dormeur s'éveille. Il sourira à toutes ces vies grouillantes, avec la joie de reconnaître que son ouïe merveilleuse ne l'a pas trompé : sous les lilas géants, c'était bien l'abeille camuse qui vibrait ; dans cette cloche de liane, c'était en effet un frelon qui s'endormait blotti, « gonflé de miel. « Rapide comme un trait », c'était bien la mouche d'or qui rôdait, bourdonnant dans l'air.

Et voici le grand lézard « dont la fuite étincelle à travers l'herbe rousse ». Sous cette pierre, se cache « l'araignée au dos jaune ». Où vole ce papillon, les deux ailes en fleur « teintées d'azur et d'écarlate ? » Il va se poser « sur la peau délicate » de quelque jeune fille, la première qui a pris le cœur du poète.

Si toute cette beauté n'est qu'un songe, pourquoi s'éveiller de ce songe ? Nous l'avons dit, la pensée de la destruction, de la mort, de l'absorption des êtres par les êtres, des vies par les vies, circule à travers l'œuvre entière du poète comme un leit motiv qui se mêle à tous les autres, quand il ne triomphe pas seul aux dépens de l'amour. Il reparaît ici, il s'approche avec la théorie des longues fourmis, traînant leurs ventres blêmes, elles :

« ... Ondulent vers leur proie inerte, s'amassant,
Circulant, s'affaissant, s'enflant et bruissant
Comme l'ascension d'une écume marine. [1] »

Ceci est la tache d'ombre. Relevons les yeux vers la lumière.

La forêt vierge n'est pas seulement le royaume des plantes et des insectes : elle est le paradis des oiseaux « aux becs d'or » qui, sur les bambous prochains, accablés de sommeil : « luisent en pleine lumière. » C'est l'oiseau bleu, hôte des maïs en floraison ; c'est le perroquet qui, splendide et querelleur, se balance sur les lianes ; c'est le cardinal, vêtu de plumes écarlates, qui va troubler les bengalis « dans leurs nids co-

---

[1]. « La Mort de Valmiki ». *Poèmes Antiques.*

tonneux ». C'est le vert colibri, le « roi des collines », qui descend vers la fleur :

> « ... Et boit tant d'amour dans la coupe rose,
> Qu'il meurt, ne sachant s'il l'a pu tarir... [1]

C'est le martin-pêcheur qui regarde l'eau dormir ; ce sont les perruches vertes qui logent dans les trous d'écorce. C'est l'essaim tropical de ces oiseaux multicolores qui volent et rôdent de l'arbre au rocher, de la mousse aux herbes, des herbes aux fleurs, qui vivent, pour la joie de tremper, dans l'eau, leur « poitrail qui s'ébouriffe », puis, de sécher leurs plumes dans la brise chaude.

C'était au bord de la rivière le Bernica, que le poëte enfant venait observer cette vie ailée. De tous les coins de la forêt, l'eau attirait là les oiseaux. Et c'étaient des chœurs soudains, des chansons infinies :

> « ... Un long gazouillement d'appels joyeux mêlé,
> Où des plaintes d'amour à des rires unies
> Et si douces, pourtant, flottent ces harmonies
> Que le repos de l'air n'en est jamais troublé... [2]

Leconte de Lisle a affirmé, qu'il n'avait pas connu d'heures plus pleines d'apaisement et de facile espérance, que celles qu'il vécut dans ces contemplations. Il dit que, de cette joie des oiseaux, aperçus entre l'eau, les fleurs et la lumière, « l'âme se pénètre ». A cette minute, elle se plonge entière :

> « ... Dans l'heureuse beauté de ce monde charmant ;
> Elle se sent oiseau, fleur, eau vive et lumière ;
> Elle revêt ta robe, ô pureté première !
> Et se repose en Dieu silencieusement... [3] »

1. « Le Colibri ». *Poèmes Barbares.*
2. « Le Bernica ». *Poèmes Barbares.*
3. *Ibid.*

Il faut recueillir, avec piété, cette note, rare chez le poète, de l'apaisement dans le divin. A cette heure, il se repose en effet lui-même sur le cœur de la Nature. Il apparaît, à ceux qui l'ont connu, avec les traits du Disciple bien-aimé, appuyant sa tête, dans la dernière Cène, contre la poitrine de Celui qu'il nommait son Sauveur.

Ce n'est là d'ailleurs qu'une vision de douceur fugitive. Le monde des oiseaux enferme, lui aussi, ses impitoyables destructeurs. Et voici que déjà le poète s'est détourné de l'amoureux ramier qui « dans les bois songeurs pousse un divin soupir ». Son attention s'accroche à cet impitoyable corsaire, l'albatros, qui « de ses ailes de fer rigidement tendues, » fend le tourbillon du vent. Le poète est fasciné par l'infaillible prunelle de l'aigle, qui s'enlève, descend et remonte en spirale, déployant ses ailes « comme un large et sombre parasol ». Il sourit, avec une gaieté un peu sinistre, au corbeau, gauche et lourd, qui va, sautillant, tantôt agitant ses ailes funèbres, tantôt hérissant ses plumes « comme des flèches. » Mais Leconte de Lisle a besoin d'élargir encore ces visions meurtrières de brigands ailés. Il scrute la nuit : il aperçoit, au sommet de l'Ande, le condor à l'envergure pendante et rouge. Unique témoin des mouvements de cette glorieuse bête de proie, le poète contemple, avec une ivresse que malgré le calme splendide de la description l'on sent frémissante, le vaste oiseau qui, plein d'une morne indolence, agite sa plume, érige son cou « musculeux et pelé » monte, dans un cri rauque où n'atteint pas le vent et :

« ... Dort, dans l'air glacé, les ailes toutes grandes... [1] »

Après qu'un écolier a longuement dessiné, sur sa page blanche, les silhouettes immobiles des plâtres de la nature morte, il aspire à surprendre et à enfermer dans un trait qui vit, les attitudes de plus en plus précises de l'être en

---

1. « Le Sommeil du Condor ». *Poèmes Barbares.*

mouvement. De même, pour le descripteur, écrivain de prose
ou de vers.

Sûr qu'il était, de pouvoir fixer avec une maîtrise impeccable les décors élémentaires de la nature, Leconte de Lisle
s'était vite montré capable d'animer ses paysages par des
mouvements de vies plus puissantes. Mais les gestes de l'insecte et de l'oiseau ne lui suffirent pas longtemps.

Dans une lettre qu'il écrivait lors de son premier passage
par le cap de Bonne Espérance, il remarque : « ... Le Cap
possède un fort beau cabinet d'histoire naturelle, un jardin
botanique, une ménagerie assez belle... » Et bien que la
vue d'une ville aussi pittoresque soit faite pour solliciter di-
versement l'attention d'un voyageur de dix-neuf ans, on lui
voit faire, dans sa description, une part plus importante aux
bêtes de cette ménagerie qu'aux femmes du Cap rencon-
trées sur le chemin.

Celles qu'il a remarquées lui ont paru « assez jolies mais
très mal faites ». Le meilleur de ses admirations va donc à
un couple de lions qu'on lui a montrés « enfermés dans un
carré long de trente pieds sur huit : le mâle a deux ans ; il
est déjà magnifique. Ses bonds sont effrayants et sublimes ;
quand il rugit, les murs de sa prison en tremblent... » Il
n'est pas moins intéressé par « les jambes entièrement nues
de deux autruches noires et blanches », qu'il voit dans le
voisinage de ces lions. Il note que leur marche « est un ba-
lancement élastique et continuel ». Il n'y a pas jusqu'à la
description d'une bête empaillée, aperçue dans le salon d'un
colon hollandais dont on visite les propriétés, qui ne tra-
hisse déjà chez Leconte de Lisle la sûreté de main, la netteté
de vision d'un artiste [1].

1. Il écrit à son ami M. Adamolle à l'île Bourbon « ... Nous avan-
çons. Une panthère énorme, accroupie au fond de l'appartement fixe
sur nous des yeux brillants et féroces. Sa queue se redresse à l'entour de ses flancs tâchetés, et sa mâchoire entr'ouverte laisse voir de
blanches et longues dents, qui ne nous rassurent pas. Cet animal était

Le goût de contempler la bête, longuement, de l'étudier dans l'intimité de ses mouvements, de la surprendre dans son instinct, a suivi Leconte de Lisle toute sa vie. Le fait est, qu'après avoir traversé les pays exotiques, où il l'avait observée vivante, il voyagea à travers les livres d'histoire naturelle, où les mœurs des animaux sont scientifiquement dépeintes. Ces ouvrages techniques occupaient une bonne place dans sa bibliothèque. D'autre part, les promenades au Jardin des Plantes, les stations devant les parcs et les grilles, furent toujours des distractions chères au poète.

Aussi bien, est-ce comme un admirable animalier, que dès 1852, il se révéla au public, à travers l'admiration de Sainte-Beuve. Les « bœufs blancs » de son poème de *Midi* le suivirent dans toute sa carrière, comme s'ils étaient attelés à un char triomphal sur lequel l'admiration des amants de la poésie voulait l'asseoir. Il était même un peu irrité de cette préférence obstinée du public pour les beautés de cette pièce, si caractéristique de sa manière, comme tel grand sculpteur finit par souffrir nerveusement d'apercevoir en bronze, en marbre, en plâtre, sur les pendules et le long des revers des quais, une figure où, un jour, en passant, il a mis de la perfection :

« *Midi !* répétait volontiers Leconte de Lisle, mais c'est mon *Vase brisé !* »

Il reste, qu'il demeure impossible d'élever le plus modeste monument à la mémoire du poète, sans graver quelque part, sur un des bas-reliefs, ces « bœufs blancs » qui :

« ... Couchés parmi les herbes,
Bavent avec lenteur sur leurs fanons épais,
Et suivent de leurs yeux languissants et superbes,
Le songe intérieur qu'ils n'achèvent jamais... [1] »

empaillé avec tant d'art, qu'il était impossible de ne pas le croire vivant... » Le Cap, 1837.

1. « Midi ». *Poèmes Antiques.*

Ces bœufs là, « dont le poil est de neige et la corne d'argent », le poète les connaît depuis son enfance. Il les a vus, indolents et robustes, souffler leur haleine chaude, « humer l'air du ravin ». Il n'aura qu'à penser à eux le jour où, dans ses *Poèmes Antiques*, il écrira, en l'honneur du taureau olympien, sa célèbre pièce : *Fultus Hyacintho*. De même lorsqu'il voudra meubler ses mythologies de formes, d'apparitions d'animaux, il n'aura qu'à se souvenir, des bêtes qu'il a observées sur les flancs de l'île Bourbon, dans les rythmes de cette existence pastorale qui n'a pas changé depuis les jours antiques. Que de fois il a entendu, autour de lui, les sonailles de « l'indocile troupeau des chèvres au poil lisse », qui fait cortège à l'amoureuse *Thestylis*? Que de fois il a souri en observant les lièvres, qui :

« ... Dans le creux des verts sillons tapis
D'un bond inattendu remuant les épis,
Font pleuvoir la rosée en perles. [1] »

Pour le cheval, nul ne l'a peint mieux que Leconte de Lisle dans son ardeur de bataille et de charge, soit libre, soit aux mains de l'homme. Il aime la brûlante haleine que souffle la cavale « tandis que son poil noir écume et luit »; il trouve un reflet humain à son œil bleu ; il chérit ses révoltes quand elle hennit, se cabre, « mord l'or du frein ».

Il a vu passer, sur les fonds de l'histoire, à l'heure sinistre des invasions, le cheval du barbare, qui, « bonds sur bonds, queue au vent, crinière échevelée » court en ronflant des naseaux. Il a évoqué, dans leur gloire, les étalons arabes ployant sur leurs jarrets, bondissant, les crins droits, leurs naseaux roses en feu :

« ... Joyeux du bruit, des coups et des cris frénétiques,
Vous hennissiez, cabrés à la pointe des piques,
Vous enfonçant la mort au ventre, ô buveurs d'air... [2] »

1. « Klearista ». *Poèmes Antiques.*
2. « Le Suaire de Mohammed ». *Poèmes Tragiques.*

On comprend, après cela, que malgré sa volonté de demeurer impassible devant les spectacles qu'il décrit, le poète nous
ait fait partager la souffrance affollée de l'étalon qui, par
quelque savane américaine, fuit, le ventre contre l'herbe,
cabré sous les griffes d'un aigle, fondu du ciel, et qui, attaché à son cou, plonge « son bec courbe au fond des yeux,
qu'il crève. [1] »

Dès que le regard aigu de l'artiste dépasse la joie que lui
donne la beauté des mouvements furieux, ce qu'il aperçoit,
c'est toujours le combat féroce des êtres contre les êtres,
l'espèce plus forte tendant ses pièges à la faiblesse dont elle
veut se nourrir. Cette répétition de la loi du meurtre donne
une satisfaction cruelle aux théories que Leconte de Lisle
a précisées chaque jour davantage dans son esprit. De là,
la passion avec laquelle il s'attacha à la peinture des grands
fauves.

Balzac a écrit un jour ces lignes significatives : « ... Il n'y
a qu'un animal. La création s'est servi d'un seul et même
patron pour tous les êtres organisés : l'animal est un principe qui prend sa forme extérieure, ou, pour parler plus
exactement, les différences de sa forme, dans le milieu où il
est appelé à se développer... La société ressemble à la nature. [2] »

Il ne paraît point que cette page soit tombée sous les yeux,
de Leconte de Lisle, autrement il n'eût pas manqué de la
copier dans un de ces cahiers, où, depuis son adolescence,
il notait ce qui l'avait frappé au cours de ses lectures [3]. Mais
il n'y a pas de doute que, sur ce point particulier, il sentit
de la même façon que Balzac. Il n'avait d'ailleurs, qu'à ouvrir au hasard, ces livres sacrés de l'Inde dont l'étude lui

1. « La Chasse de l'Aigle ». *Poèmes Tragiques.*
2. Préface générale de la Comédie humaine.
3. Les premiers de ces « Cahiers » datent de 1837. Ils sont conservés, avec des lettres, et les premiers « Essais poétiques » du poète, au
Lycée Leconte de Lisle à l'Ile Bourbon.

était si chère, pour y trouver la vie des animaux sans cesse associée à celle des héros divins. N'est-ce pas « l'Armée des Singes » qui délivre le dieu Siva ? Et, quand Siva est enlevé, n'est-ce pas le « Roi des Vautours » qui lui vient en aide ? *Le Livre de la Jungle* de Rudyard Kipling n'est qu'un intéressant résumé, « ad usum delphini », de ces pittoresques peintures du *Ramayana*.

Brunetière, qui avait une admiration spéciale pour cette partie de l'œuvre poétique de Leconte de Lisle où il peint les mœurs des animaux, écrivait à ce sujet : « L'animal est un frère inférieur de l'humanité ; dans son cerveau rudimentaire, aux circonvolutions rares, peu profondes, encore embrumées d'inconscience, il s'accomplit des mouvements, lesquels sont obscurément analogues aux nôtres, et comme nous avons de ses instincts, de ses appétits et de ses passions, il a, lui, de nos terreurs, de nos angoisses, de nos désespoirs peut-être ! Dans l'animal et dans l'homme, c'est la même nature qui se manifeste, ou plutôt qui se joue, qui s'incarne un moment, dans une forme d'un jour, qui la reprend ensuite pour la faire servir à d'autres usages... [1] »

Nul, plus que Leconte de Lisle, n'a été conscient de ces ressemblances fraternelles. Il n'a pas voulu, dans l'occasion, être simplement un artiste qui contemple, avec passion, de beaux mouvements aperçus et décrits du dehors. Son ambition est d'atteindre la « psychologie » de ces animaux qu'il décrit [2].

---

1. *L'évolution de la Poésie lyrique en France.*

2. Louis Ménard écrit à ce propos : « Non content, de faire vivre, dans ses vers, les types les plus variés des sociétés humaines, Leconte de Lisle a voulu traduire la pensée mystérieuse de nos frères inférieurs les animaux. A quoi peuvent rêver les éléphants voyageurs dans les déserts de l'Afrique ? le tigre dans la jungle ? les chiens sauvages du Cap, qui hurlent à la lune ? Et le condor qui plane au-dessus des pics des Andes ? Et l'albatros dans la tempête ? Et le requin au fond des mers ? Cette galerie zoologique est une des parties les plus originales de son œuvre. Au rebours des fabulistes qui prêtent

On notera que beaucoup de pièces comme *Les Hurleurs*;
La Panthère noire; *La Chasse de l'Aigle*; *La Jungle*, etc.
où Leconte de Lisle se plaira à décrire la nature et les bêtes,
sans l'homme, datent de la période de son existence où il a
vécu, blessé de désillusions et de chagrin. C'est une observation banale que de constater la place que prennent les
animaux dans l'existence de ceux qui ont une vie sentimentale médiocre ou brisée. Il semble que ces âmes, dont la
tendresse n'a pas eu, ou n'a plus d'emploi, trouvent, dans
la fixité de l'instinct de l'animal, cette réponse à leurs avan-
ces, cette sécurité, que, vainement, ils ont cherchée ailleurs.
Chez un artiste, cette disposition se magnifie. Tout le pessimisme, tout le grotesque, que soulève, chez un Maupassant,
l'entrée de l'homme dans le paysage, ne s'apaisent-ils pas
dès que l'écrivain parle de la terre, des arbres, de la force
qui règle les mouvements d'un jeune taureau à l'herbage?

À Bourbon, à Java, aux Indes, Leconte de Lisle avait
aperçu des forces animales plus audacieuses, plus féroces,
que le taureau au pré. Il semble, qu'aux heures amères de
sa vie, ce fut dans la peinture de ces grands fauves, de leur
férocité sans lois, de leurs cruautés dominatrices qu'il voulut
soulager les violences de son âme. Ces admirations étaient
un allégement à la rancœur qu'il éprouvait, de voir les supériorités de la sensibilité et de l'intelligence, incapables
d'assurer, à un homme parmi les hommes, les mêmes royau-
tés que la puissance de la griffe à un tigre, parmi les bêtes
effarées.

---

aux animaux des idées humaines il cherche à pénétrer l'âme obscure
de ces êtres muets pour y lire leurs idées vagues et leurs rêves confus, et il y parvient, à force de panthéisme et d'objectivité. On s'in-
téresse à ces acteurs inconscients du drame multiple de la vie universelle. On est tenté de s'attendrir sur le vieux loup du Hartz et on
comprend sa légitime fureur contre l'homme, l'ennemi héréditaire, le
féroce meurtrier de sa fidèle louve et de ses louveteaux. Ce ne sont
pas seulement des créatures vivantes, c'est une véritable psychologie... »
Critique philosophique. Août 1887.

Le fait est que l'on voit ces glorieux carnassiers apparaître félins, menaçants, indomptés, à travers l'œuvre de Leconte de Lisle, tels qu'on les découvre, hérissant d'effroi et d'horreur les toits d'une cathédrale gothique. Ils y représentent, sous toutes leurs formes, ces puissances de destruction que le poète vénéra comme des déités favorites, mais aussi, ils sont peints pour eux-mêmes, pour la beauté formidable qui est enclose dans leurs formes de force. A ce point de vue, les raccourcis que Leconte de Lisle a tracé de la Panthère noire, du Jaguar, du Tigre, du Lion, du Loup, du Requin, resteront comme un commentaire en mouvement de l'œuvre plastique des grands peintres et des grands sculpteurs animaliers.

La panthère noire a beau être la plus petite, dans ce sextuor de destructeurs, sa couleur diabolique ajoute pour le poète, une note précieuse à sa férocité. Elle est la « noire chasseresse » qu'il a aperçue à Java, libre, souple, inquiète, glisser en silence, s'enfoncer sous la haute fougère tandis que :

> « ... Les bruits cessent, l'air brûle, et la lumière immense
> Endort le ciel et la forêt. [1] »

Elle « miaule »; ses yeux sont « aigus comme des flèches »; en marchant, « elle ondule ». Des taches de sang « persistent sur sa robe de velours », car elle est évoquée avec sa proie sous les ongles, ce beau cerf qu'elle a mangé la nuit, et dont, sous le soleil, sur la mousse en fleurs, l'effroyable trace, rouge et chaude, saigne

Pour le jaguar, il entre en scène avec son épithète homérique, il est dit : « tueur de bœufs et de chevaux ». Sa vie féroce le revêt d'on ne sait quel aspect néronien, il est « fatigué et sinistre ». Un œil, qui voit tout, a observé la faculté qu'il a de « bossuer » ses reins musculeux; d'ailleurs le poète

---

1. « La Panthère noire ». *Poèmes Barbares.*

ne se contente point d'examiner son modèle de l'extérieur :
il s'identifie avec son instinct. Il souffre avec lui de cette
soif qui provoque le souffle « rauque et bref », dont la bête
est brusquement secouée. Il partage son contentement quand
le meurtrier trouve enfin une roche plate pour s'affaisser
et vaquer aux soins de cette toilette de coquetterie qui
précède l'assoupissement des fauves. Puis c'est le poids du
sommeil qui hébète, fait cligner les yeux d'or. Et dans l'illusion de ces forces inertes le jaguar rêve que, au milieu
des plantations vertes :

> « ... Il enfonce d'un bond ses ongles ruisselants
> Dans la chair des taureaux effarés et beuglants. [1] »

Le tigre, c'est l'Inde elle-même. Il rôde autour des poèmes asiatiques avec une persistance particulière. Les épithètes qui servent à le caractériser ont une splendeur spéciale. Il est « le roi rayé », « la bête formidable ». Tour à
tour, on le trouve dessiné dans les mouvements pittoresques
de sa vie : sa sieste diurne, son éveil au coucher du soleil,
sa faim qui le met dans le sentier de la chasse. On nous
le montre se hérissant, tournant en grommelant, bâillant.
Enfin il s'endort, le ventre en l'air : son souffle ardent fume
hors de son mufle marbré, sa langue rude et rose, pend ; la
cantharide, « dorée comme lui », vole autour de son sommeil. Mais soudain, le tressaillement d'un vorace désir creuse
son flanc maigre ; il s'étire, se traîne contre le sol rugueux.
Vraiment, on peut dire que Leconte de Lisle s'est fait ici
« l'âme » de la bête elle-même, il sent avec elle. Le poids de
la fourrure qui, vers le poitrail, est chaude « comme une
fournaise, » pèse au poète ; il frissonne, lui aussi, à la ca-
resse de ce vent nocturne qui passe au sommet des herbes,
refroidit le sang du carnassier. Avec lui, il tend l'oreille
vers le désert muet, il cherche de l'œil le cours d'eau caché

---

1. « Le Rêve du Jaguar ». *Poèmes Barbares.*

où les daims vont boire... Mais pourquoi le regard, que le tigre jette au loin, est-il morne ? D'où vient la tristesse de ces miaulements qu'il répand dans la nuit ? C'est que, tout à l'heure, il jouissait de la paix du sommeil, et que, pour le fauve comme pour l'homme, le réveil, c'est la rentrée dans la servitude des appétits, dans la douleur, dans la colère des instincts qui, ici comme là, ne s'apaisent que par la destruction.

Leconte de Lisle constate avec une joie intérieure, cette « tristesse » des grandes bêtes fortes. Il lui semble que, plus que les instincts communs, plus que les violences de l'amour, elles nouent, entre l'homme et l'animal, un lien direct. Il lui plaît d'opposer cette certitude, pour lui scientifique, à la doctrine que le christianisme, renforcé par le cartésianisme, professe au sujet de « l'animal-machine ».

Dans une de ses pièces les plus célèbres : *Le Corbeau*, le poète met cet exorcisme, sur les lèvres d'un moine ascète, épouvanté par les propos de cet oiseau millénaire qui, depuis l'origine des jours, dévore les générations d'êtres :

> « ... Que t'importe, chair vile, inerte pourriture,
> Qui rentreras bientôt dans l'aveugle nature
> Avec l'argile et l'eau de la pluie, et le vent,
> Vaine ombre, indifférente aux yeux du Dieu vivant,
> A toi qui n'es que fange avant d'être poussière,
> Le royaume où les Saints siègent dans la lumière ?
> Le lion, le corbeau, l'aigle, l'âne et le chien,
> Qu'est-ce que tout cela dans la mort, sinon rien ? [1] »

Du haut de sa sagesse bouddhique, Leconte de Lisle refuse d'accorder le privilège de l'immortalité « au favori des religions ». Afin de le mettre à sa place dans la création, il affirme :

> « ... Le tigre vaut mieux que l'homme au cœur de fer. [2] »

---

1. « Le Corbeau ». *Poèmes Barbares.*
2. « Çunacepa ». *Poèmes Antiques.*

A travers l'œuvre du poète, une raison d'estime particulière fait cortège au lion : il ne détruit point pour détruire,
il n'exerce que son droit à la vie. Plus encore que les autres, ce fauve est observé ici dans sa psychologie intime.
Tout tremble à l'approche de l'animal « chargé d'odeurs fauves ». Au bruit de son rauque grondement, un peuple effrayé
« rampe sous les arbustes » :

> « On entend approcher un souffle rude et sourd
> Qui halète, et des pas légers près d'un pas lourd. [1] »

Et le roi chevelu paraît, le col droit, l'œil au guet; sa
queue, au fouet roux, bat ses flancs; son pas est mélancolique; songeur il regarde l'espace; il est suivi de sa farouche famille, lionne et lionceaux :

> « Hors du fourré, tous quatre, au faîte du coteau,
> Aspirant dans l'air tiède une proie incertaine,
> Un instant arrêtés, regardent dans la plaine
> Que la lune revêt de son blême manteau.
>
> La mère et les enfants se couchent sur la ronce,
> Et le roi de la nuit pousse un rugissement
> Qui, d'échos en échos, mélancoliquement,
> Comme un grave tonnerre à l'horizon s'enfonce. [2] »

A côté des animaux qui rugissent vers le soleil couchant,
le poète a fait une place à ceux qui hurlent à la lune : le
loup du Hartz, le chien du Cap.

Seul sur la neige livide, avec sa langue qui pend de sa
gueule profonde, avec la haine qui brûle dans ses entrailles,
avec ses poils rudes « levés comme les clous » le loup, prend,
pour Leconte de Lisle, la figure d'un « Roi du Nord ». Il
suffit qu'il paraisse, pour que toute l'épouvante des sorcelle-
ries traverse nos os :

1. « Les Clairs de Lune ». *Poèmes Barbares.*
2. *Ibid.*

« ... Il évoque, en hurlant, l'âme des anciens loups
Qui dorment dans la lune éclatante et magique. [1] »

Et, sans doute, il est le frère de ces chiens, dont la cla-
meur s'élève, dans une page des *Poèmes Barbares*, et que
le poète semble avoir entendu, toute sa vie, aboyer, autour de son sommeil aussi bien que de sa veille, telles les
meutes qui, d'une plainte sans fin, enveloppent les tentes de
l'Islam :

« ... De maigres chiens, épars, allongeant leurs museaux,
Se lamentaient, poussant des hurlements lugubres.
La queue en cercle sous leurs ventres palpitants,
L'œil dilaté, tremblant sur leurs pattes fébriles,
Accroupis çà et là, tous hurlaient, immobiles,
Et d'un frisson rapide agités par instant...
... Quelle angoisse inconnue, au bord des noires ondes,
Faisait pleurer une âme en vos formes immondes?
Pourquoi gémissiez-vous, spectres épouvantés? [2] »

C'est qu'à travers leurs cris, le poète entend la voix innombrable de l'universelle inquiétude qui hante toute vie —
celle de l'insecte et de l'oiseau qui se cachent sous les feuilles des arbres aux approches de la nuit — comme celle du
monstrueux hippopotame, « cuirassé de vase », qui se tapit
dans le fond du fleuve, et de l'éléphant pensif, rugueux, lent,
rude, — qui, soulevant la poussière, faisant crouler les du-
nes sous son pied « large et sûr », émigre, au-delà des déserts, pour fuir les chasseurs.

Certes, celui qui n'a jamais vu, libres et forts, ces éléphants, survivants du déluge, les apercevra pour toujours
dans la peinture que le poète nous en a tracée. Il les fait
apparaître « massifs » avec « leurs faces solides », l'arc
de leurs échines « puissamment voûté », leurs corps gercés
« comme des troncs » :

1. « L'Incantation du Loup ». *Poèmes Tragiques.*
2. « Les Hurleurs ». *Poèmes Barbares.*

« ... L'oreille en éventail, la trompe entre les dents,
Ils cheminent, l'œil clos. Leur ventre bat et fume...
Et bourdonnent autour mille insectes ardents...
... Aussi, pleins de courage et de lenteur, ils passent
Comme une ligne noire, au sable illimité ;
Et le désert reprend son immobilité
Quand les lourds voyageurs à l'horizon s'effacent. [1] » ..

Dans cette description, l'animal n'est point un accident dans le paysage : on est en face d'une symphonie qui commence et s'achève par le silence, tandis qu'au milieu, le passage des lourds pachydermes, développé comme le motif d'une fugue, s'approche, s'enfle, éclate, s'éloigne, s'éteint. Il n'y a peut-être pas, dans la littérature française, d'exemple d'une description où un poète ait fait, aux ressources de la composition musicale, un emprunt plus heureux.

Le miracle des œuvres qu'un artiste, doué jusqu'au génie, a portées à la perfection, c'est qu'il peut se révéler tout entier, dans chacune d'elles. Ainsi, la pièce intitulée : *Sacra Fames* apparaît comme un post-scriptum naturel de ces études de mœurs animales dans lesquelles Leconte de Lisle s'est efforcé de mettre en lumière les sentiments et les passions qui rattachent la bête à l'homme.

Après avoir évoqué la mer équatoriale, où les astres se reflètent, comme ailleurs les fleurs émaillent la forêt, le poète éprouve une joie farouche à nous montrer, sous l'eau transparente, le requin, sinistre rôdeur des steppes de la mer qui :

« ... Ne sait que la chair qu'on broie et qu'on dépèce. [2] »

Edifiés sur les intentions profondes de Leconte de Lisle, nous n'attendons plus qu'il ait un mot pour flétrir cette activité, uniquement dévoratrice du monstre. En écartant la vague pour nous montrer cet outil, vivant et terrible, de des-

---

1. « Les Eléphants ». *Poèmes Barbares.*
2. « Sacra Fames ». *Poèmes Tragiques,*

truction, il a son dessein : il veut graver dans notre souvenir cette parole, qu'il écrira au bas de la dernière de ses pein-
tures de la vie animale, comme on détache une morale à la
fin d'une fable :

> « ... Va, monstre ! tu n'es pas autre que nous ne sommes,
> Plus hideux, plus féroce, ou plus désespéré.
> Console-toi ! demain tu mangeras des hommes,
> Demain par l'homme aussi tu seras dévoré.
>
> La Faim sacrée est un long meurtre légitime
> Des profondeurs de l'ombre aux cieux resplendissants,
> Et l'homme et le requin, égorgeur ou victime,
> Devant ta face, ô Mort, sont tous deux innocents. [1] »

1. « Sacra Fames ». *Poèmes Tragiques.*

CHAPITRE III

—

L'Évocateur

L'heureuse destinée qui a fait naître Leconte de Lisle dans une île tropicale, au milieu des beautés naturelles dont ses yeux d'enfant ont été éblouis, devait, non seulement éveiller sa vocation poétique, mais encore contribuer à faire de lui un évocateur surprenant. Certes il en avait lui-même le sentiment lorsqu'il affirmait :

« Un poète peut n'être qu'un libre esprit, passionnément épris de la beauté naturelle des horizons, des montagnes et des vallées natales... [1] »

D'autre part, les artistes, qui, dans la description du monde extérieur, ont tenté de serrer de près leurs sensations, savent, que placés directement devant les objets dont ils veulent évoquer l'image avec des mots, ils se sentent troublés par les détails. Les circonstances fortuites les débordent, elles les empêchent de saisir ce qui est uniquement caractéristique dans les spectacles, les formes, qu'ils veulent peindre. Au contraire, dans le recul du souvenir, les grandes

---

[1]. « Etude sur Béranger ». *Nain Jaune,* 1861.

lignes de la vision se dessinent d'elles-mêmes, elles se soutiennent alors mutuellement ; elles prennent l'importance qui leur appartient dans l'harmonie totale.

Les descriptions de Leconte de Lisle sont soumises à cette loi générale. Le poète ne se lasse jamais de revivre les beautés devant lesquelles ses yeux se sont ouverts, pour composer des pièces, exécutées de mémoire, à l'aide de simples notes, — d'aquarelles poétiques, si l'on peut dire. Et celles-ci sont parmi les pages les plus saisissantes que Leconte de Lisle ait écrites. Rarement il a égalé en émotion, en précision définitive, des tableaux comme celui qu'il a tracé, par exemple, de son île chérie, dans : *L'Illusion suprême* lorsque, du fond de l'appartement obscur où il s'était réfugié, rue Cassette [1], à une heure de découragement, intense jusqu'au désespoir, il se recueillait, pour apercevoir, une fois encore, les paysages qui avaient enchanté sa jeunesse.

« ... Rien du passé perdu qui soudain ne renaisse... [2] »

Il revoit « la montagne natale et les vieux tamarins », le bassin clair « entre les blocs de lave ». Sous le lilas géant, voici « le vert coteau, la tranquille maison » :

« Les grands parents assis sous la varangue fraîche,
Et les rires d'enfants à l'ombre des bambous...
Et tu renais aussi, fantôme diaphane,
Qui fis battre mon cœur pour la première fois... [3] »

Mais la vision du poète traverse ces apparences, regarde sous la terre. Il y distingue :

---

1. Vers 1854.
2. « L'Illusion suprême ». *Poèmes Tragiques*.
3. *Ibid*. Et dans une autre pièce : *Le frais Matin*, où il parle du « lys » qui « lui a versé sa première ivresse », on lit :

« ... Je revois toujours mes astres familiers,
Les beaux yeux qu'autrefois, sous nos gérofliers,
Le frais matin devait de sa clarté première. » *Poèmes Tragiques*.

« Les chers morts qui l'aimaient au temps de sa jeunesse
Et qui dorment là-bas dans les sables marins... [1] »

Au même moment, Leconte de Lisle écrit, en prose, cette
description de son île lointaine qui mérite d'être citée :

« ... Quand les pluies de la zone torride ont cessé de tomber par nappes épaisses sur les sommets et dans les cirques
intérieurs de l'île où je suis né, les brises de l'Est vannent
au large, l'avalanche des nuées qui se dissipent au soleil ;
et les eaux amoncelées rompent brusquement les parois
de leurs réservoirs naturels. Elles s'écroulent par ces déchi-
rures de montagnes qu'on nomme des ravines, escaliers
de six à sept lieues, hérissés de végétations sauvages, boule-
versés comme une ruine de quelque Babel colossale. Les masses d'écume, de haut en bas, par torrents, par cataractes,
avec des rugissements inouïs, se précipitent, plongent, re-
bondissent et s'engouffrent. Çà et là, à l'abri des courants
furieux, les oiseaux tranquilles, les fleurs splendides des grandes lianes, se baignent dans de petits bassins de lave moussue,
diamantés de lumière. Tout auprès, les eaux roulent, tantôt livides, tantôt enflammées, par le soleil, emportant les
ilettes, les tamariniers déracinés, qui agitent leurs chevelu-
res noires et les troupeaux de bœufs qui beuglent. Elles vont,
elles descendent, plus impétueuses de minute en minute,
arrivent à la mer, et font une immense trouée à travers les
houles effondrées... [2] »

La faculté de compléter un sens par un sens est à la base
de cette puissance créatrice entre toutes, qui s'appelle : le
don de l'évocation. Leconte de Lisle, qui a observé, avec une
telle ampleur et une si ardente minutie les objets comme les
êtres vivants, qui les a peints, d'abord d'après nature, et ensuite par induction à des minutes où il ne lui a point été
donné de les apercevoir — est prêt à faire surgir, du

1. « L'Illusion suprême ». *Poèmes Tragiques.*
2. « Etude sur Victor Hugo ». *Nain Jaune*, 1864.

plus vieux passé du monde, les formes de vie que l'œil de l'homme n'a jamais aperçues. Dans son : *Qaïn*, la nuit est traversée par le passage d'un antédiluvien que l'on ne voit pas, que l'on entend :

« Par quelque monstre épais qui grinçait des mâchoires.
Et laissait après lui comme un ébranlement. [1] »

Le poète a tant regardé ce qui est, il a si fortement imprimé dans son cerveau, dans sa rétine, dans son ouïe, les formes, les couleurs, les sons — que, lorsqu'il évoque ce que nul n'a jamais vu, il reçoit dans une sorte de choc en retour, passivement, les sensations de ces imaginations qu'il a, si l'on peut dire, comme projetées hors de lui-même.

A titre d'exemple de ces descriptions, qui, par l'intensité de la vision réalisée, le placent au premier rang parmi les évocateurs, il faut citer les vers où il fait apparaître à nos yeux ce vieux vaisseau biblique qui porta les espérances des hommes à travers les fureurs du déluge :

« L'arche immense flottait depuis quarante aurores,
Et l'océan sans fin, heurtant ses flancs sonores,
Dans la brume des cieux y berçait lourdement
Tout ce qui survivait à l'engloutissement... [2] »

La peinture des cités antédiluviennes qui sortent des eaux enfin, abaissées, est un autre modèle de ces descriptions que Victor Hugo appelait « choses vues » ; mais ici ce que l'artiste nous montre, il ne l'a réalisé, lui-même, qu'au dedans de soi, et en fermant les yeux.

« Au bas de la montagne où j'étais arrêté,
Dormait dans la vapeur une énorme cité
Aux murs de terre rouge étagés en terrasses
Et bâtis par le bras puissant des vieilles races.

1. « Qaïn ». *Poèmes Barbares*.
2. « Le Corbeau ». *Poèmes Barbares*.

Ecroulés sous le faix des flots démesurés,
Ces murs avaient heurté ces palais effondrés
Où les varechs visqueux, emplis de coquillages,
Pendaient le long des toits comme de noirs feuillages... [1] »

Un artiste qui se sent en possession d'une telle maîtrise, recherche naturellement les occasions de l'exercer. Ce fut une joie pour Leconte de Lisle de développer des cortèges comme ceux que Djihan Guir, le grand Mongol, aperçoit dans le soir tombant, du haut de sa tour « qui regarde Lahor. [2] » On sent que le poète est heureux chaque fois que, tout en clarifiant la légende ou l'histoire, il a le loisir de développer son incomparable pouvoir de descripteur. Il ne craint jamais de se répéter d'une pièce à l'autre car, passionné qu'il est pour ce que les artistes nomment le caractère, il est sûr de trouver dans le sujet lui-même une palette de mots nouveaux, un répertoire inépuisable d'images inédites, appropriées au sujet, et qui provoquent, excitent sa pensée.

Tout l'art architectural indien, avec l'étrangeté de ses bas-reliefs, de ses formes profilées, ne tient-il pas dans ces vers, où le poète montre Lakçmana qui, d'une flèche sûre, vise le Génie velu, gardien des abords de la forêt :

« ... Un pied sur un tronc d'arbre échoué dans les herbes,
L'autre en arrière, il courbe, avec un mâle effort,
L'arme vibrante, où luit, messagère de mort,
      La flèche aux trois pointes acerbes. [3] »

S'agit-il de beauté grecque, de pureté idéale des lignes, de formules marmoréennes pareilles à celles dont les Phidias ont laissé de si nobles images? Il a le pouvoir de les animer de cette grâce, de cette force, de cette tranquilité souveraines, de ces mouvements olympiens, dont il a puisé le secret dans

1. « Le Corbeau ». *Poèmes Barbares.*
2. « Nurmahal ». *Poèmes Barbares.*
3. « L'Arc de Siva ». *Poèmes Antiques.*

la lecture des poèmes épiques, lyriques, tragiques, de sa chère Hellas. Et voici donc que :

> « Telle qu'une jeune et joyeuse reine,
> On voit émerger mollement Kypris
>   De la mer sereine,
> La Déesse est nue, et pousse en nageant,
> De ses roses seins l'onde devant elle ;
> Et l'onde a brodé de franges d'argent
>   Sa gorge immortelle... 1 »

Ce n'est point là mythologie, mais vie divine. Le poète n'a pas imaginé ; il a vu, il fait voir. Epris qu'il est lui-même d'un don si rare, il recherche le motif qui lui permettra de mettre en lumière sa prodigieuse virtuosité. L'épisode de Léda et du Cygne, a séduit tous les peintres et tous les sculpteurs de l'antiquité, les artistes de la Renaissance et ceux du xviiie siècle, par l'occasion qu'il donne de mêler, dans la folie de l'amour, deux des formes les plus belles dont la création s'enorgueillit. Leconte de Lisle rêve de se mesurer, lui aussi, avec un tel sujet. Il sait que son instinctive pudeur sera un obstacle de plus sur la route ; loin de le décourager, la difficulté le séduit : il veut jouer contre sa réserve, sa précision ordinaire. De cet effort sortent des vers qui dureront autant que le souvenir même du mythe :

> « Sur tes bras, ô Léda, l'eau joue et se replie,
> Et sous ton poids charmant se dérobe à dessein ;
> Et le Cygne attentif, qui chante et qui supplie,
> Voit resplendir parfois l'albâtre de ton sein... 2 »

Cette faculté unique s'exaltera chez Leconte de Lisle jusqu'à la fin de sa vie. Elle mettra à sa disposition des ressources, toujours nouvelles, pour traduire, en sonorités, en couleurs, en musiques, en effrois, en frissons, en gloires, tout

---

1. « Médailles Antiques ». *Poèmes Antiques*
2. « Hélène ». *Poèmes Antiques.*

ce que les hommes conçoivent, dans le visible et dans l'invisible.

Un jour, c'est une évocation, purement pittoresque, de ce nouveau monde américain où l'enfant de Bourbon n'a pas mis les pieds. Cependant six strophes lui suffiront pour faire tenir le décor de la prairie américaine avec la vie des Peaux Rouges.

Ailleurs, ce sont les Dieux des Kymris, vieille fiction du monde celte, enfants de la tempête, du vent et de l'écume, que nulle représentation plastique n'a jamais arrêtés dans aucune ligne précise, et qui sont comme saisis, fixés dans les nuées par le Poète. Il nous les montre qui volent, impétueux, tendant leurs bras « noueux comme des fouets », courbant leurs fronts sur leurs poitrines et hurlant des plaintes étouffées.

Un trait, un vers... C'est assez pour que le paysage se lève dans sa gloire ou dans son émotion tragique. Toute l'angoisse des crucifiements, des lâches abandons qui se produisirent autour d'une iniquité suprême, ne tiennent-ils pas, condensés dans ce vers unique où le poète a évoqué le Golgotha :

« Et la hauteur était déserte autour des croix. [1] »

D'autre part, toute l'épouvante médiévale se hérisse en face de cette vision du Démon, auquel le poète ne croyait pas, et qu'il nous montre :

« Silencieux, les poings aux dents, le dos ployé,
Enveloppé du noir manteau de ses deux ailes... [2] »

Lorsqu'on a scruté la sensibilité secrète, nerveuse, presque féminine de Leconte de Lisle, on se forme une idée plus exacte de la souffrance que dut lui imposer, plus d'une fois, ce don naturel de visionnaire qui agissait en lui, comme cette

1. « Le Corbeau ». *Poèmes Barbares.*
2. « La Tristesse du Diable ». *Poèmes Barbares.*

fureur sacrée, dont les prophètes d'Israël se sentaient touchés. Il l'obligeait à contempler, dans les détails de leurs horreurs, les haïssables supplices qui marquent, autant dire, toutes les étapes de l'histoire.

Contraint qu'il est d'assister, dans une hallucination qui le torture, à ces crimes des fanatismes, le poète veut au moins, que son dégoût serve à terrifier les hommes, à les éloigner à jamais de tant d'horreurs. Afin d'incruster cette épouvante dans nos consciences et dans nos moelles, il nous entraîne au pied des bûchers, il nous fait écouter, avec lui, les craquements du bois sec, il nous montre la flamme qui en sort, comme une langue écarlate, rampe jusqu'au ventre du supplicié, l'entoure comme un serpent. Et, lorsque nos yeux se détournent, il s'empare de notre ouïe, de notre odorat, il nous oblige à entendre, à sentir la peau du martyr « grésiller », se fendre comme un fruit mûr; il nous force à voir le sang jaillir « mêlé à la graisse blême », tandis qu'une sueur, « brûlante et rouge », ruisselle sur la face de l'agonisant [1].

Cette puissance créatrice du poète qui ne se connaît pas de limites, ni dans le temps ni dans l'espace, s'est plue à évoquer aussi le « gigantesque », cette exagération, contraire à la formule de beauté, dont la loi est dans l'harmonie et dans les proportions. Ce fut tout justement cette difficulté qui tenta Leconte de Lisle et qui lui donna le goût de nous faire assister à l'escalade de l'Olympe par les « Fils de la Terre » :

« Donc, du crime infini, formidables vengeurs,
Naquirent, tout armés, les Géants voyageurs,
Monstres de qui la tête était ceinte de nues,
Dont le bras ébranlait les montagnes chenues,
Et qui, toujours marchant secouaient d'un pied lourd
Les entrailles du monde, et jusqu'à l'Hadès sourd ! [2] »

Le triomphe de l'évocateur apparaît, non dans la façon

1. « L'Holocauste ». *Poèmes Tragiques.*
2. « Khiron ». *Poèmes Antiques.*

dont il se répand, mais au contraire dans la discipline par laquelle il se restreint ; c'est vraiment à lui qu'on demande d'enfermer, dans un flacon de cristal, l'âme d'un champ de roses.

Voici donc le dernier prodige dont le génie évocateur de Leconte de Lisle eut à cœur de donner le spectacle à ceux qui l'ont soutenu de leurs admirations : lorsqu'après une vingtaine d'années d'études grecques, il acheva sa traduction de l'Illiade (1868) il sentit, qu'imprégné comme il l'était du génie grec, il pourrait condenser ses splendeurs épiques, ces milliers d'images, ces rumeurs de combats, ces interventions divines, dont tout son être était demeuré ébranlé et bourdonnant, en des vers qui auraient de la Beauté. Alors, il écrivit ce sonnet : *Le Combat Homérique* [1] qu'il faut relire, pour sentir, jusqu'au fond, ce que l'art discipliné, conscient de soi, peut ajouter de beauté absolue, à la naturelle expansion du génie.

1. « Le Combat Homérique ». *Poèmes Barbares.*

CHAPITRE IV

—

La Nature éducatrice.

Leconte de Lisle a raconté lui-même comment la nature, que, pendant sa première jeunesse il avait contemplée dans l'adoration de ses sens, lui fut, à la fin, révélée, non plus comme une berceuse d'inconscience, comme une maîtresse de volupté, ou comme une évocatrice de descriptions — mais comme l'éducatrice philosophique de toute pensée.

« ... Je ne puis, dit-il, me rappeler sans un profond sentiment de reconnaissance l'impression soudaine que je ressentis, tout jeune encore, lorsque les *Orientales* de Victor Hugo me furent données, autrefois, sur la montagne de mon île natale, quand j'eus cette vision d'un monde plein de lumière, quand j'admirai cette richesse d'images si neuves, si hardies, ce mouvement lyrique irrésistible, cette langue précise et sonore. Ce fut comme une immense et brusque clarté illuminant la mer, les montagnes, les bois, la nature, d'un pays, dont, jusqu'alors, je n'avais entrevu la beauté et le charme étrange que dans les sensations confuses et inconscientes de l'enfance... [1] »

---

[1]. Discours de réception à l'Académie française, 31 mars 1887.

En effet, à partir de ce jour où l'art a « fécondé » son instinct, c'est la nature qui devient, pour Leconte de Lisle, le
livre vivant :

« ... La Vie immense, auguste, palpitait,
Rêvait, étincelait, soupirait et chantait... [1] »

On lit, dans son poème de *Khiron* une page, sur la beauté
de la terre au lendemain du déluge, alors que la nature était
toute proche de l'homme encore primitif. L'antique Centaure « remonte les temps »; il se souvient, il s'écrie :

« Oui ! J'ai vécu longtemps sur le sein de Kybèle.
Dans ma jeune saison que la Terre était belle !...
Les Cieux étaient plus grands ! D'un souffle généreux
L'air subtil emplissait les poumons vigoureux...
Oui ! J'étais jeune et fort, rien ne bornait mes vœux :
J'étreignais l'univers entre mes bras nerveux ;
L'horizon sans limite aiguillonnait ma course,
Et j'étais comme un fleuve égaré de sa source
Qui, du sommet des monts soudain précipité,
Flot sur flot s'amoncelle et roule avec fierté. [2] »

On sent que le poëte étreint, lui aussi, entre ses bras nerveux l'Univers adoré ; que jamais ses pieds ne sont fatigués
de l'espace, et que, pareil au demi-dieu qu'il a évoqué, il
erre heureux, sauvage et libre :

« Emplissant ses poumons du souffle des déserts
Et fuyant des mortels les obscures demeures... [3] »

D'autre part, dans sa nouvelle : *Le Songe d'Hermann*
Leconte de Lisle a écrit : « ... La contemplation constante
de la beauté visible et invisible dans la nature — cette seconde ouïe de l'âme qui prête des chants mélodieux ou sublimes aux diverses formes organiques, cette étincelle qui vi-

1. « Bhagavat ». *Poèmes Antiques.*
2. « Khiron ». *Poèmes Antiques.*
3. « Khiron ». *Poèmes Antiques.*

vifie le bois et l'argile, développe dans l'âme d'immenses désirs irréalisables, des aspirations généreuses, mais vaines, vers un but à peine entrevu, un vague besoin d'irrésistible tendresse... C'est la soif de Tantale. [1] »

Dans le ravissement même que le poète éprouve ici en face de la beauté du monde, on sent percer une pointe de cette souffrance, de cette amertume, que le vieux Lucrèce mêlait à toutes les fontaines de volupté. Pourtant, plus tard, du fond de ses angoisses de parisien, prisonnier d'un horizon gris, Leconte de Lisle songera intarrissablement, comme à une puissance magique, à la splendeur de la nature tropicale, à laquelle l'aurore rend, à chaque réveil, sa beauté première. Ah ! si quelque enchantement pouvait lui rapporter les chères visions de son adolescence, peut-être, les espoirs, les idées qui avaient illuminé l'aube de sa vie ressusciteraient en lui :

« O jeunesse sacrée, irréparable joie,
Félicité perdue où l'âme en pleurs se noie,
O lumière, ô fraîcheur des monts calmes et bleus...
Vous vivez, vous chantez, vous palpitez encor...
Mais, ô nature, ô ciel. flots sacrés, monts sublimes...
Formes de l'idéal, magnifiques aux yeux,
Vous avez disparu de mon cœur oublieux !
Et voici que, lassé de voluptés amères,
Haletant du désir de mes mille chimères
Hélas ! j'ai désappris les hymnes d'autrefois,
Et que mes dieux trahis n'entendent plus ma voix. [2] »

Par de tels élans, le poète est, tout naturellement, haussé du visible à l'invisible ; il entre, de plein pied, dans la mythologie. Il n'a qu'a céder à son élan lyrique, pour ouvrir, à l'apparition des centaures, des cyclopes, des nymphes, des satyres, des demi-dieux cornus le paradis de la terre et des

---

1. Cf. *La Démocratie Pacifique*, 1846.
2. « L'Aurore ». *Poèmes Barbares*.

eaux. Cette terre, ces eaux et le ciel se mêlent, pour lui, dans de perpétuels mariages qui magnifient, en y ajoutant du divin, le spectacle éblouissant des choses :

> « O fleur de Kypris, reine des collines !
> Tu t'épanouis entre les beaux doigts
> De l'Aube écartant les ombres moroses.
> L'air bleu devient rose, et roses les bois;
> La bouche et le sein des Nymphes sont roses [1]. »

De même, ce n'est point un souvenir classique, mais un mouvement de foi naïve, qui, dans ce taureau blanc « maître des pâturages », lui fait voir la forme symbolique dans laquelle le génie grec à figuré la puissance des eaux :

> « Et couché comme un Dieu près du fleuve endormi
> Pacifique, il rumine et clôt l'œil à demi... [2] »

Sainte-Beuve, qui résistait d'ordinaire, au point d'exclamation, parle avec admiration du « naturisme » de Leconte de Lisle ». Il s'écrie : « C'est magnifiqnement dit ! [3] »

Peut-être aurait-il été moins d'accord avec ce jeune créole, nourri, par un père philosophe, dans la religion de Jean-Jacques Rousseau, s'il avait lu, à la même époque, dans un article qui a pour titre : *L'Oppresseur et l'Indigence* [4], une tirade pathétique qui commençaient par ces mots : « Aux époques de civilisation — c'est-à-dire de ruse et de mensonge... » Peut-être encore n'eût-il acquiescé qu'à demi à la doctrine que le poète devait apporter quelques années plus tard dans la Préface de ses *Poèmes Antiques* : « Le rôle du poète est de donner la vie idéale à qui n'a plus la vie réelle : or, la vie réelle, c'est la vie naturelle. »

---

1. « Odes anacréontiques ». *Poèmes Antiques.*
2. « Fultus Hyacintho ». *Poèmes Antiques.*
3. Sainte-Beuve : *Nouveaux Lundis*, 1846.
4. Cf. *La Démocratie Pacifique*, 1845.

Ce que Leconte de Lisle aimait par-dessus tout, dans les sites de son île montagneuse, c'est qu'on y trouvait des lieux sauvages, hospitaliers au rêve, où n'arrivaient ni le bruit de la mer, ni la rumeur des cités, où l'on pouvait « oublier »[1].

Aussi bien, lorsqu'un homme qui pense se met à prêter l'oreille aux voix qui montent de la création, il ne peut conserver longtemps sa sérénité. Parlant d'Hugo, Leconte de Lisle a écrit : « Chez lui, comme dans la légende orphique, l'herbe, l'arbre, la pierre, parlent, chantent, rêvent, souffrent, pleurent... » Le jeune créole entend, comme l'auteur des *Contemplations*, ces voix inarticulées. Et, très vite, elles arrivent à son oreille avec la sonorité d'un gémissement :

« Une plainte est au fond de la rumeur des nuits,
Lamentation large et souffrance inconnue
Qui monte de la terre et roule dans la nue ;
Soupir du globe errant dans l'éternel chemin,
Mais effacé toujours par le soupir humain.[2] »

Comment croire que la Nature qui souffre, ne compatit pas à la misère des hommes ? Il y a une heure dans la vie de Leconte de Lisle où il se rejette vers cette mère de l'humanité comme vers l'unique consolatrice. Il est las de souffrir, il est las de l'insuccès de ses efforts littéraires et humanitaires — une douleur d'enfant remonte en lui qui, pour se reposer, cherche un sein maternel. Alors il demande à cette Nature, qu'il a connue si berceuse, de verser à son inquiétude présente, le voluptueux engourdissement d'autrefois :

« Déroule encore, Soleil, ta robe glorieuse !
Montagne, ouvre ton sein plein d'arôme et de paix !
Soupirs majestueux des ondes apaisées,
Murmurez plus profonds en nos cœurs soucieux !

---

1. « Le Bernica ». *Poèmes Barbares.*
2. « Bhagavat ». *Poèmes Antiques.*

Répandez, ô forêts, vos urnes de rosée !
Ruisselle en nous, silence étincelant des cieux !
Consolez-nous enfin des espérances vaines... [1] »

Il faut croire que ce magnifique appel fut entendu de la muette Puissance à laquelle il était jeté, car, plus tard, au déclin de sa vie, le poète trouvera des accents, dont la sincérité ne trompe point, pour remercier cette Nature divine, qui, si souvent, l'a repris sur son cœur, et, tout haletant, l'a serré entre ses bras :

« O mers, ô bois songeurs, voix pieuses du monde,
Vous m'avez répondu durant mes jours mauvais ;
Vous avez apaisé ma tristesse inféconde,
Et dans mon cœur aussi vous chantez à jamais ! [2] »

Henry Becque a écrit : « L'homme finit dans son berceau. » Conformément à cette loi, il n'y a point de doute que, à travers son existence entière, et surtout vers la fin de sa vie, Leconte de Lisle ait été repris, par assauts, de cette passion de la Nature qui fut sa religion première.

Mais, au milieu de son existence de lutte et de pensée, la foi du poète, dans la réponse que l'Univers fait à l'homme pour l'encourager sur le chemin, sombra souvent en lui, pour faire place à la plus désespérée des négations. Il croit alors que son espérance a été vaine et, d'une année à l'autre, d'une œuvre à l'autre, dans son âme et dans sa vie, cette déception se précise : la bonté de la nature pour l'homme est « la plus amère des duperies ! » Alors, pourquoi l'implorer ?

«... Si rien ne répond dans l'immense étendue
Que le stérile écho de l'éternel désir,
Adieu, désert ? où l'âme ouvre une aile éperdue !
Adieu, songe sublime, impossible à saisir !... [3] »

---

1. « Dies Irae ». *Poèmes Antiques*.
2. « Nox ». *Poèmes Antiques*.
3. « Dies Irae ». *Poèmes Antiques*.

Est-ce la Nature qui, ici, se détourne de l'Homme pour le punir de l'avoir désertée au profit des œuvres de la civilisation? Est-ce le poète lui-même qui a changé? Le fait est que l'interrogation, même l'ombre d'hésitation qui flottent encore dans ces vers, vont disparaître dans l'âme de Leconte de Lisle pour faire place à une rancune blasphématoire :

> « Pour qui sait pénétrer, Nature, dans tes voies,
> L'illusion t'enserre et ta surface ment :
> Au fond de tes fureurs, comme au fond de tes joies,
> Ta force est sans ivresse et sans emportement... [1] »

Et encore :

> « Homme, si le cœur plein de joie ou d'amertume,
> Tu passais vers midi dans les champs radieux,
> Fuis! la nature est vide et le soleil consume :
> Rien n'est vivant ici, rien n'est triste ou joyeux... [2] »

Ce sentiment, qui devait trouver ici sa formule définitive, a été exprimé déjà dans une pièce de jeunesse : *La Fontaine aux Lianes* où l'on sent passer sur l'adolescent comme le vertige du suicide. N'était-ce pas en effet lui-même, ce jeune mort, que Leconte de Lisle a voulu montrer, endormi au fond des eaux transparentes? Il le pleure avec des accents déchirants :

> « La Nature se rit des souffrances humaines;
> Ne contemplant jamais que sa propre grandeur,
> Elle dispense à tous ses forces souveraines
> Et garde pour sa part le calme et la splendeur... [3] »

Lorsque le dernier asile vient à manquer à celui qui croyait s'être ménagé un suprême refuge, il n'a plus qu'à se tourner vers lui-même et, bravement, à faire face à la

---

1. « La Ravine Saint Gilles ». *Poèmes Barbares.*
2. « Midi ». *Poèmes Antiques.*
3. « La Fontaine aux Lianes ». *Poèmes Barbares.*

mort. C'est là le mouvement que la tristesse imposera, un jour, à cet enfant du soleil, qui a débuté dans la vie de la pensée et de l'art, par la païenne adoration des forces naturelles. De désillusion en désillusion, une heure viendra où, du cœur du poète, jaillira, fatalement, un hymne à la Mort. Et ce poème atteindra, en beauté éperdue, les hauteurs où le même artiste a su monter pour louer, dans sa splendeur heureuse, la Vénus qui a engendré la vie :

« Et toi, divine Mort, où tout rentre et s'efface,
Accueille tes enfants dans ton sein étoilé ;
Affranchis-nous du temps, du nombre et de l'espace,
Et rends-nous le repos que la vie a troublé ! [1] »

Sera-ce donc, presque dès le début de son existence, dans le silence et l'engourdissement du tombeau, le murement d'une âme qui a tant espéré de la vie ? Non. A mi-chemin de ce vol qui va l'emporter dans la nuit éternelle, le poète se reprend. Il avoue que l'homme n'est pas sincère lorsqu'il réclame de la nature qu'elle « l'engourdisse », en ce majestueux abîme « où dort l'oubli sacré ». La vérité humaine, c'est que la vie veut vivre, dans ce monde, et au delà de ce monde, sans fin. Ces « larves vagabondes » que sont les hommes, aspirent à tourbillonner éternellement, dans l'espace. Les pieds sanglants, veulent gravir les seuils d'autres univers, les cœurs pleins de sanglots, veulent aller battre en d'autres seins. Et le poète n'est qu'un homme, plus homme que les autres. Une seconde, il peut mettre sa pensée en travers des lois de la vie, mais, aussitôt, il sent que cette opposition stérile est d'avance condamnée à la déroute :

« A de lointains soleils allons montrer ros chaînes,
Allons combattre encor, penser, aimer, souffrir ;
Et, savourant l'horreur des tortures humaines,
Vivons, puisqu'on ne peut oublier ni mourir ! [2] »

1. « Dies Irae ». *Poèmes Antiques.*
2. « Ultra Coelos ». *Poèmes Barbares.*

Oscillant entre sa passion personnelle de la mort, et cet amour général pour la vie que, comme tous les êtres, il porte dans son sein, Leconte de Lisle sent la nécessité de se réfugier dans quelque temple de sérénité d'où il regardera s'écouler le torrent des misères humaines. Cette fois encore « le livre » viendra au secours de ses angoisses et de ses aspirations. Adolescent, un recueil de vers d'Hugo le fait poète ; homme, la lecture des Bibles sacrées de l'Inde le fera philosophe. En effet, au moment où sa pensée commence à prendre une forme définitive, ces mystérieuses et pacifiantes théogonies lui donnent l'occasion, d'étayer, sur son amour pour la Nature et sur les déceptions qu'elle lui a apportées, une philosophie où, désormais, il pourra tenter d'abriter sa souffrance.

CHAPITRE V

—

L'Inde

Leconte de Lisle avait une connaissance étendue des langues mortes et vivantes, mais il n'avait pas étudié le sanscrit. Ce fut à travers l'œuvre d'Eugène Burnouf, que, vers 1847, l'Inde religieuse lui fut révélée [1].

Quatre ans plus tard, il apparaît si absorbé dans les arcanes de cette civilisation asiatique que Sainte-Beuve peut écrire : « En traduisant le sentiment suprême du désabusement humain, et en le confondant ainsi avec celui qu'il prête à la Nature, M. Leconte de Lisle a quitté le paysage du midi de l'Europe et fait un pas vers l'Inde. *Qu'il ne s'y absorde pas* [2]. »

Cette dernière phrase, explique l'état d'âme où la lecture des poèmes indiens a plongé Leconte de Lisle. Il « s'y absorbe ». Il n'y cherche point une matière d'art, des sujets nouveaux à mettre en vers : il satisfait le désir qu'il a de

---

1. Leconte de Lisle a été un des premiers lecteurs de : *L'Introduction à l'histoire du Bouddhisme* et de : *L'histoire poétique de Krischna* de Burnouf.

2. Cf. *Constitutionnel*, 9 février 1852.

se perdre dans l'étude, d'y noyer son chagrin et ses déceptions. De plus, il voudrait révéler, avec de beaux accents, aux
frères de sa misère intellectuelle et morale, cette religion
de l'impassibilité, dans laquelle lui-même il rêve de se réfugier.

Le poëte ne se fait aucune illusion sur le succès qu'une
telle tentative peut obtenir auprès du grand public. Dès
1852, il écrit : « Mon poëme de *Bhagavat* indique une voie
nouvelle... J'ai tenté d'y reproduire, au sein de la nature excessive et mystérieuse de l'Inde, le caractère métaphysique
et mystique des Ascètes viçnuïstes, en insistant sur le lien
étroit qui les rattache aux dogmes bouddhistes... Ces poëmes,
il faut s'y résigner, seront peu goûtés et peu appréciés. Des
sympathies désirables leur feront défaut : celles des âmes
impressionnables qui ne demandent à l'art que le souvenir
ou le pressentiment des émotions regrettées ou rêvées. Un
tel renoncement à bien ses amertumes secrètes ; mais la
destinée de l'intelligence doit l'emporter, et si la Poésie est
souvent une expiation, le supplice est toujours sacré... [1] »

Cette probité morale de l'artiste a tout de même été ré-
compensée. Des savants techniques ont rendu hommage au
désir que Leconte de Lisle eut, d'atteindre la vérité historique, et de la vivifier ensuite pour nous la rapporter, renou-
velée au contact de son génie [2].

---

1. Préface des *Poèmes et Poésies*. Marc Ducloux, éditeur. Paris, 1852.
2. Au nombre de ces travaux qui accompagnent l'œuvre du poète
comme un commentaire fidèle, il faut, en tout premier lieu, citer le livre de M. Joseph Vianey, professeur à la faculté de lettres de Mont-
pellier : *Les Sources de Leconte de Lisle*. La thèse de M. Vianey
n'est pas seulement une précieuse mise au point de la valeur des
documents auxquels le poète a recouru pour établir ses principaux
poèmes indiens, égyptiens, scandinaves, finnois, celtiques, espagnols,
bibliques, exotiques, grecs et latins, — elle dégage, avec une sûreté
de renseignements et une ingéniosité remarquables, la méthode par
laquelle le poète ranime, constamment, les cendres d'érudition qu'il recueille pour en faire de la clarté. Enfin, elle nous fait connaître que presque toujours les erreurs de critique historique où Leconte de Lisle glisse

Bien que le poème indien de Leconte de Lisle : *La Mort de Valmiki* ait été placé par lui, dans le classement final de ses *Poèmes Antiques*, après les pièces de *Sûrya* ; *La Prière védique pour les Morts* ; et *Bhagavat* — on a des raisons, liées aux conversations du poète pour savoir que : *La Mort de Valmiki* fut composée avant tout autre poème hindou.

La matière en est tirée du *Mahabharata* [1], une des deux épopées les plus intéressantes de la littérature indienne. Elle met en scène, non pas un philosophe — le mot est inconnu aux Indes — mais un « Sage » plus que centenaire. C'est le glorieux Valmiki, l'immortel auteur du poème innombrable, touffu comme la forêt vierge, qui a nom : *La Ramayana*.

Le vieux Valmiki est las d'avoir contemplé le monde, nommé les formes, toutes les espérances de la vie, dont il a été le témoin. Il gravit le sommet d'une montagne qu mine la Terre ; il veut contempler une dernière fois les n les fleuves, les cités, les lacs, les bois. C'est l'aurore. pieds de l'ascète, le voile, qui couvre toutes les apparences créées, se soulève, et la terre se manifeste dans la joie radieuse de la vie :

chemin faisant, ne sauraient lui être imputées : « il est au courant des résultats conquis par la science *de son temps*. » En effet si des commentaires ultérieurs fixèrent autrement les dates de certains documents, les interprétations de certains mythes, il serait puéril de reprocher à un poète de ne point avoir détruit ou remanié, pour ces raisons de critique historique, des poèmes parfaits, dont rien ne saurait modifier le sens supérieur et les conclusions philosophiques.

1. Le *Mahabharata* est la plus vaste des épopées indiennes. Elle contient 214.778 vers. C'est un monument poétique prodigieux, commencé au XIIIᵉ siècle avant J.-C., par une chanson qui célébrait la guerre, qui eut lieu dans le bassin du Gange, entre deux peuples Aryens : les Pandavas et les Kanravas. Cette épopée a démesurément grandi, siècle par siècle, par l'addition de légendes ajoutées par les Brahmanes. Cf. Traductions : de E. Foucaux. Paris, 1862 : Emile Walthier. Paris, 1864, etc.

« La lumière sacrée envahit terre et cieux ;
Du zénith au brin d'herbe et du gouffre à la nue,
Elle vole, palpite, et nage et s'insinue,
Dorant d'un seul baiser clair, subtil, frais et doux,..
Les radjahs et les chiens, Richis et Parias,
Et l'insecte invisible, et les Hymalayas
Un rire éblouissant illumine le monde...
... L'arôme de la Vie, inépuisable inonde
L'immensité du rêve énergique où Brahma
Se vit, se reconnut, resplendit et s'aima... [1] »

En même temps que ce spectacle de beauté se déroule
devant le poète philosophe, sa pensée redescend en lui-
même. Elle ressuscite son passé de gloire, de guerre, de
poésie, d'amour — infini qui fait pendant à l'autre infini — illusion aussi captivante et aussi vaine que l'autre
illusion. Or, tandis que le sage s'anéantit dans le souvenir
de ce que, lui-même il a conçu, voici que, par milliers, hors
du sol qui fume, des fourmis « aux ventres blêmes », vêtant
de leur grouillement le sommet de la montagne, s'élan-
cent à l'assaut de l'homme, absorbé dans son rêve, et en
qui, la concentration de la pensée a fini d'abolir toute sensibilité extérieure :

« Elles couvrent ses pieds, ses cuisses, sa poitrine,
Mordent, rongent la chair, pénètrent par les yeux
Dans la concavité du crâne spacieux,
S'engouffrent dans la bouche ouverte et violette,
Et de ce corps vivant font un raide squelette
Planté sur l'Himavat comme un Dieu sur l'autel,
Et qui fut Valmiki, le poète immortel,
Dont l'âme harmonieuse emplit l'ombre où nous sommes
Et ne se taira plus sur les lèvres des hommes. [2] »

L'allusion est ici transparente; Valmiki, c'est une fois de
plus Leconte de Lisle lui-même. Cette montagne indienne

---

1. « La Mort de Valmiki », *Poèmes Antiques.*
2. *Ibid.*

ressemble étrangement aux faîtes de l'île Bourbon. Cette vision de la nature, que l'ascète a, du haut de l'Hymalaya est, à peine différente des spectacles de beauté dont l'enfant créole s'est enivré dans son adolescence. Lui aussi, quand il se penche sur soi-même, il aperçoit dans son âme, ces rêves, ces amours, ces idées chères, pour lesquelles il a combattu.

Ce qui n'est pas moins clair, c'est le conseil que le poète se donne à soi-même : il veut s'initier à la sagesse qui a fait Valmiki si insensible, qu'il ne souffre même plus quand, parcelle par parcelle, les petites bêtes fourmilliantes, destructrices, anonymes, voraces, stupides, emportent, dans leur terrier obscur, ce qui fut la chair, le cœur et la pensée du poète.

N'est-ce pas en effet, pour acquérir un « détachement » pareil que Leconte de Lisle s'absorbe dans l'étude de la religion, de la philosophie et de la poésie indiennes, contemplées dans les poèmes du sage Valmiki, et qu'il les revêt, pour nous les apporter, de concision et de beauté ?

« ... A aucune époque, remarque un savant technique [1], la littérature indienne ne s'est souciée de « composer » une pièce qui ait un commencement, un milieu, une fin : quelque chose de comparable à la belle ordonnance classique, est ici un heureux hasard... »

Leconte de Lisle, au contraire, a su, dès son adolescence, discipliner son esprit par la fréquentation des classiques grecs, il s'est élevé à une compréhension de la composition qui n'a pas été dépassée, et qui est, dans tous les ordres de l'art, comme le sceau des œuvres du génie hellénique. Personne n'est donc plus disposé que l'auteur de la *Niobé* à sentir l'antithèse qui existe entre la colonnade du Parthénon et la Forêt Vierge. S'il chante l'une comme le miracle de toutes les harmonies, il aime l'autre comme le miracle de toutes les fécondités.

1. M. Henry : *Les Littératures de l'Inde*

L'Inde n'a pas la ligne, elle a la couleur : Leconte de
Lisle la lui emprunte avec passion. Lui, qui moulera la plastique grecque dans des mots aussi rigides, aussi purs, aussi
éclatants que le marbre, il prend ici une joie d'enfant à
peindre des fonds et des images bariolés, comme ces toiles
de couleurs vives sur lesquelles l'art hindou jette tous les
objets pêle mêle, sans souci de leurs proportions vraies, en
parfait dédain de la perspective — pour le pur divertis-
sement. C'est ainsi qu'il fait passer, sous nos yeux, dans ses
poèmes indiens : des verts figuiers, de rouges érables, des
parasols roses, des perles et des fleurs :

> « ... Parmi les coqs guerriers, les paons, aux belles queues
> Et les riches oiseaux, lissant leurs plumes bleues... »

S'il s'agit, de mettre en présence, non plus des arbres
des animaux, mais des Dieux et des Sages, des Idées religieuses et des Idées philosophiques, le procédé de l'artiste
ne varie point. Il semble vouloir dérouter le lecteur vulgaire,
celui qui ne fait pas l'effort qu'il faut, pour pénétrer le sens
des mythes. Il n'a donc pas voulu écarter de ses poèmes
hindous, toutes les difficultés extérieures : il y a laissé subsister la demi obscurité dans le plein jour. Cependant, lorsqu'on y regarde de près, quand on compare l'œuvre de Leconte de Lisle a celle de ses modèles, il faut reconnaître qu'il
a agi avec une information ample, avec une habileté con-
sommée, surtout, avec la perpétuelle préoccupation d'apporter, dans ces œuvres d'art les qualités d'ordre, de netteté,
en un mot, de cette clarté, qui est, si on peut dire l'empreinte de l'esprit moderne.

C'est à ce titre, que son poème de *Çunacepa* est infiniment intéressant à rapprocher de ses sources. N'a-t-on
pas constaté, plus haut, que, dans un sonnet : *Le Combat
homérique* Leconte de Lisle s'est efforcé d'enfermer, en
quatorze vers, ce que l'on pourrait nommer, l'esprit de l'Illiade ? De même dans cette pièce de *Çunacepa* a-t-il résumé

en trente stances, les événements principaux d'une interminable épopée indienne, que le *Ramayana* conte en des milliers de strophes.

Dès le seuil de son initiation à la pensée hindoue, cette légende offrait à Leconte de Lisle, l'occasion d'opposer l'une à l'autre la Jeunesse, que l'Amour enivre, et la Sagesse, qui ne croit pas à cette Illusion plus qu'aux autres illusions. Il met en scène un Richi — un de ces Sages auxquels furent inspirées les *Hymnes* des Védas, et que la légende a béatifiés, qu'ils fussent Brahmanes, Ascètes ou Rois. Celui-ci occupe un trône. Pareil à Agammemnon, de qui les dieux réclamaient la mort d'Iphigénie, le Richi doit immoler son fils, afin d'expier une faute dont le ciel s'est offensé. Mais cette innocente victime ne veut pas mourir, le jeune homme aime la belle Çanta dont lui-même il est adoré. Il va donc trouver, dans la solitude où les ermites se cachent pour s'anéantir, le plus illustre des ascètes dont on puisse espérer une parole divine, le pieux Vicvanitra. La vierge que Çunacepa chérit, l'accompagne dans ce suprême pélerinage. L'intensité de la douleur des deux amants oblige le Saint à tourner vers eux son visage depuis longtemps détaché des choses de la terre. Il les écoute à peine, car aucune des nouvelles qu'on lui apporte du monde ne peut plus le troubler ni l'apitoyer. Les yeux dans l'espace, il prononce :

« Réjouis-toi mon fils, bien qu'il soit vain de rire
Ou de pleurer, et vain d'aimer ou de maudire.
Tu vas sortir, sacré par l'expiation,
Du monde obscur des sens et de la passion,
Et franchir, jeune encore, la porte de lumière
Par où tu plongeras dans l'Essence première...
La Maya te séduit ; mais si ton cœur est ferme,
Tu verras s'envoler comme un peu de vapeur
La colère, l'amour, le désir et la peur ;
Et le monde illusoire aux formes innombrables
S'écroulera sous toi comme un monceau de sable... [1] »

1. « Çunacepa ». *Poèmes Antiques.*

Mais Çunacepa n'est point mûr pour tant de détachement.
Il secoue la tête quand le sage affirme :

« Va ! le monde est un songe et l'homme n'a qu'un jour,
Et le néant divin ne connait pas l'amour... [1] »

Ce n'est point le néant, que le jeune homme veut posséder
à cette heure, c'est la vie, avec cette illusion qui, pour lui,
s'appelle l'amour de Çanta. Et Çanta partage le rêve de
son jeune amant. Elle trouvera, dans sa douleur, des accents
si pathétiques, que le cœur endurci de l'ermite, à la fin, en
sera touché.

« J'entends chanter l'oiseau de mes jeunes années,
Dit-il, et l'épaisseur des forêts fortunées
Murmure comme au jour où j'étais homme encore... [2] »

L'ascète accepte que la jeunesse, qui n'a pas encore passé
par les affres de l'épreuve, ne puisse choisir le renoncement
où lui-même il se complaît. Il indique à ces enfants qui sont
venus le consulter, le moyen de faire échapper Çunacepa au
sacrifice.

Çunacepa a foi dans la parole du sage. Il prie au pied du
poteau où on l'a lié pour le frapper par le fer. Et, à la dernière seconde, un étalon, tombé du soleil vient se substituer à la victime humaine, tout comme ce bouc qui sort du
buisson à la minute où Abraham lève le couteau, afin de sacrifier son fils [3].

A côté de livres sacrés comme le *Ramayana*, l'Inde possède un certain nombre de recueils de formation poétique
qui, pour les dévots hindous, sont quelque chose de pareil
à nos livres rituels de culte, l'équivalent de notre « parois-

---

1. « Çunacepa ». *Poèmes Antiques.*
2. *Ibid.*
3. *L'Arc de Siva* est un autre emprunt fait par Leconte de Lisle
aux livres du *Ramayana.* A la date où il composait cette pièce, les
savants s'accordaient à voir, dans Rama, une forme hindoue de l'Her-
cule grec. L'aventure qui a pour titre : *L'Arc de Siva* apparaissait

sien ». Le *Rig-Véda* — Livre des Hymnes — est probablement le plus ancien, en tous les cas le plus digne d'admiration, de ces recueils religieux.

Une traduction de ces poèmes parut en 1848. Leconte de
Lisle s'en empare. Il lui emprunte un hymne en l'honneur
de *Sûrya*, c'est-à-dire du soleil, et une pièce lithurgique :
La Prière védique pour les Morts.

Le poète français a puisé dans les mille dix-sept hymnes,
du Rig-Véda, tous consacrés à la gloire du Soleil, les
traits qui lui paraissaient les plus propres à caractériser
le Dieu. C'est l'occasion d'admirer ici, une fois de plus, la
passion d'ordre et d'harmonie, qui fait partie du génie de
Leconte de Lisle et qui, se traduit par une netteté de la pensée, une précision de l'image dont les poètes hindous n'ont
jamais eu l'idée. Le mot le plus exact qu'on puisse employer
ici, c'est de dire que Leconte de Lisle a « butiné » les splendeurs dont fourmillent ces Hymnes, il les a clarifiés, il en a
fait son miel [1].

Dans le second poème emprunté au Rig-Véda : *La Prière
védique pour les Morts*, Leconte de Lisle a cristallisé, le
sens de trois hymnes funèbres, et d'un chant en l'honneur
des mânes des ancêtres. Le poète français a voulu mettre
en lumière quels furent, devant la mort, les sentiments des
plus vieux des hommes dont nous connaissions la pensée.

---

d'autre part comme le récit allégorique d'un événement historique dont
les conséquences ont été considérables : la conquête de l'Hindoustan
par les Aryens. Leconte de Lisle fut tenté cette fois par le désir de
mettre en lumière les similitudes des légendes dont l'humanité vit et
dont l'étude réduit à leurs justes proportions la vanité de ceux qui
voudraient dater d'eux-mêmes l'histoire de l'homme et de la pensée.

1. « ... En composant un hymne au Soleil, Leconte de Lisle nous
a transportés à l'origine de la mythologie védique, alors, que tant de
dieux qui, plus tard devaient se distinguer, n'étaient encore que des
noms ou des aspects différents du même Dieu soleil. Son « hymne »
si l'on peut dire, est ainsi, un hymne « pré-védique ; » la religion védique y apparaît dans ses conceptions premières ». J. Vianey : *Les
Sources de Leconte de Lisle.*

Il les montre, penchés dans le regret, sur ceux qui ne sont plus, adorant les transformations, perpétuellement accomplies par la Nature, qui, pour la création d'êtres nouveaux, dispose de la matière qu'un instant elle avait prêtée à des formes qui vont s'évanouir. Enfin, le poète note l'ancienneté de ce rêve que se sont forgé les hommes : d'une part l'espoir de la vie future pour une parcelle d'eux-mêmes; d'autre part — en l'absence de certitude sur ces espoirs d'au de là — l'amour passionné qu'ils ont professé, de tout temps, pour la vie.

Bien qu'il n'ait pas été ému, plus que de raison, par l'avertissement que lui avait donné Sainte-Beuve de « ne pas s'absorber dans l'Inde », Leconte de Lisle sentait cruellement, à la froideur avec laquelle le public accueillait son œuvre hindoue, qu'il lui faudrait renoncer à la joie d'être lu, s'il voulait s'enfermer dans l'unique contemplation de ces mythes. Nous retrouvons, dans ses notes manuscrites, le récit d'une soirée dont le souvenir douloureux et comique a persisté dans sa mémoire à plus de trente années de distance. On l'avait, ce jour-là, supplié de réciter quelqu'une de ses poésies. Il dit, de sa voix sonore, la longue pièce de *Bhagavat*, encore inconnue. Dès le dixième vers, ce fut de la stupeur. Le poème ne s'acheva pas seulement dans le silence, mais dans l'effroi. Le poète n'avait pas osé s'arrêter court; il était allé jusqu'au bout par désespoir, par timidité. Il dit, depuis, que, dans toute son existence littéraire, il ne se souvenait pas d'avoir gravi pareil calvaire [1].

Le fait est que, cet échec, subi dans un milieu d'amis et de poètes, ne le détourna, pas plus que les railleries de ses adversaires ou les conseils de la critique, de la voie où il s'était engagé.

Jamais Leconte de Lisle ne s'était proposé de mettre,

---

1. Chez Madame Sandeau : Paul de Flotte qui avait poussé le poète à dire ces vers s'écria : « Mon pauvre ami ! Ce n'est pas une tuile, c'est toute une cheminée qui nous tombe sur la tête... »

en vers, toute la littérature religieuse de l'Inde. On l'a vu :
il n'y cherchait qu'un abri pour son inquiétude philosophique. S'il souffrit de l'accueil fait à sa tentative, il ne se
découragea pas de la pousser jusqu'au bout : il avait étudié,
dans le *Ramayana*, le point de départ de la pensée hindoue; il chercherait, dans le *Bhagavat-Purana*, les préci-
sions de ses conclusions.

Certes, entre les *Hymnes védiques*, et les livres indiens
du *Bhagavat-Purana*, où il trouvera le sujet et la philosophie de sa *Vision de Brahma*, des siècles de poésie, de
littérature et de philosophie s'écoulent pour l'Inde. Si Leconte de Lisle ne marque par aucun poème, l'étude qu'il
fait de ces étapes, cela ne l'empêche pas de s'intéresser à la
façon dont les commentateurs des *Védas* ont mis de l'unité
dans la confusion des personnalités divines, qui surgissaient,
au début de la mythologie hindoue.

Avec leurs Sages, il s'éprend de l'idée d'un Dieu, préexis-
tant à tous les Dieux, qui les contiendrait tous, et, en dehors
duquel ils ne seraient rien. Il traverse les époques de philosophie nihiliste et panthéiste où la pensée hindoue s'est em-
parée de ce Dieu unique et en a fait le Grand Tout, alors
qu'elle continuait à se demander, plus bas, si ce Grand Tout
n'était peut-être pas le Grand Rien ? Il y a des minutes où
le poète de *Bhagavat* se déclare satisfait par cette définition
que les Sages ont donnée de Brahma, adoré sous la figure
du Grand Tout :

« ... L'esprit ne peut l'atteindre qu'en niant les qualités
qui constituent les vaines apparences du monde extérieur.
Rien ne le limite, rien ne le contient. Il est la fleur et
l'insecte, l'arbre et l'oiseau, l'astre et le grain de sable,
la terre et le ciel. Il est toi, il est moi. Il est le seul vivant... L'âme individuelle n'est qu'une Illusion entre toutes... [1] »

---

1. Cf. Burnouf : *Traduction du Bhagavat-Purana.*

Cette dernière proposition de la pensée brahmanique, qui nie l'âme individuelle, semble avoir été, entre toutes, chère à Leconte de Lisle. Elle suffirait à expliquer la ferveur spéciale avec laquelle il s'attacha à la doctrine bouddhique dès que, au cours de son étude philosophique et religieuse, il rencontra, sur le chemin de sa méditation, Bouddha, le Sage des Sages.

Avant Auguste Comte et l'école positive Bouddha avait donc apporté, à ses disciples — huit siècles avant Jésus-Christ — une religion sans rites et sans culte. Il voulait seulement contempler la souffrance humaine, chercher le moyen de l'alléger, peut-être de la guérir, et, s'il conservait, avec la religion qui l'a précédé un lien précis, c'est s. .lement la haine du « moi », de ce « moi haïssable » dont Leconte de Lisle s'appliqua toute sa vie, à bannir, de son œuvre, même le reflet.

Le poète estime qu'un peuple, raisonnable et heureux, aurait dû s'en tenir à cette suprême sagesse du Bouddhisme. Il voit avec mélancolie, une doctrine si haute périr dans son pays d'origine, étouffée sous une renaissance du Brahmanisme. Du moins, est-il traversé par cet éclair de joie spéciale, qui, à la fin de sa vie devait faire de lui un ennemi des religions, quand il constate que cette notion de l'Etre unique est trop élevée pour que la masse, quelque affinée qu'elle paraisse, puisse la comprendre, l'accueillir. Il triomphe de ce que les néo-brahmanes, aient dû recourir déjà, pour satisfaire la foi populaire, à la proclamation d'une « Trinité », dans laquelle se révèlent distinctement les aspects différents de l'Etre Unique.

En effet, si, huit cents ans avant notre ère, les Védas réclamaient, pour quelques rares et grands esprits, le droit de s'affranchir de l'anthropomorphisme, de supprimer les rites et les sacrifices, le culte et le sacerdoce, de repousser les fantômes de la mythologie védique, pour faire consister la religion dans la pureté du cœur, dans la méditation, ils savaient une telle conception trop haute pour la foule des âmes.

Ils acceptaient que le peuple se livrât, tantôt à l'adoration émerveillée de Vichnou, — sous la forme du Dieu gracieux, souriant, couronné de rayons qui veut soulager la douleur humaine — tantôt au culte épouvanté de Siva — image du Dieu féroce, hideux, au dos rouge, au ventre noir, grinçant des dents, qui suspend des crânes à ses épaules, et, perpétuellement, broie la vie.

On a dit à satiété que les religions sont un vêtement populaire, dont la pensée philosophique se drape pour se faire visible. A l'exemple des sages de l'Inde, qui ont revêtu de chants toute leur doctrine, Leconte de Lisle estimait que la poésie offre, elle aussi, au penseur, l'occasion de faire apercevoir, à travers des symboles de beauté, les rêves, que la majorité, même lettrée des hommes, ne peut atteindre dans leur essence. Il avait à cœur de dégager de la confusion des mythes hindous la personnalité et la pensée de Vichnou. Il voulait découvrir, à ceux qui le liraient avec réflexion, l'idée vraiment philosophique du divin dont ce Dieu, à l'aspect trinitaire, est l'essence [1].

De cette préoccupation du poète est sortie la pièce de vers qui a pour titre : *Bhagavat*. Leconte de Lisle y débarrasse l'image sacrée de Vichnou des légendes populaires, qui l'entourent comme des lianes. Il en dégage la doctrine.

D'une part, elle commande, au fidèle, de mourir au monde pour revivre en Dieu; de chasser de son âme toutes les passions, afin de ne plus être affecté ni des biens ni des maux, pour marcher vers la halte divine: le repos en Brahma.

D'autre part, elle demeure persuadée de la nécessité de l'action. Le poète français met en lumière cette préoccupa-

---

1. On lit dans la partie du *Mahabharata* qui s'intitule la *Bhagavat-Gita* (Le chant du Bienheureux) un hymne d'extase et de consolation que le poète hindou composa lorsqu'il eut pris conscience de l'identité de son âme avec l'âme divine. L'âme humaine n'est, ici, qu'une des apparences de l'âme universelle, la sagesse est donc de rentrer, dès cette vie terrestre, dans la vie divine : c'est là le but du Yoga et le sens de toute la philosophie hindoue.

tion bouddhique, opposée à l'idée que se faisaient, de la
métaphysique indienne, les hommes de son temps. Ils la
croyaient toute de nihilisme et d'anéantissement, tandis que
Brahma commandait ainsi : « Levez-vous !... L'action est
nécessaire ; il est utile de coopérer au mouvement de la vie,
de donner de grands exemples... mais tandis que le vulgaire
et l'ignorant ne voient que leur œuvre, le sage ne se laisse
ni troubler ni limiter par elle. Il l'accomplit avec simplicité
et désintéressement... dans le triomphe même il demeure
tranquille. Sans espérance, comme sans souci pour toi-même,
combats et n'aie point de tristesse. [1] »

Que devient, après cela, le jugement que Barbey d'Aure-
villy a porté sur la pensée de Leconte de Lisle en même
temps que sur la métaphysique indienne quand il a écrit :
« La métaphysique indienne retient Monsieur Leconte de
Lisle par son vide même, ce nihiliste naturel. [2] »

En face de ces négations, de ces ignorances, Leconte de
Lisle eut à cœur de rendre visible, aux yeux de ses contemporains et des générations nouvelles, le rêve qui hantait les adorateurs de Brahma, — personnalité divine et
bienveillante qui n'a « ni commencement ni fin » ; qui d'âge
en âge, se refait créature « lorsque la justice languit » ; et
dans laquelle, à la fin, le fidèle bienheureux se fondra. Alors,
il se sentira « un » avec son Dieu, et, comme les fleuves, perdent leur nom et leur forme propres pour s'écouler dans l'O-
céan, ainsi lui-même il disparaîtra en Brahma.

Devant la netteté de pareilles interprétations, il devient
évident que ce Dieu là est le Grand Tout dont la religion se
précise, et, du coup la trame du poème de Leconte de Lisle,
Bhagavat, s'éclaire.

---

1. *Bhagavat-Gita*. Et on lit dans le *Mahbharata*, xv⁰ siècle avant
J.-C. : « L'amour est la cause du monde, l'égoïsme n'est qu'une ignorance. La patience est un devoir, le monde est soutenu par elle ; qui
sait cela sait tout pardonner. »

2. *Les Poètes* (Amyot 1862).

Trois Brahmanes — Maitreia, Narada, Angira — se sont associés pour pleurer en commun. Le premier porte en soi le souvenir d'une jeune fille qu'autrefois il a adorée ; le second est tourné vers la mémoire de sa mère qui est morte ; le troisième cherche, et doute.

Il semble, qu'à eux trois, ces hommes enferment, dans le cercle de leur lamentation, tous les types de la douleur du monde. Ils voudraient faire taire en eux la voix inlassable de la souffrance humaine.

C'est à Bhagavat que doivent aller ceux qui cherchent l'oubli : les Brahmanes entreprendront donc l'ascension de la montagne au sommet de laquelle siège l'Inspiré. Il leur apparaîtra comme une image élargie, divinisée, de ces Bouddhas que, sans fin, l'Inde exporte, à travers le reste du monde, comme des amulettes qui rendent sa sagesse visible :

« Ils virent, plein de grâce et plein de majesté,
Un Être pur et beau comme un soleil d'été,..
C'était le Dieu. Sa noire et lisse chevelure
Ceinte de fleurs des bois et vierge de souillure,
Tombait divinement sur son dos radieux ;
Le sourire animait le lotus de ses yeux,
Et, dans ses vêtements jaunes comme la flamme,
Avec son large sein où s'anéantit l'âme,..
Son nombril merveilleux, centre unique des choses...
Il siégeait, plus sublime et plus étincelant
Qu'un nuage, unissant dans leur splendeur commune,
L'éclair et l'arc-en-ciel, le soleil et la lune...
Tel était Bhagavat, visible à l'œil humain... [1] »

Les Brahmanes trouveront ici le repos : chacun d'eux sortira de la Maya, de l'Illusion, dont il est le prisonnier, pour se perdre dans Celui qui, à cette heure, lui est révélé comme l'Essence des Essences :

[1]. « Bhagavat ». *Poèmes Antiques.*

« Ils s'unirent tous trois à l'Essence première,
Le principe et la fin, erreur et vérité,
Abime de néant et de réalité
Qu'enveloppe à jamais de sa flamme féconde
L'invisible Mâyâ, créatrice du monde,
Espoir et souvenir, le rêve et la raison,
L'unique, l'éternelle et sainte Illusion. [1] »

Sans doute, c'est une excellente discipline philosophique
que de se détacher de « l'Illusion » pour se perdre dans « l'Essence primitive » des choses, et que de se débarrasser du
fardeau du « moi » pour s'abîmer dans le « Grand Tout. »
Il est cependant une question dernière que l'être accidentel
qu'est l'homme, se pose, avec une naturelle angoisse, au
moment où, volontairement ou non, il va faire naufrage dans
le sein de l'Etre Unique, perpétuellement permanent. Il veut
être édifié sur la solution de ce triple problème : « Qui es-
tu? D'où viens-tu? Quelle est ta fin? »

L'homme pose la question; mais il n'a pas le temps d'attendre la réponse. Déjà le voilà anéanti. Ce sera donc le
Grand Tout — dans l'espèce Brahma — qui reprendra, à
son compte, cette interrogation, et descendra en soi-même
pour tâcher d'y découvrir le secret de son Origine, de son
Etre, de sa Destinée. Cette triple interrogation est le sujet
de la *Vision de Brahma* :

« Tandis qu'enveloppé des ténèbres premières,
Brahma cherchait en soi l'origine et la fin ;
La Mâyâ le couvrit de son réseau divin,
Et son cœur sombre et froid se fondit en lumières... [2] »

Comme Brahma est, ainsi qu'il a été dit, le « Grand
Tout », l'Inde va retrouver en lui sa pensée totale. Il contient en soi toutes les apparences du bien et toutes celles du

---

1. « Bhagavat ». *Poèmes Antiques.*
2. « La Vision de Brahma ». *Poèmes Antiques.*

mal, à peu près comme ces petites boîtes symboliques que les artistes hindous enferment les unes dans les autres et qui vont se rapetissant indéfiniment, sans autre but que d'enfermer une autre boîte, de dimension inférieure à elles-mêmes.

Il faut donc s'attendre à ce que Brahma, débordant l'Infini sans limites, déconcerte le goût que le cerveau gréco-latin a, d'enfermer toutes les visions dans des formules précises[1].

Le premier étonnement du lecteur est de constater que, lorsque Brahma regarde en soi-même pour découvrir la cause première de son être, il aperçoit, tout d'abord, un autre Dieu :

« Il vit Celui que nul n'a vu, l'Ame des âmes,
Tel qu'un frais nymphéa dans une mer de flammes
D'où l'Être en millions de formes ruisselait...
A ses reins verdoyaient des forêts de bambous ;
Des lacs étincelaient dans ses paumes fécondes ;
Son souffle égal et pur faisait rouler les mondes
Qui jaillissaient de lui pour s'y replonger tous.
Un Acvatha touffu l'abritait de ses palmes ;
Et, dans la bienheureuse et sainte Inaction,
Il se réjouissait de sa perfection... [2] »

Le formidable de l'ensemble est rendu, dans ce poème, avec autant de précision que les détails les plus ténus. Dans l'énormité des mondes qui jaillissent du Dieu, et ou nous apercevons mille Vierges qui se baignent dans son ombre parfumée, on distingue « les clochettes d'or », suspendues à leurs « bras polis » ; la neige de leur gorge où « rougissent

---

1. Un critique qui, à ses heures fut un poète, a écrit à propos des monstrueuses idoles de l'Olympe indien : « ... Mieux que les belles divinités grecques, elles font courir en nous le frisson du mystère. La bizarrerie de leurs formes, la disproportion de leurs membres, l'absurdité de leur structure ne donnent point l'idée d'une personne, et découragent l'anthropomorphisme où nous sommes enclins. Elles n'ont poin de beauté, ni de laideur, mais des contours extravagants d'où l'harmonie est absente et qui, par une sorte d'indéfini terrible, symbolisent l'infini ». « *Les Contemporains*, Jules Lemaître, Deuxième série ».

2. « La Vision de Brahma ». *Poèmes Antiques.*

les roses. » A la droite du Dieu, on découvre Vichnou, l
principe du Bien qui fait « sonner son carquois plein d
rayons; » à sa gauche on voit l'affreux Siva, l'œil creux,
affamé, triste, « qui dévore l'Univers palpitant ». Au pied
du trône, la Tortue antique soulève « le dos des mers »; partout, la Terre, étale ses végétations et son décor, où, une
gazelle que le tigre poursuit, est aussi visible que les cités,
orgueil des hommes. Ce ne sont pas seulement toutes les
formes, mais toutes les passions, — vertus, vices, désirs, hai-
nes, amours, maux, félicités — que l'Etre-Principe enferme en soi-même.

Mais Brahma ne peut plus étouffer dans son sein le tourment qui le dévore. Il veut savoir la raison finale de cet Infini qu'il contient, et qui le dépasse :

« Qui suis-je? Réponds-moi, Raison des Origines !
Suis-je l'âme d'un monde errant par l'infini,
Ou quelque antique Orgueil, de ses actes puni,
Qui ne peut remonter à ses sources divines ?...
Change en un miel divin mon immense amertume ;
Parle, fixe à jamais mes vœux irrésolus,
Afin que je m'oublie et que je ne sois plus,
Et que la vérité m'absorbe et me consume... 1 »

La voix de l'Esprit suprême, la voix de l' « Incréé, » répond à cet appel pathétique de « l'Eternel ». Elle parle dans
l'ineffable silence, elle dit comme elle a : « songé l'univers ,
mis son énergie : « au sein des apparences » :

« Toute chose depuis fermente, vit, s'achève ;
Mais rien n'a de substance et de réalité,
Rien n'est vrai que l'unique et morne Eternité.
O Brahma ! toute chose est le rêve d'un rêve. 2 »

Brahma ne se contente plus de cette réponse trop vague.
Il veut savoir ce que recèle l'avenir : il ne demande pas de

1. « La Vision de Brahma ». *Poèmes Antiques*.
2. *Ibid.*

richesses, il ne désire point de joies terrestres, d'illusions riantes ni passionnées, il ne veut que pouvoir se pencher sur le fond du monde mystérieux.

Ainsi harcelé par le Grand Tout, pressé de questions sur le mystère de la vie et de la mort, le Dieu intérieur élève une fois encore sa voix grave, immense, qui remplit les sept sphères du ciel, il commande :

« ... N'interroge plus l'auguste vérité ! [1] »

C'est que, sur ce sujet, les Dieux eux-mêmes ont douté, et que tous les êtres qui s'égarent sur cette route sans issue de la recherche vaine, sentent le sol manquer sous leurs pas : ils tombent dans le Néant. Et cette chute n'est pas la fin de toute angoisse, de toute misère. La notion même de ce Néant laisse, derrière soi, une dernière porte ouverte sur l'éternelle inquisition de l'esprit, en travail de certitude : qui sait, si, au-delà du Néant, on ne trouvera pas : *Le Doute secret du Néant.*

Cet aveu final de celui, que le poète nomme, d'après ses modèles hindous, « La Raison des Origines, » doit être retenu. Il explique, à travers l'œuvre entière du poète, des éclairs d'espérance, sinon de foi précise, qu'il serait injuste de considérer comme des faiblesses momentanées ou comme des contradictions puériles.

Cependant, Leconte de Lisle est sorti de sa longue communion avec la pensée et la poésie hindoue comme on sort d'un rêve poignant qui hantera toute la vie. C'est que, après avoir aperçu en soi — comme Brahma lui-même — l'angoissante inquiétude des problèmes dont l'humanité cherchera en vain la solution, le poète a acquis la certitude, — encore comme Brahma lui-même — que « toute Chose est le rêve d'un rêve ». Cette conviction est entrée dans ses moëlles. Elle lui conseille, ainsi que de la sagesse, une vo-

1. « La Vision de Brahma ». *Poèmes Antiques.*

lupté de rêverie qui, au fond, correspond aux instincts de son tempérament de créole. Elle le console de ce qu'il a essuyé d'injustice au début de sa route ; elle le rejette, cette fois sans inquiétude, vers sa passion naturelle pour cette Beauté, que l'homme du moins peut atteindre. Et, puisque la condition humaine interdit, à l'esprit le plus haut, de saisir la Vérité dans son essence, puisque l'impuissance universelle à toucher le « dernier secret » est certaine ce sera désormais, par le culte de la Beauté, que le poète cherchera, à se rapprocher du Divin.

CHAPITRE VI

—

La Grèce

Leconte de Lisle avait trouvé, dans ses hérédités bretonnes, dont la pureté était écrite dans les traits de son visage, ce goût secret, ce sens naturel de la proportion, qui, à la minute même où il s'enivrait, de la glorieuse confusion de la forêt bourbonnienne, de la jungle des Indes, et des doctrines contradictoires, profondes et décevantes de Brahma — lui laissait le regret des belles ordonnances, auxquelles le cerveau de l'homme a présidé.

Cette disposition devait le conduire, par une pente naturelle, à l'amour de la Grèce et de son œuvre totale, la lyrique comme la plastique. Elle était, dans un coin secret de sa pensée, un effet de cet instinct de réaction contre le milieu, que l'on distingue chez tous les génies créateurs, et qui a fait naître, par exemple, un Watteau et un Carpeaux dans les charbonnages de Valenciennes.

A l'époque, où, écolier plus rêveur que studieux, le jeune créole feuillettait distraitement, à Rennes [1], ses livres de

1. En 1839.

droit, il s'avisa en lisant le second *Faust* de Goethe, que
la préoccupation de la Grèce circule à travers l'œuvre du
grand écrivain allemand et nourrit son génie. Dès cette minute, Leconte de Lisle eut le regret de s'être, jusque-là, distraitement occupé de l'étude de la langue grecque. Il forma
le projet de s'y adonner, comme à la discipline qu'il sentait
la plus propre à former son talent : à travers sa vie entière
le poète a tenu cet engagement que prenait son adolescence.

La première de ses œuvres que Leconte de Lisle ait eu
la joie de voir imprimer fut un *Essai sur André Chénier*,
publié, aux environs de sa vingtième année, dans la Revue :
La Variété [1]. Il y déclarait apercevoir en Chénier : « ... un
de ces hommes qui reconstruisent les premières bases d'un
monument littéraire et artistique immense, plus solide que ce
qui l'a précédé... »

Dès cette minute, Leconte de Lisle se sent si vivifié par
les contacts qu'il a, soit à travers Chénier, soit directement,
avec la belle santé du génie grec, qu'il prend en dégoût la
mélancolie allemande où, au sortir de l'enfance, il s'était
complu. Dans les Latins il n'aperçoit que des « imitateurs
des Grecs » et, à cause de cette absence d'originalité, il parle
d'eux avec sévérité. D'autre part, il préfère ouvertement
Dante à Virgile, et dans l'indifférence qu'il éprouve pour la
littérature classique du xvii⁹ siècle — auquel il reproche
d'avoir arrêté l'élan de la poésie créatrice et spontanée —
il ne fait exception que pour l'œuvre de Corneille, et pour

---

1. En 1840, étudiant à Rennes, Leconte de Lisle en collaboration
avec Alexis Nicolas, Julien Rouffet et d'autres camarades, fonde une
Revue : *La Variété*. Le jeune créole y publie des vers, des esquisses
littéraires, des « Nouvelles », des articles « sur la solidarité humaine ».
Il en devient le directeur. Faute d'argent pour payer des collaborateurs, il remplit, à lui seul, presque chaque fascicule, il signe de pseu-
donymes : « Charles », « Léonce », etc. *La Variété* ne dura qu'un an :
en mars 1841, elle cessait de paraître.

la *Phèdre* de Racine, parce que, dit-il : « cette pièce est une magnifique expression antique. [1] »

Dans ces sentiments on le vit inaugurer sa collaboration au recueil littéraire des phalanstériens par un poème grec en l'honneur d'*Hélène*. Cette pièce, différente de celle qui parut, plus tard, sous le même titre dans les *Poèmes Antiques* est semée de vers qui, déjà se détachent en relief de beauté, et qui sont des indications précieuses des sentiments dans lesquels le poète vivra, désormais.

Leconte de Lisle suppose qu'un ami, épris comme lui de poésie, s'embarque en sa compagnie pour la Grèce. Elle est, pour eux, la terre d'Hélène, Hélène, en qui se résume le culte que l'antiquité se connut pour la beauté. Avec des accents qui, à travers l'œuvre du poète, ne cesseront de se renouveler, chaque fois plus impérieux, Leconte de Lisle déplore que cette beauté là n'apparaisse plus, éclatante comme autrefois, aux yeux des hommes :

« . . . . ' Hélène révélée
Pour un aveugle monde enfin s'est envolée ;
Et ce monde la voit et ne la connaît pas !
Dans l'inflexible cercle où cheminent ses pas
Il gémit sous le poids de son ombre première
Ne sachant point qu'Hélène est toute la lumière...
Oh ! cherchons en avant l'Hélène universelle !
Non le marbre vivant, mais l'astre au feu si beau
Qui reluit dans nos cœurs comme un sacré flambeau !

---

1. Il écrivait encore à ce propos : « La poésie, inspiration créatrice et spontanée, sentiment inné du grand et du beau, était morte dans les dernières années du xviiᵉ siècle. A l'énergie, avait succédé l'inerte timidité académique; à la spontanéité du génie la lente réflexion, à Corneille, Racine. Car la poésie, telle que nous l'avons apprise de voix géantes et harmonieuses, ne saurait être ce qu'ont écrit Malherbe ou Boileau. *L'intelligence primitive* qui enfanta *le Cid* et *Polyeucte* n'eut pas de successeur. *Phèdre* et *Athalie* elles-mêmes, ces deux magnifiques expressions antiques, ne révèlent qu'une prodigieuse puissance de forme, rien de plus : *Athalie* fut écrite en douze ans. » *La Variété*, Rennes, 1840.

La multiple beauté, dont l'attraction lie
D'un lien d'amour, le ciel à la terre embellie... [1] »

Leconte de Lisle indique lui-même ici par quel lien il a
enchaîné l'un à l'autre le culte instinctif qu'il a voué à la
nature, à la passion qu'il se découvre pour la beauté et pour
l'Art, — en qui la beauté se manifeste. Il le sent, l'Art
n'est pas la seule reproduction de la nature, c'est la nature
plus l'homme, plus un homme, plus un artiste. Et si jamais
un engagement intérieur fut pris entre l'intelligence et la
sensibilité d'un écrivain de génie, on peut dire que déjà Leconte de Lisle distingue clairement la voie où il veut marcher.

Dans la nouvelle qu'il publie à vingt-sept ans : *Le Songe
d'Hermann*, le jeune écrivain met en scène deux personnages entre lesquels il provoque un dialogue dont la beauté
est le sujet. Dans la bouche de l'un de ses protagonistes il
place quelques-uns des « blasphèmes » dont il a été blessé à
ses débuts dans les lettres : il fait dire à l'avocat du scepti-
cisme :

« Voilà, il faut se faire sa place à la lueur des quinquets
enfumés de la rampe, sur ce vaste théâtre où grimace l'humanité! Ah! j'ai étudié mon rôle, moi! Je commence à rire
assez agréablement de la Beauté, de Dieu... Que sais-je? Il
est bon de comprendre son siècle... »

Et Hermann, en qui Leconte de Lisle met toutes ses complaisances, riposte à l'impie :

« Quoi? La Beauté n'est-elle donc pas? Ces aspirations
qui m'entraînent vers elle, cette admiration filiale du globe
où je suis né, tout cela n'est-il donc point? »

Plus tard, Leconte de Lisle formulera, non plus en prose,

---

1. Des fragments de ce poème — qu'on peut lire en entier dans : *La
Phalange*, 1845 — ont été reproduits, par MM. Marius et Ary Leblond,
dans leur intéressante et forte étude : *Leconte de Lisle d'après des documents nouveaux*, 1906.

mais dans les vers marmoréens de sa *Vénus de Milo*, la vision qu'il se forme de la Beauté. Il ne la conçoit pas, cette fois, sous les traits d'Aphrodite, que les Rires et les Jeux environnent; elle n'est point la Kythérée qui, pâmée aux bras d'Adonis, idéalise la volupté; elle n'est même pas la Muse « aux lèvres éloquentes ». Celui qui parlait, tout à l'heure, avec une si profonde sincérité de sa fidèle admiration du globe où il est né, aperçoit la Vénus, comme la puissance de vie qui soutient les mondes; son cortège est formé « d'étoiles cadencées » :

« Et les globes en chœur s'enchaînent sous ses pas. [1] »

Elle apparaît au poète comme l'image de la terre féconde et de la maternité universelle :

« Du bonheur impassible ô symbole adorable,
Calme comme la mer en sa sérénité,
Nul sanglot n'a brisé ton sein inaltérable,
Jamais les pleurs humains n'ont terni ta beauté.
Salut ! A ton aspect le cœur se précipite.
Un flot marmoréen inonde tes pieds blancs ;
Tu marches fière et nue, et le monde palpite,
Et le monde est à toi, Déesse aux larges flancs !... [2] »

Et c'est bien ici la Vénus Terrestre et Céleste que les philosophes antiques ont louée, celle que le vieux Lucrèce invoquait au seuil de son *De Natura Rerum*. A l'imitation du poète romain, Leconte de Lisle dresse, lui aussi, au début de sa galerie poétique, cette imposante image de la fécondité universelle et harmonieuse. Mais est-ce bien une « imitation ? » Le mot serait impropre. Ce qu'il faut dire, c'est que, par nature et par penchant philosophique, il existe, entre l'auteur de la *Vénus de Milo* et l'auteur du *De Natura Rerum* une parenté de goûts, d'inspiration et d'intentions

---

1. « La Vénus de Milo ». *Poèmes Antiques,*
2. *Ibid.*

qu'on s'étonne de n'avoir pas vue plus souvent signalée, et plus clairement mise en lumière.

Si Leconte de Lisle a si délibérément écarté ici, de l'image de sa Vénus, les reflets de volupté dont elle s'éclaire dans la légende grecque, ce n'est point dans un parti pris de cette pureté, un peu puritaine, dont, ailleurs, il a donné tant de preuves. Avec tous les écrivains supérieurs de son temps, il est d'avis, au contraire, que le scrupule de « moralité » ne se pose pas dès qu'il s'agit de la beauté véritable :

« ... Le Royaume du Beau, écrit-il, n'ayant d'autres limites que celles qui lui sont assignées par l'étendue même de la vision poétique — que celle-ci pénètre dans les sereines régions du bien, ou descende dans les abîmes du mal — elle est toujours vraie et légitime [1]. »

Dès les premières années de son existence à Paris, Leconte de Lisle a reprit l'étude de ces chefs-d'œuvre grecs qui l'ont toujours passionné. Il achève une traduction de l'Illiade que ses éditeurs ont égarée et qui n'a jamais été publiée : « Autour de ces années, 1847 et 1848, écrit un témoin de sa vie, Leconte de Lisle vivait dans une sorte de rêve antique, en communion avec quelques nobles esprits hantés, comme lui, par le fervent désir de renouveler les études helléniques [2]. »

Avec cette passion qu'il apporte dans tous ses efforts d'art, le jeune poète contrôle déjà, à la clarté éblouissante de cette lumière grecque, qui éclaire, avec une impitoyable rigueur, les reliefs et les ombres — la forme qu'il donne à ses traductions aussi bien qu'à ses propres poèmes, imitations ou inspirations. Il connaît des heures de découragement profond.

Il a conté comment, lors du retour définitif en France,

1. Préface pour les *Fleurs du Mal* de Beaudelaire, 1861.
2. Louis Tiercelin : *Bretons de Lettres*.

après son séjour de deux ans à Bourbon [1], il a jeté, à la
mer, plus d'un millier de vers. Il déclarait : « leur inspiration confuse et leur forme insuffisante. » Une pièce unique,
Hypathie [2], échappait à ce naufrage. Or, il est remarquable
que le premier poème où le poète lui-même a jugé qu'il
prenait conscience de son génie, a été celui dans lequel le
Christianisme est honni, pour avoir fait crouler, sous les
coups de sa doctrine de souffrance, ce monde de la beauté,
que la Grèce a érigé, dans les figures marmoréennes de son
Olympe.

« ... Hypathie est la muse de Leconte de Lisle, écrit Théophile Gautier. Elle représente admirablement le sens de
son inspiration. Il a, comme elle, le regret des Dieux superbes, les plus parfaits symboles de la Beauté, les plus
magnifiques personnifications des forces naturelles, qui,
n'ayant plus de temples ni d'admirateurs règnent encore
sur le monde par la pureté de la forme. [3] »

Et Leconte de Lisle aperçoit, si réellement, sous les traits
d'Hypathie, l'Idéal d'ordre et de perfections harmonieuses
par lesquelles il est à jamais conquis, qu'il lui arrivera,
de ressusciter une seconde fois la noble vierge païenne, afin
de la mettre aux prises avec l'esprit du Christianisme, incarné dans un Evêque fanatique [4]. Mais, à cette minute, il
se contente d'élever son esprit vers celle qui, d'un pan de sa
robe pieuse « couvrit la tombe auguste où s'endormaient ses
Dieux. » Il l'aperçoit, debout, sous les portiques sacrés, où les
philosophes rêvèrent ; sur ses lèvres, l'abeille attique chante ;
« les Immortels trahis palpitent dans son sein » ; pour l'avoir
maudite et frappée le « Galiléen » est traité de « vil ».

1. Le poète a quitté Rennes en 1844 pour se rendre à Saint-Denis.
En 1846, il s'est s'installé définitivement à Paris.
2. « Hypathie ». Ecrite en 1845 elle parut dans *Poèmes et Poésies*
en 1852 et dans les *Poèmes Antiques* en 1855.
3. *Le Progrès de la Poésie*.
4. « Hypathie et Cyrille ». *Poèmes Antiques*.

C'est la seule fois, dans l'œuvre entière de Leconte de Lisle
où, la personne du Christ est, passionnément, confondue
avec les abus que l'évolution historique apporta dans l'en
seignement évangélique. C'est que le poète est vraiment
palpitant en face de cette révolution, à ses yeux impie, qui,
au culte de la Beauté et de la Joie vient substituer, pour
l'humanité, l'ivresse de la Souffrance. Là est l'explication de
l'orgueilleuse fierté avec laquelle il s'écrie devant le cadavre
de cette vierge qui mourut pour n'avoir pas voulu se détacher du rêve hellénique :

« Dors, ô blanche victime, en notre âme profonde
Dans ton linceul de vierge et ceinte de lotos ;
Dors ! l'impure laideur est la reine du monde,
Et nous avons perdu le chemin de Paros.

Les Dieux sont en poussière et la terre est muette :
Rien ne parlera plus dans ton ciel déserté.
Dors ! mais vivante en lui, chante au cœur du poète
L'hymne mélodieux de la sainte Beauté

Elle seule survit, immuable, éternelle
La mort peut disperser les univers tremblants,
Mais la Beauté flamboie et tout renaît en elle,
Et les mondes encor roulent sous ses pieds blancs ! [1] »

Dans la Préface de ses *Poèmes et Poésies,* Leconte de
Lisle formule définitivement son idéal religieux de la Beauté
Grecque. Il ose écrire : « Depuis Homère, Eschyle et Sophocle, qui représentent la Poésie dans sa vitalité, dans sa
plénitude et dans son unité harmonique, la décadence et la
barbarie ont envahi l'esprit humain... En fait d'art original
le monde romain est au niveau des Daces et des Sarmates ;
le cycle chrétien tout entier est barbare. Dante, Shakespeare
et Milton n'ont prouvé que la force de leur esprit individuel ;
leur langue et leurs conceptions sont barbares... La sculpture
s'est arrêtée à Phidias et à Lysippe ; Michel Ange n'a rien

---

1. « Hypathie ». *Poèmes Antiques.*

fécondé; son œuvre, admirable en elle-même, a ouvert une voie désastreuse. Que reste-t-il donc des siècles écoulés depuis la Grèce? Quelques individualités puissantes, quelques grandes œuvres sans lien et sans unité [1]. »

L'helléniste enthousiaste qu'est Leconte de Lisle insiste sur sa passion pour « l'ordre, la clarté et l'harmonie, ces trois qualités incomparables du génie grec. » Pour propager cette passion de la beauté dont il se sent possédé, il s'attachera à écrire cette suite de traductions commencée en 1860, par la publication des *Idylles de Théocrite* et *Odes anacréontiques*, suivie d'une traduction de l'*Illiade*; de l'œuvre d'*Hésiode*; des *Hymnes Orphiques*; de l'*Odyssée*; des théâtres de *Sophocle*, et d'*Euripide* [2].

« Mes traductions du Grec, aimait-il à dire en souriant, m'ont porté bonheur; si Marc Duclaux se décida à éditer dès 1852, mon premier volume de vers, *Poèmes et Poésies*, ce fut tout simplement parce qu'il avait égaré le manuscrit de ma première traduction de l'*Illiade* que je lui avais confié... »

La conception que se formait alors le grand public, de la façon dont les chefs-d'œuvre antiques devaient être accommodés à la « française » pour se conformer à la tradition léguée par la critique du « Grand Siècle » apparaissait à Leconte de Lisle, comme une monstruosité. Lorsqu'il en parlait, son indignation éclatait en paroles d'ironie :

---

1. *Poèmes et Poésies*, Dentu, éditeur, 1852. Il ajoute : « L'antiquité, libre de penser et de se passionner a réalisé et possédé l'idéal que le monde chrétien, soumis à une loi religieuse qui le réduisait à la rêverie n'a fait que pressentir vaguement. C'est donc dans ses créations qu'il faut constater la puissance de la pensée grecque. Or, les deux Épopées ioniennes, le Prométhée, l'Œdipe, l'Antigone, la Phèdre, contiennent à mon sens ce qui sera éternellement donné à l'esprit humain de sentir et de rendre... Les figures idéales, typiques, que le génie hellénique a conçues ne seront jamais surpassées ni oubliées. Depuis il n'y a rien eu d'égal... » Préface des *Poèmes Antiques*, 1855.

2. *Idylles de Théocrite* et *Odes anacréontiques*. Poulet Malassis et de Broise, éditeurs. Paris, 1861. L'*Illiade*, 1867; *Hésiode*, 1867; *Hymnes Orphiques*, 1869; *Odyssée*, 1870; *Sophocle* et *Euripide*, 1877.

« Le mode de traduction, tel qu'il a été accrédité chez nous
depuis le xviie siècle écrivait-il, est particulièrement sympa-
thique au goût français. La délicatesse extrême de notre langue, qui ne souffre que les termes nobles, et sa rigidité gram-
maticale, qui ne saurait se ployer aux tournures au moins
singulières des idiomes étrangers, trouvent une entière satisfaction dans les travaux curieux, que plusieurs écrivains
distingués ont exécutés sur des poèmes grecs, latins, anglais
et italiens. Tous ont négligé la lettre pour s'attacher uniquement, disent-ils, « à l'esprit » de l'œuvre originale. Un
succès incontesté a tout de suite couronné de si nobles efforts et ils ont enrichi la littérature nationale « d'autant de
conquêtes de leur génie » — s'il m'est permis d'emprunter
à M. de la Harpe, l'heureuse expression qu'il emploie pour
caractériser ces traductions excellentes... [1] »

Et comme si la cinglante raillerie n'était pas assez évidente, il précise :

« ... A vrai dire, les esprits cultivés ne reconnaissent
quelque mérite à Homère, à Virgile, à Dante, à Milton, au
Tasse, que depuis les profondes corrections auxquelles ont
été soumis ces poètes, — si éloignés de cette perfection dont
nous nous sommes fait une habitude constante ! Ce sont aujourd'hui, grâce à leurs traducteurs, autant d'honorables
écrivains français, débarrassés de tout caractère propre. Les
hommes de goût peuvent lire leurs ouvrages sans crainte :
ils peuvent être sûrs que les noms aux désinences ridicules
ont disparu. Les termes barbares ont fait place à des locutions permises par le Dictionnaire de l'Académie. Toutes les
mœurs ont été réformées, et — dans l'antiquité païenne, —
nos vertus modernes, brillent du plus vif éclat !.. En face de
ces prodigieux résultats, notre gratitude ne peut être égalée,
que par notre admiration. [2] »

1. Préface des *Idylles de Théocrite.*
2. *Ibid.*

En persifflant ainsi les Dacier, les La Harpe, les Bitaubé et leurs écoles, Leconte de Lisle formule sa propre méthode de traducteur. Il répond d'avance à des reproches qu'il prévoit. Il indique les partis pris dans lesquels sa conscience et sa science se complaisent : « ... Les versions littérales, écrit-il, sont condamnées en théorie et en fait. Ce sont aujourd'hui les versions spirituelles qui l'emportent : *celle-ci est littérale.* »

Il ne faut point s'étonner si, entré dans le champ clos de la traduction avec de pareilles fanfares satiriques, et une décision si arrêtée de bousculer les conventions où la critique de son temps se confinait, Leconte de Lisle a soulevé des détractations et des admirations passionnées. Le savant helléniste, M. Egger, qui a tenté d'acclimater chez nous les mœurs de la critique allemande, et qui, en défiance de ce qui est beauté dans les lettres grecques, ne voulait y voir qu'une occasion de grammaires comparées — s'indigne le premier contre la prétention qu'un artiste et un poète manifeste, d'aborder un domaine que l'érudition scolastique entend réserver pour soi seule. Il dit dans une de ses leçons :

« ... Les traductions d'Homère par M. Gignet et par M. Pessonneaux, la dernière surtout, témoignent d'un effort honorable pour reproduire, en français, la couleur du style particulier de la vieille époque grecque sans tomber dans l'abus d'exactitude presque matérielle, dont ne se défend pas M. Leconte de Lisle, auteur de la plus récente traduction de l'*Illiade* et de l'*Odyssée.* [1] »

Ce jugement, d'un inspecteur général, indiqua le sens dans lequel un certain nombre d'universitaires allaient, désormais, diriger leurs attaques contre les traductions du poète. Leurs arguments ont été repris et codifiés dans l'article par lequel le professeur Maxime Gaucher accueillait la traduction d'Euripide.

---

1. *L'état des Langues et des Littératures grecques en France,* 1886.

« M. Leconte de Lisle, écrit M. Gaucher, traduit toujours. Après Horace, Eschyle, Homère, puis Hésiode ; puis Sophocle ; puis enfin Euripide et demain ce sera Virgile. Le tout en prose ! [1] Il n'en faut pas douter, M. Leconte de Lisle a coulé son plâtre sur la figure même d'Euripide et non sur un masque modelé précédemment, c'est un moulage et non un surmoulage. C'est sa prétention que chaque saillie, chaque creux, chaque protubérance et chaque dépression, étant ainsi exactement reproduites, nous ayons le vrai Euripide le seul authentique... Eh bien, non ! C'est un masque sans mouvement... Ce n'est pas Euripide. Ici le traducteur est le plus cruel trahisseur qu'on ait jamais vu. Si la superstition de la fidélité aboutit à ce genre de ressemblance garantie, rendez-nous « les belles infidèles » de l'autre siècle... Chaque langue a ses locutions particulières, ses idiotismes, ses images consacrées, ses métaphores, tirées d'usages locaux, qui semblent naturels à ceux qui la parlent. Transportés tout vifs et tout crus dans une autre langue, l'effet en est étrange... [2] »

Ainsi, une fois de plus, voit-on, l'innovateur, désavoué par ceux « du métier », quitte à conquérir, plus tard, le suffrage universel, par ces nouveautés même, qu'une routine naïve a tenté de ridiculiser.

Louis Ménard — qui s'est imposé à l'admiration de la Faculté des Lettres de Paris par ses thèses sur *La Poésie*

---

1. Dans la Préface de sa première traduction du grec, Leconte de Lisle déclare en effet : « Estimant impossible les traductions en vers, j'ai cru que la prose suffirait. » *Idylles de Théocrite*, 1861.

2. Et à propos de la représentation des *Erynnies*, M. Gaucher ajoute : « Quant aux *Erynnies* qu'on vient de jouer à l'Odéon, d'après cette méthode, je revois la stupeur du public lorsqu'un des personnages s'écrie : « Je ne parlerai pas, j'ai un bœuf sur la langue ». On se demandait : Quel est donc ce bœuf ? Ce bœuf nous rendait rêveurs, ce bœuf qui avait semblé naturel aux contemporains d'Eschyle. Dans cette traduction d'Euripide, il y a même plus d'un bœuf à surprise ; tout un troupeau. Vous entendez des sœurs dire à leur frère, non pas : « Bonjour, mon frère ; » mais : « Bonjour, ô tête fraternelle !... » Un jeune spectre, celui de Polidôros, vous raconte que son

sacrée des Grecs, sur la *Morale des philosophes*, et qui a continué librement ses études en ce sens par des ouvrages techniques de la valeur de son *Polythéisme hellénique* qui fait autorité; de son *Histoire des Grecs*, désormais classique — Louis Ménard a qualifié en ces termes, les traductions de Leconte de Lisle :

« ... Elles répondent à toutes les exigences de l'érudition sincère et du goût... On pourrait dire que les Grecs eux-mêmes écrivant en français n'auraient exprimé leurs idées, ni avec plus de précision, ni avec plus d'élégance... Leconte de Lisle est un traducteur impeccable, un parfait artiste. Il ne sacrifie jamais le fond à la forme, l'essentiel au décor, l'authentique à l'à peu près, la pensée à la convention; il est préoccupé du mot propre, et des nuances d'expressions; il soigne l'épithète, et il se soucie de la science vétilleuse des particules. Il s'attache au mot à mot, respecte l'orthographe des noms propres... Tout ce qui est la marque de l'esprit grec, charme de naturel, fraîcheur de jeunesse, grâce sans apprêt, tout cela brille dans ces traductions à côté de la sévère beauté de la pensée profonde [1]. »

Et ailleurs :

« On conviendra qu'il n'est plus permis aujourd'hui de confondre la religion grecque et la religion romaine ni de remplacer, dans des traductions ou des œuvres originales, les noms grecs avec les noms latins. La distinction se faisait depuis longtemps en Angleterre et en Allemagne quand la

---

père l'avait envoyé chez son hôte Kersonien avec « un or nombreux... » Mais à quoi bon réclamer? M. Leconte de Lisle ne changera pas sa méthode. Il se persuade qu'il fait œuvre d'artiste et se montre pieux adorateur de l'antiquité en se cramponnant « au mot à mot »... Une seule grâce! Qu'il ne s'obstine pas à appeler Pluton, Plouton, et Hécube, Hékaé ! Et surtout qu'il ne transforme plus la Néreide Téthys, la fille de Nérée, en Mademoiselle Néréide. « J'irai voir Néréide » fait en Français, le même effet que « Adressez-vous, ouvreuse... » Mais mettons un bœuf sur notre langue... » Emile Gaucher, *Revue Bleue*, 9 mai 1885.

1. Louis Ménard : *Correspondance inédite*, 1884.

France s'est décidée à s'y mettre. Nous avons eu beaucoup de peine à triompher ici de la routine, mais maintenant c'est fait ; il n'y a plus à y revenir et on ne trouverait personne, — si ce n'était peut-être dans l'Université — pour affubler Zeus du nom latin de Jupiter... [1] »

Voilà pour l'érudition. Mais de tous les témoignages d'estime, que Leconte de Lisle reçut, pour un travail auquel il s'était donné avec une foi d'apôtre, aucun assurément ne lui fut un réconfort aussi précieux que cette lettre de Victor Hugo :

« Mon Cher confrère, j'ai lu votre traduction d'Homère et je la relirai. C'est plus qu'une traduction, c'est souvent une révélation... J'avais mal appris le grec et je ne le savais plus. Vieux, je me suis mis en tête de le réapprendre. Vous m'aidez dans cette étude et je suis heureux de sentir votre main dans ma main, en marchant dans les grands Poèmes homériques... Votre traduction est un monument. Un traducteur, oui, certes vous l'êtes ; mais dans le savant qui traduit on sent le penseur qui crée. Vous êtes un miroir qui a sa lumière propre. Vous êtes l'homme docte et inspiré. Homère est à la fois, éclairci par votre érudition et éclairé par votre esprit. Vous avez le don des intelligences complètes qui sont sagaces, en même temps que visionnaires. C'est de ce double rayon qu'étaient fait les Prophètes. Vous êtes digne de traduire le prophète Homère. Le puissant poète qui est en vous fraternise avec la vieille âme de ce poète antique. Vous êtes là chez vous, on le sent. Familiarité glorieuse. Je vous félicite. Votre nom sera magnifiquement lié au nom d'Homère... [2] »

---

1. Louis Ménard : *Critique philosophique*, 30 avril 1886.

2. Lettre inédite de Victor Hugo datée de Jersey, Hauteville House, 20 avril 1867. — Et, au lendemain de la guerre, Georges Sand écrivait : « Il faudrait que l'on eût, pour M. Leconte de Lisle, une reconnaissance nationale pour avoir su, au milieu des événements tragiques de ces dernières années, poursuivre son austère labeur et nous donner la vraie notion du père de la tragédie, Eschyle. M. Leconte

Alexandre Dumas fils, dans le discours qu'il prononça le jour où il reçut Leconte de Lisle à l'Académie française, donna à cette admiration que Victor Hugo avait toujours professée pour les traductions de Leconte de Lisle, toute son importance :

« Hugo, dit-il, qui lisait dans leur langue maternelle ses poètes favoris, depuis Homère jusqu'à Dante, depuis Juvénal jusqu'à Shakespeare, ne reconnaissait, qu'à vous, le droit de les faire parler dans cette langue française, dont il possédait tous les secrets et toutes les magies... »

Quelle que soit la valeur intrinsèque d'une œuvre si décriée et si louée, elle a fini d'éduquer en Leconte de Lisle, l'artiste; elle a développé en lui le besoin de la perfection. En effet, dans le moment même où il luttait pour rendre l'archaïsme, les âpretés, les naïvetés, les douceurs, la grâce primitive, le vrai sublime de ses modèles, il souffrait de ne pouvoir faire passer, dans de la prose, le libre mouvement du vers grec, son lyrisme, toutes les beautés qu'il emprunte à la prosodie. On comprend donc que, à côté de son œuvre de traducteur, Leconte de Lisle ait irrésistiblement, rimé pour le soulagement de son cœur, ces pièces, d'inspiration grecque, toutes esthétiques, qui sont dispersées à travers les *Poèmes Antiques* et qui s'appellent : *Thyoné; Glaucé; Hélène; La Robe du Centaure; Kybèle; Pan; Klytie; Le Réveil d'Hélios; Hylas; Les Odes anacréontiques; Le Vase; Les Plaintes du Cyclope; L'Enfance d'Héraclès; Héraclès au Taureau; Thestylis; Médailles antiques; Péristéris; Phidylé; Le Chant alterné; Les Bucoliastes; Kléarista; Fultus Hyacintho.*

La composition de ses poèmes, exclusivement plastiques, a

de Lisle nous a donné Homère. Lui seul pouvait, je crois, rendre fidèlement la simplicité grandiose de ces antiques, sans en déranger la beauté. Travail patient, ingrat en apparence, du laveur d'or au profit des autres! Mais qui se connaîtrait mieux en or pur que celui qui porte en lui une mine féconde? » *Le Temps,* 31 juillet 1872.

été pour Leconte de Lisle, quelque chose comme les nobles exercices du Gymnase où, autrefois, l'athlète acquérait la beauté de la forme, le développement musculaire, la souplesse de l'attitude, l'ampleur de la respiration qui lui était nécessaires pour entrer dans le Stade.

Aussi bien, dans cette longue fréquentation de l'Idéal hellénique fait-il des acquisitions plus précieuses : il discipline son esprit, il s'affranchit de ce qu'il avait emprunté de trop immobile et, à la fois, de trop excessif, dans la philosophie hindoue. Sans doute, ici comme là, il retrouve cette foi dans le « Destin », qui domine les initiatives de l'homme et fait planer, sur ses espérances, le sentiment de l'inutilité de l'effort. Mais, d'un siècle à l'autre, il verra la Grèce se libérer de ce mythe déprimant pour se laisser gagner par la fierté heureuse, la joie héroïque qui, après Marathon et Salamine, s'empare des Grecs et les transporte « non qu'ils aient cessé de croire à la Moire invisible, mais parce qu'ils espèrent que cette force qui domine tout, est peut-être intelligente. Leur amour de la beauté et de l'activité les sauvait, leur fatalisme étaient serein : ils aimaient la vie. »

La critique s'est demandé si Leconte de Lisle a rendu suffisamment sensible au lecteur, dans ses poèmes d'inspiration hellénique, cette allégresse harmonieuse qui, à partir du vᵉ siècle rayonne, en Grèce, de ses héros, de ses poèmes, de ses marbres :

« Leconte de Lisle, dit Théophile Gautier, est parfois plus grec que la Grèce. Son orthodoxie païenne ferait croire qu'il a été, ainsi qu'Eschyle, initié aux mystères d'Eleusis... Sa poésie austère, noble et pure, produit l'effet d'un temple d'ordre dorique, découpant sa blancheur sur un fond de montagne violette. L'hellénisme de Leconte de Lisle est plus franc, plus archaïque que celui d'André Chénier. Il jaillit directement des sources. Certains de ses poèmes originaux font l'effet d'être traduits de textes grecs ignorés ou perdus. » Et le divin Gautier qui, avait dans les veines, tout comme Chénier, du sang hellène, et qui avait la sensation de la Grèce par ses moelles autant qu'il la comprenait par son cerveau, ajoute cette nuance de réserve : « Leconte de Lisle aurait dû naître à Athènes au temps de Phidias : il lui manque la grâce ionienne. »

M. Jules Lemaître exprime les mêmes nuances en ces termes : « ... Dirai-je qu'il manque à ces Eglogues, pour être entièrement grecques, le « je ne sais quoi » que Chénier seul a connu par un extraordinaire privilège ? M. Leconte de Lisle a peu de naïveté, et il serait naïf de s'en étonner ou de s'en plaindre. »

Peut-être en effet, l'âme de Leconte de Lisle était-elle trop sévère, trop résolument arrêtée, pour pouvoir rendre ce quelquechose d'ondoyant et de souple qui est la grace du génie grec ? Quoiqu'il en soit, il faut reconnaître que le culte de la Grèce fut, chez Leconte de Lisle, un acte de qualité intellectuelle plutôt qu'un élan de passion instinctive et irréfléchie.

Ceux qui ont traversé les pays vierges, où le débordement de la nature masque, tout à fait, l'effort de l'homme, avouent, qu'après l'enivrement qui sort de la beauté naturelle, ils ont éprouvé une sorte de fatigue nerveuse à ne retrouver, nulle part, sous ces explosions de fécondité sans limites, ces harmonies de l'ordre, ces cadres quasi géométriques, qui se nomment un commencement, un milieu, une fin, et dont le cerveau de l'homme moderne ne peut plus se passer. Leconte de Lisle, qui sentait les beautés, les profusions, les troubles de la nature tropicale comme un prolongement de sa sensibilité personnelle, aima et honora surtout, dans la Grèce, la divinité supérieure qui l'arrachait aux songes du Nirvana, à ce qui risquait de demeurer pure volupté dans sa compréhension de la création. Cela dit, tout en soulignant ce qu'il y a d'excessif à prétendre qu'il connut la Grèce en « puritain » comme l'a écrit M. de Ricard [1], il est certain

---

1. Dans une étude où il rapproche l'œuvre grecque de M. Anatole France de celle de Leconte de Lisle, M. de Ricard dit : « L'amour

qu'il garda le plus souvent en face de cet idéal adoré une rigidité quelque peu respectueuse. Les néophytes, qui, en
pleine conscience de pensée, se sont détachés de croyances
primitives et naturelles pour se soumettre à la discipline
d'une religion intellectuelle, ont de ces réserves d'attitude.
Ce fut seulement à la fin de sa vie que l'admiration de Leconte de Lisle pour la Grèce se détendit et que, au delà du
respect, on sentit passer, dans ses *Hymnes Orphiques*[1], cette
« grâce ionienne », dont Gauthier avait, autrefois, souhaité
à l'auteur des *Poèmes Antiques* de sentir le souffle caresser
ses visions marmoréennes.

de M. France pour l'antiquité le rapprochait de Leconte de Lisle naturellement plus que de ses autres maîtres : mais, au fond, il en avait
une tout autre conception. Chez Leconte de Lisle l'artiste était païen
mais l'homme l'était peu. Le puritain hautain qu'il fut y répugnait.
Aussi me permettrai-je de croire que ce qui restera de son œuvre, ce
sera bien plutôt ses *Poèmes Barbares* et ses *Poèmes Tragiques*, que
ses imitations et ses études d'après l'antique — une antiquité où il
resta toujours un peu le barbare qu'il était foncièrement. Un barbare
ébloui, chaste et chagrin. L'art antique fut la glorification candide, et
savante aussi — de la joie de vivre : certes, il ne dépend d'aucun de
nous d'être joyeux ; mais l'âme orgueilleuse et triste, Leconte de Lisle
semblait incapable de concevoir la joie. En cette antiquité, à travers
laquelle il se promenait, un peu comme un visiteur dans un musée,
Anatole France paraît un indigène, qui, sans effort, se ressouvient des
choses, à mesure qu'il semble les apprendre. »

1. *Hymnes Orphiques*. Ces dix poèmes semblent une sorte de litanie que le poète murmure pour soi-même, avant de fermer les yeux
sur la lumière du monde, en l'honneur de ces Dieux qu'il a si pieusement servis. Parus dans les *Derniers Poèmes*, 1894, ils ont pour
titres : *Zeus* ; *Les Nymphes* ; *Apollon* ; *Séléné* ; *Artémis* ; *Aphrodite* ;
Nux ; *Les Néréides* ; *Adonis* ; *Les Erynnies* ; *Pan*.

CHAPITRE VII

—

L'Action

Dès leur adolescence, les hommes de génie ont des disciples. Leconte de Lisle, qui, toute sa vie, devait triompher si difficilement de l'indifférence de ses contemporains, fut, dès ses premières années, distingué, — comme un esprit fait pour dominer — par quelques-uns des créoles qui avaient été les compagnons de son enfance. Ces jeunes gens avaient conservé les lettres, écrites à la sortie du collège, par ce camarade, pour lequel ils prévoyaient des destinées glorieuses.

Les plus anciennes de ses confidences d'adolescent remontent à l'année 1837 [1]. Charles Leconte de Lisle avait alors dix-neuf ans. Ses parents, qui eux aussi avaient conscience de ses dons, sentaient que le milieu où leur fils avait grandi n'était guère favorable à la formation de son esprit. Ils avaient décidé de l'envoyer en France pour passer son baccalauréat et faire son Droit. Comme la famille de Leconte

---

[1]. Les autographes de la plupart de ces lettres se trouvent aujourd'hui au *Lycée Leconte de Lisle* à Saint-Denis, île de la Réunion, à la disposition du public qui désire en prendre connaissance.

de Lisle était originaire de Bretagne, on avait muni le jeune
homme de recommandations pour son oncle paternel
M. Louis Leconte, avoué à Dinan. C'était là d'abord, et
ensuite à Rennes que Charles devait finir ses études. Nous
avons sous les yeux des lettres écri'es par le jeune créole en
cours de route. Les premières sont datées du Cap, les autres de Sainte-Hélène.

On constate, en parcourant cette correspondance que, si
l'art et la poésie tenaient, dès cette minute, dans les préoccupations de Charles Leconte de Lisle, la place la plus importante, ils ne l'occupaient pas seuls. On lit, en effet, cette
exhortation au bas d'un billet : « Adieu mon ami. *Prions
pour Elle !* [1] » On pourrait croire que cette « Elle » là, dési-
gne une femme ? Charles Leconte de Lisle ne veut pas qu'on
s'y trompe, il ouvre une parenthèse et il écrit : « La République ».

C'est d'un idéal politique qu'il s'agit, et, cet idéal a pris
tant de place dans les causeries et dans la correspondance
où Leconte de Lisle répand son âme devant ses camarades,
qu'il leur écrit dans une autre occasion : « Je vous charge
de soutenir nos sentiments républicains et philosophiques :
ce sont les plus vraies comme les plus nobles des opinions humaines [2] ».

En 1837, les bateaux marchaient à la voile, ils n'avançaient
pas vite. Que faire par un calme plat ? Leconte de Lisle ri-
mera-t-il un poème d'amour ? Non pas : une pièce politique ! Il l'intitule : *Deuxième Pélagienne* et il suppose que
l'auteur l'improvise dans la prison de Sainte-Pélagie.

Le bateau qui porte le jeune créole touche le rocher de
Sainte-Hélène : les amis de Bourbon avaient prié leur ca-

1. Lettre adressée à Bourbon à son ami Adamolle, fils, comme
Leconte de Lisle lui-même, d'un riche planteur des « hauts » de Saint-
Paul et préoccupé, comme lui, d'idées hautes et pures.
2. *Ibid.*

marade de noter les impressions que lui causerait le tête à
tête avec la tombe de « l'homme prédestiné », Leconte de
Lisle leur écrit :

« J'ai vu le tombeau de l'Empereur. Nous y montâmes
le soir. Il pleuvait... Vouloir retracer ici ce que j'éprouvai
alors ne rendrait pas ma pensée à fond. Ce furent d'abord
la pitié, l'admiration, le respect, car il est affreux de penser à l'Empereur, au pauvre captif des Anglais, et cela sur sa
tombe. Mais bientôt, je me rappelai le jeune et invincible
soldat de notre grande République ; je me représentai le
consul, demi-despote : puis enfin *l'Empereur* absolu de ce
noble pays qui servit de base à sa gloire; *et alors la pitié
et le respect firent place au mépris et à la haine.* C'est
le partage des tyrans, et Napoléon ne fut aussi qu'un tyran
plus grand que les autres *et pour cela, encore plus coupable...* [1]

Le jeune homme devait conserver toute sa vie cette hostilité, quelque peu lyrique, contre la personne des souverains.
Deux ou trois années après cette entrevue avec l'ombre de
Napoléon, où les principes intransigeants du poète lui défen-
dent de s'émouvoir et de s'incliner, on le verra se détacher
d'Alexandre Dumas père, un de ses romanciers favoris, parce
que le célèbre feuilletoniste a pris l'habitude « de dédier, à des
souverains, les manuscrits de ses livres. » Plus tard, à Paris,
il fera scandale aux tables de la célèbre pension Laveur, où
les artistes viennent prendre leurs repas, par la façon terrible
dont il accablera l'infortuné Théodore de Banville qui résiste mal aux caprices de son lyrisme et s'est laissé aller à
composer un épithalame sur le mariage de Napoléon III.
Dans une autre occasion il s'attaquera au même rimeur,
parce que, dans *Gringoire*, Banville ose montrer un fils des
Muses « s'inclinant devant le roi Louis XI pour le remercier
de quelque largesse. »

---

1. Ce qui est souligné ici se trouve souligné par Leconte de Lisle.

« Le malheureux! s'écrie Leconte de Lisle, il a voulu nous montrer un poëte, il n'a su peindre qu'un mendiant! »

Ses principes juvéniles sont si fermes en la matière qu'il échappe délibérément aux suggestions de l'opinion publique, à l'enthousiasme extérieur. Dans une lettre, écrite au moment où le retour des cendres de Napoléon à Paris fit souffler à travers l'Europe un vent de lyrisme il écrit :

« ... Le gouvernement, vient d'obtenir de l'Angleterre la permission de transporter, en France, les cendres de l'Empereur. On l'ensevelira dans l'intérieur des Invalides et Victor Hugo s'est chargé de l'hymne d'apothéose. Tout cela est magnifique; mais comme je ne suis pas républicain pour des prunes, j'ai fabriqué cette pièce intitulée : *Les Cendres de Napoléon* :

« ... Cendres de l'aigle, arrête! Il n'est pas encor temps.
Ne viens pas rappeler qu'il étouffa vingt ans
La Vierge-Liberté qui naissait sur le monde!... etc. 1 »

Et les années ne détendront pas ce parti pris. Lorsque, trente ans plus tard, dans son résumé historique intitulé : *Histoire de la Révolution française* (1870), il se trouvera dans l'obligation de prononcer le nom de Napoléon, il n'aura pas un mot d'approbation pour caractériser les qualités diverses et splendides, qui firent de l'Empereur le type du surhomme. Il fermera son traité d'histoire sur cette négation obstinée : « Le coup d'État était accompli. Il y eut pour des années qu'une volonté en France : celle de Bonaparte. Pendant quinze ans il régna despotiquement, fit périr trois millions de Français dans une suite de guerres insensées, ramena deux invasions désastreuses, et alla mourir prisonnier des Anglais à Sainte-Hélène. » Le rôle politique, social, législatif de Napoléon, sera volontairement laissé dans l'oubli 2.

1. Lettre à son ami breton le poète Rouffet, à Rennes, en 1840.
2. Le jour où Leconte de Lisle entra à l'Académie française, il tint à établir qu'il venait s'asseoir sous la coupole sans rien céder de ses in-

Le germe de toutes ces passions bouillonnait, déjà, avec une ardeur créole, dans le cerveau et dans le cœur de cet adolescent que l'oncle breton attendait au débarqué du navire.

Ce tuteur apparaît, au travers des railleries de son neveu, comme un exemplaire achevé du bourgeois de ce temps-là : prudent, conservateur, ami du pouvoir, le type de « l'avoué pointilleux d'une petite ville. » On a conservé quelques-unes des lettres dans lesquelles cet oncle sévère écrivait aux parents de l'étudiant pour formuler, en termes chagrins ses observations sur le caractère et la conduite de « Charles » :

« Charles affecte un mépris sauvage pour tout ce que l'on est convenu de respecter dans la société. Il affiche, dans ses opinions politiques, une exagération blâmable : *Charles est républicain!* [1] »

Si inquiet que fut l'avoué dinanais, conservateur et bourgeois, en face des foucades de l'étudiant créole, républicain indépendant, tourmenté d'égalité — il ne pouvait se douter quelles profondes racines ces opinions avaient déjà plongées dans l'âme de son pupille.

En effet, tandis que tout enfant, il avait semblé sommeiller, étendu au bord du Bernica, parmi les fleurs tropicales, dans le cadre adoré de sa forêt bourbonnienne, ce n'était pas seulement à la Beauté, mais à la Justice, que déjà l'adolescent rêvait.

Emporté qu'il était, à de telles hauteurs, par les ardentes

---

transigeances sur ce sujet. Rencontrant Napoléon dans l'œuvre d'Hugo, il le nomma : « ... L'homme extraordinaire et néfaste aujourd'hui couché sous le dôme des Invalides, qui répandit — qu'il le voulut ou non — les idées révolutionnaires à travers l'Europe doublement conquise. »

1. Le père de « Charles », nourri lui-même de l'*Emile* et tout imprégné du républicanisme et de l'anticléricalisme dans lesquels il avait élevé son enfant, ne pouvait que l'approuver dans le fond de son cœur. Mais pour apaiser l'oncle irascible, seul soutien de son fils en Bretagne, il écrivait : « Le temps et les conseils viendront facilement à bout de son républicanisme. » Cf. Tiercelin : *Revue des Deux Mondes,* mars 1898.

rêveries de sa pensée et la générosité de son âme, l'étudiant
créole qui était venu chercher à Rennes l'enseignement de
la Faculté ne réussit que difficilement à s'absorber dans les
commentaires du Droit. Cinq années durant, il se traîna à
travers ces études qui lui semblent désséchantes ; il se heur-
tait, avec chagrin, au mécontentement de ses maîtres, à la déception de ses parents, à la sévérité de son tuteur, aux petites
misères de la pauvreté, surtout à un invincible écœurement :
« Je n'ai pu vous écrire plus tôt mon ami, tracassé que je suis
par le Droit, ignoble fatras qui me fait monter le dégoût à la
gorge » [1].

C'est bien la brouille sans retour entre l'idéal de Justice,
tel que le jeune républicain le porte en soi, et les complica-
tions de Forme, derrière lesquelles cet idéal semble disparaître. Ses admirations sont ailleurs. Ce n'est pas vers les aus-
tères fictions de Justinien que le jeune homme se tourne, mais
vers une philosophie tout ensemble *naturaliste* et *idéaliste*
telle la doctrine que Fourier apporte et dont, un peu plus
tard, Leconte de Lisle a dit : « Nous sommes tous phalanstériens, nous qui croyons aux destinées meilleures de l'homme,
artistes et hommes de science, nous tous qui savons que l'art
et la science sont en Dieu et que le beau et le bien sont aussi
le vrai. [2] »

En attendant, il écrit une pièce de vers en l'honneur de
George Sand. Au fond de ces théories humanitaires et sentimentales qui débordent des livres de la romancière géniale,
le jeune créole reconnaît cette religion de Rousseau, dans laquelle son père l'a lui-même élevé. Plein de gratitude pour
celle qui ravit son âme tourmentée, il s'écrie dans un élan
d'enthousiasme :

« Sa parole est un ciel où son âme se noie !... [3] »

1. Billet adressé à Rennes à son camarade Rouffet, mars 1839.
2. *Démocratie Pacifique*, 1845.
3. Rennes, 1839.

C'est que, isolé d'âme comme il vit, dans le milieu pratique et prosaïque qui le rebute, l'étudiant est chaque jour
plus sensible aux appels qui lui viennent des livres. Lui, que
ses maîtres dinanais taxent de paresseux, il apprend passionnément l'italien, afin de lire Dante dans l'original. Ce
qu'il chérit tout d'abord dans le poète de la *Divine Comédie*,
c'est, dit-il : « le républicain, le tribun, qui a combattu pour
la liberté morte »... Tous les jours plus nettement, il sent
se préciser en soi la conviction que le poète a désormais
une mission sociale à remplir. Il est si pénétré de cette pensée, qu'après avoir étudié l'allemand avec persévérance, il
se désaffectionne momentanément des livres d'Outre-Rhin
« parce qu'ils détachent les jeunes générations du contact social, et les énervent dans une inutile mysticité. »

C'est le temps où il ne se console point que Shéridan « cet
auteur étincelant, sarcastique, politique, profond » n'ait pas
porté sur le théâtre, le prestige de ses œuvres parlementai-
res, et « dramatisé les idées réformatrices qu'il exaltait de sa
nerveuse éloquence ».

En somme, à cette minute, Leconte de Lisle souffre, jusqu'au cri, de l'impuissance où il est d'extérioriser le génie
qu'il sent gronder en soi. Il se demande s'il aboutira dans
l'art ou dans la politique pure, ou dans un mélange d'action
et de poésie? Il médite de publier une pièce de vers sur le
« Paupérisme ». Il expose à ses amis que la formule de la
charité ne le satisfait plus. Avec Sand, avec les humanitaires de son temps, il tient pour « le droit du pauvre ».
Il formule, ici, là, en prose et dans des vers encore pué-
rils, les pensées qui, plus tard prendront corps dans son :
Dies Irae. Il se demande « pourquoi les vains labeurs? » Il
sent que « l'air du siècle est mauvais aux esprits ulcérés ».
Tous les jours, sa pensée se penche davantage vers ceux dont
il entend monter les voix qui appellent et qui gémissent, avec
eux, il s'écrie :

« Consolez-nous enfin des espérances vaines
La route infructueuse a blessé nos pieds nus... [1] »

Si affligé de pauvreté, si traversée d'inquiétude, que soit une vie d'étudiant, à demi brouillé avec sa famille et encore incertain de sa vocation, tant qu'elle s'enveloppe de la douceur d'amitiés compréhensives et de liberté de rêverie, le poète, qui est définitivement né en Leconte de Lisle, la supporte. Mais en 1842, quand l'irrévocable décision de ses parents le rappellent à Bourbon c'est l'effondrement brusque de tous ses espoirs.

L'existence sans horizon d'un petit avocat de Saint-Denis, confiné entre les quatre murs d'une maisonnette, ne peut pas lui suffire. Sans doute, il a sous les yeux un coin du paysage qu'il a tant aimé dans son enfance. A travers les manguiers de son jardin de la rue Sainte-Anne, il peut apercevoir la chère silhouette de sa montagne favorite. Mais le spectacle des choses extérieures n'est plus en harmonie avec sa pensée intime, elle ne le distrait plus :

« Voici quatorze mois, écrit-il alors, que je suis à Bourbon, quatre cent-vingt jours de supplice continu ; mille quatre-vingts heures de misère morale, soixante mille quatre cent quatre-vingts minutes d'enfer... »

Ceci est la face de plaisanterie, la forme d'ironie douloureuse, un peu enfantine, dans laquelle le poète se complaira jusqu'à sa vieillesse. Mais derrière cet essai de sourire clâme l'angoisse profonde :

« ... Je m'aperçois, avec une sorte de terreur, qu'en fait, je vais me détachant des individus, pour agir et pour vivre par la pensée, avec la « masse » seulement... »

Aussi bien Charles Leconte de Lisle était-il revenu parmi les siens comme un étranger. La fortune de presque tous les créoles avec lesquels sa famille était en relation, le revenu même de son père, avaient pour base, la culture du sol par

---

1. « Dies Iræ ». *Poèmes Antiques.*

des esclaves. L'exemple d'émancipation des nègres, que l'Angleterre avait donné dès 1835, n'avait pas eu, chez nous, d'imitateurs. Personnellement, M. Leconte de Lisle, le père, avait aliéné une partie considérable de ses terres pour acheter, avec cet argent liquide, un grand nombre de noirs. Il les louait à des voisins ; il avait lui-même formé quelques-uns d'entre eux à des métiers. Ce dressage augmentait considérablement la valeur de l'esclave ; il pouvait la faire monter jusqu'à dix mille francs par tête.

Affranchi de l'illusion que professaient, sincèrement, les siens, au sujet du droit qu'une race supérieure posséderait, d'exploiter comme il lui plaît, une humanité moins évoluée, Charles demeurait stupéfait devant les pratiques de cruautés dont il avait le spectacle. Il était obligé de taire son sentiment, mais il se sentait chaque jour plus troublé, plus dévoré de remords, à la vue des abus d'autorité dont sa famille osait se rendre coupable, et des crimes que ces abus engendraient.

En passant devant les cases mal closes, il tressaillait d'horreur en entendant les hurlements plaintifs, les supplications désespérées des noirs : « Grâce, maître ! Grâce ! » Ce cri lamentable, dont l'oreille du jeune créole s'était deshabituée en France, lui déchirait le cœur. Mais s'il était ému des souffrances de toute cette chair torturée, l'indifférence de ceux qui en abusaient lui semblait plus avilissante encore. Il regardait, avec une stupéfaction qu'il n'essayait pas de cacher, les jeunes filles créoles, drapées dans leurs claires mousselines, blanches et délicates telles des anges de lumière, s'arrêter indifférentes, devant les cases entr'ouvertes. Elles entendaient ces gémissements sans que se détendit le sourire de leurs lèvres vermeilles ; pour elles, cette plainte de l'esclave faisait partie des bruits de la nature. Alors, malgré la volonté où était le jeune homme de cacher les révoltes de sa sensibilité, son indignation se faisait jour.

Près de soixante années plus tard lorsque M. Henri Hous-

saye vint occuper, sous la coupole de l'Académie, le fauteuil
de Leconte de Lisle, il conta au sujet de ces émotions anciennes du poète, cette anecdote véridique :

« ... Leconte de Lisle, avait aimé, dans son adolescence, une ravissante créole. Il ne lui avait jamais parlé, il
ne savait même pas son nom, mais il la voyait chaque dimanche sur le chemin de l'Eglise, et quand elle passait il
demeurait en extase. Un jour qu'il se promenait à cheval,
rêvant à elle, il la rencontra au détour d'une route comme
elle revenait de Saint-Denis, dans un manchy, porté par huit
esclaves. Il s'arrêta pour la regarder ; mais les lèvres coral-
lines de la belle créole s'entr'ouvrirent et il l'entendit crier
d'une voix aigre et perçante : « Louis, si le manchy n'est
pas au Quartier dans dix minutes, tu recevras vingt-cinq
coups de rotin. » Le jeune homme arrêta d'un geste les porteurs nègres, puis il descendit de cheval, s'approcha du manchy, et, prenant un ton grave et triste, il dit : « Madame, je
ne vous aime plus ! »

Ce récit, emprunté à une de ces *Nouvelles exotiques* que
Leconte de Lisle composa pendant ce séjour à Bourbon et
qu'il publia, dès son arrivée à Paris, sous ce titre : *Mon premier amour en prose*, fut accompagnée de nombreux contes
d'une couleur toute pareille et d'un sentiment identique [1].
Tous mettent en scène des nègres autrement vivants que les
conventionnelles silhouettes tracées par Bernardin de Saint-
Pierre. Leconte de Lisle n'y dissimule rien des violences
dont les noirs sont capables : vengeances, convoitises secrètes, furies de désir, qui provoquent des enlèvements et des
crimes. Mais à travers ces aveux mêmes, on sent percer partout, dans ces récits bourbonniens, le sentiment de pitié profonde, l'élan de justice, on pourrait dire de tendresse, que le

---

1. Ces nouvelles, *Mon premier amour en prose* ; *Marcie* ; *Sacatove*,
etc., ont paru en feuilleton dans le quotidien *La Démocratie Pacifique*.
Paris, 1846-1848.

jeune poëte ressent pour ses frères plus humbles. Ces dispositions étaient plus que surprenantes chez un créole de ce temps-là [1].

Au moment même ou, pour le soulagement de son cœur, le jeune poëte écrivait ces nouvelles, il était persuadé de son impuissance à faire partager ses sentiments à ceux qui l'entouraient. Il prenait le parti de se renfermer tous les jours davantage en soi-même. Il déconcertait les siens par sa froideur et il souffrait après cela de se sentir mal jugé :

« ... Je parais un égoïste, alors que, tout au rebours, c'est l'oubli de ma propre individualité qui donne cette apparence mauvaise et misérable à mes actions ou plutôt *à mon manque d'action.* [2] »

En attendant la possibilité de passer à cette « action », dont il sentait sourdre en soi la nécessité prochaine, il fit appel à la poésie. Ce fut à elle qu'il confia son rêve, encore optimiste, dans l'avenir que réserve, aux hommes, l'intelligence de la fraternité et la pratique des lois éternelles. Il écrivit une suite de poèmes dont l'un, des plus caractéristiques, a pour titre : *Méditation.*

> « Cesse ta morne plainte et songe, Humanité,
> Que les temps sont prochains où de l'iniquité
> Dans ton cœur douloureux et dans l'univers sombre,
> Les rayons de bonheur s'en vont dissiper l'ombre... »

1. Voici à titre d'exemple le portrait de ce *Sacatove*, le noir dont Leconte de Lisle a fait le héros d'une de ses nouvelles : « Sacatove était d'un naturel si doux et d'un caractère si gai, il s'habitua à parler créole avec tant de facilité que son maître le prit en amitié. Durant quatre années, il ne commit aucune faute qui pût lui mériter un châtiment quelconque. Son discernement et sa conduite exemplaires devinrent proverbiaux à dix lieues à la ronde. Son maître le fit Commandeur, malgré son jeune âge, et les nègres s'accoutumèrent à le considérer comme un supérieur naturel... » *Démocratie Pacifique*, juillet 1847.

2. Lettre adressée en 1843 à son camarade de Rennes M. Rouffet.

Et la pièce se termine par un appel au travail fraternel qui fécondera « l'Arbre de la Liberté » [1].

La page sur laquelle Leconte de Lisle venait d'écrire de tels vers n'était pas encore sèche qu'il reçut de France un mot d'encouragement. Un ancien camarade de Nantes devenu à Paris rédacteur du journal phalanstérien *La Démocratie Pacifique* [2], écrivit au poète bourbonnien que l'on était prêt à l'accueillir dans le parti Fouriériste, s'il consentait à rentrer en Europe et à combattre dans la phalange. A la minute où une proposition, qui venait combler tous ses vœux, lui apportait une chance imprévue d'élargir son horizon intellectuel, on le voit hésiter, et penser, tout d'abord, non à soi-même, mais au respect qu'il doit à sa foi politique. Il se demande, avec scrupule, si le fait qu'il partage entièrement les principes de l'Ecole Sociétaire, l'autorise à se ranger sous la bannière de Fourier, « alors qu'il n'est pas d'accord avec les phalanstériens sur les applications qu'ils déduisent de leurs principes » :

« Je ne suis pas homme à écrire contre ma conscience en quoi que ce soit, dit-il, je sais que ces scrupules n'ont pas cours de notre temps, que cela prête à rire aux Macaires... Mais il faut s'y prendre à deux fois avant d'être forcé de se mépriser soi-même. »

Ceux qui avaient décidé de s'adjoindre ce collaborateur, dans lequel ils distinguaient des forces inépuisables d'ardeur et de conviction pure, recoururent, diplomatiquement, pour lever ces scrupules, au seul argument qui pouvait en triompher. Il ne s'agit pas des «... 1800 francs d'appointements fixes par an », qu'ils offrent à Charles Leconte de Lisle, « en attendant mieux... », ni même de l'engagement « de respecter en

---

1. Il existe deux autographes de ce poème, l'un est parmi les papiers que Leconte de Lisle à laissés. L'autre est au *Lycée Leconte de Lisle* à Bourbon.

2. C'était le phalanstérien Villeneuve. Victor Considérant était le rédacteur en chef du journal.

tout l'indépendance de sa pensée » : ils lui promettent « l'impression d'un volume de poésies, aux frais de l'Ecole Sociétaire ».

Rien, désormais, ne peut plus retenir le jeune homme à Bourbon. Il signifie sa volonté à ses parents avec une décision à laquelle ils ne sont pas habitués.

A la fin de l'année 1845 il débarque à Nantes. Il ne s'y arrête qu'un instant. Il a hâte d'arriver à Paris et à l'action.

Quelques mois avant ce coup de théâtre, lorsqu'il se demandait si Bourbon serait le tombeau de sa pensée, il avait dit en songeant à ce lointain Paris : « ... Ce que je chercherais à Paris, ce serait une vie plus propice à l'étude et non plus bruyante... [1] » Il se tint parole. Paris, qu'il devait glorieusement chanter plus tard, ne fut jamais pour lui la « capitale des plaisirs », mais bien celle de la pensée, le « cerveau du monde. » Aussi ne se lasse-t-il pas de comparer les supériorités intellectuelles dont Paris lui donne le spectacle avec les médiocrités qu'il avait connues dans cette vie de la province, qui, selon lui, « n'a jamais eu aucune initiative intellectuelle ni politique ».

Il boit jusqu'à l'enivrement, la joie d'avoir vingt-huit ans et de débuter dans la vie par des polémiques en vers et en prose, à une minute ou l'opinion publique toute entière est montée à la sonorité de belliqueuses fanfares. Le ton des articles que Leconte de Lisle publie à cette époque dans la *Démocratie Pacifique* dans la *Phalange* et dans des recueils plus hardis, tels que : *La Justice et le Droit* révèlent en lui, non pas seulement un républicain, mais un révolutionnaire, qui ne se vante pas, quand il se déclare « ultra jacobin ».

Le libéralisme timide de la *Démocratie Pacifique* qui rêve d'amener une révolution sans commotions ni violence, le déconcerte. A travers ces ménagements, Il aperçoit les préoccupations des riches industriels bourgeois par lesquels

1. Lettre de Bourbon adressée à Rennes à M. Rouffet, 18 janvier 1845.

le journal est financièrement soutenu. Enervé de ces compromis et de ces demi-audaces, il se découvre brusquement les passions d'un partageur égalitaire. Ce n'est pas chez lui un effet du désir personnel d'améliorer les conditions matérielles de sa vie ; c'est une conséquence de cet amour de l'absolu et de cette passion de la logique à outrance qui sont la trame même de son esprit. D'ailleurs, son cœur souffre ici, pour le peuple, écrasé par les conditions que lui impose l'organisation de la vie industrielle, comme, à Bourbon, il souffrait de la misère affreuse des esclaves. Dans sa vision poétique de la question sociale, il mêle, obscurément, les uns avec les autres. Il se refuse à soi-même d'apercevoir les différences profondes. Il ne veut connaître à cette situation douloureuse d'autre issue que la bataille :

« La guerre sociale est là qui frappe au seuil des palais, les bras nus, l'œil sanglant, l'écume de la faim aux lèvres! La guerre sociale, affreuse, inévitable, plus effrayante mille fois que 93. La guerre implacable de celui qui n'a rien contre celui qui a tout ; la plus atroce et la plus juste des guerres [1]... »

Mais il n'est pas homme à formuler sa pensée tout bas et pour un seul; en effet dans un article que *la Justice et le Droit* publient au même moment, il imprime :

« ... Si les avertissements étaient éternellement vains, si les souffrances du plus grand nombre devaient frapper des cœurs inexpugnables, nous tous, qui confessons une même foi sociale, nous tous qui marchons ayant les yeux fixés sur un avenir glorieux, nous tous qui vivons de la vie des faibles et des déshérités, et que la lèpre du siècle n'a pas rongés, souvenons-nous que nos pères ont combattu et sont morts pour le triomphe de la Justice et du Droit, et que nous sommes leurs héritiers... »

Ce ne sont pas là des paroles dont on se grise, ce n'est point l'enivrement versé à un cerveau d'artiste, par la surex-

---

1. Fragment d'une lettre datée du 31 juillet 1846.

citation passagère d'un milieu, c'est bien le fond de sa pensée réfléchie. Quelques semaines plus tard, il s'écrie :

« ... Avec quelle joie je descendrais de la calme contemplation des choses pour prendre ma part du combat et voir
de quelle couleur est le sang des lâches et des brutes. Les
temps approchent à grands pas. Plus ils avancent, plus je
sens que je suis l'enfant de la Convention et que l'œuvre de
mort n'est pas finie... [1] »

La pensée qu'une fois de plus il sera nécessaire de baptiser les idées dans le sang, le hante. Il y réfléchit à l'écart
des autres, il médite cette conviction, et en 1857, il publie
une étude, sur l'*Inde française,* où, à propos des événements
qui ont fait tomber Lally-Tollendal du faîte de la fortune
au billot, il prononce ces paroles significatives :

« ... De nos jours, on qualifie volontiers d'acte inique le
coup qui l'a frappé. Cependant il faut opter entre la responsa-
bilité humaine et l'enchaînement fatal des faits historiques.
D'ailleurs, tout n'est-il pas fondé sur le dogme sanglant de
l'expiation ? »

Il profita de la première occasion qui s'offrit, pour montrer comment il entendait mettre ses actes d'accord avec ses
principes. Le 25 janvier 1848, quatre jours après l'abdication
de Louis Philippe, les délégués, que les Colonies des Antilles
et de la Réunion avaient à Paris, adhérèrent à la République,
mais il n'allaient pas jusqu'à prendre l'initiative d'une proposition de l'abolition de l'esclavage. Ils savaient qu'une
telle mesure ruinerait leur crédit auprès de leur clientèle.
Cette attitude indigna les jeunes créoles qui faisaient leurs
études à Paris. L'un deux se mit à la tête du mouvement.
C'était Charles Leconte de Lisle.

Il le savait, la mesure qu'il rêvait de faire aboutir, allait
ruiner les siens. Il souffrit de cette nécessité, mais elle ne l'arrêta pas plus que la certitude, qu'après une telle algarade, sa

1. Lettre à Louis Ménard, septembre 1849.

famille allait tout d'abord, supprimer la faible pension dont, en somme, il vivait. C'est que cette question de l'esclavage dominait chez lui, non seulement les questions d'intérêt, mais encore tous les sentiments affectueux, voire le respect et la gratitude filiale. Il se fut méprisé si une considération quelconque avait pu l'empêcher d'accomplir, en une telle occasion, ce qu'il considérait comme son devoir absolu.

Il invita donc ses camarades créoles à une réunion qui fut présidée par M. Henri de Guigné. Leconte de Lisle y prit la parole, écarta les objections, enflamma les ardeurs, rédigea une lettre d'adhésion au Gouvernement provisoire. Après que les assistants l'eurent signée, il la porta lui-même à l'Hôtel de Ville [1].

Charles Leconte de Lisle ne devait pas tarder à recevoir, de Bourbon, la réponse que son attitude avait provoquée. Il était traité par son père : « d'assassin de la patrie », on l'informait en même temps que sa pension était supprimée. Sa famille rompait avec lui toute relation.

Il s'en consola en pensant que, le 21 avril, le Gouvernement provisoire avait décrété l'abolition de l'esclavage et que désormais il appartenait tout entier à l'action. A ce moment l'esprit de la Révolution animait beaucoup de jeunes cerveaux effervescents et humanitaires. Leconte de Lisle réunissait autour de lui un cénacle littéraire et robespierriste composé de Louis Ménard, Paul de Flotte, Bermudez de Castro, Thales Bernard, Benezit, Fage, Lacaussade, Rabian...

---

1. Cette adresse commençait par ses mots : « Les soussignés, jeunes créoles de la Réunion, présents à Paris, viennent apporter leur adhésion complète, sans arrière-pensée, au Gouvernement de la République. Nous acceptons la République dans toutes ses conséquences. L'abolition de l'esclavage sera décrétée, et nul français n'applaudit plus énergiquement que nous, jeunes créoles de l'île de la Réunion, à ce grand acte de justice et de fraternité que nous avons toujours devancé de nos vœux... » Ces lignes étaient signées par Leconte de Lisle, E. Vinson, Lacaussade, G. Bédier, Lapervenche, Dubourg, A. Reilhac, Martin, Boursault, Barbaroux, Simon Laprade, R. Roer, etc.

Un critique a caractérisé, d'un mot heureux, l'état d'esprit où Leconte de Lisle se trouvait à ce moment. Il le dit : « Un révolutionnaire cérébral [1]. » Le fait est que le jeune créole n'était guère préparé aux luttes politiques. Généreux, habitué à vivre dans la sphère des idées, il devait se heurter nécessairement, dans le domaine des faits, à tous les pièges dont sa nouvelle route serait hérissée.

Ne fallait-il pas être poète, en effet, pour consentir à aller représenter les « Comités Révolutionnaires » en Bretagne, avec les instructions qu'on lui avait mises en poche ?

Il s'agissait d'assurer, aux prochaines élections de la Constituante, une représentation républicaine. Le « Club Central » [2], dont Leconte de Lisle faisait partie, ne doutait pas que Paris donnât l'exemple du civisme ; mais on se méfiait de la province ; on y voulait envoyer, secrètement, des républicains éprouvés, afin d'agir sur l'esprit des populations, de stimuler les tièdes, de soutenir les ardents, de surveiller les réactionnaires.

On savait que, dans le temps où Leconte de Lisle faisait ses études en Bretagne, il avait un peu battu le pays : on en conclut qu'il était l'homme du monde le plus propre à porter la bonne nouvelle, dans la banlieue de Dinan.

Au moment d'accepter cette mission, le jeune créole apparaît, comme à l'ordinaire, travaillé de scrupules : Il est bien sûr qu'il est, avec ses amis, en possession de la vérité sociale et politique, mais il répugne à ses habitudes philosophiques, d'apporter cette vérité-là, comme un dogme indiscutable, aux populations ignorantes vers lesquelles on le députe. Il se réconforte en lisant, dans les fameuses « Instructions » qu'on lui a mises dans les mains — et que le chimérique Laugier a rédigées — ces considérations utopiques :

---

1. Cf. Calmette : *Leconte de Lisle et ses amis.*
2. Le Club Central, fondé en 1848, siégeait au Palais-National. M. Romain en était le président ; en faisaient partie le peintre Jobbé Duval ; Paul de Flotte ; Jacquemart ; etc.

« Le Délégué doit se garder de céder à un semblant d'autorité, qu'il aurait à exercer en quelque occasion que ce soit. Il n'y a que la puissance de la conviction. C'est la seule qu'il laissera pressentir, car l'assentiment donné par le Gouvernement à la mission qui lui est confiée ne lui défère aucune fonction. Il n'y a plus : il ne relève que du républicanisme : l'Apôtre ne commande pas, il prêche, il persuade... »

La fierté que Leconte de Lisle a de tenir cet emploi périlleux, résiste mal au premier contact direct avec la foule. Les gens qui feignent de prêter, à ses paroles, une oreille à demi convaincue, l'écœurent encore plus que ses adversaires déclarés, si bien que peu de semaines après son entrée en mission, il s'écrie :

« ... Ces têtes vides du « Club Révolutionnaire » m'ont jeté dans une position stupide. Bien fin qui me rattrapera à me faire le délégué de brutes semblables... Je me suis éreinté ici sans autre résultat que la fondation d'un Club Républicain Démocratique à Dinan... On se figure à grand peine l'état d'abrutissement, d'ignorance et de stupidité naturelle de cette malheureuse Bretagne... La future Assemblée sera composée de bourgeois et de royalistes... N'est-il pas clair comme le jour qu'on veut nous escamoter la Révolution? On nous imposera bientôt une autre Royauté... [1] »

La sévérité de Leconte de Lisle contre le peuple, surtout contre ses camarades de rêve, retombe sur lui-même. S'il les traite durement c'est qu'il se flagelle. A partir de cette minute, il entre en guerre avec « la masse ». Il la trouve trop différente de ce qu'il avait imaginé. Il s'irrite de la sentir si incapable de s'orienter vers ce chemin du bonheur, qu'on lui montre. Déjà il ne se pardonne pas le temps qu'il a perdu dans de tels efforts. Sa désillusion a la virulence d'une imprécation :

« ... Que l'humanité est une sale et dégoûtante engeance !

---

1. Lettre à Paul de Flotte, Dinan, avril 1848.

Que le peuple est stupide ! C'est une éternelle race d'esclaves qui ne peut vivre sans bât et sans joug. Aussi ne sera-ce pas pour lui que nous combattrons encore, mais pour notre idéal sacré... Qu'il crève donc de faim et de froid ce peuple facile à tromper, qui va bientôt se mettre à massacrer ses vrais amis !... » [1]

C'est dans ce découragement qu'il faut chercher la véritable cause de la tiédeur avec laquelle Leconte de Lisle participa aux journées de Juin. Tout de même on le voit autour des barricades en compagnie de Paul de Flotte : il apporte de la poudre aux insurgés [2]. Même ses allées et venues semblent suspectes. On finit par l'arrêter en plein faubourg Saint-Germain, dans une ruelle. On trouve de la poudre dans ses poches, on le met en prison. Il y passe quarante huit heures : « les plus longues heures de ma vie », écrivit-il plus tard. Mais son supplice ne dura pas. Ce n'était point un fusil qu'il avait sur l'épaule au moment de son arrestation, c'était l'*Illiade* qu'il portait sous le bras. On ne lui enleva point son livre. Il continua de traduire Homère sous les verrous. Ce faisant il est persuadé qu'il rentre dans la bonne voie et sert son idéal dans la route qui, décidément sera la sienne [3].

Il commence à distinguer que la foule est peut-être excusable de n'avoir pas compris l'enseignement qu'on lui apportait : « Qui donc lui a jamais parlé de Liberté, de Vérité? » Tous les jours davantage, il se persuade que son devoir est de travailler, par l'exaltation de la Beauté, à l'éducation du sens de la liberté parmi les hommes. Il écrit à Ménard :

« Comment un poète ne voit-il pas, que les hommes, voués aux brutalités de l'action, aux divagations banales, aux

1. Lettre à Paul de Flotte, 1848.
2. Le 23 juin, Leconte de Lisle accompagné de Louis Ménard allait porter aux insurgés cette formule du coton poudre que Ménard avait découverte.
3. C'est cette traduction de l'*Illiade* que Leconte de Lisle achevait vers 1850 et qui fut égarée par l'éditeur Marc Duclos.

rabachages des mesquines et pitoyables théories contemporaines, ne sont pas pétris du même limon que le sien ?... »

Et sa rancune contre les gens d'action s'aggrave sans doute du dédain qu'eux-mêmes professent pour les poètes, en qui, ils aperçoivent d'inutiles amuseurs. Leconte de Lisle relit, avec un sourire de satisfaction, les jugements que, d'instinct, dès son arrivée à Paris, il avait porté déjà sur les collaborateurs de la *Démocratie Pacifique* et de la *Phalange* :

« ... Mes collègues, sont les hommes les plus probes et les plus bienveillants de la Presse parisienne, mais ce sont aussi les hommes les plus ignorants de l'Art, que je connaisse. Je suis, à vrai dire, le seul rédacteur littéraire de l'école... [1]

Le poète est persuadé à cette heure que, l'échec de ses idées révolutionnaires, et de l'amélioration sociale qui devait en résulter, ont pour cause principale l'insuffisance de culture des hommes qui mènent la partie. Il croit sincèrement que des gens qui n'ont pas eu la révélation de la beauté artistique et de ses harmonies, sont incapables de : « galvaniser le peuple et de conduire les affaires ». Blanqui lui fait l'effet d'une « hache ». Prudhon l'exaspère avec ses prétentions à l'infaillibilité, ses allures de « pape moderne », proclamant et imposant les dogmes qui lui ont été révélés.

Enfin, un aveu qui échappe à Leconte de Lisle achève d'expliquer son détachement de ceux qu'il a connus à ses dépens et dont il se sépare :

« Les hommes politiques ont plus de sang dans les veines que de matière cérébrale dans le crâne... Ce sont des natures abruptes, des esprits ébauchés, fermés à toute clarté d'un monde supérieur... Ces hommes ont été confinés, par la loi harmonique, aux infimes échelons de la grande hiérarchie humaine... [2] »

---

1. Lettre à Ménard, 1849.
2. *Ibid.*

Le poëte est définitivement certain que sa place n'est point sur ces échelons là : il reprend son vol, il s'en retourne vivre, sur les hauteurs intellectuelles, dans une sereine contemplation des formes divines.

———

DEUXIÈME PARTIE

—

CHAPITRE VIII

—

Le Rôle du Poète

La lecture des lettres écrites par Leconte de Lisle à Louis Ménard, à Jobbé Duval, à Paul de Flotte, entre les années 1849 et 1852, éclairent, d'une vive lumière, l'état d'esprit où se trouvait le poète lorsqu'il se détacha de l'action politique pour revenir à sa pure passion de poésie et de beauté. Il voulait justifier aux yeux des autres, et expliquer aux siens propres, les raisons de son désistement. Il était irrité de constater que Ménard, dans le recul de l'exil où il vivait, se berçait d'illusions persistantes. La franchise absolue étant la règle des rapports amicaux, poétiques et politiques, qu'il entretenait avec cet intime compagnon, il lui écrivait :

« ... Je ne puis m'empêcher de considérer comme un acte coupable, comme un oubli du devoir, qu'il est donné à l'artiste de remplir, le fait qu'il délaisse, par caprice ou par lassitude, la sphère de son développement intellectuel pour s'absorber en des préoccupations d'un ordre secondaire, sous l'empire desquelles, on vient à subordonner, au gré des sympathies et des antipathies individuelles, les principes aux hommes, et les idées aux faits... [1] »

A tout ce relatif, Leconte de Lisle oppose l'amour que l'artiste doit avoir pour le monde inaltérable des idées, des sentiments, des formes, pour les joies de la pensée, inaccessibles au vulgaire, et il s'avise qu'une contradiction nécessaire existe entre l'idéal d'un parfait artiste et celui d'un parfait démocrate.

L'artiste vit de l'observation des différences, de tout ce qui crée des oppositions de caractère entre les personnalités, et les peuples. Le démocrate, au contraire, rêve d'un nivellement qui abaisserait toutes les barrières de classes et de races. Leconte de Lisle ne se dissimule plus ces incomptabilités, il sent qu'il lui faut faire un choix, il écrit :

« ... Les poèmes épiques, n'ont plus de raison d'être du jour où les races ont perdu leur existence propre, leur caractère spécial. Que sera-ce donc si elles en arrivent à ne plus former qu'une même famille, comme se l'imagine la démocratie contemporaine, qu'une seule agglomération parlant une langue identique, ayant des intérêts sociaux et politiques solidaires, et ne se préoccupant que de les sauvegarder ? *Mais il est peu probable que cette espérance se réalise, malheureusement pour la paix, la liberté et le*

---

1. Louis Ménard, exilé pour avoir écrit des vers enthousiastes sur les fusillés du 2 décembre, s'obstina longtemps à voir en beau les hommes et les choses de la Révolution de 48. Mais il finit par se ranger à l'avis e Leconte de Lisle. Dans une lettre, inédite, qu'il lui adresse en Juin 1855, il déclare : « Je ne regrette pas d'avoir écrit mon ouvrage *Le prologue d'une Révolution*, ni le poème de *Gloria Victis* où j'ai raconté les fusillades des prisonniers de juin 1848... J'ai été condamné pour avoir dit ce que tout le monde savait et dont personne n'osait parler... Je n'ai pas à me plaindre de cette condamnation qui m'a fait renoncer à l'étude de notre époque pour m'occuper des Grecs, nos maîtres et nos modèles en politique et en morale, comme en littérature et en art. »

*bien-être des peuples; heureusement pour les luttes mora-
les et les conceptions de l'intelligence...* [1] »

Entre cet « heureusement » et ce « malheureusement » là,
tiennent tous les débats, dont Leconte de Lisle fut le
théâtre chaque fois que, penché sur sa conscience, il se demanda s'il devait se lancer dans les efforts de l'action, ou céder aux conseils de la voix intérieure qui lui ordonnait de se
désintéresser des « Clubs » pour méditer sur sa montagne
sacrée. Il trouva enfin une formule qui devait le satisfaire :
le poète pouvait, à un moment donné, descendre dans le tumulte des choses passagères afin de témoigner et de la sincérité de sa foi, et de son aptitude à vivre s'il le voulait, de
la vie du vulgaire ; mais cette intervention dans la réalité
ne devait être qu'une incursion, non pas une installation :

« ... Les efforts, et les modes d'efforts, varient en raison
de la diversité et de la *hiérarchie des esprits,* écrit-il. Les
grandes œuvres d'art pèsent, dans la balance, d'un autre
poids que cinq cent millions d'almanachs démocratiques et
sociaux... Je me plais à croire — et puisse ce rapproche-
ment irrespectueux m'être pardonné — que l'œuvre d'Homère comptera un peu plus, dans la somme des efforts mo-
raux de l'humanité, que celle de Blanqui. [2] »

Comme s'il sortait d'un mauvais songe, Leconte de Lisle
s'est donc rejeté vers l'idée, qu'autrefois il s'était formée, du
rôle du poète, lorsqu'inconnu et solitaire dans sa maison de
Saint-Denis, il se demandait si l'occasion lui serait donnée
de devenir, quelque jour, un conducteur d'âmes. A ce moment là aux yeux de Leconte de Lisle, le poète apparaissait
marqué du caractère quasi sacerdotal dont le revêtirent les
religions anciennes. Il était le Voyant ; celui qui, avant les
autres, touche l'avenir ; qui, à travers les disparates, aperçoit les harmonies ; qui, sous les laideurs matérielles et

1. Préface des *Poèmes et Poésies,* 1852.
2. Lettre à Ménard, septembre 1849.

morales, découvre la Beauté, — l'homme divin, qui, sur les ruines d'un monde qui s'écroule, rêve de bâtir l'idéale cité de Justice et de Vérité :

« O Roi prédestiné d'un monde harmonieux
Marche, les yeux tendus vers le but radieux !
Marche à travers la mort et la rude tempête
Et le soleil demain luira sur ta conquête !... [1]

Et ce « Roi prédestiné » cet homme, que le don poétique a élevé au-dessus des autres dans la « hiérarchie sociale », Leconte de Lisle le place en face du Pharaon : en opposition avec le Tyran, cruel et ignorant, il en fait le Prêtre, le Poète-Dieu, dont l'effort embellira les conditions de la vie humaine :

« Heureux l'homme obscur couronné de Justice.
Il vit sans que jamais la mort l'anéantisse.
Sous un tissu de neige, attentif et pieds nus,
Le front illuminé de rayons inconnus
Il frappe au seuil du temple où l'on apprend à vivre
Et le ciel à ses yeux, s'entr'ouvre comme un livre... [2] »

Plus tard, l'idée que Leconte de Lisle se forme de ce Thérapeute du xixᵉ siècle, — dépouillé de sa robe de lin, de son sceptre d'or et misérablement noyé, par la platitude de la vie contemporaine, dans les flots du vulgaire — s'élargit encore. Il doit être un « penseur ». Le mot est pris ici, par Leconte de Lisle, dans le noble sens qui conseilla à Michel Ange de baptiser : *Il Pensieroso*, la statue que l'on sait ; il est celui qui médite constamment sur la beauté, sur la justice, sur l'amour, sur la mort, sur le néant des choses humaines.

Et il faut que ce poète ait une haute nature morale : il y a une probité de l'art comme de la vertu — la vertu d'un artiste, n'est-ce pas son génie ?

1. « La Recherche de Dieu ». *La Phalange*, 1846.
2. « Le Voile d'Isis ». *La Phalange*, 1848.

Vis-à-vis de l'idée du beau, qui est sa norme, l'artiste a les mêmes devoirs que le savant vis-à-vis de l'idée de la vérité, que le saint vis-à-vis de l'idée du bien. Sous des angles différents, chacun de ces exemplaires supérieurs d'humanité aperçoit, en effet, la même révélation.

Celui qui aspire à s'élever si haut, doit, avant tout autre effort, s'appliquer à faire la connaissance de soimême. Mais à coté de cela le poète, qui a mission de s'extérioriser, n'ouvrira jamais, assez larges, sur le monde les portes de ses sens. Leconte de Lisle désire, que le véritable poète soit possédé, à un degré intense, du sentiment de la nature, mais il se garde de croire, comme la multitude des esprits superficiels, que l'artiste ne possède cette vision complète de la beauté objective, qu'au détriment de la réflexion.

A toutes ces puissances, le poète idéal joindra « une facture parfaite sans laquelle il n'y a rien. [1] »

L'acquisition d'une belle forme est, en effet, le devoir essentiel du poète, l'épreuve initiale qu'il lui faut traverser afin d'obtenir la maîtrise, mais elle n'est pas la seule. Leconte de Lisle écrit :

« Le mérite ou l'insuffisance de la langue et du style dépendent expressément de la *Conception première* [2].

Et ailleurs il parle de « la profonde concordance de l'expression et de la pensée, qui, elle-même, n'est que la parole intérieure. [3] »

Une fois que le poète est maître de son expression, il lui reste donc à tenter d'acquérir toute la science, dont il devra, d'abord, nourrir son esprit, puis, enrichir ceux qui se tournent vers lui comme vers un initiateur. Le programme de ce savoir est singulièrement étendu, puisque Leconte de Lisle le définit : « la compréhension métaphysique et historique de l'évolution de l'homme et du monde ».

1. *Nain Jaune*, 1864.
2. Préface des *Poèmes Antiques*, 1855.
3. Discours à l'Académie française, 1887.

Cette dernière proposition éclaire merveilleusement les intentions dans lesquelles Leconte de Lisle écrivait son poème : *Khiron et Orphée* [1].

Un personnage mystérieux sort de l'inconnu, s'avance vers le peuple. Nul ne sait son nom ; pourtant, à son apparition, la multitude est heureuse. Elle l'accueille comme un héros, comme un rédempteur, avec des hosannahs que, sans doute Leconte de Lisle rêva, pour soi-même, au temps où, adolescent bouleversé par sa vocation, par l'orgueil des forces qu'il sentait sourdre en soi, il songeait, couché au bord du Bernica, aux gloires promises à sa jeune destinée :

« . . . . Les dieux
D'un sceau majestueux ont empreint son visage,
Dans ses regards profonds règne la paix du sage,
Il marche avec fierté. Sur ses membres nerveux
Flotte le lin d'Egypte aux longs plis. Ses cheveux
Couvrent sa vaste épaule, et, dans sa main guerrière
Brille aux yeux des pasteurs la lance meurtrière,...
Silencieux, il passe, et les adolescents
Ecoutent résonner au loin ses pas puissants...
C'est un Dieu ! pensent-ils ; et les vierges troublées
S'entretiennent tout bas en groupes rassemblées... »

Le rôle que Leconte de Lisle réserve à ce séducteur est défini. Il doit présenter, à la foule, sous un vêtement de beauté qui les rendra tangibles, les vérités essentielles. Mais tout d'abord, afin de s'instruire lui-même dans la connaissance de ces vérités premières, il ira interroger les Sages, qui savent l'histoire des anciens jours, tout ce qui touche aux Dieux, que l'homme ne doit pas craindre ; à la Nature, qu'il doit adorer ; aux Mystères, qu'il doit s'efforcer de pénétrer.

Dans la fable d'Appollonius de Rhodes, qui est la source où Leconte de Lisle a puisé pour son poème *Khiron*, il n'est

1. *Démocratie Pacifique*, 1847. — En 1855, dans les *Poèmes Antiques*, cette pièce sera classée sous le titre de *Khiron*.

question que d'un salut que le Centaure, fils antique de la
terre, envoie, du rivage thessalien, aux intrépides Argonau
tes. C'est le poète français qui invente la visite d'Orphée
député par les hardis navigateurs, à ce « témoin des anciens
jours » pour l'interroger sur le mystère des origines. Et toute
la philosophie que Leconte de Lisle se forge du rôle du poète,
apparaît dans cette innovation heureuse : Khiron a été le
spectateur des heures de la création, il léguera à Orphée la
Science et la Sagesse pour, qu'à son tour, il les propage
parmi les hommes.

De même que Leconte de Lisle n'a pu se tenir dé
peindre le poète, tel qu'il l'aperçoit dans une vision extasiée,
il lui faut ici mettre en scène l'émotion dont la nature est
envahie lorsqu'Orphée prend sa lyre pour chanter l'hymne
glorieux, qui révélera, aux générations, les arcanes de la vie :

> « Il va chanter, il chante ! Et l'Olympe charmé
> S'abaisse de plaisir sur le mont enflammé !
> Kybèle aux épis d'or, sereine, inépuisable,
> Des grèves où les flots expirent sur le sable
> Jusqu'aux âpres sommets où dorment les hivers,
> D'allégresse a senti tressaillir ses flancs verts !...
> Les dryades, perçant les écorces fragiles
> Les Satyres, guetteurs des Nymphes au sein nu,
> Tous se sentent poussés par un souffle inconnu ;
> Et vers l'antre, où la lyre en chantant les rassemble,
> Des plaines et des monts ils accourent ensemble !... 1 »

Cet accueil que la Nature fait à son Roi, sera vite cor-
rompu par l'ignorance, la malice, l'égoïsme, toutes les passions des hommes. Leconte de Lisle « voyant » lui-même,
ne se fait point d'illusion à cet égard : il sait que la destinée
de cet homme divin qui apporte, dans ses mains, la révélation
de Beauté ne peut être que celle d'un Christ. Orphée sera
éternellement écartelé par les Bacchantes. La Grèce n'a-t-
elle pas voulu, une fois pour toutes, symboliser les larmes

---

1. « Khiron ». *Poèmes Antiques.*

que l'Humanité versera, sans fin, sur le destin des meilleurs,
des plus nobles de ses fils, les Poètes, quand elle a dressé,
comme l'image même de la Mère Douloureuse, cette *Niobé*
qui, en vain, tend les bras aux glorieux enfants que transper-
cent, autour d'elle, des flèches jalouses ?

Qu'importent toutes ces épreuves, toutes ces morts tragiques, tous ces deuils ! Pas une seconde, la foi que Leconte
de Lisle a dans la destinée finale du poète et dans le triomphe de la Beauté dont il est le ministre, n'est entamée. Le
spectacle de tant de vaines tentatives, ni la crainte des supplices ne peuvent rien pour le décourager. Même il promet à *Niobé* que la douleur et les souffrances ne seront pas
éternelles ; il lui annonce l'avènement de la « Divine Aurore » que déjà il aperçoit, au delà du dernier horizon :

« ... Un grand jour brillera dans notre nuit amère...
Attends ! et ce jour-là tu renaîtras, ô mère !...
Tu briseras le marbre et l'immobilité ;
Un cœur, fera bondir ta poitrine féconde ;
Ton palais couvrira la surface du monde
Et tes enfants, frappés par les Dieux, rejetés,
Seuls Dieux toujours vivants, que l'amour multiplie,
Guérissant des humains l'inquiète folie,
Chanteront ton orgueil sublime et ta beauté.
O fille de Tantale ! O mère Humanité !... [1] »

---

1. *Niobé* parut pour la première fois dans *La Démocratie française*
(en 1847) avec ce dénouement. Les jeunes écrivains socialistes de 1848
en furent très frappés. — Dans les *Poèmes Antiques* (1855), la fin de
la pièce a été modifiée par le poète.
Leconte de Lisle ne se lassait pas d'affirmer a cette minute, la foi
qu'il avait dans le triomphe final de la poésie. En parlant des poètes,
qu'il compare au blé étouffé par l'ivraie, il s'écrie :

« ... Que le siècle aveuglé, vous brise et vous opprime
Ne désespérez point de la lutte sublime
Epis sacrés ! Un jour de vos sillons bénis
Vous vous multiplierez dans les champs rajeunis,
Et, dépassant du front l'ivraie originelle,
Vous deviendrez le pain de la vie éternelle... » « Les Épis ».
La Démocratie Pacifique, 1848.

Pour que cet espoir, un jour, puisse se réaliser, Leconte de Lisle ne veut pas que l'enseignement soit donné au poète sous la figure d'un certain nombre de propositions toutes faites, que l'instituteur enfonce, de gré ou de force, dans la mémoire de l'écolier. Sur cette méthode d'éducation, il a dit son sentiment en termes vifs :

« Il n'appartient à qui que ce soit d'enseigner l'héroïsme aux lâches, ni la générosité aux âmes viles, non plus que l'esprit aux niais ni le génie aux imbéciles. Il serait aussi facile aux chimpanzés de donner des leçons de zend et de sanscrit a leurs petits... « Maître de l'éducation, maître du genre humain », a dit Leibnitz. Rien de plus communément accepté, rien de plus faux ; les hommes ne se pétrissent pas entre eux comme des morceaux de terre glaise... [1] »

On l'a vu : lors de sa mission politique en Bretagne, il avait été frappé de ce fait que l'ignorance où il avait trouvé les foules, sur ce qui lui paraissait être l'essentiel du problème historique, social, économique, philosophique et religieux, avait été une des causes de l'avortement de la Révolution de 48. A présent il est persuadé que le devoir du poète et du penseur est de se consacrer à l'instruction de ces simples. Dans ces sentiments il conçoit le plan d'un ouvrage historique en prose qui donnerait une première base à son action morale :

« Manou et moi, écrit-il, nous sommes en train de faire *L'Histoire des Guerres Sociales*, jusqu'aux Anabaptistes inclusivement... [2] »

On ignore si Leconte de Lisle et son collaborateur se mirent jamais à cette besogne, ou s'ils se contentèrent de rédiger un plan. Ce n'était là, qu'une œuvre de prose, et la

1. « Etude sur Auguste Barbier ». *Nain Jaune*, 1864. — Et dans la Préface de ses *Poèmes et Poésies*. il déclare qu'il a « peu de goût pour le prosélytisme ».

2. Lettres à Ménard, 1849.

prose, n'avait pas de quoi retenir longtemps le poète qu'é-
tait Leconte de Lisle. Il était persuadé que, si jamais on a
chance de faire parvenir aux oreilles distraites de la masse,
les vérités, qui la tireront de ses plus formidables erreurs,
ce sera en lui présentant l'Idée, enveloppée de beauté.

« ... Il n'existe d'enseignement efficace que dans l'Art, disait-il : hors de la création du Beau, point de salut ! [1] »

Il ne faut pas chercher ailleurs les raisons pour lesquelles
le poète fit deux parts dans sa vie studieuse ; l'une, consa-
crée à l'étude de la forme, l'autre, à celle de l'histoire, et
de la philosophie des religions. Il croyait à la vertu illimi-
tée de l'instruction, pour rendre les hommes meilleurs et
plus heureux. En effet, lorsque, dans son *Catéchisme Républicain* il pose cette question primordiale : « quels sont les
droits de l'Individu ? » — avant de citer « la Liberté, l'Ega-
lité, la Propriété, la Sûreté » il nomme : « l'Instruction ».
Et il ajoute :

« ... Nous avons défini l'être intelligent, celui qui désire
et qui recherche la science et la vérité. Or, *l'instruction*
est l'unique moyen d'acquérir l'une et l'autre : c'est le
premier des droits de tous, car il contient, en germe, tous les
autres. »

Mais il convient que l'instructeur soit un homme qui ait
contemplé de près, et longuement, « les idées éternelles ».
Leconte de Lisle est contraint de s'avouer que les poètes
de son temps ne se sont guère préparés à ce rôle d'éducateurs. Il leur dit leur insuffisance sans ménagement :

« ... O poètes, éducateurs des âmes, instructeurs du genre
humain, qu'enseignez-vous ? Qui vous a conféré le caractère et le langage de l'autorité ?... Vous ne reproduisez
qu'une somme d'idées désormais insuffisante..... Le genre
humain souffre d'un travail intérieur dont vous ne le gué-
rirez pas, d'un désir religieux que vous n'exaucerez point,

---

1. « Etude sur Auguste Barbier ». *Nain Jaune*, 1864.

si vous ne le guidez dans sa recherche de ses traditions idéales... [1]

Pour devenir digne d'un tel rôle le poète d'aujourd'hui doit s'isoler du monde de l'action, pour se réfugier dans la vie contemplative et savante, comme en un sanctuaire d'étude, de noblesse, et de purification. Par cette méthode il acquerra l'érudition dont les certitudes doivent remplacer les affirmations et les apostrophes d'autrefois :

« ... Nous sommes, une génération savante : la vie instinctive, spontanée, aveuglement fécondée de la jeunesse s'est retirée de nous. [2] »

Ainsi, en acceptant cette loi de son temps, Leconte de Lisle avait un mouvement de regret vers ces jours heureux où, le poète, en contact direct avec les dieux, n'avait pas besoin d'aller puiser, son inspiration, dans la poussière des bibliothèques :

« ... Ranimer les ossuaires est un prodige qui ne s'est point présenté depuis Ezéchiel. Je ne me suis jamais illusionné sur la valeur de mes poèmes archaïques au point de leur attribuer cette puissance. [3] »

Trente-neuf ans plus tard, en recevant Leconte de Lisle à l'Académie française, Alexandre Dumas fils lui dit :

« ... Vos théories premières et vos aspirations finales, sont la direction — plus ou moins éloignée dans l'avenir, de l'âme humaine par les poètes régénérés. Je crains que vous fassiez là, monsieur, un rêve irréalisable qui doit tenir à vos origines orientales et à vos idées personnelles en matière religieuse... »

Et Dumas développa la thèse des transformations que le christianisme a produites dans le monde, en subtituant l'idéal du Bien, à l'idéal du Beau.

1. Préface des *Poèmes Antiques*, 1852.
2. Préface à Beaudelaire, 1861.
3. Préface des *Poèmes et Poésies*, 1855.

Ce jour-là, Leconte de Lisle ne répondit, par aucune lettre, par aucun article, par aucune parole publique, à cette objectionde fond. C'est que, son orgueilleuse réserve renvoyait, ceux qui voulaient connaître, en cette matière, sa pensée totale, à l'étude et à la méditation de son œuvre.

CHAPITRE IX

—

L'Histoire

Dès le temps où Leconte de Lisle se demandait s'il ne finirait pas, en Bretagne, dans la peau d'un « professeur d'histoire », il avait proposé à son ami Rouffet de composer, en collaboration, un recueil de vers dans lequel on réserverait une place d'honneur à « l'Histoire poétisée [1] ».

Histoire poétisée. C'est là une expression à retenir. Leconte de Lisle possédait, en effet, des dons d'historien, et comme, avant tout, il était un poète, il ne pouvait jamais cesser d'appliquer, à la transformation des faits, ses facultés poétiques. De là des transfigurations de la vérité objective

1. En 1843, au moment où il achevait ses études de droit en Bretagne, Leconte de Lisle demanda au Ministre de l'Instruction Publique de le nommer à une « Chaire d'Histoire » dans l'île Bourbon : « Citoyen Ministre, écrivait-il : le soussigné Leconte de Lisle (Charles) Bachelier ès lettres, ancien rédacteur de la *Revue Indépendante* et de plusieurs autres revues périodiques, créole de l'île de la Réunion, a l'honneur de vous soumettre la demande suivante à laquelle il espère, Citoyen Ministre, que vous voudrez bien faire un favorable accueil. Deux chaires sont en ce moment vacantes au Collège National de l'île de la Réunion, l'une de philosophie, l'autre d'histoire, le soussigné, par suite de ses études spéciales, se croit apte à remplir cette dernière... »

qui tantôt donnent, à ses poèmes, l'allure d'une prophétie, tantôt le caractère partial d'une plaidoirie passionnée.

Ce qu'il y a de plus remarquable, dans les travaux de littérature comparée qu'il signe, alors qu'il est encore étudiant à Rennes, est un sens historique déjà aiguisé. Ce don s'affirmera tout à fait dans les études en prose qu'il publiera à Paris, dès 1846 [1].

Cette fois, il donnait son sentiment sur le mouvement de révolte qui soulevait les Hindous contre l'autorité anglaise.

Il les avait aimés, dans son adolescence, ces hommes de bronze, qui venaient mêler leur travail à celui des créoles et des noirs de Bourbon. Il les avait vus passer :

> « Le bracelet au poing, l'anneau sur la cheville
>   Et le mouchoir jaune au chignon...
> Ployant leur jarret maigre et nerveux, et chantant,
>   Souples dans leurs tuniques blanches... [2] »

L'étude approfondie que Leconte de Lisle était en train de faire de la littérature sacrée de l'Inde l'éclairait, d'autre part, sur les dispositions ataviques de leurs âmes. A la clarté de ces doubles renseignements, il avait, pour les juger, la sûreté du coup d'œil qui est le fait d'un historien ; il prévoyait que : « tôt ou tard, l'insurrection actuelle se transformerait en un soulèvement national des mongols, musulmans et hindous... » Ce disant, il prédisait, un demi-siècle d'avance, un des faits dont se montrent aujourd'hui le plus préoccupé ceux de nos contemporains qui étudient, sur l'âme asiatique, les effets de l'évolution.

Si le poète s'était plu à rédiger ce « Mémoire » ce n'était point pour composer une histoire commerciale de nos établissements orientaux : il avait été séduit par l'occasion qui lui était offerte de formuler, en matière de colonisation, sa

---

1. A la *Démocratie Pacifique.*
2. « Le Manchy ». *Poèmes Antiques.*

philosophie de français des Iles. Il caractérisait avec une clairvoyance malveillante, les procédés qui ont assuré à l'Angleterre de longues dominations :

« La nation anglo-saxonne, écrivait-il, si énergique comme race colonisatrice, s'est montrée sans cesse, entre tous les peuples anciens et modernes, la race antipathique et destructive par excellence. Cela n'a pas été seulement la condition de son originalité mais, en quelque sorte, la loi de son existence.[1] »

Il remarquait qu'elle a vécu, en dehors et au-dessus des peuples hindous, qu'elle ne s'est jamais rien assimilé. Enfin il opposait à ses mœurs, l'idéal, qui fut celui de la France et qui faillit triompher avec Dupleix : une conquête, armée sans doute, mais surtout pacifique, fondée sur les principes, sur la solidarité des intérêts commerciaux, et, par la suite, sur l'assimilation des mœurs.

La minute paraissait favorable à Leconte de Lisle pour orienter la curiosité du côté de l'histoire. Lui qui, d'ordinaire, avait peu d'indulgence pour les penchants littéraires et scientifiques. de ses contemporains, il constate, cette fois, ce regain de l'intérêt général pour les découvertes de la philologie et de la critique, qui rajeunissent le problème des origines :

« Aucun siècle, dit-il, n'a été, à l'égal du nôtre, celui de la science universelle. L'histoire, la langue, les mœurs, les théogonies des peuples anciens nous sont révélés d'année en année, par des savants illustres. Les faits, les idées, la vie intime, la vie extérieure, tout ce qui constitue la raison d'être, de croire, de penser des hommes disparus, appelle l'attention des intelligences élevées[2].

Au nombre de ces « intelligences élevées », qui venaient d'être attirées par les chances que l'histoire offre de don-

---

1. « L'Inde française ». *Démocratie Pacifique*, 1857.
2. Préface des *Poèmes et Poésies*, 1855.

ner de beaux cadres à des poèmes, il faut nommer, tout
d'abord, Alfred de Vigny. Leconte de Lisle éprouvait de l'es
time pour le caractère de ce poète gentilhomme, il admirait
en lui l'artiste, mais, cela dit, l'auteur des *Poèmes Barbares*
était trop intransigeant pour ne pas déclarer, qu'à son avis,
Alfred de Vigny s'est trompé dans l'usage qu'il a fait de
l'histoire :

« ... Nous sommes, lui et moi, écrit-il, en présence de deux
théories esthétiques opposées, entre lesquelles il ne m'appartient pas de décider ici. L'une, veut que le poète n'emprunte à l'histoire ou à la légende que des cadres, peu inté-
ressants en eux-mêmes, où il développe les passions et les
espérances *de son temps*. L'autre, exige que le créateur se
transporte, tout entier, à l'époque choisie, *et y vive exclusivement*. A ce dernier point de vue, rien ne rappelle dans
le *Moïse* de Vigny, le chef sacerdotal et autocratique de six
cent mille nomades féroces, errant dans le désert de Sinaï,
convaincu de la sainteté de sa mission et de la légitimité des
implacables châtiments qu'il inflige. La mélancolie du *Moïse*
de Vigny et son attendrissement sur lui-même, ne rappellent pas l'homme qui fait égorger en un seul jour, vingt-
quatre mille Israélites par la tribu de Lévy : la création du
poète est donc toute moderne sous un nom historique ou légendaire — et par suite elle est factice... [1] »

Et plus loin :

« ... Si « poète », veut dire créateur, celui-là seul est un
vrai poète, qui donne à ses créations la diversité multiple
de la vie, et devient, selon qu'il le veut, une force imper-
sonnelle. Shakespeare était ainsi... [2] »

Leconte de Lisle n'avait pas à craindre qu'on l'accusât de
partialité, quand il reprochait, à Alfred de Vigny, de n'avoir
connu et chanté que soi-même et sa façon de penser. Il était

---

1. « Etude sur Alfred de Vigny ». *Nain Jaune*, 1862.
2. *Ibid.*

plus malaisé pour lui de donner son sentiment sur la partie de l'œuvre de Victor Hugo qui prétend ressusciter l'histoire.

Une comparaison s'impose fatalement aux esprits entre la *Légende des Siècles* et les *Poèmes Antiques* et *Barbares*. Leconte de Lisle avait souvent souffert de l'injustice de certains parti-pris hugolâtres qui se plaisaient à l'écraser sous l'énormité de la gloire du maître. Il était sans doute d'avis que M. Brunetière avait raison lorsque le critique déclara, en pleine Sorbonne que : « ... tout diffère dans les *Poèmes Barbares* et dans cette *Légende des Siècles*, à laquelle on les a si souvent comparés : l'inspiration, le dessin, la facture, le caractère, l'effet, la forme, et le fond, le style et l'idée, — et que s'il faut que l'un des deux poètes ait « imité » l'autre, c'est Victor Hugo, puisqu'il n'est venu qu'à la suite... [1] »

D'autre part, il suffit de méditer sur la formule dans laquelle Hugo a enfermé son œuvre historique pour sentir, combien la méthode et l'idéal historiques de Leconte de Lisle diffèrent, de ceux de l'auteur de la *Légende des Siècles*.

Exprimer l'humanité dans une espèce d'œuvre cyclique ; la peindre, successivement, simultanément, sous tous ses aspects : histoire, fable, philosophie, religion, science, — lesquels se résument en un seul et immense mouvement vers la lumière — voilà ce que Victor Hugo a tenté.

L'énormité d'un tel projet accable l'homme de génie qui veut soulever, sur son épaule, un poids si lourd. Leconte de Lisle était d'avis que Hugo ne prit jamais la peine, ni le temps, d'étudier les époques, les faits et les personnages, qu'il mettait en scène. On distingue un pli d'ironie au coin de sa bouche lorsque, le jour de sa Réception à l'Académie française, devant les trente-neuf immortels qui l'écou-

---

1. F. Brunetière : *L'évolution de la Poésie lyrique en France*. Tome II.

tent, il déclare : « cette entreprise, quelque colossale qu'elle fut, était sans doute digne du génie de Victor Hugo... »

Mais, pour, qu'un homme pût réaliser, complètement, un dessein aussi formidable, ne fallait-il pas qu'il se fut assimilé, tout d'abord, l'histoire, la religion, la philosophie, de chacune des races, des civilisations disparues, dont il prétendait apporter le reflet ?

Tout cela Victor Hugo ne l'a point fait, aussi, ne produit-il qu'une étude de l'âme dans une situation donnée : « Ses poèmes n'appartiennent à aucune époque nettement définie, il ne mettent en lumière aucun *caractère individuel, original.* »

Quel est donc l'effort que doit s'imposer le poète historien pour mériter l'estime, non seulement des artistes, mais des hommes de science de son temps et de tous les temps? Il faut, qu'après de longues études, il se fasse, par un miracle d'intuition, tour à tour le contemporain de chacune des époques dont il veut parler. Voilà la théorie dont, dans ses *Poèmes Barbares*, Leconte de Lisle donne l'exemple après la règle.

Pour écrire ces poèmes, il a feuilleté les Runes et les Sagas. Il ne s'est pas contenté d'y choisir des thèmes, propres au développement des aspirations du temps où il vit lui-même, il a vécu, au contraire, en imagination, au milieu des peuples qu'il va peindre, il a souffert de leur souffrances, jouit de leurs joies, guerroyé au milieu d'eux. Aussi, on le prendrait, parfois, pour un Skalde, chantant la guerre avant la bataille. Avec une aisance merveilleuse il s'est assimilé le sentiment, la forme et la couleur de ces âmes primitives.

Le moyen de se rendre compte des lectures dont le poète s'est nourri avant de composer son volume est de rapprocher, n'importe lequel de ces *Poèmes Barbares,* des sources d'où il découle. Voici par exemple, les légendes empruntées aux Eddas, qui ont inspiré à Leconte de Lisle : *La Mort de*

Sigurd. Les libertés que le poète français prend avec la tradition scandinave n'ont qu'un but : concourir à exprimer d'une façon plus intense, plus saisissante que les Eddas eux-mêmes, les conditions historiques et religieuses de cette époque scandinave, les particularités de ses mœurs, l'originalité de son caractère.

Chacun des vers, alignés ici par Leconte de Lisle, peint une des faces de l'existence des Jarls scandinaves. Ils y revivent, dans leurs habitudes de guerre, leurs rivalités de famille, leurs vengeances, leurs jalousies. Si ces héroïnes, pour lesquelles les hommes s'égorgent, sont traitées presque toutes de « reines », ce n'est pas que l'auteur en use comme un poète du xviiie siècle ; il ne satisfait pas davantage à ce conseil d'Aristote qui veut que les aventures tragiques soient rehaussées par l'élévation du rang de ceux qui les traversent. Mais rien n'est fréquent, dans l'histoire primitive des Scandinaves, comme les expéditions d'une tribu contre une tribu qui se terminent par l'enlèvement de la fille ou de la femme du chef vaincu : le poète reproduit les faits réels.

Leconte de Lisle ne distingue guère son métier d'historien de son métier de poète. Persuadé que la poésie a été la première religion des hommes, et qu'elle sera la dernière, il s'applique, avec une sincérité absolue, à dégager l'histoire des idées particulières de chaque peuple. Il veut faire sentir que l'histoire de la poésie correspond à celle des phases sociales, des événements politiques et des idées religieuses ; qu'elle en exprime le fond mystérieux comme la vie supérieure ; qu'elle est, à vrai dire, l'histoire sacrée de la pensée humaine [1].

---

1. M. Vianey écrit à ce propos : « ... Dans ces poèmes de Leconte de Lisle, auxquels on a reproché d'être pédants, ce que j'admire le plus c'est qu'ils le soient si peu, quand ils pouvaient l'être tant, et c'est qu'il y ait tant d'humanité là où il y a une couleur historique si intense et en général si juste ». Il était nécessaire que ces paroles fussent dites par un commentateur technique, de la valeur de M. Vianey,

Et Leconte de Lisle n'a pas seulement un respect religieux du « caractère » en art. Il brûle, pour « la vérité » d'une passion égale : si, dans la première édition de ses *Poèmes Antiques*, il a été amené à placer ses poèmes helléniques avant ses prières hindoues : il souffre de cette violation de la chronologie comme d'une faute lourde. Il la corrige par la suite, quitte à décourager le lecteur, en plaçant, en tête de son recueil, des poèmes indiens comme *Bhagavat*; *Sûrya*; dont l'intelligence est moins aisée que celle des poèmes grecs [1].

Mais dans le temps même où il a, du détail et de « l'ordre extérieur » de l'histoire, un respect si scrupuleux, par une de ces contractions, qui font un homme vivant et qui ne se séparent guère du génie, il arrive au poète de fausser avec une inconscience, qui a quelque chose de divertissant et d'éblouissant, au gré des passions dont il est possédé, — « l'esprit » de l'histoire.

pour imposer silence aux faciles ironies de ceux qui reprochent aujourd'hui à l'érudition du poète d'être elle-même quelque peu archaïque, voire en désaccord avec la doctrine du jour.

1. Ces scrupules d'exactitude faisaient, pour ainsi dire, corps avec l'esprit même de Leconte de Lisle. On a, de cette probité morale, un spectacle émouvant dans les lettres, que pendant le siège de Paris, il écrit à des amis. Le goût qu'il a de se renseigner exactement, à la minute où il est le plus bouleversé éclate ici à travers sa passion patriotique. Il donne les plus minutieux détails des chances de la défense, des conditions de l'approvisionnement : « Nous avons ici cinquante-cinq mille hommes, plus soixante mille gardes nationaux, soit. Mais un périmètre de douze à quinze lieux ne se garde pas avec cinquante-cinq mille soldats... Notre seule et sérieuse défense consiste donc dans la protection des forts, qui croisent leurs feux à cinq mille mètres... » Et le 17 février 1870, il écrit : « Nous avons des craintes sérieuses dont l'objet n'est que trop défini : 300.000 gardes nationaux environ ne travaillent plus depuis le 4 septembre, reçoivent 1 fr. 50 par jour, plus 75 centimes par femme mariée. C'est donc à peu près 675.000 fr. par jour que coûte la Garde Nationale qui ne sert plus à rien. Si l'Assemblée supprime l'indemnité, nous aurons du soir au lendemain, 300.000 hommes sur le pavé, sans travail et sans pain. C'est-à-dire de nouvelles journées de juin 1848. Personne ici ne songe à cela. »

Sans doute, il a le droit de traiter la légende avec plus de désinvolture qu'un témoignage historique, mais il est tout de même intéressant de noter qu'il interprète, tout document qu'il touche, dans le sens de ses désirs et de ses idées préconçues. Il a l'air, parfois, de ne s'être embarqué sur le courant historique que pour pêcher des arguments qui fortifient l'à priori de sa thèse.

« ... Toutes les fois que je me suis trouvé en face de deux hypothèses, écrivait Tite-Live en tête de son *Histoire*, j'ai choisi celle qui était la plus favorable à la grandeur du peuple romain... »

C'est la formule de l'histoire patriotique et éloquente. L'histoire « poétisée » paraît lui ressembler par plus d'un point : elle tient moins à frapper juste qu'à frapper fort; l'impartialité lui est suspecte comme de la froideur, comme un autre parti pris — le mauvais — qu'il faut combattre.

« L'histoire, a dit M. Jules Lemaître, apparut à Leconte de Lisle comme l'universelle tragédie du mal. Il lui sembla que l'homme avait aggravé l'horreur de son destin par les explications qu'il en avait données, par les religions qui avaient hanté son esprit malade. Prêtant à ses dieux les passions dont il était agité, il se dit que la vie est mauvaise et que l'action est inutile ou funeste. Mais d'autre part, il fut séduit par le pittoresque, la variété plastique de l'histoire humaine, par les tableaux dont elle occupe l'imagination au point de nous faire oublier nos colères et nos douleurs... Il entra, par l'étude, dans les mœurs et dans l'esthétique des siècles morts; il démêla l'empreinte que les générations reçoivent de la terre, du climat et des ancêtres : et, comme il s'amusait à la logique de l'histoire, il en sentit moins la tristesse..... Il eut des visions du passé si nettes, si sensibles et si grandioses qu'il leur pardonna de n'être point consolantes »[1]. Quoiqu'il en soit, la philosophie de Leconte de Lisle, s'est

---

1. Jules Lemaître : *Les Contemporains.*

augmentée, par l'histoire, de toute la compréhension qu'elle
y a puisée. Le poète s'avisait que, si tout le mal vient de
l'action, l'action vient du désir, inextinguible, de l'illusion
du mieux, qui vit éternellement aux flancs de l'humanité —
illusion qui fait souffrir, puisqu'elle fait vivre, mais qui fait
vivre.

CHAPITRE X

—

La Sensibilité

Il ne faut ajouter foi, qu'avec précaution, à ce que dit, de soi-même, un homme passionné. Sa sincérité le porte à conquérir les qualités qui le séduisent et qui lui manquent, si bien qu'il finit par leur attribuer plus de valeur qu'aux supériorités qu'il possède. Cependant la foule n'entend d'un homme que ses théories ; elle n'aperçoit que ses gestes extérieurs. Elle le juge, sur des manifestations voulues, qui, souvent, sont en contradiction directe avec les intimes réalités de sa nature.

Sans doute est-ce pour ces raisons que Balzac a pu dire : « Nous mourons tous inconnus... » et que Leconte de Lisle réussit à passer pour le plus insensible des hommes, alors, qu'en fait, sa sensibilité fut presque féminine, et qu'elle vibra, avec une intensité maladive, selon les caprices de son destin.

Deux « consultants » autorisés ont raisonné avec une clarté particulière sur le tempérament littéraire et philosophique de Leconte de Lisle. Ils ont eu l'intuition que le poëte avait volontairement aggravé et masqué ces dispositions naturelles : « ... Leconte de Lisle, dit Sainte-Beuve, est en posses-

sion d'une sorte de sérénité et d'impassibilité natives ou acquises, désoccupé qu'il est, ou guéri de passion pour lui-
même... » D'autre part, M. Jules Lemaître écrit : « ... On
peut croire que M. Leconte de Lisle tient, de la nature, un
dédain de l'émotion extérieure, un fond de sérénité contemplative que sont venus renforcer l'art, et le parti pris. »

Ce « fond de sérénité contemplative » que le poète de
Bourbon tenait de la « nature » a un nom : elle s'appelle
l'indolence créole. Sa première racine plonge dans l'inquiétude du mouvement physique qui, dans un pays chaud est
toujours la cause d'une déperdition d'énergie.

Dans une lettre écrite de Dinan en 1838, Leconte de Lisle
qui venait d'atteindre ses vingt ans a écrit : « Tout déplace-
ment produit une espèce de trouble en moi, tant est grande
mon apathie physique. »

Et cette apathie physique se doublait d'apathie morale :
« Je ne suis et ne serai jamais » qu'un enfant qui causera
toujours plus d'ennui qu'il n'en éprouvera... »

Et faisant un retour sur soi-même, il jugeait, sans indulgence, son existence d'étudiant : « La vie que je mène n'est
appuyée sur nul raisonnement, au bout du compte, ce n'est
qu'une paresse incarnée. »

Il n'était pas sûr encore que sa passion pour la poésie
pourrait jamais le contraindre à un effort viril ; des pensées
sans résultat ; des désirs ardents sans but réel ; des élans
inutiles, se heurtaient dans son âme et dans son cœur, pour
s'évanouir bientôt, « dans une indolence soucieuse. »

« Je n'ai pas de persévérance, écrivait-il, pas de volonté,
et mon exaltation passagère s'épanche seulement en mauvais
vers... Je dois vivre de mon travail, ce qui me paraît impossible, car je ne suis bon à rien si ce n'est à réunir des
rimes simples ou croisées, lequel travail n'a pas cours sur la
place, a dit Chatterton... [1] »

---

1. Lettre adressée à Adamolle à Bourbon. Rennes, 1837.

Derrière l'ironie, on sent percer ici une vraie souffrance. Cette impuissance pour l'action, que Leconte de Lisle retrouve au fond de soi-même, chaque fois qu'il fait l'inventaire de ses forces psychiques, lui est une cause de tourment.

Son esprit n'admet pas qu'un écrivain prétende se désintéresser des émotions contemporaines pour s'enfermer dans la tour d'ivoire ; c'est l'heure où il formule contre Chénier, que plus tard il chérira, ce reproche inattendu.

« ... Il faut être de son temps et l'aimer. Comment Chénier a-t-il pu demeurer tourné uniquement vers des préoccupations littéraires et antiques quand la Grèce moderne luttait pour son indépendance en agonie ? »

D'autre part, dans un billet, écrit vers sa vingt-sixième année, il commente cette opinion :

« Un homme de génie peut fort bien être un égoïste, n'aimer aucun autre que soi, et rester pourtant un homme de génie ; mais celui qui a un noble cœur, qui, toujours, est poussé à se dévouer pour ceux qu'il aime, ne peut être tel, sans posséder, en même temps, une grande intelligence, et s'il y a intelligence il y a virtuellement cœur, alors même que ce mode ne nous serait pas visible et palpable. [1] »

Cet homme « qui a un noble cœur » et une « intelligence » supérieure, n'est-ce point Leconte de Lisle lui-même ?

Nul n'a eu, plus que lui, la pudeur de sa sensibilité. A dix-neuf ans, on le voit quitter brusquement Adamolle, cet ami d'enfance à qui il a voué une noble et inaltérable amitié : « Je devais agir ainsi, lui écrit-il : pour nous épargner de trop pénibles moments. »

Ce n'est pas égoïsme, c'est stoïscisme. Quelques années plus tard ; de Dinan, il écrira à son ami Rouffet, qui est allé s'installer à Rennes sans seulement le prévenir : « Vous avez merveilleusement agi. C'est beau. Que de fermeté. [2] »

---

1. Lettre adressée à Rouffet à Rennes. Bourbon, 1844.
2. En 1838.

Les vers de jeunesse qu'à deux reprises, Leconte de Lisle adresse à sa mère [1] pour la supplier de le couvrir de son indulgence, et de prendre en pitié sa vocation, découvrent au vif cette sensibilité, frissonnante comme une blessure. Il lui semble impossible que ceux qui l'ont aimé demeurent indifférents aux souffrances qu'il traverse.

« ... Mon Dieu ! s'ils savaient bien le malheur d'être seul ! [2]

Persuadé que sa prière ne serait pas exaucée, il se retourne vers la divinité avec le mouvement d'un enfant pieux, il s'écrie :

« Mon Dieu, rappelle donc tes trop faibles enfants [3]. »

Les liens de tendresse qui attachaient Charles Leconte de Lisle à sa mère ne se romproont d'ailleurs jamais. Nous avons sous les yeux des lettres, qu'il écrivit, vingt ans plus tard. Elles rendent compte, à sa toute jeune femme, demeurée à Paris, des émotions qu'il éprouve à retrouver, à Bordeaux, chez des parents, après tant d'années de séparation, cette mère si fébrilement aimée : [4]

« ... Je me lève à cinq heures du matin, écrit-il, pour te conter mon arrivée émouvante... Le moment a été bien cruel à passer. Ma pauvre mère, bien vieillie, bien changée, s'est presque évanouie. Tout le monde pleurait, y compris moi, comme je pleure, c'est-à-dire à étouffer... »

Même acuité d'émotion quand il s'agit de sa jeune femme. On en trouve, entr'autres, l'expression naïve et fraîche dans des lettres écrites de Bretagne vers 1872 [5]. après une maladie qui a obligé le poète à aller respirer l'air de la mer pour achever sa convalescence : il se plaint que celle qu'il

---

1. Lettres et poèmes adressés à sa mère à Bourbon, 1838-1840.
2. *Ibid.*
3. Pièce de vers, intitulée *Tristesse*, dédiée : « A ma mère ».
4. Mme et Mlles Leconte de Lisle débarquaient de Bourbon et s'étaient installées chez M. de Saint-Martin, mari de la sœur aînée du poète.
5. Il était l'hôte de madame Judith Gautier à Saint-Enogat.

a laissée à Paris n'ait été guère : « désolée de le voir partir » ;
il trouve : « qu'elle n'est pas assez impatiente de son retour » ; « il n'a de goût à rien parce qu'il est seul ». Et il
entre dans des détails, qui émeuvent, lorsqu'on évoque le
visage impassible de cet amoureux qui, ici, découvre secrètement son cœur : il craint que, dans l'appartement solitaire,
celle qui est la compagne fidèle et charmante de sa vie
« n'ait peur ». Il lui recommande : « de fermer les fenêtres
s'il fait de l'orage... » Voilà des lueurs qui illuminent, d'un
éclat de douceur imprévue, le fond de la sensibilité intime
de Leconte de Lisle.

Mais à côté de la sincérité du poète, il y a l'attitude, le désir
de s'élever à cette « impassibilité acquise », dont parle Sainte-
Beuve, à ce « parti pris », que signale M. Jules Lemaître.

Cette tendance qui, à la fin, l'emportera sur l'instinct, se
manifeste, dès le début de sa vie, dans les termes les plus
nets. Et l'on se demande, quel est, si l'on descend dans les
arcanes de ce cœur, le mystérieux carrefour, où s'affrontent,
cette puissance d'élan, et cette volonté têtue de résister à
l'émotion ?

Sans doute, c'est une place secrète et douloureuse, où
Leconte de Lisle a senti, dès sa première jeunesse, la souffrance presque perpétuelle — à certaines minutes affreusement
intense — du découragement. Il parle de ces abattements
psychiques avec exaltation, comme « d'un suicide moral ». La
principale défiance qu'il nourrit contre l'amour, la raison
pour laquelle il refuse « de s'y donner sérieusement » c'est
à cause des découragements qu'il apporte.

Il est, d'autre part, intéressant de noter l'importance que
prend, dans les préoccupations du jeune homme, l'inquiétude du « blâme ». Il souffrit cruellement d'être désapprouvé.
Pour l'homme, comme pour l'artiste, le désir de la gloire est
un élan positif, tandis que l'appréhension d'être blâmé est
une souffrance d'une certaine façon négative, mais elle est
intense, et se prolonge dans les moelles.

On se rend compte de l'émotion que dut éprouver le poète, plongé dans de telles crises de sensibilité aiguë et de dépression psychique, lorsque, pour la première fois, vers 1848 dans la traduction de Burnouf, ce fragment de l'Hymne de Brahma lui tomba sous les yeux :

« ... Les craintes que font naître en nous nos parents, notre corps et nos biens, le chagrin, le désir, la détresse, la cupidité insatiable, la fausse notion, source de douleur qui nous fait dire : « Ceci est à moi », tous ces maux durent tant que le monde, ô ! Bhagavat, ne s'est pas réfugié à tes pieds qui donnent la sécurité. »

Dès cette minute, et bien que son cerveau appartînt, à ce moment-là, à l'action, Leconte de Lisle, sentit que les angoisses de son âme ne trouveraient d'apaisement que dans la culture hindoue. Nous avons vu, ailleurs, qu'il entra dans cette extase, non seulement en poète, séduit par la beauté des songes, mais surtout en « souffrant », qui cherche un remède à sa douleur ; en éducateur ; en altruiste, qui veut indiquer, aux autres hommes, de quelle source jaillit la sagesse par où les maux humains sont apaisés. Et, n'est-ce pas, dans le calme, qu'on doit chercher à atteindre le souverain bien ?

« Le calme ! s'écrie-t-il. Oh ! qu'il est de courte durée ! Pourtant s'il m'abandonne souvent, il revient aussi et je veux oublier qu'il doit bientôt disparaître. [1] »

Aussi est-ce avec une sincérité éperdue qu'il se jette aux pieds de Brahma, de :

« ... Celui que ne connaît les désirs, ni les larmes,
Par qui l'Insatiable est enfin satisfait [2]. »

C'est, avec autant de piété que son jeune héros Çuna-

---

1. Lettre de Bourbon adressée à Rouffet à Rennes, 1840. Il ajoute : « J'ai des heures de défaillance, avec des crises de larmes plus amères et plus cuisantes que je ne saurais dire ».

2. « Vision de Brahma ». *Poèmes Antiques.*

cepa en face de l'Ascète, que Leconte de Lisle murmure la prière qui demande l'assistance morale.

> « ... Je ne viens point à toi dans une heure prospère :
> Le Destin noir me suit comme un cerf aux abois.
> Jeunesse, amour, bonheur, et la vie à la fois,
> Je perds tout. Sauve-moi... [1] »

Alexandre Dumas fils, qui juge utile de mettre le « moi » en scène, et qui pense ouvertement que Leconte de Lisle a « perdu autant qu'il a gagné » en dissimulant sa personnalité derrière son œuvre, lui dit en le recevant à l'Académie française :

> « ... Ce que vous avez conseillé aux poètes nouveaux de faire, vous l'avez commencé vous-même résolument, patiemment. Vous avez immolé, en vous, l'émotion personnelle, vaincu la passion, anéanti la sensation, étouffé le sentiment... Impassible, brillant et inaltérable comme l'antique miroir d'argent poli, vous avez vu passer et vous avez reflété, tels quels, les mondes, les faits, les âges, les choses extérieures... Vous ne voulez pas que le poète vous entretienne des choses de l'âme, trop intimes et trop vulgaires... Vous faites le ciel désert et la terre muette... [2] »

Et Brunetière déclare :

> « Nul, pas même Flaubert, n'a mieux compris, ni plus fidèlement observé que Leconte de Lisle, la doctrine de l'impersonnalité dans l'art [3]. »

Quoiqu'il en soit, que ces jugements soient concluants ou non, Leconte de Lisle lui-même a profité de toutes les occasions qui lui ont été données pour proclamer sa théorie, et la volonté où il était de la mettre en pratique. En tête de la première édition de ses *Poèmes Antiques*, publiés en 1852, on lisait déjà :

---

1. « Çunacepa ». *Poèmes Antiques*.
2. En 1887.
3. *La Poésie lyrique en France*.

« ... Les émotions personnelles n'ont laissé que peu de traces dans ce livre. Bien que l'art puisse donner, dans une certaine mesure, un caractère de généralité à tout ce qu'il touche, il y a, dans l'aveu public des angoisses du cœur et de ses voluptés, non moins amères, une vanité et une profanation gratuites ».

Mais il ne voulait point être accusé de lancer cette profession de foi seulement contre ses rivaux, les poètes contemporains, il osa appliquer sa règle à Dante, à Shakes-peare, à Milton. Il dit que, comparés aux splendeurs imper-sonnelles de la beauté grecque, leur langue et leurs conceptions étaient « barbares ». Il affirma que la raison de cette infériorité était, que ces poètes n'avaient pas été des impassibles, des « receptifs », et, qu'ainsi, ils n'avaient réussi à prouver que la force et la hauteur de leur génie « individuel ». Il reproche à Byron d'avoir manqué, malgré ses incontestables qualités de lyrisme et de passion, de force objective : *Le Giaour, Manfred* et *Cain* sont restés « d'uniques épreuves de sa personnalité ». Il est pour les disciples de Lamartine d'autant plus impitoyable qu'il n'a pas ménagé le Maître lui-même ; il rit de leurs larmes, de leurs lamentations ; il prie qu'on ne s'attendrisse pas trop sur ces souffrances car, si chez eux, « l'esprit est tendre, le cœur est dur. »

Pour flétrir l'amour-propre exagéré de soi, qui s'exaspère, chez tant de médiocres imitateurs de ces grands hommes, il invente un mot heureux : « l'autolâtrie ». Enfin, il se frappe publiquement la poitrine dans la crainte d'avoir inséré lui-même, dans son deuxième recueil : *Poèmes Antiques*[1] quelques pièces amères, où la souffrance d'amour éclate malgré le poète et arrache, çà et là, des cris qu'il aurait voulu étouffer, parce qu'il les juge : « trop personnels. »

Fort de son orthodoxie, Leconte de Lisle adresse, aux poètes de son temps cette apostrophe qui fait penser aux éclats

1. 1855.

d'un Bossuet, fouaillant les vices des grands, du haut de sa chaire :

« ... Poètes ! l'époque ne vous entend plus, parce que vous l'avez importunée de vos plaintes stériles, impuissants que vous étiez à exprimer autre chose que votre propre inanité. »

Enfin, dans une de ses inspirations les plus géniales, *Les Montreurs*, il peint, en des vers qui ne périront point, l'intransigeante fierté d'âme dont il a voulu faire sa règle de morale et d'art. Nous l'avons tous sous les yeux, la vision de ce « morne animal », plein de poussière, qui hurle au soleil, pour divertir « la plèbe carnassière ». Leconte de Lisle refuse d'être celui que *Les Montreurs* traînent ainsi, la chaîne au cou. Il n'apportera pas son cœur ensanglanté sur le pavé de la ville, pour allumer un feu stérile dans l'âme de cyniques spectateurs. Pas davantage, il ne mendiera, au passant, la pitié ; il ne déchirera point, devant la foule, la robe de lumière dont se vêtent la volupté et la pudeur :

« Dans mon orgueil muet, dans ma tombe sans gloire,
Dussè-je m'engloutir pour l'éternité noire,

Je ne te vendrai pas mon ivesse ou mon mal.
Je ne livrerai pas ma vie à tes huées,
Je ne danserai pas sur ton tréteau banal
Avec tes histrions et tes prostituées... 1 »

Voilà bien la révolte de la sensibilité du poète. Nulle exagération poétique ne se mêle à des cris pareils, pas plus qu'à cette lamentation dont une œuvre posthume nous a porté l'écho :

« ... Vois, mon âme est semblable à quelque morne espace
Où seul je m'interroge, où je me réponds seul. »

1. « Les Montreurs ». *Poèmes Barbares.*

Enfin il y a des heures où le poète désespère des sentiments affectueux de ceux qui lui sont le plus chers :

« ... Endors-toi sans tarder en ton repos suprême
Et souviens-toi, vivant dans l'ombre enseveli,
Qu'il n'est plus dans ce monde, un seul être qui t'aime 1 »

1. « La Paix des Dieux ». *Derniers Poèmes.*

CHAPITRE XI

—

La Conception de l'Amour

Il semble difficile, qu'après de tels aveux, un doute subsiste, dans des esprits, même prévenus, sur la sensibilité que Leconte de Lisle mura derrière une froideur volontaire. Mais, pour estimer à son juste prix la qualité de cette sensibilité-là, il suffira de préciser, tout d'abord, l'idée que le poète se formait de l'amour, puis de suivre l'homme à travers les épisodes de sa vie passionnelle.

Il serait imprudent de prendre au sérieux les déclarations d'un enfant de vingt ans qui se dit « affranchi du joug de l'amour ». Il convient pourtant de noter l'attitude que Leconte de Lisle, alors étudiant à Rennes, affectait sur ce sujet du sentiment. Dans une lettre adressée à un de ses amis, accompagnant une poésie écrite en l'honneur d'une jeune fille, il disait :

« Ne croyez pas, mon cher, qu'un sentiment plus profond — l'amour enfin — soit pour rien dans ces vers. L'amour et moi, voyez-vous, c'est de l'eau sur une pierre, elle peut la mouiller mais ne la pénètre jamais. A vous l'amour, mon ami, c'est-à-dire toutes les illusions que la femme laisse flot-

ter autour d'elle comme un voile pudique. Pour moi, j'ai
levé ce voile. J'ai sèchement analysé l'âme que vous respec-
tez : il ne me reste rien [1]. »

Ecartons, en souriant, l'illusion que l'extrême jeunesse
aime à se forger de ce qu'elle nomme « son indifférence ». Il
reste que l'amour fut surtout, pour Leconte de Lisle, une
passion intellectuelle et esthétique.

Un jour — il avait vingt et un ans — il eut la joie d'assister à une représentation théâtrale dont Madame Dorval était
l'étoile. Il confessa qu'il fallait « la voir », l'entendre ; il s'é-
cria : « Quels mots rendront l'émotion irrésistible qui fait
battre le cœur, en face d'elle ». Mais tout de suite, et une
fois de plus dans la crainte que son correspondaut se mé-
prit sur la qualité de cette admiration, il précise : « ... Soyez
pourtant bien persuadé que *jamais* nulle femme ne m'inspi-
rera d'amour, à moins qu'elle ne ressemble à mes rêves ; car
jamais je n'aimerai que mes idéalités, ou plutôt mes impossi-
bilités... »

Ailleurs il s'explique sur ces « idéalités » et sur ces « im-
possibilités » :

« ... Il existe, dit-il, deux amours : l'un positif, ayant pour
objet une réalité ; l'autre plus vaste, plus sublime, chantant
ses créations, plus belles parce qu'il les a rêvées. L'un arrive à ce moment de la vie où, l'homme pressé de placer sur
la première tête qu'il rencontre l'auréole de ses premières
sensations ardentes et dévouées peut-être, se passionne et
se trompe toujours ; car, ainsi que toutes les passions, cet
amour-là ayant son terme, il laisse affreusement vide le
cœur qu'il remplissait naguère. L'autre, doux, frais, infini,
comme l'idéalité qu'il crée, est l'amour mystique, c'est
l'amour de l'âme, celui dont parle Platon... [2] »

Par la suite, pour parler de l'amour tel qu'il le conçoit, le

---

1. Dinan, février 1838.
2. Cahiers intimes de Leconte de Lisle. Manuscrits, 1837.

jeune poète trouvera des mots plus heureux, mais il ne se fera jamais plus clairement entendre. Toutes ses préférences demeureront attachées à « l'amour doux, frais, infini, mystique », à l'amour de « l'âme ».

Théophile Gautier qui, lui, faisait rouler dans ses vers toutes les passions de la Méditerranée, signale cette tendance de Leconte de Lisle avec un mélange d'admiration et d'étonnement :

« ... Il est né, dit-il, sous ce climat incandescent où le soleil brûle, où les fleurs enivrent, conseillant les vagues rêveries, la paresse et la volupté. Mais rien n'a pu amollir cette forte et tranquille nature dont l'enthousiasme est tout intellectuel [1], et pour laquelle le monde n'existe que transposé sous des formes pures dans la sphère éternelle de l'art [2].

Est-ce à dire que, alors que tous les sens artistes du jeune créole étaient, comme on l'a vu, si merveilleusement éveillés, l'ardeur voluptueuse ait sommeillé en lui ? Il répond à cette question par un cri de douleur :

> « O passions, ô noirs oiseaux de proie...
> Vos ongles sanglants ont dans, mes chairs vives,
> Enfoncé l'angoisse avec le désir,
> Et vous m'avez dit : il faut que tu vives. [3] »

Plus tard, dans une pièce célèbre il se montre, adolescent, couché contre le sein de la terre nourrice, il s'écrie :

> « Non, ce n'était point toi, solitude infinie,
> Dont j'écoutais jadis l'inneffable concert.
> C'était « lui » qui fouettait de son âpre harmonie
> L'enfant songeur couché sur le sable désert. [4] »

---

1. Ferdinand Brunetière se sert, lui aussi, de ce mot « d'intellectuel » pour marquer le caractère particulier des poèmes où Leconte de Lisle exprime ses sentiments d'amour. Cf. *L'évolution de la Poésie lyrique en France.*
2. Th. Gautier : *Progrès de la Poésie française.*
3. « Les Oiseaux de proie ». *Poèmes Antiques.*
4. « Ultra cœlos ». *Poèmes Barbares.*

Ce « lui » là, c'est le désir. Et sans doute, pour qu'il s'é-
veillât, il avait suffit, au jeune créole, de la vue de quelqu'une de ces belles quarteronnes de Bourbon qui s'en vont
aux travaux des champs, la gorge découverte :

« ... O Galathée, ô toi dans la joue et le sein
Sont fermes et luisants comme le vert raisin!.. [1] »

Dans l'état d'émotion que de telles rencontres éveillent,
le jeune poète est obligé d'avouer qu'il n'est pas tout esprit :

« Mon amour, confesse-t-il à un ami, n'est pas aussi réel
que le vôtre ; cependant, croyez-le, il est des moments où
j'éprouve la joie et même la souffrance d'une passion positive.
J'ai mes instants de découragement et d'anéantissement
aussi ; et somme toute, idéal ou réel, mon amour, *si je m'y
donnais sérieusement*, aurait toutes les jouissances et toutes
les douleurs de son positif émule [2]. »

C'est sans doute dans un de ces « instants » particuliers
que Leconte de Lisle a écrit son poème *Hylas*. Qu'importe
que ce bel adolescent, dont le poète se sent le frère, ne songe
plus à la maison natale, qu'il a quittée pour toujours, ni à sa
mère en pleurs ? Au fond des eaux transparentes les nymphes l'ont pris entre leurs bras, elles le réveillent en mur-
murant son nom à travers des baisers passionnés : « il aime
et tout est oublié... »

De même, un autre jour, en une heure de trouble, où
une passion traverse la vie du poète comme un orage, il lui
arrivera d'écrire : « Les flammes du désir éclairs de nos
nuages [3]. »

Mais ce ne sont que de courtes complaisances pour un vertige, qu'au fond, Leconte de Lisle désapprouve. Il le condamne au point que, dans l'édition définitive de ses œuvres,

1. « Les Plaintes du Cyclope ». *Poèmes Antiques.*
2. Lettres inédites adressées à Rouffet. Rennes, oct. 1838.
3. « Les deux Amours ». *Poèmes Barbares*, 1re édition, 1862, chez
Poulet-Malassis.

cet « éclair » que le désir allume, est effacé avec le souvenir dont il est né.

Tel de ses poèmes, comme *La Robe du Centaure* — n'est qu'une manifestation magnifique de défiance contre ces :

« Désirs que rien ne dompte ! ô robe expiatoire,
Tunique dévorante... 1 »

Tout l'intérêt du poème intitulé *Hélène*, gît dans l'opposition de ces deux amours : l'un conscient, divin, qu'un poète comme Homère peut concevoir pour la beauté ; l'autre, instinctif, destructeur, fatal, comme la folie à laquelle céda l'amante de Paris. Or, ce maléfice, qui renverse les murailles, des villes et détourne les hommes des contemplations sereines, Leconte de Lisle ne se lasse pas de l'invectiver.

La seule différence que l'on pourrait relever, sur ce sujet, entre lui et tel Père de l'Eglise, est que le poète a adoré la beauté comme une chose divine, tandis qu'elle est suspecte à ceux qui ont définitivement sacrifié la chair à l'esprit. Avec cette réserve, il faut noter que la passion de flageller le désir est des deux côtés la même. Leconte de Lisle parle de la « guêpe du désir » qui « ravive nos supplices » :

« ... Et la guêpe est au sein de l'immense nature »

Il le dénonce comme un poison qui affole :

« ... Tout désir est menteur, toute joie éphémère,
Toute liqueur au fond de la coupe est amère. 2 »

Il lui apparaît comme une flamme de l'enfer :

« ... L'âpre désir nous consume et nous leurre,
Plus ardent que le feu sans fin, et plus amer. »

1. « La Robe du Centaure ». *Poèmes Antiques*
2. « Hiéronymus ».

Il a écrit toute sa pièce de *Nurmahal* en l'honneur et en horreur de ce vertige mortel.

« ... Le roi du monde est triste, un désir l'a blessé. 1 »

Ce « roi du monde » c'est le Grand Mongol, Djihan Guir, qui, dans la nuit montante, écoute chanter la femme de son serviteur Ali, tel David épris de Bethsabée.

Sans doute, à cette minute, Leconte de Lisle s'essayait d'autre part à ces descriptions de fauves où il a si supérieurement réussi, car pour peindre l'ardeur de Djihan Guir, il s'est servi vraiment des attitudes et des expressions dont il a usé, ailleurs, pour mettre en scène la chasse du jaguar ou celle du lion :

« ... Le tigre népalais qui flaire l'antilope,
Sent de même, un frisson d'aise courir en lui. 2 »

Enfin Leconte de Lisle s'emporte, avec une violence sans frein, contre l'artiste « qui s'abandonne aux délices des sens » :

« Malheur à l'insensé que le désir consume...
Qu'il soit comme un bouc vil, sous le couteau qui fume,
Etant né pour ramper non pour chanter les Dieux !... 3 »

Ceux qui s'adonnent à cette haïssable ivresse ne sont plus dignes, à ses yeux, du nom de poète ; il les nomme « les suppliciés des impossibles rêves » ; les fureurs, dont ils ont vécu, les flagelleront à jamais ; il les évoque, hommes, femmes, adolescents, hors de leurs tombeaux, privés de paix jusque dans la mort ; il les voue à la damnation éternelle.

Toutefois, à la minute où cette imprécation lui jaillit de la gorge, le beau visage du poète ne s'altère point. Il n'en-

1. « Nurmahal ». *Poèmes Barbares.*
2. *Ibid.*
3. « Mort de Panthée ». *Poèmes Antiques.*

ferme pas dans son cœur les passions convulsives d'un Claude Frollo qui cherche à accorder ses vertus avec ses vertiges. Il est né chaste. Pour s'en convaincre, il suffit de jeter les yeux, sur ces premiers essais, où un cœur se répand dans son ingénuité, avant la minute où des préoccupations esthétiques quelconques interviennent pour endiguer l'inspiration.

On conserve au Lycée Leconte de Lisle de Bourbon le manuscrit d'une nouvelle, écrite par le poète, alors qu'il avait dix-neuf ans. L'adolescent s'écrie :

« ... O première larme de l'amour. Comme une perle limpide, Dieu te dépose au matin sur la jeunesse en fleur. Heureux qui te garde des ardentes clartés de la vie et te recueille pieusement au plus profond de son cœur Si ta fraîcheur printanière résiste aux atteintes du soleil; si rien ne ternit ta chaste transparence. O première larme de l'amour, là mort peut venir : tu nous auras baptisés pour la vie éternelle. [1] »

D'autre part, il affirme à ses amis qu'il entend évoluer au-dessus des passions vulgaires, dans la sphère de l'amour idéal :

« Vous dites que vous ne concevez pas les joies et les douleurs de cet amour-là ?... Elles sont pourtant faciles à comprendre malgré la mysticité dont elles ne peuvent se séparer. Cet amour infini, si puissant de grâce et de poésie qu'il a le merveilleux pouvoir de créer des êtres parfaits, touche pourtant à l'humanité par quelques points, puisqu'il est en nous. Aussi le reflet du monde visible agit-il parfois sur les rêves dont il s'enivre. Alors la pensée humaine entache la pensée immatérielle et le morne positif revenant se poser à côté de l'idéalité, heurte l'âme et la fait retomber dans les liens terrestres dont elle se débarrassait. De là, joie ou douleur. [2] »

1. « La Rivière des Songes », 1837.
2. Lettre adressée à Roufflet. Rennes, 1838

Et il ne se contente pas de concevoir ce type glorieux du
jeune homme, qui vit affranchi des tyrannies du désir, il
veut le rendre visible à tous, il le décrit avec la tendresse
qu'on a pour un frère :

> « Bienheureuse l'austère et la rude jeunesse,
> Qui rend un culte chaste à l'antique vertu !
> Mieux qu'un guerrier de fer et d'airain revêtu
> Le jeune homme au cœur pur marche dans la sagesse,
> Le myrte efféminé n'orne point ses cheveux
> Il n'a point effeuillé la rose ionienne,
> Mais sa bouche est sincère et sa face est sereine. [1] »

En 1847, au moment où il venait de se fixer à Paris, Leconte de Lisle publiait une idylle grecque : *Glaucé*, dont le
symbole est transparent. Le poëte avait vingt-sept ans ; sa
beauté de Celte croisé de créole était rayonnante ; les femmes le remarquaient ; il n'aurait tenu qu'à lui de glisser à
de faciles amours. Mais son cœur, son esprit étaient ailleurs.
Une fois pour toutes il répondit, à ces tentatrices, par l'a-
postrophe qu'il a placé dans la bouche du jeune pasteur sensible aux provocations de *Glaucé*. « Viens! », murmure la
nymphe : « Viens, tu seras Dieu ». Mais le jeune homme
qui, sur la flûte harmonieuse, chante, du matin au soir les
beautés de la Terre nourrice, répond sans s'émouvoir :

> « O Nymphe ! s'il est vrai qu'Eros, le jeune Archer,
> Ait su d'un trait doré te suivre et te toucher ;...
> ... Je te plains !...
> Mais je ne puis t'aimer : Kybèle a pris mes jours,
> Et rien ne brisera nos sublimes amours.
> Va donc!... [2] »

Leconte de Lisle est persuadé que, si le désir vient à ef-
fleurer la beauté, la vision divine s'évanouit :

1. « Hélène ». *Poèmes Antiques.*
2. « Glaucé ». *Poèmes Antiques.*

« Nul œil étincelant d'un amoureux désir,
  N'a vu sans ses voiles limpides,
  La nymphe au corps de neige... »

La naïade se croit seule, et, dans la paix de sa sûreté, elle découvre, pour la joie du bain, sa nudité charmante. Mais voici qu'un Aigipan s'est traîtreusement glissé entre les herbes, et la guette. Il sera puni par la fuite de celle qu'il a voulu troubler. Et, comme si le poète craignait que la leçon qu'il veut donner ne soit pas assez claire, il ajoute à son poème une strophe, qui vient là comme une morale dans une fable de la Fontaine :

« Telle que la Naïade en ce bois écarté
  Dormant sous l'onde diaphane
Fuis toujours l'œil impur et la main du profane
  Lumière de l'âme, ô beauté... »

Une si pure théorie de l'amour devait conduire   ate de Lisle à préférer la jeune fille à la femme. Dan,   ix, plus peut-être que dans aucun acte de sa vie, se révèle son atavisme breton : la poésie du Nord est là, en effet, tout entière pour témoigner que le sentiment du barde, comme du guerrier celtique, germain, scandinave, se tourne vers les virginités vaporeuses et idéales, tandis que la passion des races méridionales poursuit celles dont la connaissance complète de l'amour a épanoui les séductions.

On a de lui une pièce de vers datée de sa vingtième année qui commence par ces mots :

« Poète, j'aime aussi, mais d'amour idéal,
  Un jeune cœur voilé d'une ombre virginale. [1] »

Plus tard, dans *Thestylis*, Leconte de Lisle avouera l'attrait qu'il ressent pour les nymphes, « parce qu'elles n'ont pas ouvert leurs portes, closes au furtif hyménée »,

1. Rennes, octobre 1838.

parce que « nul baiser n'a brûlé leur belle bouche. [1] » Il les décrit, ces vierges grecques, avec un lyrique transport : leurs tempes sont ornées d'hyacinthes ; leurs robes sont nouées à leurs genoux de neige ; leur rire éblouissant rayonne ; une forme parfaite arrondit leurs bras nus. Elles sont grandes « et semblables aux fières chasseresses qui passent, dans les bois, sur le déclin du jour ». Et jamais le poète n'est las de contempler leurs sourcils noirs : « arqués sur leurs yeux bleus » ; leurs fronts : « coupés de fines bandelettes ; leurs cous : « flexibles et blancs comme le lait ».

Si, une fois, en face d'elles, il exprime un souhait, ce souhait est présenté avec des grâces exquises de pudeur :

« Que ne suis-je, O chère Maîtresse
Le réseau charmant, qui contient et presse,
Le ferme contour de ton jeune sein. [2] »

Le jour où il évoque, dans leurs séductions tentatrices, les nymphes des eaux, qui attirent leurs amants à l'abîme, il ne ferme pas les yeux sur les beautés qui les font troublantes. Il voit le trésor abondant de leurs cheveux dorés ; il admire la souplesse de leurs corps ; il sent les promesses de plaisir, qui, dans l'onde transparente « rosent leurs jeunes seins d'albâtre » ; il entend les paroles qu'elles murmurent à fleur d'eau avec des lèvres de volupté :

« Viens ! nous consolerons tes tristesses naïves
Et nous te bercerons sur nos genoux polis. [3] »

Mais il échappe à ces enchantements. Son admiration se tourne vers la vierge Thyoné, la chasseresse qui, vivant pour un idéal de liberté, s'écrie :

---

1. « Odes Anacréontiques », *Poèmes Antiques.*
2. « Odes Anacréontiques ». *Poèmes Antiques.*
3. « Thyoné ». *Poèmes Antiques.*

« Je coulerai mes jours en de mâles plaisirs
Et n'enchaînerai point, d'amours effeminées,
La force et la fierté de mes jeunes années. [1] »

C'est à cette virginale, qu'il promet, mieux que le laurier
dont dispose un poète, l'immortalité qu'Artémis accorde
à celles qui lui furent fidèles, en fixant leur image « au milieu des étoiles. »

Une seule fois Leconte de Lisle fait une incursion dans la
légende sacrée de l'Egypte, et c'est pour nous montrer un
Dieu, se rendant au chevet de la fille du puissant Ramsès,
la Vierge Néférou-Ra, pour l'arracher aux étreintes de la
mort :

« Voici qu'elle languit sur son lit virginal,
Très pâle, enveloppée avec de fines toiles ;..
Hier, Néférou-Ra courait parmi les roses,
La joue et le front purs polis comme un bel or,
Et souriait, son cœur étant paisible encor,
De voir dans le ciel bleu voler les ibis roses... [2] »

La tendresse du poète pour ces vierges adorables est si
vive que, le jour où il rencontre, sur les grands chemins de
l'histoire, la touchante Antigone mongole, *Djihan-Ara*, il
fait fléchir la vérité pour l'idéaliser au delà de ses vraies vertus. Il n'est pas jusqu'aux houris de Mahomet qu'il ne séra-
phinise, dans la passion instinctive où vit tout fidèle, de
peindre un paradis pareil à ses propres désirs :

« Les célestes houris que rien d'impur ne fane
Blanches comme le lys, pures comme l'encens... »

Lorsque, dans *Bhagavat*, il veut montrer l'homme torturé
par les illusions de l'amour, l'image qu'il dresse dans la mé-

1. « Thyoné ». *Poèmes Antiques.*
2. « Néférou-Ra ». *Poèmes Antiques.*

moire du sage Maïtreya, n'est pas la vision de la femme
fière de sa beauté épanouie, c'est :

« La Vierge aux doux yeux longs, gracieuse et modeste. ¹ »

Dans *Çunacepa*, si l'Ascète se réveille à la vie, et consent à aider, de sa sagesse ceux, qui l'implorent, c'est que la
jeune Çanta l'a invoqué, il s'écrie à sa vue :

« D'où vient que tout mon corps frémit et que mes veines
Sentent brûler un sang, glacé par tant d'hivers... »

Certes, à Bourbon, le poète avait eu, sous les yeux, dans
la prompte maturité des filles créoles, le spectacle d'une
beauté qui était faite pour l'émouvoir. On retrouve, dans son
œuvre, le souvenir de ces premiers troubles. Il sourit au
passage d'un jeune corps « souple comme un roseau » sous
les blancs vêtements ; il aime à entendre « sonner les brace-
lets » aux bras et aux chevilles d'une enfant dorée ; il est
ému par la vue d'une bouche « humide aux couleurs vives » ;
il est hanté par la vision des lèvres « de corail » ; il se souvient de bras qui font, au cou, « un collier d'ambre ». Enfin,
dans sa nouvelle : « *Mon premier amour en prose*, il s'explique sur l'attrait puissant de cette ardeur de vie qui brûle
dans les veines des filles de demi-sang :

« Mon premier amour, écrit-il, m'avait assailli comme un
coup de vent. Car j'étais amoureux, et amoureux de la plus
délicieuse peau orangée qui fut sans doute sous la zone torride ! Amoureux de cheveux plus noirs et plus brillants que
l'aile du martin de la montagne ! Amoureux de grands yeux
plus étincelants que l'étoile de mer... Tellement amoureux,
tellement ravi, le cœur tellement gonflé de bonheur que je
tombai malade dès le soir même, attendu que je ne voulais
plus ni boire ni manger, ni parler, ni dormir, et que j'étais

---

1. « Bhagavat ». *Poèmes Antiques*.

devenu pâle comme un de ces hommes de mauvaise mine qu'on appelle des poètes ! [1] »

Ce n'était pourtant pas l'Eve tropicale qui devait le conquérir définitivement et fixer son rêve. Très tôt le goût de la beauté vaporeuse, blonde, se dégage pour lui de la séduction des brunes splendides au milieu desquelles il a grandi. Déjà l'exquise vision qui passe dans *Le Manchy* a des regards de « sombre améthyste », c'est-à-dire des yeux bleus rapportés de France ; ses boucles « dorent » l'oreiller, car Mademoiselle de Lanux est, comme son cousin Charles, d'origine celtique.

Lorsqu'il passe par le Cap, à dix-neuf ans, le cœur du poète tombe en arrêt devant une jeune fille hollandaise, « très blonde, enveloppée de mousselines » qui, le soir, s'asseoit près de lui, devant un clavecin.

Dès son arrivée en Bretagne, il fréquente assidûment les salons de Dinan pour le plaisir d'y rencontrer des jeunes filles dans lesquelles il retrouve ces grâces virginales du Nord dont il est ataviquement épris :

« Hier, je fus invité par un Anglais, M. Robinson, à un bal auquel je ne manquai pas, et là, je vis la créature la plus gracieuse, la plus noble qu'un œil ait jamais contemplée... [2] »

Ce qui le frappe surtout chez cette jeune fille — elle s'appelle Mlle Caroline Beamish — c'est « son inexprimable bonté » ; il déclare que sa physionomie a tant de charme et de candeur « qu'il est impossible, à moins d'être de fer, de ne pas lui dire en pliant les genoux : »

« Douce créature dont la grâce divine
Suffit pour consoler les humaines douleurs
Dont l'âme, rappelant sa céleste origine
Se penche avec bonté sur nos âmes en pleurs... [3] »

1. *Démocratie Pacifique*, 1847.
2. Lettre de Dinan, 1838.
3. *Ibid.*

Le lendemain du jour où il vient de traiter ainsi la jeune fille « d'ange, » de « séraphin », il compose des pièces de vers pour la sœur de Mlle Caroline, Miss Mary. Il lui répète les mêmes choses, à peu près dans les mêmes termes, car ce n'est pas d'une personne particulière, mais d'un type qu'il est amoureux :

> « On lui dirait des ailes
> Quand son doux corps se perd dans la vapeur du soir. [1] »

Plus tard, il évoquera encore ces poétiques figures de vierges blondes pour dresser, dans l'écume de l'Océan, sur le socle des roches celtiques, l'image hiératique de la druidesse :

> « La pâle Uheldeda prophétesse de Sein
> Le front haut, grande, les yeux sévères... »

On peut dire que si le cerveau de Leconte de Lisle est fait de telle sorte que tous les types de la beauté féminine l'attirent, sa nature de celte, demeure attachée à ces vierges, aux cheveux et au regard clairs, dont il a encadré les portraits avec amour, dans ses *Chansons Ecossaises*. Il est plus charmé par leur apparence vaporeuse et un peu mystique, que par les formes pleines de ces femmes d'Orient qui roulent leurs hanches comme des berceaux.

C'est que, les créoles n'ont pas ces yeux « d'un si beau bleu » sous « l'or de la tresse fluide ». Sans doute « leur lèvre est en feu », mais le poète connaît, de l'autre côté de la terre, « des roses pourprées et toutes humides ». Il connaît la fraî-

---

1. Rennes, 1838. Au mois de juillet 1839, il compose pour Mary Beamish une pièce de vers, *Mens Blanda in corpore blando* où il fait preuve de plus d'émotion que de maitrîse :

> « Cher ange, es-tu venue vers nous de ta Patrie
> Avec ce même nom ? Encens mélodieux
> Sourire du Seigneur. Doux ange, dans les cieux,
> Te nommais-tu Marie ? »

cheur de fruit de « la belle aux lèvres de cerise », le doux
rayonnement de la « fille aux cheveux de lin » qui chante,
assise sur la luzerne en fleur. Et il avoue, décidément, sa
partialité pour la vierge « aux cils longs, aux boucles fines »
pareille « au premier rêve » qui fleurit au fond « d'un cœur
pur ». Il ne se sent tout à fait libre, qu'en face de ces Eves un
peu froides, un peu coquettes, un peu énigmatiques, qui re-
culent le dénouement de l'amour dans du brouillard. Il s'é-
crie :

> « Ne dis pas non, fille cruelle
> Ne dis pas oui ! J'entendrai mieux
> Le long regard de tes grands yeux
> Et ta lèvre rose, ô ma belle ! [1] »

Un poète ne pouvait abriter dans son cerveau et dans son
cœur, tant de passion pour la pureté, et de défiance pour le
désir, sans être un peu injuste pour la femme. Leconte de
Lisle, qui adore les jeunes filles comme des fleurs que son
désir visite dans des papillonnements d'ailes, en veut à la
femme d'être cette chose précise, ce fruit savoureux dans le
buisson, qui arrête le passant, lui donne le vertige de le
cueillir de le goûter. Et comme il est intimement persuadé
que l'arrière goût de ce fruit-là est amer, que la soif de celui
qui y touche s'accroît au lieu de s'apaiser, son sourcil se
fronce devant la femme.

Aussi, dans ses poèmes, évoque-t-il presque toujours la
femme sous les traits de la courtisane aux aguets, lorsqu'il
ne la montre pas traîtresse, ou cynique, ou féroce.

Voici la « Persane royale » : elle repose, immobile, sous
les treillis d'argent de la vérandah :

> « Deux rayons noirs, chargés d'une muette ivresse,
> Sortent de ses longs yeux entr'ouverts à demi :
> Un songe l'enveloppe, un souffle la caresse

---

1. « Chansons Ecossaises ». *Poèmes Barbares.*

Parce que l'effluve invincible l'oppresse ;
Et parce que son beau sein qui se gonfle a frémi,
Sortent, de ses longs yeux entr'ouverts à demi
Deux rayons noirs, chargés d'une muette ivresse. 1 »

A-t-elle une âme, cette féline dont la peau délicate luit
« sous la mousseline où brille le rubis? »

En tous les cas on sent que le poëte est d'avis, qu'en ces-
sant d'être une vierge, la femme descend, des sphères de
l'idéal, au rang des humanités vulgaires. Il note ces deux
lignes de Paul Richter, pour en faire l'épigraphe d'une de
ses premières pièces de vers : « L'ange replia ses ailes et
revêtit la forme d'une créature humaine. » Il ne doute pas
que la femme : « vers nous, des mains de Dieu, s'épancha
blanche et pure », mais l'homme a posé sa lèvre sur ce front,
il a courbé cette fleur sous son souffle, il a fait d'elle : « le
doux martyr de la perversité. »

Et maintenant, la femme, mise hors de sa voie, est inférieure à l'homme en ce sens qu'elle a « l'invincible besoin
d'un échange d'affections humaines. » La terre est vide pour
elle « si l'être vivant en disparaît » ; elle ne voit le monde
extérieur qu'à travers son amour ; la solitude lui pèse comme
un néant ; elle est incapable « de se réfugier dans l'admiration de la nature. »

Enfin, elle est sans force pour transformer son amour de
l'Amour, « en amour pour la Beauté idéale et artiste. »

Et le poëte pense, qu'au fond, elle est demeurée égoïste,
primitive, barbare, que sa faiblesse ne se défend qu'avec de
la fourberie. Un court, moment, sous l'influence de George
Sand et de Fourier, il avait consentit à la plaindre, ainsi,
qu'autrefois, il s'était apitoyé sur le sort des esclaves de
Bourbon, parce que l'homme avait abusé d'elle. Mais bien
vite il se reprit :

« Il est loin de nous, s'écrie-t-il, le jour où l'homme a dit

---

1. « La Vérandah ». *Poèmes Barbares.*

à la femme : Courbe la tête, toi qui est faible ; aime et souffre. Tu me dois tout et rien ne t'est dû. [1] »

Pourtant ce jour-là a duré des siècles. Or, à la même minute, il fait dire, par un de ses Ascètes, aussi mysogine que Salomon :

« ... Et la femme, bien plus que la tombe est amère. [2] »

D'autre part, il se plaît à évoquer, autour du cadavre de *Sigurd*, la Franque Gudwina, reine des Huns, et la Burgonde Brunehilde, reine des Normands, qui se disputent, en face du mort, la palme de la douleur, alors que l'une d'elles est secrètement la meurtrière du héros.

Dans *Le Conseil du Fakir*[3], il a de la joie à montrer, étendue à côté de l'homme, « vieux tigre résigné qu'une enfant mène en laisse... » sa jeune femme, belle, calme, le front ceint de grâce et de noblesse, la bouche rose, l'œil pur, — et qui a décidé de faire égorger l'époux dans son sommeil.

Dans les invectives dont, en toutes circonstances, Leconte de Lisle poursuit la femme tentatrice, qui ne met, au jeu, ni son cœur ni sa sincérité, on sent comme un cri de rancune secrète. Ainsi, dans *Les Paraboles de Dom Guy*[4] il lui arrive de profiter de ce qu'il tient en mains une discipline de moine, pour arracher de son tombeau et pour fustiger

« Cléopâtre, avec qui le Démon fit ses œuvres,
Et qui portait, dit-on, un collier de couleuvres.
C'était une damnée effroyable en effet.
N'ayant peur de l'enfer, ni honte, elle avait fait
De son lit une auberge où s'en venait la terre
Se soûler à pleins brocs du vin de l'adultère...
... Tous étaient frappées du même aveuglement,
Cette larve et le peuple antique son amant... [5] »

1. *La Démocratie Pacifique*, 1846.
2. « Les Ascètes ». *Revue Indépendante*, 1846. *Poèmes Barbares*, 1884.
3. « Le Conseil du Fakir ». *Poèmes Barbares*.
4. « Les Paraboles de Dom Guy ». *Poèmes Barbares*.
5. *Ibid.*

Ce n'est point de la rhétorique, mais bien l'expression de ces scrupules, ataviquement catholiques et bretons, que le poète n'a jamais pu étouffer dans son âme. Chez lui, ces scrupules-là montent de l'inquiétude, que provoquent les sens, a la haine pour tout mensonge. Aussi n'est-ce pas seulement Cléopâtre qui, aux yeux du poète, mérite les foudres. On sent qu'au moment même où, une maîtresse adorée rend heureux un de ses héros, il est désespéré à la pensée que ce bonheur repose sur de l'imposture, voire sur la trahison d'un mari trop confiant.

D'autre part, c'est sûrement à soi-même que Leconte de Lisle a pensé lorsque, dans *Le Conseil du Fakir*, il nous montre le Nabab amoureux, mis en garde par un saint homme contre l'adorable enfant qu'il aime, et qui, elle, cherche à lui percer le cœur. L'amant éperdu ne veut pas croire à la perfidie de celle qui est là « si calme à son côté, si belle en sa faiblesse... ». Il lui sourit, il repousse bien loin le soupçon. Il veut croire en elle, car :

« Quelle bouche dit vrai si cette bouche ment... ? [1] »

1. « Le Conseil du Fakir ». *Poèmes Barbares.*

CHAPITRE XII

—

La Vie passionnelle

La discrétion que Leconte de Lisle s'est imposée, non seulement comme une règle de goût, mais comme une discipline philosophique et poétique, est cause que la lecture de ses poèmes, l'examen de ses papiers, les recherches dans sa correspondance, et les souvenirs de ceux qui furent les témoins de sa vie, fournissent peu de renseignements sur les aventures de cœur qui l'arrachèrent à ses préoccupations purement cérébrales, pour lui révéler l'amour, dans sa plénitude humaine de bonheur et de souffrance.

La chronique bourbonnienne, qui a conservé avec tant de fidélité les moindres détails de la première jeunesse et des débuts littéraires du poète, ne prononce qu'un nom à propos des émotions sentimentales de son adolescence; celui d'une de ses cousines Mlle de Lanux. La grand'mère maternelle, de Leconte de Lisle, Mme de Lanux, avait eu un fils qui, rompant avec les préjugés créoles, avait épousé une mulâtresse. De ce mariage, qui avait jeté un froid entre les deux branches de la famille, était née une fille qui réunissait les séductions de deux races. Le trouble que causait, au jeune

Leconte de Lisle, la vue de sa gracieuse parente, s'aggra-
vait pour lui de ce qu'au moment où il sentait son cœur emporté vers elle, il ne pouvait espérer, pour sa tendresse,
aucun dénouement heureux. Son cas était un peu celui de
Roméo en face de Juliette : les questions de race séparaient
autant, un fils des Leconte de Lisle d'une Mlle de Lanux,
qu'elles écartaient, autrefois, une Capulet d'un Montaigu [1].
On peut relire la pièce du *Manchy*, dans laquelle le poète
a immortalisé cette fille de Bourbon, sans y trouver l'indi-
cation que cette belle enfant ait jamais tourné ses regards
vers lui, lorsqu'à son approche, il se rangeait au bord du
chemin, pour voir passer la figure de son rêve.

L'habitation de Mlle de Lanux était située sur les hauteurs
de l'île ; elle ne descendait guère à la ville que le dimanche,
pour assister à la grand'messe. Ses hindous la portaient,
dans une de ces litières de rotin, qu'on nomme des manchys ;
le cortège traversait des champs de cannes ; longeait un
étang ; suivait les chaussées, entre les cases pittoresques des
noirs.

Le jeune homme amoureux venait à la rencontre. Il arrivait, enivré des crépitements du soleil qui tombait en grêle
d'or sur la campagne, des odeurs de tamarins qui flottaient
dans l'air léger, du scintillement de la mer, toujours visible,
toujours traversée d'immenses traînées d'oiseaux. Et soudain
son cœur battait à se rompre : souples, dans la blancheur de
leurs tuniques, les deux porteurs apparaissaient au détour
du chemin ; ils avançaient, leurs mains sur les hanches, les
bambous du manchy appuyés à leurs épaules :

> « Et tandis que ton pied, sorti de la babouche,
>   Pendait, rose, au bord du manchy,
> A l'ombre des Bois noirs touffus et du Letchi,
>   Aux fruits moins pourprés que ta bouche..

---

1. Malgré ce préjugé, un des frères de Charles Leconte de Lisle épousa
plus tard une mulâtresse.

> On voyait, au travers du rideau de batiste,
>   Tes boucles dorer l'oreiller,
> Et, sous leurs cils mi-clos, feignant de sommeiller,
>   Tes beaux yeux de sombre améthyste... [1] »

Elle passait ainsi, fière, sinon dédaigneuse ; révoltée, dans le fond de son âme virginale, contre les préjugés de sang ; doucement flattée par cet amour qu'elle sentait si timide, et qui lui rapportait, comme un hommage rendu à son orgueil, les excuses de toute une race.

Charles Leconte de Lisle devait demeurer à jamais hanté par cette idéale vision. Elle lui rendit, pour toujours, impossible de porter de l'amour, là où il ne trouvait pas de la beauté.

En effet, à côté des sentiments poétiques et vagues dont, pendant ses années d'études, il avait enveloppé les deux sœurs Beamish, on a trouvé, dans ses papiers de jeunesse, la trace d'un inutile effort qu'il fit, pour aimer une jeune fille sans beauté. Son âme profonde, son caractère sérieux, son esprit élevé s'accordaient avec les théories critiques du poète. Vers 1839, il est question, dans les lettres du jeune créole d'une « mademoiselle Eugénie » dont le nom de famille n'est jamais écrit, et qui témoignait, pour la poésie et les lettres, d'une passion vraie ou feinte. Elle a un album, sur lequel elle copie des vers ; elle s'occupe de littérature ; elle fait tout ce qui est en son pouvoir pour s'évader de cette catégorie de femmes, une fois pour toutes, stigmatisées par le jeune poète : « incapables de se réfugier dans l'admiration de la Nature. » Évidemment, Leconte de Lisle voudrait aimer une personne si méritante, et qui s'abonne à la « Revue »[2] dont il est lui-même le jeune directeur.

Il parle « de mademoiselle Eugénie » dans presque toutes ses lettres à son ami Rouffet, mais il ressort de ses confiden-

---

1. « Le Manchy ». *Poèmes Barbares.*
2. *La Variété.* Rennes, 1840.

ces mêmes qu'elle est, pour lui, une maquette de rêve, une partenaire pour conversations poétiques, rien de plus. Impossible, en effet, d'être moins jaloux qu'il ne parait. Il soupçonne que Rouffet aime la jeune fille, et il a la grandeur d'âme de travailler à ramener le dit Rouffet dans la ville où elle habite. Il écrit une pièce de vers toute pleine d'élans passionnés et qui a pour titre : *La Femme que j'aurais aimée*. Il décide d'aller l'offrir à Mlle Eugénie, mais pour qu'elle ne se méprenne point sur ses sentiments, il efface les traits enflammés qui éclataient dans la pièce.

On a enfin l'explication de ces tergiversations et de ces tiédeurs. Un beau matin, après avoir déclaré que Mlle Eugénie est « fort intelligente », il s'écrie :

« Oh ! si son plumage ressemblait à son ramage ! »

Quelques semaines plus tard c'est l'exécution sans appel : « Mademoiselle Eugénie, devenant plus visiblement laide de jour en jour, me cause, plus que jamais, une invincible répulsion. »

Le cérébral qu'était Leconte de Lisle ne se sent pas né pour aimer des intellectuelles.

Mais ce ne sont, encore là, que jeux d'enfant. Ce fut seulement à son retour de Bourbon, et à ses débuts dans la vie de Paris, que le poète, qui approchait alors de la trentaine, connut l'amour, dans des emportements qui déséquilibrèrent sa philosophie, mirent sa sagesse en déroute, déchaînèrent, un instant, la fougue de ses sens, et marquèrent, à jamais, sa sensibilité, d'un regret, qui, chez lui, rend exceptionnellement émouvante toute allusion aux affres de la passion.

Une pièce de vers, *Les Spectres* [1], publiée en 1862, donne lieu de penser, qu'en des temps difficiles, le poète traversa des épreuves d'amour sans parvenir à se fixer, ni à dominer, après chaque désillusion, les espérances qui renaissaient

---

1. *Poèmes Barbares.*

dans son cœur. Le nom de ces femmes, par lesquelles il connut les tourments qu'entraîne une passion, ne sont point sortis de l'ombre où il a enseveli leur souvenir.

Mais la renommée littéraire dont il commençait de jouir, autour des années 1850 à 1855, a fait noter ses assiduités auprès de la femme d'un artiste de ses amis M. X...

Leconte de Lisle venait d'avoir trente-cinq ans, il était très beau, comme l'atteste le portrait que Jobbé Duval a peint d'après lui. Il y apparaît dans tout l'éclat de la jeunesse. La face, entièrement rasée, est pleine : c'est la construction large de pommettes et d'attache des mâchoires, du type celtique. Le front très haut, ample, est coiffé d'abondants cheveux châtains. Ils bouclent sur les tempes, couvrent l'oreille, la nuque. L'œil, d'un gris bleu, est intense. La bouche, merveilleusement dessinée, est vivante. Le bas du visage, apparaît un peu fort, avec un double menton nettement indiqué. Il contribue à donner, à cette image, d'ailleurs sévère, on ne sait quel aspect ecclésiastique. Le col mou, soutenu par une cravate noire, tranche vivement sur la redingote, noire elle aussi, et sur la chaleur ambrée d'un teint pur et uni de créole. On sent que le peintre a été séduit par le contraste de ces yeux clairs et de cette peau mate, par l'élégance, la hauteur de la taille, l'ampleur de la poitrine, la délicatesse des mains.

Si on ajoute, à cette beauté du visage, la réserve un peu hautaine et la noblesse de l'attitude, qui caractérisèrent toujours le port de Leconte de Lisle, on comprend les succès qu'il obtenait.

Le mari de celle qu'il aimait appartenait à cette catégorie d'artistes, qui ont plus d'autorité lorsqu'ils parlent à voix haute, avec des expressions techniques, des choses de l'art, que lorsqu'ils sont mis en demeure de donner la preuve de leur talent. Cette assurance de parole, avec un charme de bonhomie et une allure de force, avait touché autrefois le cœur de la jeune fille qui l'avait épousé par amour. Depuis, les yeux de Mme X... s'étaient ouverts sur l'incompatibilité profonde de leurs natures, et elle souffrait.

Mme X... passe, dans le souvenir de ses contemporains, avec le visage d'une charmeuse : elle a ces cheveux d'or qui donnent le vertige au poète; une séduction est dans son regard, qui transforme son visage, dès qu'elle parle, « au point d'agir sur les femmes elles-mêmes et de lui attirer des amitiés dans un clan où elle aurait pu ne trouver que des rivales ». Pour épouser l'homme sans fortune qu'elle a choisi, elle a quitté la maison luxueuse de son père, et elle trouve moyen de donner une apparence qui plait au modeste appartement où se réunissent les amis de son mari. Tous sont en coquetterie avec elle.

Mais une attitude de marivaudage superficiel ne correspondait point à la nature de Leconte de Lisle, ni aux sentiments que lui-même il pouvait inspirer.

Il semble, d'ailleurs, que le destin ait voulu mettre, une fois pour toutes, son cœur à l'épreuve, et l'obliger de choisir, entre les deux formes diverses, sous lesquelles il avait, depuis sa première jeunesse, envisagé l'amour, et l'idéal féminin.

A côté de Mme X... il rencontrait, dans ces réunions d'artistes, une jeune orpheline, quelque peu alliée de ses hôtes, dont la grâce captivante rappelait à Leconte de Lisle ces silhouettes de créoles qui avaient souri, à Bourbon, autour de son adolescence. Comme les tuteurs de la jeune fille étaient trop âgés et infirmes pour l'accompagner chez Mme X..., elle y venait seule, et, la soirée finie, quelques uns des familiers de la maison avaient la charge agréable de la reconduire jusqu'au quartier du Palais-Royal où elle habitait. Leconte de Lisle avait eu souvent l'occasion de traverser la Seine, au clair de lune, avec cette jolie enfant suspendue à son bras : on n'hésitait pas à la confier à sa réserve.

Ainsi il était placé entre deux attirances sentimentales : d'un côté, c'était cette jeune fille, qui lui rapportait la gaieté

D'après le portrait de Jobbé Duval, 1850.

ingénue, la naïveté, le charme incomplet des vierges, auxquelles son imagination poétique était attachée depuis son
adolescence. De l'autre, c'étaient ces séductions précises qui
se dégagent de la fréquentation d'une femme intelligente
et belle, qui prend plaisir à exercer son pouvoir sur des âmes
d'hommes

Leconte de Lisle était conscient de ce trouble où il vivait.
Il en a fixé le souvenir dans une pièce de vers dont le titre
même est singulièrement significatif : *Les deux Amours* [1].
Le poète y fait alterner l'expression de l'amour idéal que
l'homme éprouve pour la « vierge », avec la passion, complète en son ardeur, dont il peut brûler pour la « femme ».
Les émotions, que cette fois, il ressent, l'empêchent d'analyser, avec la lucidité intellectuelle dont il est coutumier, le
charme qui l'obsède :

« Je ne sais s'ils sont noirs ou bleus, mais qu'ils sont beaux
Les yeux, les yeux divins qui m'ont rendu la vie! [2] »

La lumière de ces yeux énigmatiques « brûle » celui qui les
a contemplés, et, dans l'ombre, le cœur est ravi de cette brû-
lure. Eloigné de celle qu'il aime, le poète confesse qu'il « la
voit encore », et il traite de « sacrée » la volupté qui lui inonde
l'âme. Il n'est plus question de piété mystique pour quelque
créature insaisissable qui flotte, entre le ciel et la terre, avec
un visage d'ange. Il semble que l'ivresse, contre laquelle
la timidité d'âme de ce jeune homme s'est tant défendue,
emplisse enfin le vide de son cœur :

« C'est un nom, un seul nom mille fois répété,
Dans les pleurs de l'attente où les larmes d'ivresse,
C'est l'heure qui contient une immortalité ?
C'est ton vol d'aigle et d'ange ô sublime jeunesse

1. *Poèmes Barbares*, 1862, 1re édition, chez Poulet Malassis. Ce
poème fut remanié par la suite dans les éditions ultérieures et repa-
rut sous le titre : *Epiphanie*.
2. « Les deux Amours ». *Poèmes Barbares*, 1862.

C'est la mer où l'on puise et qui ne peut tarir,
Dont le flot nous altère autant qu'il nous enivre !
C'est la félicité dont on voudrait mourir
Et le tourment sans fin dont je veux toujours vivre ! [1] »

Certes, ces vers de passion, si intense, alternent avec des strophes de pureté, adressées à la vierge idéale ; mais combien celles-ci semblent froides à côté de ceux-là ! C'est, que cette fois, c'est bien l'amour, l'amour humain dans toute sa plénitude, qui éclate et déborde malgré la volonté du poète. L'imperfection même des vers, leur élan, leur irrésistible lyrisme, indiquent, qu'ils ont jailli du cœur de l'homme comme un hosanna de gratitude.

Plus tard, quand Leconte de Lisle les retranchera de son recueil, il ne cèdera pas seulement à un scrupule d'artiste, il ne les condamnera pas à l'oubli, uniquement pour leur imperfection extérieure, mais à cause de l'illusion et de la déception dont ils étaient le témoignage [2].

Mais il est plus aisé d'effacer des vers d'un poème qu'un souvenir du cœur. Après cette épreuve, Leconte de Lisle fut un autre homme. Les vagues douleurs d'amour, qu'il avait cru sentir dans sa première jeunesse, dont il avait souffert poétiquement et littérairement comme par prescience, étaient devenues pour lui une vérité. Désormais, il sait de quoi il parle. Il a passé par le feu :

« J'ai vécu, je suis mort. Les yeux ouverts je coule
Dans l'incommensurable abîme, sans rien voir,
Lent comme une agonie et lourd comme une foule...
Je songe et ne sens plus. L'épreuve est terminée...
Si je rêvais ! Non, non, je suis bien mort. Tant mieux !

---

1. « Les deux Amours ». *Poèmes Barbares*, 1862.
2. En 1884 dans les : *Poèmes Tragiques* sous le titre l'*Epiphanie*, les *Deux Amours* reparurent ainsi, corrigés, et sous une forme impeccable. Le poète a exilé de la pièce les strophes où il a exalté la femme pour n'y conserver que celles où il chante la vierge « immortellement. blanche pure d'ombre et de désir. »

Mais ce spectre, ce cri, cette horrible blessure ?
Cela dut m'arriver en des temps très anciens ?
O nuit ! nuit du néant prends-moi ! La chose est sûre :
Quelqu'un m'a dévoré le cœur : je me souviens. [1] »

A cette minute de sa vie, la douleur du poète emplit l'univers. Il ne peut assister à la chute du soleil sans comparer, à son propre cœur, l'astre en feu, et il lui crie :

« Ta gloire en nappes d'or coule de ta blessure
Comme d'un sein puissant tombe un suprême amour. [2] »

Le soleil, lui, meurt pour renaître :

« ... Mais, qui rendra la vie, et la flamme, et la voix,
Au cœur qui s'est brisé pour la dernière fois... [3] »

Si l'on descend au fond de la détresse du poète, de sa rancune, on distingue qu'il souffre presque autant d'avoir lui-même porté atteinte à l'idéal virginal de sa jeunesse, que d'avoir été crucifié par une trahison d'amour. Il ne se pardonne point d'être descendu des « pures tendresses », que ses songes créaient, à l'ivresse de la « traîtresse liqueur » qu'il a bue dans une coupe maudite :

« ... Si les chastes amours avec respect louées
Eblouissent encor ta pensée et tes yeux,
N'effleure point les plis de leurs robes nouées,
Garde la pureté de ton rêve pieux...
Mais si l'amer venin est entré dans tes veines,
Pâle de volupté pleurée et de langueur,
Tu chercheras en vain un remède à tes peines.
Ployé sous ton fardeau de honte et de misère,
D'un exécrable mal ne vis pas consumé :
Arrache de ton sein la mortelle vipère,
Ou tais-toi, lâche, et meurs, meurs d'avoir trop aimé ! [4] »

1. « Le dernier Souvenir ». *Poèmes Barbares*, 1862.
2. « La Mort du Soleil ». *Poèmes Barbares*.
3. *Ibid.*
4. « La Vipère ». *Poèmes Barbares*.

Mais, comment être sûr que, dans la mort même, on re-
conquiert un repos à jamais perdu? Le poète évoque, dans
l'espace sans bornes, tous ceux dont le cœur saigna pour avoir
« trop aimé ». Il les aperçoit, se dressant du fond de leurs
tombeaux, roulant dans un noir tourbillon de haine et de
douleurs, flagellés de désirs furieux par « le Vieil Amour »
qui, éternellement vole derrière ces âmes défaillantes. Et,
lui-même, il se met au nombre de ces morts que l'Amour
poursuit au delà du tombeau :

> « ... Je me levais de ma tombe glacée,
> Un souffle au milieu d'eux m'emportait sans retour;
> Et j'allais, me mêlant à la course insensée,
> Aux lamentations des damnés de l'amour... [1] »

Et le poète pense que les Titans, enchaînés dans l'Erèbe,
étaient moins à plaindre que ceux que l'amour à brisés, il
leur crie :

> « ... Vous ignoriez ces affreuses détresses,
> Et vous n'aviez perdu que la terre et le ciel !... [2] »

Il se sent parvenu au sommet d'une montagne de douleur
du haut de laquelle il jette un long regard sur son passé.
La dernière et définitive souffrance réveille en lui toutes
celles dont il a cru mourir :

> « Trois spectres familiers hantent mes heures sombres
> Sans relâche, à jamais, perpétuellement,
> Du rêve de ma vie ils traversent les ombres. [3] »

Ces trois spectres ont des noms : ce sont « ses trois remords ». Et ces trois remords il les supplie :

1. « Les Damnés ». *Poèmes Barbares.*
2. *Ibid.*
3. « Les Spectres ». *Poèmes Barbares.*

« ... Vous, vers qui montait mes désirs éperdus,
Chères âmes, parlez, je vous ai tant aimées ! [1]

Mais les spectres des anciennes adorées ne répondent
point :

« Les voici devant moi blancs et silencieux...
Ces spectres ! on dirait en vérités des morts !
Tant leur face est livide !... [2] »

Devant l'indifférence glacée de toutes celles qui furent
charmées par son amour, brisé de chagrin, mordu de regrets, le poëte se reproche comme un crime d'avoir aimé.

« Oui ! le dogme terrible, ô mon cœur a raison.
En vain les songes d'or, y versent leurs délices
Dans la coupe où tu bois nage un secret poison. [3] »

Et une fois de plus il sent que le désir est corrupteur, il
se jure d'imposer silence à la perpétuelle renaissance du
cœur :

« Frémirons-nous toujours sous ce vol irrité ?
N'arracherons-nous point ce dard qui nous torture
Ni dans ce monde, ni dans notre éternité [4] ».

Peut-être est-ce à ce moment, d'extrême souffrance, que
Leconte de Lisle composa cette pièce de l'*Illusion suprême* où, avec tant de tremblement, il nous a montré celui qui va mourir, évoquant pour lui sourire encore, le
« cher fantôme, » qui fit battre son cœur pour la première
fois. Celle-là, du moins, n'a rien brisé dans l'âme du poëte,
ou elle continue de vivre dans sa beauté d'aurore :

1. « Les Spectres ». *Poèmes Barbares.*
2. *Ibid.*
3. *Ibid.*
4. *Ibid.*

« O chère vision, toi qui répands encore,
De la plage lointaine où tu dors à jamais,
Comme un mélancolique et doux reflet d'aurore
Au fond d'un cœur obscur et glacé désormais !
Les ans n'ont pas pesé sur ta grâce immortelle,
La tombe bienheureuse a sauvé ta beauté :
Il te revoit avec tes yeux divins, et telle
Que tu lui souriais en un monde enchanté !... [1] »

C'est cette unique image de pureté que Leconte de Lisle veut désormais garder dans son cœur, entretenir dans sa mémoire. Il a passé la quarantaine. Il croit que sa vie d'amour est finie, que les élans qui pourront traverser encore son cœur d'homme n'auront plus le pouvoir d'atteindre son intime détachement.

Dans cette sagesse où il vit, sans amertume, avec un sourire de demi-ironie sur les lèvres. Il a désormais une compagne dévouée et tendre : cette jeune fille qu'il a autrefois rencontrée dans un cercle intime et qui est devenue Mme Leconte de Lisle. Autour de la vie austère du poète, elle fait rayonner de la grâce, et cette merveilleuse vertu du désintéressement, qui n'est pas moins éclatante chez les amoureuses que chez les saintes. A côté d'une telle associée, le poète n'est pas seul à vivre pour sa vocation : les conseils, les encouragements qui viennent de cette bouche féminine ne le poussant jamais à s'occuper de « besognes » d'art, où il s'userait sans y donner sa mesure.

Une foule de lettres, trop intimes pour qu'on puisse leur faire des emprunts, sont là, pour attester que les heures de détresse morale et de difficultés matérielles furent atténuées, pour le poète, par la présence apaisante et tendre de ce génie familier.

Il aimait à écrire pour elle, sur de petits carrés de papier,

1. « L'Illusion suprême ». *Poèmes Tragiques*.

d'une fine et ronde écriture, des billets, où il disait sa tendre
affection, sa joyeuse gratitude :

> « Tes beaux yeux sont un double éclair,
> Et sur la pourpre de ta joue,
> Les tresses que ta main dénoue
> Comme des fleurs embaument l'air ;
> Mais tes yeux noirs ont moins de flamme
> Sous le velours de tes cils bruns
> Et tes cheveux moins de parfums
> Que tu n'as de trésors dans l'âme ! [1] »

C'est une aventure ordinaire, dans la vie des hommes qui
ont fait peu de part au désir, qu'à l'automne de leur âge un
réveil d'ardeur, de sentiment, de foi, de naïveté, qui s'accorde mal avec la sagesse dont ils sont fiers, les courbe une
fois encore, sous la main de la femme.

Leconte de Lisle n'échappa point à cette loi, et ceci, dans
son cas, est particulièrement intéressant : l'homme qui a écrit
la pièce *Les deux Amours*, qui s'est montré si hésitant entre les certitudes de volupté que la femme enferme, et les
joies d'âme que peut donner l'amour ingénu d'une jeune
fille, se retrouve placé, par le destin, entre sa cinquan-
tième et sa soixantième année, dans la même situation
sentimentale où il a vécu, en pleine jeunesse, entre le trouble
que causait en lui la beauté de Mᵐᵉ X..., et la grâce délicieuse de celle qui devait devenir Mᵐᵉ Leconte de Lisle.

Dans les dernières années de l'Empire, le poète avait re-
noué des relations d'intimité avec un de ses parents qui,
après avoir fait fortune à Bourbon, était revenu en France
marié à une créole de l'île. M. Y... avait la belle humeur et
la rondeur de manières des hommes qui ont réussi par un
effort personnel. Il avait, à Paris, une demeure agréable.
D'autre part, il possédait en Bretagne, une propriété entou-
rée d'un beau parc. Ce n'étaient point ces avantages exté-

1. Pièce inédite, appartenant à Mᵐᵉ Leconte de Lisle.

rieurs qui attiraient Leconte de Lisle dans la maison; il était
sensible à la beauté vraiment royale de sa jeune parente qui
avait, aux Tuileries, où les jolies femmes étaiènt légion, des
succès mérités de beauté.

Le poète retrouvait en elle cet éclat de la brune au teint
mat dont jadis il avait chanté l'attrait dans sa nouvelle :
Mon premier Amour en prose. Il avait, du côté de son cousin, moins de satisfactions d'amitié. En effet, le génie, que
tout l'entourage s'accordait à reconnaître à Leconte de
Lisle, apparaissait, à M. Y... comme une mine que le poète
avait le devoir d'exploiter pratiquement. Dans ces dispositions affectueuses, mais inconsciemment blessantes, M. Y...
n'avait pas craint, par exemple, de conseiller à Leconte de
Lisle de profiter « de ce qu'il avait de la facilité à tourner
les vers, » pour composer : « des chansons, que Thérésa
interpréterait à l'Alcazar ! »

De pareilles profanations semblaient autoriser toutes les re-
vanches.

Encore qu'elle n'appréciait peut-être point, à sa valeur, le
talent de son cousin, Mme Y... discernait, tout de même
ce qu'il y avait d'outrageant, pour l'auteur des *Poèmes
Antiques* à lui proposer de telles collaborations. Elle s'appliqua en secret à consoler le poète, incompris — comme peut-
être elle était, elle-même, incomprise — d'un homme énergique, actif et bon, mais qui demeurait étranger aux nuances.

Une intimité de délicatesse et de douceur grandit donc
entre le poète et cette magnifique parente qui lui rapportait,
dans l'épanouissement de sa beauté, un reflet des séductions
toujours regrettées de son île si chère. Leconte de Lisle ne
résista pas à traduire, dans des vers, les sentiments dont il
se sentait possédé. Comme il ne pouvait célébrer directement,
sous son nom, la séduisante créole, il imagina de lui faire
hommage d'un poème d'amour : *Les Roses d'Ispahan*, dans
lequel il la vêtait des velours et des soieries d'une sultane
d'Orient :

« Les roses d'Ispahan, dans leur gaîne de mousse,
Les jasmins de Mossoul, les fleurs de l'oranger
Ont un parfum moins frais, ont une odeur moins douce,
O blanche Leïlah que ton souffle léger. 1 »

Le poème est curieux à relire quand on sait quel sentiment l'inspira. Il n'est pas seulement une fantaisie de poète
adroit : on y sent vibrer un vrai tourment d'amour qui fait
ricocher le mot de « léger », dont la pièce est comme sau-
poudrée. « Ton rire léger »; « ton amour léger »; « le
vol léger de tes baisers »; pour s'achever dans ce cri, derrière lequel on sent les griffes de la bouderie, les blessures
de l'inconstance :

« Oh! que ton jeune amour, ce papillon léger
Revienne vers mon cœur d'une aile prompte et douce
Et qu'il parfume encore les fleurs de l'oranger
Les roses d'Ispahan dans leurs gaînes de mousse ! 2 »

Bien que nul trait précis n'ait dessiné ici le portrait de
celle, à qui cette pièce est dédiée, excepté peut-être ce coup
de pinceau plus vif : « ta lèvre de corail », on sent, sous toute
cette « légèreté », la créole, pour qui l'amour est un
passe-temps d'oisiveté, comme les parfums, la danse, les
fleurs. On songe, on ne sait pourquoi, à cette autre fille des
Iles, en qui s'incarnèrent toutes les grâces et les insuffisances
de ses pareilles, cette Joséphine de Beauharnais dont le
nom, les mélancolies d'amour, légères comme son amour
même, se confondent, elles aussi, dans notre souvenir, avec
le parfum des roses — les « roses de la Malmaison. »
Cette passion, que les langueurs, le charme félin de la belle
créole avait éveillée dans l'âme, trop ardente, de Leconte de
Lisle devait le torturer. Le poète s'avisa de cette souffrance

1. « Les Roses d'Ispahan ». *Poèmes Tragiques*, 1884.
2. *Ibid.*

le jour où, un caprice de la jeune femme, donna congé à sa tendresse, comme d'un mouvement d'éventail.

Ce n'était pas de la coquetterie que, lui, il avait mise au jeu, mais cette poignante intensité de la maturité amoureuse qui ne peut plus perdre une heure de ses dons, et pour qui, une défection d'amour sonne avec la mélancolie d'un glas. Alors, tout l'émoi douloureux, tout le désespoir du poète, qui sentait se rouvrir, dans son cœur, des blessures nouvelles, s'exhalèrent dans des vers impérissables comme sa douleur :

> Quand la fleur du soleil, la rose de Lahor,
> De son âme odorante a rempli goutte à goutte
> La fiole d'argile ou de cristal ou d'or,
> Sur le sable qui brûle on peut l'épandre toute.
>
> Les fleuves et la mer inonderaient en vain
> Ce sanctuaire étroit qui la tient enfermée :
> Il garde en se brisant son arôme divin,
> Et sa poussière heureuse en reste parfumée.
>
> Puisque par la blessure ouverte de mon cœur
> Tu t'écoules de même, ô céleste liqueur,
> Inexprimable amour, qui m'enflammais pour elle !
>
> Qu'il lui soit pardonné, que mon mal soit béni !
> Par delà l'heure humaine et le temps infini
> Mon cœur est embaumé d'une odeur immortelle ! [1]

Leconte de Lisle est au lendemain de cette déchirure d'âme, quand, dans une pièce écrite à propos de la mort de Théophile Gautier, il s'écrie :

« ... Aimer? La coupe d'or ne contient que du fiel. [2] »

Sur la tombe de celui qui s'en va, il se pleure soi-même ; il envie celui qui entre dans la nuit ; il déclare son ami heureux :

---

1. « Le Parfum impérissable ». *Poèmes Tragiques*, 1884.
2. « A un Poète mort ». *Poèmes Tragiques*, 1884.

« D'être affranchi de vivre, et de ne plus savoir
La honte de penser et l'horreur d'être un homme. [1] »

Quand on a levé le voile sur les scrupules de conscience dont le poète fut constamment tourmenté, ce dernier hémistiche : « l'horreur d'être un homme », apparaît, avec un sens plus particulier que d'autres professions de foi pessimistes, dont son œuvre est pleine.

L'intimité, qui unissait Leconte de Lisle à ses parents, n'ayant pas été interrompue par le changement d'attitude, survenu entre le poète et sa belle cousine, la possibilité de souffrir, dans de la détresse d'amour, ne fut pas épuisée par cette dernière épreuve, pour l'apôtre de l'impassibilité.

La fatalité, qui voulait que le rêve du poète fut perpétuellement balotté, des réalités qu'enferme le culte de la femme, aux délicates imaginations qui se dégagent de l'adoration de la vierge, devait, quelques années plus tard, lui mettre brusquement sous les yeux la délicieuse image de la fille de madame Y., qu'un subit développement, qui la faisait passer de l'enfance, aux séductions les plus troublantes et les plus précises de la jeunesse, offrit à ses regards émus, comme une suprême tentation d'aimer.

A la précocité créole, qui modelait, en grâce et en beauté, son adolescence en fleur, la jeune fille liait, un goût vif, pour la poésie, une grande vivacité d'esprit, un instinct juste pour l'art. C'était plus qu'il n'en fallait pour restaurer, dans l'âme du poète, en son intégrité première, cet idéal de la vierge, vers lequel allaient son instinct d'homme et ses préférences d'artistes.

La pièce de vers *Epiphanie* — qui, on s'en souvient, a été publiée autrefois dans une forme différente sous le titre *Les deux Amours* — reparaît, à ce moment dans l'œuvre du poète, débarrassée cette fois, des hésitations que le vertige du

_____

1. « A un Poète mort ». *Poèmes Tragiques*, 1884.

désir avait, un jour, inspiré au poète. Leconte de Lisle n'y
apparaît plus qu'avec le visage, pieux d'un « Donateur, » au
coin d'une toile où sont peintes, dans leur triomphale as-
somption, la Pureté et la Virginité.

Le paysage qu'il faut, cette fois, au poète, pour abriter
l'objet sacré de son culte, c'est la Norvège, sa glace, ses lacs
immarcescibles. Et ces lacs enferment la plus pure des eaux
boréales; des frênes, des bouleaux indécis, frissonnent à
l'entour. L'azur de l'onde reflète, « celle » qui au milieu de
ces candeurs diaphanes, passe : « tranquille en un rêve divin ». Son sang est « rose et subtil »; son cou est « fin »;
ses cheveux blonds sont une « cendre ineffable », ses yeux
ont la couleur : « des belles nuits du pôle » [1].

Ainsi elle glisse, à peine tangible, avec le rayonnement
quasi-lunaire, de cette image de la vierge immaculée, qui
plane, sur l'œuvre entière du poète, et qui lui fait préférer,
à toutes les splendeurs sculptées dans le marbre, le fin contour d'un jeune sein modelé dans la neige.

Dans les yeux de cette vierge, qui ne contiennent que de
la lumière, le poète a enfin trouvé le miroir qui convient à
son rêve :

« Purs d'ombre et de désir, n'ayant rien espéré
Du monde périssable, où rien d'ailé ne reste
Jamais ils n'ont souri, jamais ils n'ont pleuré,
Ces yeux calmes ouverts sur l'horizon céleste. [2] »

Il est question à la fin de la pièce d'un « gardien pensif »,
archange attardé à la porte de l'Eden dont cette vierge foule
les gazons. On sent, qu'à travers son masque, c'est Leconte
de Lisle lui-même qui :

« ... Regarde passer ce fantôme léger
Dans les plis de sa robe immortellement blanche. [3] »

1. « Epiphanie ». *Poèmes Tragiques.*
2. « Epiphanie ». *Poèmes Tragiques.*
3. *Ibid.*

Par malheur cette chasteté qui s'ignore, cette candeur des
grands yeux distraits, de la vierge encore enfant, cet, on ne
sait quoi, de pur, de frais, de léger comme une aurore, ne
sont que des heures fugitives dans l'existence d'une femme
vivante, qui ne saurait s'arrêter de s'épanouir, même pour
satisfaire à la dévotion émerveillée d'un poète de génie.

Dès dix-sept ans la jeune fille fut fiancée. Certes, Leconte
de Lisle ne s'était jamais avoué le fol espoir que l'admiration, qu'il lisait dans les yeux de cette enfant charmante,
put jamais prendre, pour lui, une couleur de tendresse plus
précise. Mais sa soixantaine, robuste et fière, fut mordue par
un terrible et farouche sentiment de jalousie quand il apprit,
comme une joyeuse nouvelle familiale, la brusque interrup-
tion de son idylle.

Leconte de Lisle voulut se persuader qu'il n'était animé,
pour cette enfant, que d'un sentiment de pitié à la pensée
des mécomptes que la vie du mariage réservait sûrement à
une vierge, hantée de rêves, et qu'il jugeait si peu préparée
à affronter les réalités de la vie.

Ce drame secret d'un cœur de poète avait, pour décor, le parc
breton de ses cousins. Il arriva, qu'un jour, pendant que Leconte de Lisle promenait solitairement, sous les grands om-
brages, une douleur qu'il fallait enfermer en soi-même, au
détour d'une allée, il aperçut l'adorable jeune fille endormie
à l'ombre d'un sycomore [1]. Alors il s'arrêta à la contempler
avec une tendresse, une angoisse, des appréhensions infinies.

Peut-être les lèvres vermeilles de celle qui dormait là lui
rappelaient-elle, malgré lui, douloureusement, ces « lèvres
de corail » qu'il avait chantées dans *Les Roses d'Ispahan?*
Sur les origines, et les affres d'un tel martyre, Guy de Maupassant a écrit un livre qui ne périra point : *Fort comme la
Mort.*

Mais Leconte de Lisle appartenait à une autre race que
le héros du conteur normand. Il s'obstina à se persuader
qu'il ne songeait en effet qu'à épargner à cette enfant,

encore heureuse, l'épreuve atroce de l'amour, par laquelle
lui-même, il avait passé :

> « Crains le bleu papillon, l'amant des fleurs vermeilles,
> Qui boit toute leur âme et s'en retourne aux cieux. 1 »

.Ce « désir » dont il a toujours parlé avec la violence
d'un père de l'Eglise, et qu'il s'est fait une gloire de fouler
du talon, il le voit là, rampant vers la vierge endormie.
Alors, éperdu, à la pensée que, dans le doux sommeil où
elle sourit, la jeune fille pourrait bien poursuivre un songe d'a-
mour, dont lui-même il se sent absent, il crie, comme si c'était
son devoir de la rappeler à elle-même, de l'arracher au
péril :

> « Eveille, éveille-toi ! l'ardent éclat des cieux
> Flétrirait moins ta joue aux nuances vermeilles
> Que le désir, ton cœur chaste et silencieux
> Sous l'épais sycomore, vierge, où tu sommeilles. 2 »

Le mariage de la jeune fille, ne dura qu'un jour. Elle
atteignait à peine sa vingtième année, lorsque, en moins d'un
an, la mort de son mari et d'un enfant nouveau-né, la firent
veuve et libre.

Après cette double tragédie elle apparaît au poète, sous
ses longs voiles, embellie encore de la langueur des larmes,
et de cette poésie des deuils de la jeunesse, que Sully Prudhomme a si délicieusement célébrés :

> « C'est en noir surtout que je l'aime
> Le noir sied à son front poli
> Et par ce front, le chagrin même
> Est embelli... »

La jeune femme était intelligente, sans culture pédante.

---

1. « Sous l'épais Sycomore ». *Poèmes Tragiques*.
2. *Ibid.*

Son goût pour les vers s'était accru de sa mélancolie. Rentrée dans la maison de ses parents, elle en était la grâce.

Comme par le passé, pendant les mois d'été, elle retournait en Bretagne. Ce fut là, en face de la mer que Leconte de Lisle la retrouva. Le songe virginal qui, jadis faisait sourire la fillette *sous l'épais Sycomore* était fini. Maintenant elle connaissait l'amour et la douleur. Il était naturel qu'ils fussent la matière des entretiens dont s'enivrait le poëte.

Les portraits que l'on a faits de Leconte de Lisle à cette date, le révèlent dans la beauté de sa stature toujours droite, dans l'ampleur magnifique de sa poitrine. Le feu de son regard paraît insoutenable, l'ironie est au coin de sa lèvre ; la vivacité de son expression est jeune, comme son port de bataille.

Aux côtés de cette enfant blessée, qu'il faut réconforter, les encouragements et les paroles de la tendresse prennent aisément une couleur d'amour, Leconte de Lisle s'y trompe, et cette merveilleuse erreur lui rend un instant tous les élans de sa jeunesse. Qu'il accompagne la jeune femme dans ses promenades à cheval, ou qu'il accomplisse, sous ses yeux, des prouesses de nageur, il a oublié que la soixantaine le touche. C'est, dans le cœur et dans l'esprit du poète le retour de l'aurore, avec tout ce qu'elle apporte d'ivresse sur la terre et dans les cieux. Il faut que, pour la jeune bien-aimée, la nature entière communie dans la renaissance de ce cœur d'homme vivifié par l'amour : il faut que les théories de vierges se parent de fleurs et que les papillons viennent voltiger autour de la neige de leurs seins ; il faut que les colombes plongent dans la fraîcheur des sources; que les gazelles bondissent, que les lions poussent leurs rugissements; enfin, que les lampes qui éclairaient le léthargique sommeil d'Adonis relèvent leurs mornes feux : le jeune homme divin, le Bien-Aimé d'Aphrodite, va ressusciter avec le cœur même du poète :

Bienheureux Adonis! en leurs douces caresses
Les Vierges de Byblos t'enlacent de leurs tresses!
Eveille-toi, souris à la clarté des cieux,
Bois le miel de leur bouche et l'amour de leurs yeux! [1]

Le souvenir des contemporains de ces heures de la vie du poète, est là, pour rendre témoignage du réconfort de cœur que la jeune veuve éprouva au contact de cette flamme du génie. Après l'affreuse tourmente qui l'avait secouée et comme rejetée au rivage, elle avait, à côté du poète, la sensation de s'appuyer à la magnifique solidité d'un roc. De la fierté tendre se mêlait à son sentiment de gratitude. Elle ne se demandait point si la douleur avait fait d'elle la fille d'adoption du poète, ou si elle était son inspiratrice.

Entre les années 1880 à 1885, cette intimité se resserra encore entre l'auteur de *La Résurrection d'Adonis* et la jeune femme. Même, elle alla faire un séjour, dans le modeste appartement des Leconte de Lisle, Boulevard des Invalides. Avec une joie juvénile, le poète l'emmenait visiter tous les lieux où ils pouvaient voir de la beauté, tableaux, statues. D'autre part, les Parnassiens, qui fréquentaient la maison de celui qu'ils nommaient le Maître, cédaient à leur propre désir, autant qu'au goût de lui plaire, en déposant, aux pieds de la ravissante créole, des hommages en prose et en vers.

Nous avons sous les yeux un Album à tranches dorées, relié de maroquin noir, et fermé par une serrure. Dans l'angle supérieur de la couverture, le nom de la jeune femme est imprimé en lettres d'or. Le quart, environ, de ce petit livre est empli par des autographes, au bas desquels on lit les signatures de Victor Hugo, de Renan, de Tola Dorian, de Paul Bourget, de Jules Breton, de J. M. de Hérédia, du Vicomte de Guerne, d'Octave Lacroix, de Louis Ratisbonne, d'Anatole France, d'Edmond Haraucourt, de Catulle Mendès, de François Coppée, d'Etienne Arago, de Louis Ménard, de Théodore

---

1. « La Résurrection d'Adonis ». *Poèmes Tragiques.*

de Banville, de Gustave Flaubert, de Swinburne — les amis
de la maison. Ce sont, pour la plupart, des autographes d'un
caractère général que Leconte de Lisle a demandés à ses
camarades, et que, lui-même, a collés avec un soin amoureux
comme s'il préparait un herbier pour l'offrir à sa Muse favorite. Les amis les plus intimes précisent l'envoi, tel Arago
qui, dans une pièce de vers : *Les Serments*, risque cette
prédiction :

« ... Quand on aime, ce sont des liens superflus :
On les brise en riant, alors qu'on n'aime plus... »

Telle Mme Tola Dorian qui, sur une page, ainsi dédiée :
« A Madame Z... Juillet 1883 », écrit ces vers inédits :

« ... Vous avez traversé les plus rudes épreuves
De la route, que rien n'abrite ou ne défend
Et vous porte z le voile inconsolé des veuves
Sur le front d'une vierge et les yeux d'un enfant...
Vous êtes parmi nous si doucement venue,
Sérieuse, et loyale, et fière, et souriant,
Apportant au poète une joie ingénue,
Que notre soir salue votre jeune orient...
Que le ciel orageux de l'Austère Armorique
Pour sa fille choisie allume un plus beau jour
Que Velléda pensive, au front du chêne antique
Cueille le gui sacré pour l'autel de l'amour. »

Il y eut une minute où Leconte de Lisle se demanda, peut-
être, si ce ne seraient point ses mains de poète, qui cueilleraient
ce gui sacré ? La loi du divorce venait d'être votée. La belle
veuve fit entendre au poète que l'application de cette loi pouvait seule apporter, à leur tendresse, une solution heureuse.

Mais Leconte de Lisle n'était pas homme à s'arrêter,
un seul instant, devant une possibilité qui demeurait extérieure à sa droiture d'âme, à son instinct de justice, à ses affections et à ses gratitudes anciennes. L'illusion dont la jeune
femme et son grand ami avaient vécu, ne pouvait donc plus

durer. Sans doute, après cette retraite que la belle veuve venait de faire dans le deuil et dans la poésie, les droits de son cœur et de sa jeunesse se réveillaient avec l'amour de l'amour. Elle voulut disparaître de la vie de Leconte de Lisle.

Peut-être aurait-elle pu mettre moins de brusquerie dans la reprise complète de soi-même, dans la rupture d'une intimité où elle avait trouvé refuge et consolation? Mais, à vrai dire, l'intensité même du sentiment que Leconte de Lisle avait prit, d'abord pour de la pitié attendrie, puis pour de l'indulgence paternelle, et dont, trop tard, il apprenait le nom, justifie la jeune femme d'avoir coupé court, à une passion, qui n'avait pas d'issue d'honneur.

De ce dernier drame du cœur, dont la vie du poète a été bouleversée, il reste une trace émouvante. Leconte de Lisle avait voulu que l'Album d'autographes, vers et prose, qu'il avait destiné à la jeune femme, s'ouvrit par une page du prince des poètes, Victor Hugo.

Quand tout fut fini, entre celle qu'il appelait « l'enfant de son cœur » et ce cœur, encore trop passionné, il pensa qu'il avait, lui-même, le droit d'écrire, une page, en tête de ce recueil qui demeurait inachevé entre ses mains. Après la feuille de garde, il avait laissé vide, pour y tracer un jour une dédicace, un feuillet blanc. En écrivant au recto et au verso il put loger, dans cette place liminaire une pièce de vers, dont la funèbre beauté s'éclaire, de ce commentaire de vie, comme d'un rayon suprême.

Bien au-delà « des Ans multipliés, » du « vertige des temps, » le poète suppose que, sur la terre nue, détruite, il erre, seul, en esprit « reste de l'éphémère et vaine humanité », hôte du vide sans fin. Et, dans cette solitude, qui n'a plus de bornes, au sommet d'une montagne, il a la vision d'une figure spectrale, auguste, qui, d'un regard inerte, couve :

« L'univers mort, couché sous le désert des cieux. »

Quelle est cette saisissante apparition qui, dans le vide
de tout, se dresse encore ? Le poète a senti, en soi, des mouvements trop connus, il ne doute plus : charme, horreur,
souvenirs débordants de bonheur infini et de pleurs, qui en-
sanglantent les yeux, heures de délices, heures de tortures —
tout cela le traverse, le secoue, le contraint enfin, à nommer,
malgré lui, une fois encore, celui qu'il a reconnu, et qui,
sur les ruines des ruines, dans le vide de l'universelle destruction, tombe le dernier :

« Tous les enivrements du céleste supplice
Me reprirent au cœur d'une étreinte de fer ;

Et je connus, glacé sur la terre inféconde,
Que c'était là, rigide, endormi, sans retour,
Le dernier, le plus cher des Dieux, l'antique Amour,
Par qui tout vit, sans qui tout meurt, l'Homme et le monde [1]. »

1. « Le Dernier Dieu ». *Poèmes Tragiques.*

TROISIÈME PARTIE

—

CHAPITRE XIII

—

La Conception du Divin

Du fait de ses hérédités bretonnes, Leconte de Lisle était
né mystique, avec un penchant de curiosité très vif pour
les études, dont le divin est l'objet. Dans ses *Souvenirs d'Enfance et de Jeunesse*, Renan a merveilleusem ent analysé cet
état de l'âme celte, et défini cette curiosité, pour les choses
de l'au-delà, qui tourmente, avec une intensité exceptionnelle, l'habitant du pays armoricain.

La mère de Charles Leconte de Lisle était une catholique
d'une piété exacte, cependant, comme il arrivait fréquem-
ment à cette époque, et comme on en a encore l'exemple
dans les pays tropicaux, la culture religieuse donnée aux
enfants, par un clergé souvent douteux, toujours insuffisant, était nulle. Charles Leconte de Lisle n'avait pas fait
sa première communion. Il avait reçu peu d'instruction religieuse. Il avait toujours été plus sensible au déisme à la

Rousseau que professait son père, qu'aux cérémonies d'église où il se rendait, surtout, pour apercevoir, à son entrée et à sa sortie, la jeune fille qu'il aimait.

Cependant, deux pièces de vers, datées, sont l'une de Dinan — il avait vingt ans [1], — l'autre de Rennes, — il avait vingt et un ans [2] — témoignent de la joie qu'il éprouvait, alors, à apercevoir, au travers de la création, le rayonnement du divin [3]. Il faut faire crédit à un enfant poète des défaillances de la forme pour s'attacher uniquement ici au sentiment qui se dégage de la poésie naïve :

« A l'heure de délire où l'âme
Par élans d'infinis, rêve un dernier séjour
Qu'il est doux, qu'il est doux, loin de la terre infime
Comme l'aigle au soleil par le calme sublime
De s'élancer vers son Dieu... [4] »

La seconde pièce : *Solitude*, accuse un progrès surprenant dans la forme. Elle se termine par cette prière :

« O mon Dieu, se peut-il que l'homme vous renie !
Vous dont la main puissante a dispensé pour nous,
Votre amour dans les cœurs, dans les cieux l'harmonie!
... Oh ! faites-moi mourir ! Qu'elle qu'ait été ma vie,
Mon âme vous comprend, et je suis racheté! [5] »

Mais déjà le jeune créole est possédé de la volonté de sor-

---

1. Avril 1838.

2. Octobre 1839.

3. Ce déisme est différent, dans son point de départ et dans son terme d'arrivée, de celui d'un Béranger. Leconte de Lisle stigmatise avec énergie la conception d'un Dieu « des bonnes gens » qui n'est selon lui, chez le chansonnier, « qu'une divinité de cabaret philanthropique » ; il lui reproche, de s'être emprisonné dans ce « pauvre et grossier déisme, sans lumière et sans issue ». Et Leconte de Lisle n'est pas plus tendre pour Lamartine : « qui, dit-il, se demande à satiété ce que peuvent être les temps, et le passé, et Dieu et l'Eternité, et ne se répond jamais, par l'excellente raison qu'il s'en inquiète assez peu ». *Nain Jaune*, 1864.

4. *La Variété*. Rennes, 1840.

5. *Ibid.*

tir, en cette matière, à ses yeux si importante, d'un vague mysticisme où sa probité d'âme et de pensée se sentent mal à l'aise. Dans un autre poème, qu'il compose au même moment, après avoir fait un effort lyrique, qui ne fut pas constamment malheureux, pour suivre l'auteur de l'Apocalypse dans ses descriptions du Paradis, il s'écrie :

« ... Nous envions Saint Jean, le poète divin,
D'avoir connu les cieux que nous rêvons en vain... [1] »

Si, avec les années, le désir de connaître les délices du Paradis s'atténue en lui, son inquiétude du divin s'accroît. En effet, pendant les mois de mélancolie qu'il passe à Bourbon, après son retour de France, il découvre à ses intimes cette profonde souffrance de son cœur encore croyant :

« Il ne faut pas, écrit-il, s'accoutumer à vivre seul. Ne croyez pas cependant que cela tue le cœur : cela l'élargit. L'individu en souffre ; l'homme s'en irrite, mais qui sait si Dieu n'y gagne pas. Je cherche ma plus grande somme de bonheur dans la contemplation intérieure et extérieure du beau infini de l'âme universelle, du monde, de Dieu, dont nous sommes une des manifestations éternelles. [2] »

Et ailleurs :

« Les joies réelles ne sont ni l'amour, ni l'amitié, ni l'ambition car tout cela passe, s'oublie ; elles sont dans l'amour de la beauté impérissable, dans l'ambition des richesses inamovibles de l'intelligence, dans l'étude sans terme du Juste, du Bien et du Vrai absolus, abstraction faite des morales factices d'ici-bas... Les joies fausses sont dans la vie vulgaire, les joies réelles sont en Dieu. Les unes ne nous rendent heureux qu'une seconde, pour nous torturer pendant des années. Les autres, calmes et inaltérables, se révèlent à nous quand nous nous sommes purifiés de celles-là, et nous

---

1. Rennes, 1840.
2. Lettres de Bourbon, 1843.

mènent au vrai bonheur, qui est l'oubli des choses périssables et le désir de l'infini ! [1]

A cet égard, sa foi est restée ardente : il est persuadé que le jour où le bien règnerait sur la terre « Dieu jaillirait de tout ». Et ces idées de jeunesse le suivront dans sa maturité. Mais, alors, à ses yeux, ce ne sera plus « Dieu », mais « l'Idéal », qu'il s'attendra à voir « jaillir de tout ».

« Le genre humain, dit-il, souffre d'un désir religieux, que vous n'exaucerez pas si vous ne le guidez dans la recherche de ses traditions idéales. » Et un jour, il se demande a lui-même quel est cet idéal-là :

> « Pour quel Dieu désormais brûler l'orge et le sel ?
> Sur quel autel détruit verser les vins mystiques ?
> Pour qui faire chanter les lyres prophétiques
> Et battre un même cœur dans l'homme universel ? [2] »

Ce Dieu, qui pourrait rallier tous les hommes, alimenter l'espérance infinie, il croit pouvoir le définir; il l'appelle : « Liberté, » « Justice, » « Passion du Beau » il lui crie :

> « Dites-nous que notre heure est au bout de l'épreuve,
> Et que l'Amant divin promis à l'âme veuve,
> Après trois jours, aussi, sortira du tombeau ! [3] »

Mais le doute monte en lui, « appesantit sa joie ». Alors il veut croire, au moins, qu'à travers les Olympes anthropomorphiques on aperçoit des principes divins que l'esprit de l'homme n'a pu atteindre ni nommer :

> « ... Mais d'où vient que les Dieux qui ne mourront jamais...
> En des combats pareils aux luttes des héros,
> De leur éternité troublent le sûr repos ?
> Est-il donc par-delà leur sphère éblouissante
> Une Force impassible, et plus qu'eux tous puissante,

1. Lettres de Bourbon, 1843.
2. « L'Anathème ». *Poèmes Barbares.*
3. *Ibid.*

D'inaltérables Dieux, sourds aux cris insulteurs,
Du mobile Destin augustes spectateurs,
Qui n'ont jamais connu, se contemplant eux-mêmes,
Que l'éternelle paix de leurs songes suprêmes ?... [1] »

Il demande avec insistance : « Où sont les Dieux promis ? »
Il s'adresse au vent, il le supplie de l'emporter vers « les
Dieux inconnus ». Il veut savoir qui est Celui qui réside au
sein des apparences :

« ... Et se meut dans le monde et les intelligences. »
De siècle en siècle éclos, j'ai vu naître les Dieux
Et j'en ai vu mourir !...
Jeunes et vieux, cruels, indulgents, beaux, horribles...
Faits de marbre ou d'ivoire, et tantôt invisibles,
Adorés et haïs, et sûrs d'être immortels !
Et voici que le temps ébranlait leurs autels,..
Que le rire insulteur, plus amer que la mort,
Vers l'abîme commun précipitait leur sort,..
Et d'autres renaissaient de leur cendre, et toujours
Hommes et Dieux roulaient dans le torrent des jours. [2]

C'est pour célébrer cette chute perpétuelle des Dieux dans
la mort irrévocable que le poète a pris plaisir à condenser,
en deux cent cinquante vers, toute la cosmogonie compli-
quée du Nord. Les Scandinaves ont cru, en effet, qu'à la
fin des temps, le paradis d'Odin serait dévoré par les Géants.
Il n'en a pas fallu davantage pour que, cet amant du soleil qu'est Leconte de Lisle, s'enfonçât dans leurs brouillards et cherchât à mettre de l'ordre, sinon de la clarté,
dans l'obscurité de leurs mythes.
Cependant le Dieu, dont on aperçoit le triomphe à travers
la destruction de « tous les Dieux », apparaît, dans la dernière
strophe du poème de Leconte de Lisle, *Le Bernica*, comme
intangible. C'est sans doute le « Grand tout » des panthéistes

1. « Khiron ». *Poèmes Antiques.*
2. « Le Corbeau ». *Poèmes Barbares.*

et des stoïciens que le poète a voulu ici immortaliser. L'homme qui le contemple, dans sa création, se sent devenir « oiseau, fleur, eau vive, lumière » et, dans l'oubli de son inutile personnalité, il retrouve la paix et la pureté paradisiaques.

On devine qu'une pareille conception du divin ne suffisait pas pour rallier, à Leconte de Lisle, le suffrage de la critique orthodoxe. M. Louis Veuillot profita de la publication de *Qaïn* pour donner corps à ces griefs[1]. Sa diatribe fut particulièrement violente : elle n'inquiéta pas le poète, et par ce qu'elle avait d'injuste ne servit peut-être qu'à précipiter son évolution vers l'affranchissement de la pensée. Avec une entière bonne foi Leconte de Lisle a cherché, au-dessus de lui, le divin : il n'a trouvé que l'illusion de ce divin. Dès 1846 il écrivait :

« ... J'ai remué, Seigneur, les poussières du monde
J'ai reverdi pour vous ce que le temps émonde
Les rameaux desséchés du tronc religieux :
Des cultes abolis j'ai repeuplé les cieux !
Rien ne m'a répondu, ni l'esprit ni la lettre,
Et je vous ai cherché, Vous qui dispensez l'être[2] »

---

1. « ... Voulant dépeindre, écrivait Veuillot la première activité des créatures, Leconte de Lisle n'y voit pas comme Bossuet : « L'aimable simplicité du monde naissant », mais un ouragan de vie qui embarrasse déjà le Créateur, il écrit : « Dieu haletait dans sa création ». Ce mot insensé n'a pas sans doute échappé à l'auteur; il l'a choisi de plein gré. En décrivant la création, il a voulu montrer qu'il ne croit pas en Dieu, ou du moins qu'il a ses idées particulières sur Dieu. Pour créer le monde, Dieu a dit : *Fiat !* Pour former l'homme il a façonné un peu de cette argile qu'il vient de créer, il donne un souffle, et, la création étant complète, il rentre dans son repos, parfaitement maître de son œuvre tout entière. Voilà ce que nous savons. Quand la Bible dit que Dieu se reposa, elle ne dit pas qu'il était fatigué. Qui put faire un pareil ouvrage l'a dû faire sans fatigue, et c'est un contre sens de nous montrer le divin ouvrier haletant. Mais la profonde pensée de notre savant poète a besoin de comprendre ainsi la Bible et de nous montrer Dieu en face de l'homme dans la situation de l'apprenti sorcier de Gœthe en face du démon qu'il a témérairement évoqué. Il faut que Dieu devienne faible parce qu'il est injuste, et que l'homme s'étant affranchi de son joug, lui fasse expier ses iniquités... *La Vérité*.

2. « La Recherche de Dieu ». *La Phalange*, 1846.

Et plus tard, il s'écriera avec son *Hieronymus* :

« J'ai crié jusqu'à Dieu qui n'a pas répondu ! [1] »

Le fait est, qu'en 1870, brusquement, Leconte de Lisle fit un pas en avant dans la négation. Jusque là, à travers son œuvre, la recherche, la préoccupation, le regret de l'idée du divin avait circulé sans relâche.

Au moment où il publie son *Catéchisme populaire Républicain*, il semble que cette idée subisse une totale éclipse. En effet, cette fameuse « loi morale », sur laquelle Kant avait cru asseoir la preuve irréfutable de l'existence de Dieu, ne démontre plus rien pour Leconte de Lisle. Son texte est explicite :

« ... Les Religions, uniquement fondées sur les dogmes — conceptions abstraites de l'esprit — n'ont rien de commun avec la Loi Morale qui est inhérente à la nature propre de l'homme, et qui n'a jamais pu, par conséquent, lui être extérieure et étrangère. Nous disons : « au point de vue de la raison humaine », car, on ose enseigner encore, que l'humanité ne possède, par elle-même, aucun moyen de distinguer ce qui est juste de ce qui ne l'est pas, et qu'il existe une Raison Supérieure et Toute Puissante qui fait consister l'unique vertu de l'homme dans une aveugle obéissance aux ordres divins, qu'il soient conformes ou non à la nature humaine. Par suite, ce qui nous semble bon est mauvais si Dieu le veut ; et, ce qui nous semble mauvais est excellent, s'il l'entend ainsi. Toute liberté et toute conscience nous étant enlevées, l'homme reste entre les mains d'un maître absolu et incompréhensible, comme l'argile entre les mains du potier, selon la déclaration de Saint Paul... Or la raison humaine nous dit qu'il n'y a, en tout ceci, ni argile, ni potier, ni maître incompréhensible, ni esclave stupide ; que l'homme est libre, et

---

1. « Hiéronymus ». *Poèmes Tragiques*, 1884.

qu'il possède dans sa conscience une lumière infaillible pa
laquelle il connaît la justice, et la vérité morale... »

Quand on songe à quelle date ces pages ont été écrites il
n'y a pas moyen, malgré les affirmations gratuites qu'elles
contiennent, de ne pas faire crédit à la pensée du poète et
surtout à son cœur: il était bouleversé du spectacle qu'il venait d'avoir sous les yeux — la victoire, aux mains de ceux
qui avaient affirmé, comme un principe moral, que la force
prime le droit, le laissait seul avec son amour de la justice,
en face du ciel vide. Aussi lorsqu'il s'écrie, avec un peu de
la passion qui dévore un Pascal : « Ce qui nous semble bon
serait donc mauvais si Dieu le veut et ce qui nous semble
mauvais excellent, s'il l'entend ainsi ?... » on voit de reste à
quoi il pense : le triomphe de la force brutale sur l'intellectualité, de l'iniquité sur la justice, a été autorisé par ce que
les religions appellent « Providence ». Il rompt donc avec
cette Providence là. Il fait plus : il la nie. Il affirme qu'elle
est un fantôme, inventé par ceux qui veulent dominer les
esprits, pour masquer leur pouvoir, dissimuler leurs usur-
pations d'autorité. Il s'insurge, il ne veut plus connaître d'autre maître, d'autre Dieu que la Raison. Pascal disait : « Plaisante Raison qu'un vent manie » ! Leconte de Lisle qui veut
avoir le droit de se soumettre à la sienne la déclare infaillible :

« On ne saurait trop insister, dit-il, sur l'infaillibilité de la
raison humaine quand il s'agit de distinguer ce qui est juste
de ce qui ne l'est pas. »

On se figure aisément qu'elle put être l'ivresse du poète
iconoclaste lorsqu'à cette minute tomba entre ses mains, un
recueil de poésies populaires du sud de l'Inde où il trouva
cette pièce que les sectaires de Siva chantaient dans les pa-
godes :

« ... Quand viendra l'heure où la mer, la terre, l'air, le feu
et le vent seront anéantis, Siva rassemblera toutes les têtes
des Dieux. Il en fera un collier, il se le mettra autour du cou

et il dansera sur un seul pied, une danse inimitable, et il chantera des airs que personne ne peut chanter et il goûtera un plaisir ineffable, que personne ne peut goûter. »

Les exécuteurs du testament poétique de Leconte de Lisle, ont certainement obéi au désir du poète lorsque, dans les *Derniers Poèmes* publiés après la mort du Maître, ils ont placé en tête du volume : *La Paix des Dieux* qui s'inspire de cette prière indienne. C'est bien le point final mis à l'œuvre philosophique et religieuse de Leconte de Lisle.

Une fois de plus ; dans cette pièce de vers, le poète se transporte loin des vivants et des morts qu'il rencontre au-delà de l'Etendue ; il se laisse emporter par un démon ; il le supplie de le conduire « au Charnier des Dieux ». Il veut la voir, cette place, où les images spectrales d'espoir, de peur, de haine et de mystique amour, finissent de se dissoudre. Mais le spectre répond :

« C'est dans ton propre cœur qu'est le Charnier divin ! »

Et l'homme sent, en effet, que cette succession de Dieux, qui, à travers les âges et les races, ont incarné les épouvantes et les espoirs de l'humanité sont ensevelis en lui, et qu'ils continuent d'y agoniser, entassés les uns par-dessus les autres.

C'est là, sans doute, pour le poète qui a si longuement vécu dans l'étude des mythes et dans la contemplation de toutes les idoles, une dernière occasion d'évoquer toutes ces divinités, qu'il a combattues comme un chevalier acharné contre les monstres — depuis Ammon-Râ, « ceint de funèbres linges » jusqu'au « blond Nazaréen » :

« ... Christ, le Fils de la Vierge,
Qui pendait, tout sanglant, cloué, nu sur sa croix [1].

En passant par les princes de l'Harmonie « chers à la

1. « La Paix des Dieux ». *Derniers Poèmes*, 1875.

Sainte Hellas ». Mais la pièce n'a pas été écrite pour la seule joie de faire, une fois encore, défiler sous les yeux du poète l'armée des Dieux vaincus. Il a quelque chose de plus à dire : il avoue que ces Dieux, qui ne vécurent dans aucun Olympe, et qui, à cette heure, ne s'effritent dans aucun Charnier, continuent de subsister — fut-ce d'une vie déclinante, dans son cœur d'homme. Celui qui a créé ces fantômes ne parvient pas à se débarrasser d'eux, même quand il est philosophiquement sûr que nulle réalité extérieure n'a jamais correspondu à ces inventions de la peur et de l'espoir. Et alors se pose cette question passionnée, drame de tous les esprits, de toutes les vies :

> « Vous en qui j'avais mis l'espérance féconde,
> Contre qui je luttais, fier de ma liberté,
> Si vous êtes tous morts, qu'ai-je à faire en ce monde,
> Moi, le premier croyant et le vieux révolté ? [1] »

A cet instant l'homme entend une voix. Elle monte de lui-même, elle dit : C'en est fait, l'homme ne croira plus, rien ne lui rendra la foi ni le blasphème ; il sait que ces spectres d'un jour, c'est lui qui les créait. Cependant s'il n'a pu vivre avec les Dieux il ne pourra pas, davantage, vivre sans les Dieux. Qu'il se rassure pourtant, son supplice ne sera point de longue durée : le Néant est là ; il guette l'homme comme il a guetté les Dieux, et demain l'homme lui appartiendra :

> « ... Va ! Console-toi de ton œuvre insensée,
> Bientôt ce vieux mirage aura fui de tes yeux,
> Et tout disparaîtra, le monde et ta pensée,
> Dans l'immuable paix où sont rentrés les Dieux. [2] »

1. « La Paix des Dieux ». *Derniers Poèmes*
2. *Ibid.*

CHAPITRE XIV

—

La Religion

L'histoire de l'évolution de l'idée de Dieu dans le cerveau de Leconte de Lisle, éclaire l'attitude qu'il a prise en face des Religions. Ce n'est que justice de noter que la rigueur dont il poursuit les Dieux n'est qu'un corollaire de la rancune qu'il éprouve contre quiconque prétend ériger un dogme qui masque, à l'esprit humain, les libres horizons de la pensée.

On se souvient que, dès 1847, il refusa, tout d'abord, les propositions des Fouriéristes, parce que Fourier « avait formulé un dogme », et qu'il mettait des limites à la liberté de l'âme. » On n'a pas oublié non plus, qu'avant de collaborer à *La Démocratie Pacifique*, il réserva la totale indépendance de ses opinions.

Un vers, qu'il place, d'autre part, dans la bouche de son *Hiéronymus*, contient le principal reproche qu'il adresse au Christianisme :

« ... La Sainte Eglise a dit, ce qui doit être su... [1] »

1. « Hiéronymus ». *Poèmes Tragiques*.

Cette prétention d'avoir, une fois pour toutes, précisé la Vérité, grâce au privilège d'une Révélation qui dédaigne de justifier ses affirmations par des raisons ou des preuves, exaspère à ce point Leconte de Lisle, qu'elle l'a souvent empêché de juger le Christianisme avec le calme d'un historien.

Ce parti pris, le poète ne le dissimule point : il l'étalerait plutôt avec une espèce de fanfaronnade, où, à la passion sincère, se mêle un peu de ce goût d'effarer l'âme bourgeoise, qui portait un Tribulat Bonhomet, — ce héros de Villiers de l'Isle Adam, le frère de l'Homais de Flaubert — à se déclarer : « L'ennemi personnel des religions. »

Dès 1855, Leconte de Lisle écrivait :

« En général tout ce qui constitue l'art, la morale et la science est mort avec le Polythéisme. Tout a revécu avec la Renaissance. C'est alors seulement que l'Idée de la Beauté reparaît dans l'intelligence et l'Idée du Droit dans l'ordre politique. En même temps que l'Aphrodite Anadyomène du Corrège sort pour la seconde fois de la mer, le sentiment de la dignité humaine, véritable base de la morale antique, entre en lutte contre le principe hiératique et féodal. Il tente, après trois cents ans d'efforts, de réaliser l'idéal platonicien : l'esclavage va disparaître enfin de la terre. [1] »

Et comme le poète se doute que de telles affirmations apparaîtront, à beaucoup, sous la figure d'un paradoxe il ajoute :

« L'étude de la théogonie polythéiste, l'examen des faits historiques et des institutions, l'analyse sérieuse des mœurs, suffisent à la démonstration d'une vérité admise par tout esprit libre d'idées reçues, sans contrôle de préventions aveugles. »

Leconte de Lisle en veut aux religions en général de s'être servi du fantôme, des « Dieux » et de « Dieu », pour assurer

1. Préface des *Poèmes et Poésies*. Paris, Dentu, 1855.

le gouvernement des hommes au profit d'une caste quelconque, hiératique ou féodale. Il recopie, dans un de ses cahiers, la définition que Fourier donne du Dieu-Providence tel que ses contemporains le conçoivent : « Le mal, écrivait Fourier — vient de cette fausse Providence, dont les plans, soi-disant immuables, et tels que la vie nous les révèle — se sont traduits par de si cruels effets qu'ils semblent le caprice d'une force infiniment ingénieuse à torturer les êtres qu'elle a créés. »

Du moment que les religions élèvent Dieu au-dessus des libertés de la raison humaine, comme une sorte de César des Césars à qui il faut rendre, sans discussion, ce qu'il veut qu'on lui rende, lui, Leconte de Lisle rompt en visière à ce Dieu là. Il écrit, non sans ironie, dans son *Catéchisme populaire Républicain* :

« Ceux qui prétendent que Dieu a créé l'homme afin d'être connu, aimé et servi par lui, n'exigent pas autre chose de l'homme que de renoncer à sa raison, à son intelligence, à sa liberté morale, de se nier soi-même et de s'anéantir, en face d'une puissance absolue, dont il ne lui est accordé de comprendre, ni la nature, ni la justice. »

Sa violence d'indignation contre ceux qui veulent mettre obstacle à la liberté de penser est telle, qu'elle arrive à lui rendre sympathiques ces princes du moyen âge qui, à la vérité, vécurent à cheval, la lance au poing, mais qui, eux du moins, ne s'attaquaient qu'à la vie des hommes et à leurs biens.

Leur brutalité, leur force matérielle lui apparaît comme un fait hideux, mais tangible, inhérent à la nature humaine et devant lequel, il faut bien que la chair ploie tandis que son hostilité agressive, définitive s'élève contre la force invisible qui prétend mater les puissances de l'esprit, et dont l'autorité, pense-t-il, ne s'appuie que sur la lâcheté de l'homme.

En effet, lorsque dans sa pièce, *Les deux Glaives*, Le-

14

conte de Lisle, montre, selon l'histoire, « le César venant de
Germanie », gisant sous le pied du Moine-Pape, le poète
est si révolté de cette totale abdication consentie, qu'il est
prêt d'oublier ses rancunes contre la brutalité de ceux qui
ferraillent sur les grandes routes de l'histoire pour s'indigner
contre ceux qui se sont accoutumés aux génuflexions. Il leur
crie de se réveiller dans leur force, dans leur orgueil, dans
leur gloire ; de racheter leur opprobre, de reconquérir leur liberté de penser.

C'est ainsi que la Rome antique, qu'il a toujours tenue
pour suspecte — parce que sur le terrain de l'Art, elle ne
s'est jamais manifestée que comme une béotienne éprise
d'un idéal d'utilité — cette Rome païenne, comparée à la
Rome papale, du coup lui devient chère. Il souffre à crier
des humiliations qu'il lui voit imposées par ceux qui occupent la Chaise Sacerdotale. Il la pousse à la révolte :

> « Rome, Rome, debout ! reconnais tes Césars !
> Reprends le globe ô Rome, et le sceptre et le glaive,..
> Ta pourpre s'est changée en blêmes scapulaires ;
> Et, livrant ton échine au bâton du berger,
> Du harnais de l'ânon tu laisses outrager
> La Louve, qu'entouraient les faisceaux consulaires [1]. »

D'autre part, jamais le poète n'a mieux précisé que par la
bouche de l'évêque Cyrille, cherchant à convertir la vierge
païenne Hypathie, les raisons pour lesquelles il veut vivre
en guerre avec le dogmatisme chrétien. L'Evêque, qui préférait séduire Hypathie que de la contraindre, l'attaque
d'abord par de feintes douceurs ; il admettrait même que
cette païenne ait des vertus, « s'il en est, dans les âmes » :

> « Que Dieu n'éclaire point encore de ses flammes... [2] »

L'évêque Cyrille n'a jamais entendu parler de cette « loi

---

1. « Les Deux Glaives », xıᵉ et xııᵉ siècles. *Poèmes Barbares.*
2. « Hypathie et Cyrille ». *Poèmes Antiques.*

de l'évolution » qui est chère à Leconte de Lisle. Si elle lui était révélée, il la frapperait d'anathème. Le saint homme se croit sincèrement le détenteur d'une vérité, révélée une fois pour toutes :

> « ... Le Dieu que j'adore et qui d'un sang divin.
> De l'antique Péché lava le genre humain,
> Femme, n'a point parlé comme, aux siècles profanes,
> Les sophistes païens couchés sous les platanes;
> Et si quelque clarté dans la nuit sombre à lui,
> L'immuable lumière éclate seule en lui !... [1] »

D'ailleurs, Cyrille ne s'arrête point indéfiniment à ces démonstrations platoniques. Son but est pratique : il veut gouverner le monde, mater les passions, puis conduire, sous sa houlette, vers le but qu'il estime le meilleur, le troupeau discipliné des hommes. A l'entendre, ne croirait-on pas écouter, à la veille d'une élection générale, quelque prédicateur ecclésiastique moderne, expliquant, à ses ouailles, que la doctrine chrétienne est « conservatrice », une assurance pour ceux qui possèdent les supériorités de l'autorité et de la richesse, contre les révolutions qui viennent d'en bas ?

> « ... Et maintenant, regarde, au sein de la tourmente,
> L'humanité livrée à la mer écumante ;
> Apprends moi dans quel lit assez profond pour lui,
> Enfermer ce torrent qui déborde aujourd'hui
> Et qui, de jour en jour plus furieux sans doute,
> Pour trouver son niveau voudra creuser sa route :
> Vaste bouillonnement de désirs, d'intérêts,
> D'avide convoitise et de sombres regrets;...
> ... Comment briseras-tu ce flot irrésistible ?
> Où marques-tu le terme à sa course terrible ?... [2]

Les promesses de l'autorité et de la richesse ne sont d'ailleurs qu'un des arguments par lesquels, Cyrille essaiera d'é-

1. « Hypathie et Cyrille ». *Poèmes Antiques.*
2. *Ibid.*

branler Hypathie. Il a une autre séduction à lui offrir ; il
lui promet l'immortalité dont il dispose :

« ... C'est le néant qui s'ouvre à qui n'espère pas!... 1 »

Cependant les douceurs de l'Evêque s'arrêtent là. Si cet
espoir est dédaigné comme les autres par la vierge païenne,
Cyrille ne feindra plus ; il découvrira sa fureur, et dans la
sécurité d'un fanatisme, qui veut imposer, fut-ce par le supplice, le dogme dont il a la garde, il adressera la menace
du martyre.

C'est là que l'attendent Hypathie et Leconte de Lisle.
Avec un lyrisme dont, cette fois, toute ironie est absente, et
où l'on croit entendre comme l'écho de la mélancolie dont le
poète fut plus d'une fois envahi, lorsque, l'Evangile fermé,
il considérait comment vivent, sur la terre, les sociétés religieuses qui se réclament de la mansuétude évangélique, il
s'écrie par la bouche de la noble vierge :

« ... Efforcez-vous, plutôt que nous jeter l'outrage,
De chasser de vos cœurs la discorde sauvage,
Et s'il est vrai qu'un Dieu vous guide, soyez doux,
Cléments et fraternels, et valez mieux que nous...
Où sont la paix, l'amour qu'enseignent vos églises ?
Sont-ce là les leçons à l'univers promises ?
Et veux-tu, qu'infidèle au cultes des aïeux.
Je prenne, aveuglément vos passions pour Dieux?... 2 »

A côté de cette grave objection tirée des abus que l'esprit
d'autorité religieuse a causé dans le monde, Leconte de Lisle
a, contre le Christianisme, un grief tout personnel : c'est
la défiance, voire la répugnance qu'il a de la beauté : « Le
monde chrétien, soumis à une loi religieuse qui le réduit
à la rêverie, n'a fait que pressentir vaguement l'idéal... »

Or, ce pâle idéal que le Christianisme entrevoit est en op-

1. « Hypathie et Cyrille ». *Poèmes Antiques.*
2. *Ibid.*

position avec la passion plastique de la beauté dont Leconte de Lisle est épris. C'est un sujet sur lequel il n'est jamais las de revenir. Il pense que depuis que les « dieux éphémères » se sont couchés pour mourir avec le monde ancien, « un air impur étreint le globe. » Les ennuis, spectres mélancoliques, planent « d'un vol pesant sur le monde aux abois. » Les joies de la jeunesse ne contiennent plus que cendre et vanité :

« ... L'amour, l'amour est mort avec la volupté.
Nous avons renié la passion divine !... 1 »

Notre nuit est plus noire, le jour est plus loin que jamais. Le sage s'écrie : « Heureux les morts ! » il souhaite que la muette agonie de la terre épuisée ne se prolonge pas plus longtemps. Evidemment il y a de l'exagération poétique dans cet appel à la destruction totale, qui, à travers l'œuvre de Leconte de Lisle revient comme une obsession de glas.

Lorsqu'il pense plus froidement et donne ses raisons, il apparaît, non plus comme un prophète qui maudit, mais comme un évolutionniste qui, à son heure, peut se montrer modéré, équitable, qui, a de la reconnaissance pour ce qui fut juste et grand, mais qui ne prétend pas prolonger sa gratitude ni son admiration, au-delà des services qu'une forme politique ou religieuse a pu rendre à l'histoire. C'est ainsi qu'il écrit ces lignes caractéristiques :

« Le Christianisme *primitif* a fait son œuvre, immense et admirable, recueillie et développée de siècle en siècle, par les grands hérésiarques, et qu'il nous est enfin donné de continuer, avec de nouvelles forces, avec une foi nouvelle, avec une science qu'ils ignoraient. Le principe évangélique contient un sublime pressentiment de la fraternité. Nous le sanctionnerons par le droit. Nous le réaliserons par la jus-

1. « L'Anathème ». *Poèmes Barbares.*

tice. Et le jour où la Charité disparaîtra de la terre, c'est qu'elle aura fait place au Droit... [1] »

Au moment même où Leconte de Lisle rendait, à l'esprit évangélique, cet hommage philosophique, sur le pur terrain poétique, il ne lui pardonnait point d'avoir exproprié la joie au profit de la douleur. A cet égard, les sentiments du poète étaient ceux que dut éprouver son « Roi des Runes » quand il vit entrer dans la salle du banquet où il festoyait, cet Enfant, que les chrétiens adorent sur les genoux d'une Vierge, et qu'il entendit le mystérieux Visiteur professer, au milieu de la joie, sa doctrine de souffrance :

« Je suis le sacrifice et l'angoisse féconde...
Et je viens apporter à l'homme épouvanté
Le mépris de la vie et de la volupté !...
Et l'homme, couronné des fleurs de son ivresse,
Poussera tout à coup un sanglot de détresse :
Dans sa fête éclatante un éclair aura lui
La mort et le néant passeront devant lui...
Je romprai les liens des cœurs, et sans mesure
J'élargirai dans l'âme une ardente blessure.
La vierge maudira sa grâce et sa beauté ;
L'homme se reniera dans sa virilité ;
Et les sages, rongés par les doutes suprêmes,
Sur les genoux ployés inclinant leurs fronts blêmes,
Honteux d'avoir vécu, honteux d'avoir pensé
Purifieront au feu leur labeur insensé. [2] »

Encore, si en échange de cet assombrissement, le Christianisme avait apporté quelque perfection nouvelle dans le sens de la Bonté et de la Fraternité ? Mais Leconte de Lisle est persuadé du contraire, et la plus grande partie de son œuvre historique a, tout justement, pour but, de démontrer que, si l'esprit religieux a, d'une façon générale aggravé les maux dont l'humanité souffre sur la terre, l'esprit

1. Paris, 1846.
2. « Le Runoïa ». *Poèmes Barbares.*

chrétien a rendu ces douleurs encore plus cruelles, et que, plus spécialement encore, l'esprit catholique les a faites, décidément, intolérables.

Pour Leconte de Lisle le moyen âge chrétien représente à jamais les «siècles maudits,» la plaie d'ombre, qui fait, comme une flaque d'horreur, en opposition affreuse avec la beauté grecque, avec « Hélène qui est toute lumière. » L'aversion que le poète éprouve pour les idées directrices de ce temps, le rend injuste pour les beautés même qu'il y rencontre. On a de lui une pièce de vers, écrite à vingt-sept ans, disparue de tous les recueils, qui a pour titre : *Architecture*. Il y jette l'anathème contre la cathédrale gothique dans laquelle il aperçoit comme la citadelle d'un idéal qu'il juge dépassé :

« ... Tu ne vaux point, hochet d'un labeur séculaire,
Qu'on sue à t'ébranler de ta pierre angulaire...
O mur de Babylone, O Temple vermoulus
Dont le sens est futile, et ne nous suffit plus. »

Il n'a, pour parler de cette époque, et de l'obscurité dans laquelle il voit se mouvoir les hommes de ce temps-là, que des mots comme : « terne, blafarde ». Pour lui, dès qu'il est question du moyen âge, il fait nuit. Evoque-t-il la rentrée des moines dans leur cloître, il nous montre un :

« ... Troupeau d'ombres le long des arcades gothiques... »

Les ténèbres règnent partout, dans les cellules mornes, comme au chevet des grabats, qu'éclairent de fauves lueurs de cire. Elles enveloppent les capes noires où les faces s'ensevelissent. Elles font cortège aux chapelets, égrenés par les moines ; aux veillées dans les tours où le soleil n'entre jamais ; aux agenouillements indéfinis sur le froid des dalles ; à l'eau bénite qui mouille les draps des morts ; au tintement lugubre des glas à travers les ogives. Elles précisent les affreux reliefs des torses osseux ; elles alternent avec les ensanglantements des cilices. Elles habillent d'ombre ceux qui présentent des calices de fiel ; qui savourent les lies ; qui s'écrasent les reins ; qui se flagellent ; qui sont les valets de l'holocauste et de l'éventrement. Elles font surgir, au chevet des moribonds, des visions de terreur.

Lorsque, d'aventure, une salle s'illumine, c'est pour éclairer les ripailles monstrueuses de cette autre variété de moines qui délaissent la folie du bûcher pour les goinfreries du réfectoire :

« Et voici que j'ai vu, par ces rouges éclats,
La table aux ais massifs, qui ployait sous les plats,
Les cruches, les hanaps, les brocs, les écuelles,
Et jetant leurs odeurs brutes et sensuelles,
Les viandes qui fumaient... 1 »

Et le poëte n'est guère plus tendre pour les maîtres laïques de la force. Le palais du Louvre n'est évoqué, lui aussi, que dans les ténèbres, le sang, les voluptés maudites. Si une lampe découpe, dans cette obscurité, le carré d'une fenêtre, c'est qu'elle éclaire la luxure en train de déshonorer un oratoire de reine :

« ... J'ai vu la Maison des Lys, muette et haute,
Géhenne dont le roi Charles sixième est hôte ;
Et les murs en montaient dans la brume, tout droits,
Mornes, si ce n'était que par rares endroits,
Une rouge lueur du fond des embrasures,
Sortait, comme du sang qui jaillit des blessures.
Et l'une des clartés de ce royal tombeau
Etait la lampe d'or de Madame Isabeau... 2 »

Le Roi très chrétien d'Espagne ne vaut pas mieux que le Roi très chrétien de France.

En effet, le triste prototype de la Majesté Catholique du moyen âge que le poète a choisi pour opposer aux « gens de

1. « Les Paraboles de Dom Guy ». *Poèmes Barbares.*
2. *Ibid.*

Mahom », c'est ce Pierre le Cruel, qui attira le roi de Grenade dans un piège de trahison pour le tuer ; qui fit décapiter son propre frère Dom Frédéric commandeur de Malte ; qui ordonna l'égorgement de sa jeune femme la douce Blanche de Bourbon exécutée, vierge, au moment où elle atteignait sa dix-huitième année.

Et, derrière ces Maîtres farouches, Leconte de Lisle aperçoit la foule, qui peine sous le joug. Ce sont les Gueux, « les Jacques dévorés de famine », voguant au hasard le long des grands chemins, geignant, haillonneux, tordant leurs mains :

« Et faisant rebrousser les loups, rien qu'à la mine ! [1] »

Les protestants sont scellés vifs dans les murs. Le vieux Juif, qui a de l'or, doit suer cet or sur la braise. Les carrefours des chemins sont encombrés de pendus, carcasses autour desquelles tournoient force corbeaux. Et les loups-garoux hurlent dans cette épouvante. Les incubes mènent la danse ; l'enfer rougeoie. Dans toute chair, dans toute âme, vit l'angoisse d'être au monde, autant que l'épouvante de la Mort.

Si une ville s'éveille, au matin, dans le soleil joyeux, au son des cloches et des bourdons de fête, si un rayon luit, par hasard, sur ces pignons, sur ces hauts toits, c'est que, les moines blancs, gris ou bruns, barbus ou ras, chaux ou déchaux, ayant capes, frocs ou cagoules, viennent, mêlés au troupeau confus des gueux et des prostituées, pour voir brûler vif un homme, un philosophe [2].

Et la clef de voûte de tout ce monde d'horreur, c'est Rome.

La peinture nous en est proposée, à travers la vision d'un saint abbé, Dom Guy, pieux moine de Citeaux — qui a succédé, sur le siège des Prieurs au prédicateur de la Croisade, l'illustre Saint-Bernard.

1. « Un Acte de Charité ». *Poèmes Barbares.*
2. « L'Holocauste ». *Poèmes Barbares.*

On est aux environs de l'année 1400. C'est-à-dire que Dom Guy a vu, ou verra, défiler sur le trône Pontifical, Jean XXIII, Grégoire XII, Benoît XIII. On sait quel spectacle Rome donna à la catholicité pendant ces trois Pontificats.

Or, Dom Guy est favorisé d'une vision céleste ; les sept Péchés Capitaux : l'Orgueil, l'Avarice, la Luxure, l'Envie, la Gourmandise, la Colère et la Paresse, surgissent devant lui, dans des tableaux qui sont, pour Leconte de Lisle, une occasion de fulguration d'images.

C'est d'abord le Pape, « l'abominable Cossa diacre du Diable » qui, ivre d'Orgueil et d'Avarice vient plonger, avec rage, ses mains flétries en des monceaux d'or et d'argent :

> « ... Cet argent était chaud de vos larmes amères,
> Pauvres enfants tout nus, et lamentables mères!
> Il se nommait Traîtrise et Spoliation... [1] »

C'est ensuite le tour de la monstrueuse Envie « ayant en soi la laideur de chacun », dont le venin creuse la pierre et dont le poète peut dire :

> « ... Quand il atteignait l'homme juste et puissant,
> Il n'en restait qu'un peu de fange avec du sang... [2] »

Après Rome, c'est Paris, la bonne ville, au centre de laquelle le Louvre, joyeusement illuminé, apparaît, au moine comme « une tache d'Orgie ». Et c'est le couvent des frères, sombrés dans la ripaille de bouche, dont l'abbé est Lucifer. Enfin ce sont les Ordres Contemplatifs, les serviteurs de la Paresse, ici personnifiés par les Apôtres qui devisent, pendant que Jésus halète à chasser, à grands coups de fouet, les marchands du Temple.

---

1. « Les Paraboles de Dom Guy ». *Poèmes Barbares.*
2. *Ibid.*

Voilà le spectacle que la catholicité médiévale étale aux
yeux du pieux Dom Guy. Or, devant de telles abomina-
tions, quelle parole va monter aux lèvres de ce moine plein de
foi ? Va-t-il conseiller, aux gens qui mènent le grand chemin
de perdition, de revenir au berceau de cet Enfant Divin dont
l'image apparaît, si radieuse, si immaculée, au début du
poème ?

Il n'est pas permis, au véritable fidèle, d'aspirer à une
réforme. Dom Guy, que le poète a voulu peindre comme le
type du catholique orthodoxe, ne songe pas une seconde à
se retourner vers le Christ de l'Evangile. Il n'est pas davantage question pour lui de descendre dans sa libre conscience
pour y chercher Dieu. Il ne s'agit, ni de se réformer soi-
même, ni de se mettre en présence de l'Eternel, ni de faire
de l'exégèse. Le bon moine ne découvre qu'un remède aux
maux dont la Chrétienté agonise : il faut changer le Pape.
Il faut courir à Rome, ameuter le Conclave, provoquer une
élection :

« ... Au concile ! Sitôt que vous y siégerez
A vos fronts, comme à ceux des Apôtres sacrés,
Luira le Paraclet en flamboyantes langues
Qui mettra la sagesse en vos bonnes harangues... 1 »

Lorsqu'on songe, qu'on élut alors Grégoire, à la place de
Jean, puis Benoît à la place de Grégoire, en attendant
Borgia, on croit entendre sonner, à l'écho, un rire d'ironie.
Et, cette fois, ce n'est point Lucifer qui ricane, mais bien
l'esprit moderne, la conscience philosophique du poète qui
s'écrie : « Voilà les bons ! Voilà ce que l'on peut attendre
d'eux. Quant aux autres !... »

Par ces « autres » Leconte de Lisle entend les prophètes
qui maudissent, les inquisiteurs qui torturent, tous ceux,
qu'inlassablement, il a poursuivis de sa colère et qui, au

---

1. « Les Paraboles de Dom Guy ». *Poèmes Barbares.*

nom du Dieu d'Amour, se sont faits pourvoyeurs de supplices. Voici sous quelles couleurs le poète les aperçoit dès la
première heure de leur vocation, quand ils sortent des solitudes des ermitages, pour se répandre sur le monde chrétien, et achever de saper les ruines du monde olympique
et platonicien :

> « Les hommes du désert sortent de leurs tombeaux
> Hachés de coups de fouet, saignants, fougueux, farouches
> Pleins de haine...
> Leur âme est furieuse et leur face enflammée.
> Monstres en haillons, pareils aux animaux
> Impurs, qui vont toujours prophétisant les maux,
> Qui, rongés de désir et consumés d'envie
> Blasphèment la Beauté, la Lumière et la Vie... »

Le poète ne tient pas à être impartial : le moyen âge
mystique, celui qui pria, et vécut penché sur les livres, il le
laisse dans l'ombre. Il ne met en lumière que l'inquisiteur
qui, la torche en mains allume les bûchers, brûle les villes,
et le prophète de malheur qui condamne et maudit.

En effet si, dans son poème *Hiéronymus*, il a placé,
l'un en face de l'autre, les deux esprits du Christianisme
médiéval, c'est pour la joie d'immoler l'esprit de prière et
de culture, à l'esprit de bataille. Devant le Chapitre, érigé
en tribunal, Leconte de Lisle a couché à plat ventre, sur
les dalles, le moine que ses frères veulent condamner. Ce
pénitent a commis la faute de quitter le couvent pour aller
battre les grands chemins. Il prétend qu'il s'est rendu à
Rome, qu'il a prêché. Qu'a-t-il prêché ?

Le vieil abbé Hiéronymus est inquiet de cette prédication
autant que de cette fugue car,

> . . . . « ... Qui méprise la règle
> N'est qu'un oiseau piteux qui tente d'être un aigle...
> Malheur à qui, brisant le joug divin, oublie
> Que penser est blasphème et vouloir est folie...

L'unique sagesse, c'est de croire, obéir et se taire :
Ramper en gémissant, la face contre terre,
Et s'en remettre à Dieu qui nous tient dans sa main... 1 »

Et le Révérend Abbé annonce au moine rebelle que l'In
Pace l'attend pour lui donner l'occasion d'expier, et de
racheter son âme.

Le lecteur, saisi, se demande quelle a pu être la faute de
ce moine. A-t-il cédé à l'amour qui, malgré tout, se glisse
entre les mailles des vœux? A-t-il — péché plus grave
encore — été séduit par ces nouveautés qui entraînent tant
de chrétiens vers l'hérésie? Devons-nous apercevoir en lui
un de ces avertisseurs de la pensée moderne, tel un Arnaud
de Brescia ou un Jean Huss, dont Leconte de Lisle dit, ailleurs, qu'ils sont morts du supplice réservé par Rome « aux
précurseurs de la fraternité? » A-t-il, reprenant la prédication d'Hypathie à Cyrille, osé affirmer que cette Eglise de
Dieu, toute vermeille du sang des Saints Martyrs, s'éteindra
à son tour, après tant d'autres lumières?

Non ! Dans sa cellule, où ses frères épuisent leur foi
muette en « d'inertes prières », le moine a eu cette vision :
Jésus lui est apparu, non point comme le Maître de Miséri-
corde qui marche sur un fond de nuées pâles, dans un rayonnement d'amour, — mais dans un ciel noir traversé d'é-
clairs blêmes :

« Où tournoyaient, hagards, des spectres de blasphèmes...
Et je vis un rocher sans herbes et sans eaux
Où des milliers de morts avaient laissé leurs os,
Et qui montait du fond de l'abîme. A son faîte,
Le gibet, d'où pendait la Sainteté parfaite,
Se dressait dans la nue affreuse; et, tout autour,
Les carnassiers de l'air, aigle, corbeau, vautour,
De la griffe et du bec, effroyables convives,
Du sacré Rédempteur déchiraient les chairs vives ! 2 »

1. « Hiéronymus », *Poèmes Tragiques*.
2. *Ibid.*

Les paroles que cet étrange Christ prononce sont en harmonie avec ce décor infernal. Jésus a oublié que sa vocation est un apostolat d'amour ; il ne songe plus à persuader
par la bonté, à conquérir par l'indulgence. Il n'est plus la
victime, mais le bourreau. Il s'est fait, lui aussi, dans sa
cellule, une âme de moine tortionnaire :

« ... Mon fils, mon fils, debout ! Voici les derniers temps !
Va ! que le Serviteur des serviteurs se lève,
Qu'il brûle avec le feu, qu'il tranche avec le glaive,
Qu'il extermine avec la foudre et l'Interdit,
Et que tout soit remis dans l'ordre. Va, j'ai dit... [1] »

Comment s'étonner si, sous de telles impulsions, la charité
elle-même prend une figure de tourmenteuse ? Elle est si
sûre de la supériorité de ses intentions qu'elle ne connaît
plus la limite ou le zèle devient crime. « La bonne dame
de Meaux » dont Leconte de Lisle rapporte l'histoire, trop
véridique, est aussi sincère dans sa démence charitable
que l'abbé mitré qui se félicite sincèrement, à son lit de
mort, d'avoir fait ruisseler le sang des hérétiques. Sa vie
durant, la sainte femme a pratiqué la charité de tout son
cœur. Elle a ouvert ses greniers « aux gens saisis de faim ».
Pour eux, elle a sacrifié ses bœufs, ses vaches, ses chaînes
d'or, fondu ses plats d'argent. Elle a fini par manquer de
tout, elle-même. Enfin, pour conduire et soutenir son troupeau d'âmes exténuées, elle se fait errante. Mais les herses
des villes se ferment devant les gueux en haillons. Que lui
reste-t-il donc à faire pour eux ? Sans les consulter, « croyant
agir en charité vraie » elle ne leur permettra point de tomber dans le désespoir : elle décide de leur ouvrir le Royaume
du Ciel avant qu'ils aient glissé dans un péché si grave. Pour
faire ce miracle, il suffit de les barricader dans une grange
où ils dorment sur la paille, un soir de confession et de com-

---

1. « Hiéronymus ». *Poèmes Tragiques.*

munion générale. Les issues sont bien closes pour que personne ne puisse s'échapper du brasier après que le feu aura été mis aux quatre coins. Cela fait, en peu de minutes, six cents victimes — six cents bien heureux dans le Ciel. Et le poète conclut :

« Que Dieu la juge en son infaillible équité... 1 »

Devant l'absurdité d'un effort d'amour qui aboutit à de telles fureurs de cruauté, Leconte de Lisle est sûr que son apostolat est le bon. Mais il semble, qu'à certaines minutes, il ait été traversé d'une inquiétude qui pourrait se formuler dans cette question : « N'y a-t-il point de l'injustice à prolonger, au-delà du moyen âge, la peinture d'un état d'esprit religieux dont la férocité médiévale fut, en dehors de la doctrine, responsable pour une part ? »

Dans les recherches qu'il fait pour calmer ce doute, qui honore sa conscience d'historien, le poète tombe sur une page du théologien, que les gens de Port-Royal ont nommé le doux Nicole. Il n'est, cette fois, plus question de Moyen-Age. Le « doux Nicole » a été, en plein XVIIe siècle, un des maîtres du « doux Racine ». Cependant il jugea en ces termes la terre, œuvre de Dieu, habitacle de l'homme :

« ... Le monde entier est un lieu de supplice... Figurons-nous un endroit vaste, plein de tous les instruments de cruauté des hommes, rempli d'une part de bourreaux, et de l'autre d'un nombre infini de criminels abandonnés à leur rage. Représentons-nous que ces bourreaux se jettent sur ces misérables, qu'ils les tourmentent tous, et qu'il y en a seulement quelques-uns dont ils ont ordre d'épargner la vie, mais que ceux-ci même, n'en étant point assurés, ont sujet de craindre la mort qu'ils voient souffrir à tout moment à ceux qui les environnent, ne voyant rien en eux qui les en distingue... Et cependant la foi nous expose un bien autre

1. « Un Acte de Charité ». *Poèmes Barbares.*

spectacle devant les yeux, car elle nous fait voir les démons, répandus par tout le monde, qui tourmentent et affligent les hommes de mille manières, et qui les précipitent, presque tous, premièrement dans les crimes, et ensuite dans l'enfer et dans la mort éternelle... »

On imagine aisément quelle impression put produire, sur la sensibilité frissonnante de Leconte de Lisle, de pareilles visions de géhenne. Il lui parut que leur horreur moyen âgeuse était indestructiblement liée à la culture chrétienne, particulièrement à la culture catholique, et il écrivit comme conclusion de sa pensée sur ce sujet essentiel, ces lignes qui sont une des professions les plus nettes et les plus passionnées de son *Histoire populaire du Christianisme* :

« Le christianisme, tel qu'il est compris aujourd'hui, condamne la pensée, anéantit la raison. Il nie, combat, toutes les vérités successivement acquises par la science. Il est inintelligible dans ses dogmes, arbitraire, variable, indifférent en morale. L'humanité a perdu la foi qu'elle avait en lui et, il ne peut plus inspirer, que cette sorte de respect qu'on porte aux vieilles choses dont on s'est longtemps servi. C'est un objet d'art, puissamment conçu, vénérable par son antiquité, et dont la place est marquée dans le musée religieux de l'histoire [1]. »

---

1. Cf. *Histoire populaire du Christianisme*, 1871. Seize ans plus tard, dans son discours de réception à l'Académie française, revenant, à propos de la *Légende des Siècles* de Hugo, sur son appréciation de la vie religieuse et féodale à l'époque médiévale, Leconte de Lisle ne craignit pas de dire sous la Coupole : « Les noires années du moyen âge, années d'abominable barbarie, avaient amené l'anéantissement presque total des richesses intellectuelles héritées de l'antiquité, avilissant les esprits par la recrudescence des plus ineptes superstitions, par l'atrocité des mœurs, par la tyrannie sanglante du fanatisme religieux... » (1887).

CHAPITRE XV

—

La Figure du Christ

Une étude de la pensée religieuse de Leconte de Lisle qui
ne ferait pas une place particulière à la poignante préoccupation que, d'un bout à l'autre de sa vie, il témoigna pour la
personnalité du Christ, tel qu'il l'apercevait au travers des
Evangiles, serait assurément incomplète. En effet, si le poète
de la *Bête écarlate* a parfois malmené l'institution chrétienne, il a toujours parlé, avec le respect le plus profond,
de son fondateur : il a fait, entre le christianisme et Jésus-
Christ une distinction absolue.

Tout ce qui touche à la figure du Nazaréen l'émeut :
même « l'enfant », qui, ailleurs dans l'œuvre de Leconte de
Lisle, ne tient aucune place, est chanté par lui avec une
grâce qui n'a pas été dépassée, dès qu'il est question du petit
Jésus, dans les langes. Certes, le mystère de la nuit de Noël
continuait de remuer, dans l'âme du poète, des émotions anciennes, longtemps après qu'il avait établi son incrédulité :

« J'ai vu luire un rayon éblouissant, un seul !
Et c'était, entre l'âne et le bœuf à leur crèche,
Un Enfant nouveau-né sur de la paille fraîche !

Chair neuve, âme sans tache, et dans leur pureté,
Etant comme un arôme et comme une clarté !
Le Père à barbe grise et la Mère Joyeuse
Saluaient dans leur cœur cette aube radieuse,
Ce matin d'innocence après la vieille nuit,
Apaisant ce qui gronde et charmant ce qui nuit... [1] »

Ce n'est pas forcer l'importance d'une nuance que de dire : il y a eu des minutes où, entre la divine vocation du Christ et la vocation du poète, Leconte de Lisle a cru sentir une parenté. Il retrouvait en soi cette possibilité de souffrir pour une Idée, et de succomber afin qu'elle vive, dont le passage du Christ sur la terre est le plus éclatant symbole. Quant Leconte de Lisle descendait dans son cœur, il y trouvait la religion de la Beauté, la volonté désintéressée de faire progresser son culte sur la terre ; il ne mettait pas cette passion au-dessus de l'amour de la Vérité.

Il avait un sourire de compréhension sur les lèvres quand il évoquait Jésus au berceau, écartant Satan, avec toutes les promesses des triomphes terrestres, afin de retenir seulement, pour son idéal, les chances de l'immortalité :

« ... Tu ne tenteras point le Seigneur Dieu, Maudit !
Ta puissance est fumée, et ta force est mensonge ;
Et j'ai mieux : les trois Clous, et la Lance, et l'Eponge ! [2] »

Ce lien d'intimité morale, entre le Rédempteur, qui voulait être crucifié pour restaurer la Justice, et le poète, qui voulait souffrir pour la Beauté méconnue, semble d'autant plus naturel que, à travers les variations dont Leconte de Lisle vécut, en ce qui touche à l'idée de Dieu, son opinion, en ce qui concerne la personnalité humaine ou divine du Christ, fut très vite et définitivement arrêtée. Les études théologiques qu'il avait faites, avec sa passion d'historien désireux

---

1. « Les Paraboles de Dom Guy ». *Poèmes Barbares.*
2. *Ibid.*

de scruter de dogme chrétien avec probité, l'avaient très exactement renseigné sur ce que l'ortodoxie catholique entend par le « Mystère de la Rédemption. » Il l'a décrit, par la bouche de son Evêque Cyrille, exposant à la vierge païenne le dogme romain :

> « ... Il est venu ; des voix l'annonçaient d'âge en âge;
> La sagesse et l'amour ont marqué son passage ;
> Il a vaincu la mort et, pour de nouveaux cieux,
> Purifié le cœur d'un monde déjà vieux,
> D'un souffle balayé des siècles de souillures,
> Chassé de leurs autels les Puissances impures,
> Et rendu sans retour par son oblation
> La force avec la vie à toute nation! [1] »

Dans son poème : *La Passion*, on relève deux passages qui précisent, plus exactement encore, le soin que Leconte de Lisle eut de juger la Rédemption, au point de vue du « Credo ». Le poète s'adresse d'abord au Christ lui-même; il déclare :

> « Heureux qui de t'aimer fait son unique loi...
> Mais, plus heureux, Seigneur, qui n'a jamais douté
> Qu'en créant l'univers, tu l'avais racheté ! [2] »

Le mot même de « Rédempteur » est prononcé un peu plus loin dans des vers qui louent l'efficacité du baptême et plaignent ceux qui en sont exclus :

> « Le Rédempteur regarde au travers les temps sombres,
> Et voyant que le Mal, jusques au dernier jour,
> Flétrira pour beaucoup les fruits de son amour,
> Saisi d'une souffrance amère, inexorable,
> Il se meurt de pitié pour la race coupable. [3] »

---

1. « Hypathie et Cyrille ». *Poèmes Antiques*.
2. « La Passion ». *Poésies complètes*, Poulet Malassis et de Broise, 1858, Paris. Exclue des prochaines éditions. Réimprimée après la mort du poète dans les *Derniers Poèmes*, 1895.
3. « La Passion ». *Derniers Poèmes*.

Ce Dieu est celui pour qui « les siècles sont un jour », et
qui, créant l'Univers et la liberté de l'homme, savait déjà
qu'il faudrait racheter l'un et l'autre des entreprises du mal :

« Après quatre mille ans, flots sur flots révolus,
Voici l'instant fatal, tel que tu le voulus
Avant le premier jour, l'espace et la durée. [1] »

L'histoire de ce poème de *La Passion*, qui apparaît dans
l'œuvre de Leconte de Lisle, non pas comme un exercice de
rhétorique, mais comme un démenti d'une heure, donné à
cette irréligiosité ironique dont il s'était fait une loi, doit
être ici contée. Publiée en 1858, le poème fut certainement
écrit aux environs de 1857. Leconte de Lisle vivait alors
plongé en un abattement qui épuisait toutes les forces de son
âme. Au lendemain de mille déceptions politiques, littéraires
et sentimentales, il assistait, dans la soltitude de son petit
logis de la rue Cassette, à l'agonie de toutes ses espérances.
Il écrivait, comme un testament, son poème : l'*Illusion suprême* ; il se considérait sincèrement comme un mourant.
En cette heure d'angoisse il retrouva, à la fois, dans son
âme désolée, le souvenir de la jeune créole qui avait fait trembler son cœur, alors que, dans le « manchy de rotin », les
Hindous la portaient à l'église, et un reflet de sa foi d'enfance pour la religion dont les mystères se célébraient dans
cette église-là. Il eut, vers ces lumières, qu'il croyait éteintes
avec tant d'autres, un élan qui l'éleva au-dessus de toutes les
douleurs présentes :

« Qu'est-ce que tout cela, qui n'est pas éternel ?[2] »

Et à ce moment, où palpitaient en lui, comme les flammes
d'un feu qui va s'éteindre, toutes les tendresses anciennes,
le poète retrouva, dans le secret de son âme, le nom de sa

1. « La Passion ». *Derniers Poèmes*.
2. « L'Illusion suprême ». *Poèmes Tragiques*.

mère tant aimée. Avec un sanglot de piété filiale, il s'a-
genouilla devant ce souvenir. Il exhala son émotion dans des
vers, où, sous les traits de la Sainte Vierge, il exalta la Maternité douloureuse :

« ... Elles te nommeront la Mère des douleur,
Celles qui, gémissant dans un même supplice,
De la maternité tariront le calice !
Et devant ton autel mystérieux et doux,
Les bras tendus vers toi, pâles, à deux genoux,
Elles t'invoqueront, aux feux tremblants des cierges,
O consolation des mères et des vierges!.. »

De là à penser que, toute mère qui a enfanté un fils épris
de l'Idée, passe sur la terre comme une martyre, comme la
mère d'un autre Christ, il n'y avait que peu de chemin à
franchir. Un soir de découragement total, Leconte de Lisle
fit ce pas. Il eut, plus nettement que jamais, la vision de sa
propre vocation bafouée et couronnée d'épines. Il songea à
toutes les douleurs que sa passion, pour un idéal intangible,
avait imposées aux siens. En même temps, il se rappela que,
seule entre tous ceux de son sang, sa mère, avait cru autrefois, sans défaillance, dans les destinées de son fils. Il se demanda, avec ardeur, de quelle façon il pourrait payer tant
de foi, tant de maternelle angoisse. Il ne trouva pas mieux à
faire que d'aller glaner, pour elle, dans les buissons du Calvaire, quelques roses, rougies par le sang du Rédempteur.

Le hasard voulut qu'à cette minute même, un artiste, ami
de Leconte de Lisle [1] vint lui annoncer qu'il avait reçu la
commande de quatorze tableaux, figurant un chemin de
Croix. Il le suppliait d'écrire quatorze pièces symétriques qui
accompagneraient les images; il fallait naturellement encadrer l'inspiration dans les divisions consacrées par la tradition, et se soumettre aux exigences religieuses.

Le poète qui, à toute autre minute de sa vie, eut sans

1. Le peintre Villeblanche.

doute refusé d'entreprendre ce travail, donna son assentiment : il avait tout de suite entrevu la possibilité de dédier ces vers à sa mère.

Les disparates les plus frappants éclatent dans ce poème. En son ensemble, il apparaît marqué d'une lassitude d'âme, d'une froideur invincibles : on pourrait presque dire qu'il exhale l'ennui d'une tâche. Certes, dès que le sentiment personnel qui a décidé le poète à entreprendre cet effort est en jeu, le ton du poème change, s'anime ; des vers d'une beauté, d'une précision accoutumée se martèlent. Mais entre ces oasis, des landes ternes s'étalent : on dirait le développement, par un élève studieux, adroit, respectueux de sa virtuosité, d'une matière de vers latins qui ne doit être ni atténuée ni accrue.

Entier comme toujours dans chacune de ces décisions, Leconte de Lisle ne marchande pas avec son devoir. Il accepte ici le Dogme tel qu'il est, et s'applique à le mettre en lumière. Le Christ dont il parle est le fils de Dieu, une des faces de la Personnalité Divine, la Divinité Unique. Lorsque, dans le jardin de Gethsémani, Jésus pousse dans la nuit le cri du suprême abandon, le poète écrit :

« ... C'était un sanglot de l'angoisse infinie,
  C'était Dieu, qui suait sa sueur d'agonie !.. 1 »

Mais la clairvoyance avec laquelle Leconte de Lisle distingue le Dieu du dogme ne le rattache pas à son cœur. Quand une chaleur de tendresse lui monte de l'âme aux lèvres, c'est, qu'à cette minute, il n'aperçoit plus le Christ du côté de la Révélation et du Ciel, mais du côté de la Douleur et de la Terre. C'est lorsque le fils de l'homme incompris, dédaigné, insulté, frappé, succombe, haletant dans le sang du sacrifice, que le poète se passionne pour lui. Il le nomme alors : La Grande Victime ; le Juste, en proie à l'angoisse

---

1. « La Passion ». *Derniers Poèmes.*

profonde; le Divin Martyr, que l'humanité pleure; la Toute
Lumière; le Seul Pur; Celui qui, pour rouvrir à l'humanité
la porte de l'Eden que l'ange a fermée :

« Abaissa l'infini dans un corps fait de chair... 1 »

Sûrement, si l'on rapprochait ces vers lyriques de Leconte de Lisle, de vers mystiques qu'une humilité de cœur
— qui se refait enfantine pour mieux se mouler sur ce qu'elle
adore — inspira à un Verlaine, on aurait le sentiment que
l'état d'âme de l'auteur de *La Passion*, même à ces minutes
d'amour et d'admiration, n'est point le véritable esprit chrétien.

Lorsque le poète s'asseyait à sa table, pour écrire ces vers
religieux, il lui arrivait, pour raffermir un enthousiasme
mal assuré, de se suggestionner à la pensée, que, si le sujet
du poème n'était pas de son choix, il lui était une occasion
offerte, de témoigner que, dans la peinture des scènes qu'il
n'avait point contemplées, et d'émotions qu'il n'avaient
point ressenties lui-même, il pouvait égaler les œuvres plastiques des plus grands artistes du monde. Or, il savait quelle
confiance il pouvait avoir dans cette imagination de descriptif génial qui, sur l'ordre de sa volonté, évoquait pour lui
l'ensemble et le détail, l'extérieur des corps, le dedans des
âmes. Mais est-il possible de croire que c'est uniquement à
ce don merveilleux d'évocateur que l'on doit des vers saisis-
sants, tels par exemple ceux de cet *Ecce Homo* :

« ... Comme un bandeau royal, le noir réseau d'épines
S'enfonce amèrement dans ses tempes divines;
Les immondes liens, le fouet aux nœuds de fer,
De leur empreinte affreuse ont sillonné sa chair;
La pourpre le revêt, et de sa face pâle,
Quelques gouttes de sang tombent par intervalle,
    Mais son regard est calme... 2 »

1. « La Passion ». *Derniers Poèmes.*
2. *Ibid.*

Pour provoquer une telle impression chez le lecteur, ne faut-il pas que l'artiste, lui aussi, ait eu l'âme bouleversée par la souffrance morale et physique du Verbe Infini ?

D'autre part, quelle évocation du Golgotha, poésie ou peinture, a jamais dépassé en grandeur, en frisson d'épou-vante, ces vers où la Montagne du Supplice apparaît, dans la lumière d'orage que la tradition impose à toutes les pein-tures du crucifiement :

« C'est l'horrible colline, où tant de cris suprêmes
Sont montés de la Croix avec de sourds blasphèmes,
Où le sol a tant bu de misérable sang,
Et que l'homme, parfois, se montre en frémissant,
Quand, aux pâles éclairs d'une orageuse nue,
Elle détache au ciel sa tête, morne et nue!... [1] »

Puis, c'est la scène de la mise au tombeau, où le lecteur a la sensation de frôler vraiment cette petite troupe d'hom-mes, soutenus par l'Amour, l'Espérance et la Foi, qui, les yeux lourds de pleurs, et presqu'aussi pâles que le Crucifié lui-même, portent, dans les ténèbres, le corps de Jésus :

« Le Sépulcre a reçu le Sauveur trépassé,
Les pieds à l'Orient, il repose, glacé,
Immobile, muet et rigide et semblable
A toute créature humaine et périssable.
Et ceux qui le pleuraient, l'ayant enseveli,
Le cœur de sa divine image encore empli,
Parlant bas, dans la nuit d'un nuage voilée,
Fermèrent le tombeau d'une pierre scellée ;
Puis, vers Jérusalem, éplorés, chancelants,
Ils descendirent tous la montagne à pas lents... [2] »

C'était autrefois un pieux usage que, dans les tableaux de sainteté, le peintre plaçât, parmi la foule, sa propre image ou celle du « Donateur ». On a la sensation que Leconte de

1. « La Passion ». *Derniers Poèmes.*
2. *Ibid.*

Lisle s'est conformé à cette coutume ancienne et qu'il s'est
mis ici lui-même en scène sous le nom de ce Simon le Cy-
rénéen qui rencontre le Christ, défaillant sous la Croix, et,
sans le connaître, sans songer à se faire le disciple de sa divinité, — seulement parce qu'il l'aperçoit douloureux, aban-
donné et sanglant au milieu des outrages et des lâchetés de
la foule, — se porte à son aide :

> . . . . « ... Il voit, accablé de tourments,
> Frappé, poussé, raillé, tout assiégé de haine,
> Jésus, qui, sous le faix mortel, ploie et se traîne,
> Il sent naître en son cœur, tout surpris d'être ému,
> Une vague pitié pour cet homme inconnu...
> Et saisissant la Croix de sa main rude et forte,
> Il en prend une part, la soulève et l'emporte... [1] »

De même, le poète a-t-il certainement songé à quelque
personne chère, à celle qui, fidèle, a vécu aux côtés de sa
douleur et de son courage, quand il a peint cette Véronique,
qui, elle aussi, rencontre le Christ par hasard, et qui écarte
la foule hostile, pour venir essuyer, avec tendresse, cette
face outragée. Comment expliquer autrement la subite émotion du poète qui éclate dans un mouvement lyrique, où vit,
cette fois, l'accent d'une personnelle gratitude :

> « O femme, qui, parmi ce peuple ingrat et traître,
> Osas seule essuyer le front du divin Maître,
> Et qui, mieux que du fer dont se vêt le guerrier,
> L'abritais de ton cœur comme d'un bouclier ;
> Bérénice autrefois, — mais aux cieux Véronique !
> Béni soit le transport de ton âme héroïque
> Quand, montrant ce que peut le céleste pitié,
> Des douleurs de ton Dieu tu prenais la moitié...
> Tu cédais, Véronique, à ce divin transport
> Plus doux que la bonté, plus puissant que la mort,
> Et qui, du jour où Dieu pétrit l'humaine Fange,
> Dans le sein de la femme a mis le cœur de l'ange !.. [2] »

1. « La Passion ». *Derniers Poèmes.*
2. *Ibid.*

Ce sera dans le souvenir de tels attendrissements, que, plus tard, dans son poème : *Le Corbeau*, Leconte de Lisle s'arrêtera brusquement de railler, d'anathématiser tout ce qui est, et contraindra son hideux oiseau, dévorateur et millénaire, à se hérisser de terreur, de respect, devant le Gibet sacré que le Golgotha hausse, pour s'écrier :

« Certes, de quelque nom que la terre le nomme
Celui-là, n'était point uniquement un homme...
Car, de sa chevelure et de toute sa chair
Rayonnait un feu doux, disséminé dans l'air,
Et qui baignait parfois des lueurs de l'opale
Ce cadavre si beau, si muet et si pâle...
Et je le contemplais, n'ayant rien vu de tel
Parmi les Rois au trône et les Dieux sur l'autel... [1] »

Mais ces velléités d'adoration totale passent, fulgurantes et courtes, dans le cœur de Leconte de Lisle comme l'éclair même qui zigzague sur le fond des Crucifiements. Lorsqu'il réfléchit à froid, son état d'esprit, en ce qui concerne le Christ, apparaît une pure opinion de philosophe et d'historien. Dès 1846, dans une sorte « d'article programme » publié par *La Démocratie Pacifique*, le poète s'était décidé pour l'humanité du Christ. Il avait écrit : « Boudha et Jésus ont affranchi l'homme devant Dieu ». Dans une pièce en vers publiée presque à la même minute, cette idée est exprimée avec plus de netteté encore :

« ... Le temps, Nazaréen, a tenu ton défi,
Et, pour user un Dieu, deux mille ans ont suffi... [2] »

Le poète note que Jésus lui-même a été traversé d'incertitude au sujet de son origine et de sa vocation divines.

« O désespoir du Christ! ô divine épouvante !
Quoi ! La seule vertu, la Vérité vivante

1. « Le Corbeau ». *Poèmes Barbares.*
2. « L'Anathème ». *Poèmes Barbares.*

Jésus ! l'Agneau sans tache, et le Verbe incrée,
Comme un fils de la femme a donc désespéré ? 1 »

et il l'aperçoit au bout de son supplice :

« Désespéré d'être homme et doutant d'être un Dieu... 2 »

Si précises que soient ces déclarations, c'est dans son
poème : *Le Nazaréen*, que Leconte de Lisle a, évidem·
ment, résumé sa conviction et formulé, au sujet du Christ,
son sentiment final. Il lui prodigue des termes d'éloges qui
chantent comme une litanie. Une fois de plus, il le nomme
« le seul Pur ; » « la Vivante Vertu ». Il l'affranchit, dans
son angoisse dernière, de tout ce qui est préoccupation humaine :

« ... Que pleurais-tu, grande âme, avec tant d'agonie ?
Ce n'était pas ton corps sur la croix desséché,
La jeunesse et l'amour, ta force et ton génie,
Ni l'empire du siècle à tes mains arraché... 3 »

Il ne lui laisse, pour l'animer encore, que la douleur. Et
de cette douleur, quelle est la cause ? Du fond de l'abîme,
Jésus a entendu s'élever la voix de l'Avenir et cette voix lui
affirme qu'il a souffert en vain :

« ... Pâle crucifié, tu n'étais pas un Dieu !
Tu n'étais ni le pain céleste, ni l'eau vive !...
Le Dieu s'est refait homme, et l'homme est oublié. 4 »

C'est alors que, devant cette inutilité du sacrifice, Leconte
de Lisle peint le Christ prescient et désabusé de sa mission.
La pensée du déchirement qu'un doute peut éveiller dans
l'âme de la Sainte Victime, bouleverse le poète. Elle met

1. « La Passion ». *Derniers Poèmes.*
2. « L'Anathème ». *Poèmes Barbares.*
3. « Le Nazaréen ». *Poèmes Barbares.*
4. *Ibid.*

dans sa bouche, qui voudrait être consolatrice, des paroles que la foi ingénue pourrait prendre pour une adhésion au Credo :

« ... Mais tu sais aujourd'hui ce que vaut ce blasphème,
O fils du charpentier, tu n'avais pas menti!... [1] »

Qu'est-ce à dire ? Leconte de Lisle pense-t-il que Jésus est, comme il l'a affirmé, le fils de Dieu ? Non, pas le fils de Dieu, mais Dieu « un Dieu », lui-même. Un Dieu, pareil aux autres Divinités, formidables ou adorables, que l'homme a haussées de la terre au ciel :

« ... Car tu sièges auprès de tes Egaux antiques,
Sous tes longs cheveux roux, dans ton ciel chaste et bleu ;
Les âmes, en essaims de colombes mystiques,
Vont boire la rosée à tes lèvres de Dieu!... [2] »

Cette conception a été, si sûrement, l'expression même de la pensée de Leconte de Lisle qu'il aimait à rappeler, à propos de cette pièce, une inspiration identique de son ami Louis Ménard qui a pour titre *Le Panthéon des Dieux* [3] : Mais en cette rencontre, ce qui est bien personnel à l'auteur du *Nazaréen*, c'est la nette affirmation de « l'éternité » de la survivance de la doctrine morale de Jésus. Le mot est placé à la fin de la pièce avec la même intention qui, ailleurs, lui fait qualifier le Christ du « dernier des Dieux » :

« ... Tu n'auras pas menti, tant que la race humaine
Pleurera dans le temps et dans l'éternité. [4] »

Au moment où Leconte de Lisle écrit ces lignes, il est persuadé que l'œuvre morale, historique et philosophique du Christianisme primitif n'est pas terminée, à une condi-

---

1. « Le Nazaréen ». *Poèmes Barbares.*
2. *Ibid.*
3. Louis Ménard : *Les Rêveries d'un Païen mystique.*
4. *Ibid.*

tion toutefois : c'est qu'elle se dégagera de toutes les défi-
gurations que lui ont imposées, à travers les siècles, « l'ambition et le despotisme de Rome ».

On se souvient que dès 1846, dans un des premiers articles
où il exposait sa foi politique le poète a écrit : « ... L'Ecole
sociale donne chaque jour les moyens scientifiques d'organiser
sur la terre, la charité universelle annoncée par le Christ... »

Depuis, Leconte de Lisle n'a cessé d'accumuler, dans de
la prose et dans des vers, où son indignation va grandis-
sant, les preuves que, selon lui, la pensée initiale du Christ
s'est obscurcie à travers les siècles, dans la fumée de tant de
bûchers, dans le sang de tant de massacres.

En effet, dans ses poèmes religieux, de *L'Agonie d'un
Saint* à *L'Holocauste*, de *L'Holocauste* aux *Siècles maudits*,
de *L'Acte de Charité* au *Massacre de Mona*, de *Hiéronymus* aux *Etats du Diable*, c'est toujours le même sentiment
qui soulève l'âme de Leconte de Lisle et éclate, finalement,
en sa forme, en son expression définitives, dans sa prodigieuse pièce : *La Bête écarlate*, qu'il faut lire en entier
pour pénétrer, en cette matière, la pensée totale du poète.

Malgré les défiances qu'a inspirées, à l'esprit catholique,
la passion que l'auteur de *La Bête écarlate* a ressentie pour
la figure du Christ, envisagée comme le symbole de l'amour
fraternel, il faut constater que Leconte de Lisle est ici en
communion avec la plus exacte tradition évangélique lorsque,
dans ce poème, il évoque Jésus au Jardin des Olives, bouleversé, jusqu'au fond de l'âme, par l'affreuse vision de ce
qu'un jour, les hommes feront de sa pensée, de sa doctrine,
de l'interprétation de ses préceptes :

« ... L'homme, une nuit, parmi la ronce et les graviers,
Veillait et méditait sous les noirs oliviers,
Or, l'Esprit l'emporta dans le ciel solitaire;
Et, brusquement, il vit la face de la terre
Et les mille soleils des temps prédestinés... [1] »

1. « La Bête écarlate ». *Poèmes Tragiques.*

Et Jésus n'entend que des bruits de sanglots, des siffle-
ments de fouets, des grésillements de flammes, de longs
hurlements de haine, de douleur, de démence. Il ne voit
qu'un fourmillement de spectres, des convulsions de famine
et de chair haletante, des faces hâves ou impitoyables, ha-
gardes ou bouleversées de remords, c'est que :

« ... L'Extermination fauchait têtes et villes ;
Et les bûchers flambaient, multipliés dans l'air
Fétide, consumant la pensée, et la chair
De ceux qui, de l'antique Isis levant les voiles,
Emportaient l'âme humaine au-delà des étoiles... [1] »

Devant cette atroce vision de l'avenir et de ces tourmen-
teurs, qui se réclament de son nom et de sa volonté d'amour,
l'Homme épouvanté s'éveilla de son rêve :

. . . . . . « ... Et tout son corps suait
D'angoisse et de dégoût devant cette géhenne
Effroyable, ces flots de sang et cette haine,
Ces siècles de douleurs, ces peuples abêtis,
Et ce Monstre écarlate, et ces démons sortis
Des gueules dont chacune, en rugissant le nomme,
Et cette éternité de tortures ! Et l'homme,
S'abattant contre terre avec un grand soupir,
Désespéra du monde et désira mourir... [2] »

On le voit, la volonté du poète est de préciser le divorce
qui éclate, à ses yeux, entre la doctrine du Maître et l'application que les Disciples en ont fait. Il ne laissera pas
longtemps le Christ étendu sur la terre, dans cette gisance
d'abattement. Il le redressera, il lui rendra ce fouet avec
lequel il a dispersé les marchands du Temple, il lui remettra,
dans la bouche, les paroles dont il poursuivait autrefois ceux
qui défiguraient la majesté des choses sacrées. Et voici, dans
son poème *L'Agonie d'un Saint*, Leconte de Lisle fait

1. « La Bête écarlate ». *Poèmes Tragiques.*
2. *Ibid.*

surgir le Christ au chevet du Moine-abbé moribond qui,
après avoir usé du pouvoir spirituel et temporel pour vouer
toute chair « en holocauste à Dieu, » doute, à sa dernière
heure, s'il a vécu dans l'orthodoxie. Il implore Jésus, mais
celui-ci repousse l'inconscient qui, en s'imaginant le servir,
l'a trahi :

. . . . « ... Va-t-en !
Tu mens ! C'était l'orgueil implacable et jaloux
De commander aux rois dans tes haillons de bure,
Et d'écraser du pied les peuples à genoux,
Qui faisait tressaillir ton âme altière et dure...
Qui t'a dit de tuer en mon nom, assassin ?
Regarde ! Mon royaume est plein de tes victimes !...
Arrière ! Va hurler dans l'abîme éternel ! [1] »

Et le poëte ne s'arrête pas là, il fait gravir, au Crucifié,
l'escalier des hiérarchies romaines. En face du Pape, il l'é-
voque, avec ses longs cheveux roux, ses mains, ses pieds
nus et percés, son front couronné d'épines d'où les gouttes
d'un sang noir n'ont pas fini de ruisseler sur les reflets de
l'auréole :

« ... Et ce spectre debout dans sa majesté grave,
Hôte surnaturel, toujours silencieux,
Sur l'Elu des Romains et du sacré Conclave
Epanchait la tristesse auguste de ses yeux. [2] »

Mais, cette fois, le Serviteur parle plus haut que le Maître. Le Pape explique, au Martyr expiatoire du Golgotha,
tout ce qu'il y a eu de chimérique dans sa doctrine d'amour,
de douceur, d'universelle fraternité :

« Fallait-il donc, soumis aux promesses dernières
D'un retour triomphal, toujours inaccompli,
Tendre le col au joug et le dos aux lanières ?
Ramper dans notre fange et finir dans l'oubli ?...

1. « L'Agonie d'un Saint ». *Poèmes Barbares.*
2. « Les Raisons du Saint-Père ». *Derniers Poèmes.*

Pourquoi refusais-tu, dans ton orgueil austère,
De soustraire le monde aux sinistres hasards?
Pour fonder la Justice éternelle sur terre,
Que ne revêtais-tu la pourpre des Césars?... [1] »

Le Christ devra entendre Rome lui affirmer que son Eglise
n'a pas été bâtie sur les rêves mystiques, où il se complaisait,
mais sur des réalités, sur les bases de force et de conquête
que lui ont données les hommes de gouvernement, d'action :

« ... Nous, tes héritiers tenaces, sans relâche,
De siècle en siècle, par la parole et par le feu,
Rusant avec le fort, terrifiant le lâche,
Du fils du Charpentier nous avons fait un Dieu
O Christ! Et c'est ainsi que, réformant ton rêve,
Connaissant mieux que toi la vile humanité
Nous avons pris la Pourpre et les Clefs et le Glaive,
Et nous t'avons donné le monde épouvanté! [2] »

Il n'y a plus guère de place, dans une organisation si so-
lidement humaine, pour le Jésus des douceurs évangéliques.
Aussi le Pape demanda-t-il au Christ d'abandonner la terre
à ceux qui la gouvernent, en son nom, par des moyens appro-
priés ; de retourner, lui-même, dans les hauts cieux mystiques ; d'y régner, en paix, jusqu'à l'épuisement des siècles.

Et le dernier mot, de la pensée de Leconte de Lisle, sur les
destinées historiques du christianisme romain, tient dans ces
trois vers où, définitivement, il fait dire à l'Eglise « son
fait » au Christ, dans une folie d'orgueil où elle se découvre,
non plus comme la Fille, mais comme la Monitrice de son
Dieu :

« Laisse agir notre Foi. Ne nous interrompons plus !...
Grâce à nous pour jamais, tu resteras, ô Maître,
Un Dieu, le dernier Dieu que l'homme aura rêvé... [3] »

1. « Les Raisons du Saint-Père ». *Derniers Poèmes.*
2. *Ibid.*
3. *Ibid.*

Si différents que soient le ton, et l'état d'âme des deux auteurs, n'est-on pas tenté de rapprocher, ici, l'entrevue du Christ et du Pape Innocent III, évoquée autrefois par Leconte de Lisle, de la scène où M. Antonio Fozazzaro vient de faire surgir son « Saint » dans l'oratoire de Pie X ?

Certaines ressemblances s'évanouissent dès qu'on veut les préciser. C'est, en tous les cas, un accident inattendu que de découvrir, un lien occulte, entre les préoccupations religieuses, philosophiques, sociales et morales dont l'esprit de Leconte de Lisle fut de tout temps hanté, et ce mouvement de retour à la pure pensée Evangélique qui est, à l'heure présente, une des sources du Modernisme.

CHAPITRE XVI

—

La Conception politique

Il faut se reporter à la lettre que Leconte de Lisle écrivait, au mois d'avril 1848, à son ami Ménard pour se former une exacte idée de l'importance que la politique tint toujours dans la vie du poète, malgré des apparences de dédain et le silence où, pour des raisons qui seront données, il se contraignit, pendant les dernières années du Second Empire :

« ... Je ne saurais exprimer », écrivait-il, « toute la rage qui me brûle le cœur en assistant, dans mon impuissance, à cet égorgement de la République qui a été le rêve sacré de notre vie... »

Leconte de Lisle a trente ans, quand il pousse ce cri d'âme. On s'en souvient, l'impossibilité, où il s'était trouvé de réaliser, alors, même par le plus intense effort personnel, le moindre progrès dans l'ordre de choses politiques, l'avait, rejeté vers l'art. Sur ce terrain-là, maître de sa pensée comme de sa forme, il agissait rien qu'en produisant ; il pouvait, selon ses forces, atteindre cet absolu dont l'homme politique, « captif de la plèbe intellectuelle, toujours inculte et il-

lettrée, passionnée sans frein pour une chimère inepte » [1] —
ne pouvait même pas approcher.

Mais, lorsque les événements de 1870 et de 1871, ramenè-
rent, pour la troisième fois, l'avènement de la République,
Leconte de Lisle sentit se réveiller dans son cœur toutes
les espérances de sa première jeunesse. Il pensa que, cette
fois, le terrain étant définitivement déblayé par le canon,
l'heure était uniquement propice pour construire, sur les
ruines effroyables de la guerre, le monde nouveau, cette société idéale de fraternité et de justice dont il avait eu la
première vision dans son enfance, à travers la lecture de
Jean-Jacques Rousseau. Il ne doutait point que l'étendue
du désastre n'eut démontré à tous, ce qui était évident pour
lui-même, à savoir : le danger d'une paresse intellectuelle
qui s'en remet à d'autres — souverains, politiciens, géné-
raux — du soin de la renseigner, et qui reçoit, sans critique,
l'erreur fortuite, aussi bien que le mensonge volontaire.

Ce cri populaire : « C'est l'instituteur allemand qui nous
a battus », était un encouragement, pour le poète philosophe, à rentrer dans la bataille politique, après tant d'années
d'éclipse. Il pensait que les hommes de son état ont été
créés pour être des éducateurs de foules. Il ne s'agissait donc
pas de satisfaire à un goût, mais d'obéir à un devoir. L'heure
était venue de proclamer, avec une chance unique d'être
enfin entendu, les idées qui avaient été l'idéal de sa jeunesse et qui demeuraient la préoccupation de sa maturité.

Dans la certitude où il était que l'esprit de soumission,
dont la religion catholique fait un devoir à ses fidèles, venait d'être battu, avec les routines de la stratégie française,
par l'esprit luthérien du libre examen, il crut accomplir un
acte de patriotisme opportun en attaquant, par exemple, le
dogme nouveau de l'infaillibilité du Pape [2]. Il lui semblait

1. *Nain Jaune*, 1864.
2. Concile de Pie IX. L'infaillibilité du Pape a été proclamée par le
Concile du Vatican en 1870.

qu'il était utile de mettre en lumière l'alliance, perpétuellement nouée, à travers les siècles, à des conditions débat-
tues, entre ceux qui rêvent d'asseoir leur domination sur
l'asservissement des libertés naturelles, et ceux qui veulent
donner pour base, à la religion comme à la morale, des ré-
vélations, dont seuls ils prétendent détenir les clefs.

La publication de son *Histoire populaire du Christianisme* [1] fut la première manifestation extérieure de ces états
de sentiment du poète. Elle marqua sa rentrée en scène dans
la vie politique. Au moment où la liberté de penser semblait
renaître, avec les autres libertés, dans le sang et dans la
flamme, et où on ne pouvait contester la nécessité de la
défendre par la violence, Leconte de Lisle prit la campagne
comme un franc-tireur qui agit solitairement à l'avant-garde
et sur le flanc des troupes régulières. Il avait choisi, avec
soin, son arme offensive : cette flèche du ridicule, dont, à
plus d'un siècle de distance, Voltaire s'était si victorieusement servi, contre les mêmes ennemis.

Ce qui a été dit, de la haine que l'auteur des *Siècles
Maudits* avait vouée au moyen âge, à cause des terreurs
qu'il a entretenues, dispense, d'analyser ici, un livre de passion, dont le poète lui-même disait dans sa Préface : « Notre
histoire résumée du Christianisme n'est pas un travail de
critique, ni de discussion... »

Il suffira de noter que, sans travestir les faits, Leconte de
Lisle les a mis dans une valeur de violence, dans une crudité
de lumière qui, parfois, altère, fausse, les vraies proportions
de l'histoire. Mais le poète s'est aperçu que cette ironie, qu'il a
laissé percer à travers son *Histoire du Christianisme*, re-
tire, à l'œuvre, de sa valeur et de sa noblesse. Il s'avise qu'on
perd de l'autorité sur le lecteur en s'abandonnant à des partis pris de passion : il se les interdit pour l'avenir.

En effet, dans l'*Histoire populaire de la Révolution* [2],

1. En 1871.
2. *Ibid.*

que le poëte écrit tout de suite après son *Histoire du Christianisme*, on ne trouve plus trace de satire. Il n'y a pas moyen, quand on passe de la lecture d'un de ces ouvrages à l'autre, de n'être pas surpris de la différence de ton qui y règne.

Il semble que, au seuil de ce livre, comme au seuil de la Révolution, le poëte s'arrête avec respect, — tel un dévot sous le porche d'une église. Il compose sa figure, il discipline son maintien, dans un sentiment de piété pour le sujet qu'il va aborder. On dirait que, pour cet ennemi du « dogme » religieux, qu'est pourtant Leconte de Lisle, la Révolution est un « dogme » qu'il reconnaît. Mais il n'admettrait point qu'on lui parlât d'inconséquence : il est persuadé que ce dogme, devant lequel il s'incline comme devant l'œuvre la plus haute de la raison humaine, n'en n'est pas un. Avant que personne ait prononcé, à propos de la Révolution le mot de « bloc » Leconte de Lisle sent et déclare qu'il faut « l'aimer en bloc ». Cependant, autant elle le séduit par ses conceptions absolues, et son parti pris de traiter toutes les questions de principe avec une rigueur géométrique, autant il est secrètement blessé, dans cette sensibilité frissonnante dont nous avons relevé tant de marques, par la nécessité où la Révolution juge qu'elle est contrainte de faucher tout ce qui lui résiste. Afin de ne pas donner son sentiment sur ces excès affreux, Leconte de Lisle décide qu'il s'interdira ici la faculté de louer ou de blâmer. Il se bornera à exposer les faits dans une nudité totale. Il appliquera, à ces pages de prose, la méthode parnassienne qui interdit à l'auteur d'intervenir personnellement dans le récit.

Mais, quelqu'effort qu'il fasse pour s'enfermer dans cette discipline, on peut s'apercevoir, par-ci par-là, à une épithète, à une vigueur d'expression particulièrement heureuse, aux cris échappés à son esprit de justice, que, celui qui a écrit ces lignes est un artiste, épris de formes splendides, de rutilances de style, passionné pour la ligne, l'harmonie, les couleurs — hanté du respect de la personne humaine :

« La terreur, s'écrie-t-il, fut mise à l'ordre du jour, et la mort devint l'unique moyen de gouvernement!... » Et ailleurs « ... Ils furent conduits à l'échafaud dans la même charrette : Robespierre était mourant, Saint-Just impassible et silencieux... Six représentants traduits devant une Commission militaire furent condamnés à mort. Ils se frappèrent tous du même couteau... »

A propos de la décapitation de Louis XVI, il écrit : « Le 21 janvier, au matin, une voiture vint chercher le Roi au Temple et le conduisit à la Place de la Révolution, où était dressé l'échafaud. A dix heures dix minutes sa tête tomba... »

Et il ne peut s'empêcher d'ajouter :

« L'exécution de Louis XVI était-elle nécessaire à l'affermissement de la République?... Les faits postérieurs ont prouvé qu'elle n'a rien affermi. Etait-elle légitime? Elle était évidemment légitime au même degré que le combat mortel engagé entre le peuple et la royauté ; mais la Convention crut tuer le roi et ne tua qu'un homme insignifiant, convaincu d'ailleurs qu'il n'avait à se reprocher aucun des crimes qu'on lui imputait. »

On pourrait mutiplier ces exemples. Ce qui perce, sous la cette livrée volontaire de froideur que le poète a revêtu, c'est la haine des violences sanguinaires, c'est la passion politique, toujours renaissante du poète qui ne lui permet pas d'aborder, avec le sang-froid d'un historien, les annales révolutionnaires [1]. Cette passion éclate dans l'Avant-Propos de vingt lignes qu'il place en tête de cette brochure politique, avec une sincérité de violence, qui ferait croire, à ceux qui s'en tiendraient à ce passage de son œuvre que, cet évolu-

1. Dès 1864, Leconte de Lisle avait écrit : « Entre toutes les passions qui sont autant de foyers intérieurs d'où jaillit la satire, *la passion politique est une des plus âpres et des plus fécondes*. Haine de la tyrannie, amour de la liberté, goût de la lutte, ambition de la victoire ou du martyr, tout s'y donne rendez-vous et s'y rencontre. Les forces de l'âme s'y retrempent et l'ardeur du combat s'y ravive »... (Etude sur Barbier. *Nain Jaune.*)

tionniste qu'est Leconte de Lisle, ne se forma jamais une idée de ce qu'on nomme « évolution » :

« ... La nation française, éérit-il, était abêtie, tyrannisée depuis des siècles : ni lois, ni droits... Le Roi, la Noblesse, le Clergé possédaient la terre, les esprits et les corps. Le peuple tout entier travaillait et mourait sous le bâton, misérable, affamé, soumis à la plus abjecte servitude... »

Evidemment, le poète fait ici, une fois de plus, appel à ses souvenirs d'enfance. La France de l'Ancien Régime lui apparaît, sous la forme d'une « plantation » de son île, où, un mauvais maître, frappe et torture ses esclaves. On est forcé de convenir qu'un tel raccourci accuse trop de dédain, sinon pour la réalité des faits, du moins pour la façon dont ils se groupent selon les lois de cette force impérieuse, qui s'impose au développement des sentiments et des idées, comme à l'évolution de la vie végétale.

Quelques années plus tard, Leconte de Lisle devait être plus juste dans son discours de Réception à l'Académie française. On entend, de reste, que le souci de la mesure ne lui arracha pas, pour ce qui était, à ses yeux, essentiel, une concession ni une excuse :

« Les grands écrivains du xviiiᵉ siècle, déclara-t-il, avaient préparé et amené ce soulèvement magnifique des âmes, ce combat héroïque et terrible de l'esprit de Justice et de Liberté, contre le vieux despotisme et le vieux fanatisme. »

Ses Histoires populaires *du Christianisme* et de *La Révolution* avaient été, dans la pensée de Leconte de Lisle, des sortes de Préfaces, du Traité dans lequel il se réservait d'expliquer, à la jeunesse de son temps, par la pratique de quelles vertus peut être atteint cet idéal de la liberté, tant de fois aperçu, tant de fois éclipsé. Il était persuadé que « si tous les chemins mènent à Rome, un seul conduit à la République ». D'où, la nécessité de ne pas produire un livre de discussion théorique, mais d'écrire une sorte de « vade mecum » à l'usage de ceux qui, en effet, désiraient aller, à la République, par la route la plus courte.

C'est ainsi qu'il écrivit un manuel qui, dans sa nudité et sa sécheresse, a toutes les apparences d'un exposé de dogme, d'un Décalogue de la Religion nouvelle. Dans ces conditions, il eut la bonne foi d'imprimer, sur la couverture de cette brochure de propagande un mot, qui disait le but de l'œuvre, sa portée, son esprit de méthode : *Catéchisme populaire Républicain*. Au-dessous de ce titre, dont il ne se dissimulait point la hardiesse ni la portée, Leconte de Lisle n'écrivit pas son nom, pas plus qu'il ne l'avait mis sur son : *Histoire populaire de la Révolution française* [1], et ce n'était là, de sa part, ni hésitation, ni pusillanimité, mais respectueuse dévotion pour les idées qu'il exposait. Pas une seconde il ne se figurait qu'elles lui appartinssent. Il ne se considérait, dans l'occasion, que comme un instrument anonyme d'expression. Comment expliquer autrement, qu'après avoir tant rallié tous ceux qui, du haut d'une chaire, enseignaient des vérités révélées, il ait osé écrire, à la première page de ce *Catéchisme* :

« ... Ce petit livre est un simple exposé des vrais principes... Il suggérera, par la justesse des définitions, tous les éclaircissements que le lecteur intelligent se donnera à lui-même. »

Le prototype de ce « lecteur intelligent » est clairement désigné un peu plus bas. C'est l' « instituteur, » qui demeure chargé d'offrir, à l'enfant, l'explication et l'exemple.

L'auteur du *Catéchisme Républicain* est si sûr de ses principes, qu'il ne demande point à ses collaborateurs de faire appel à la « raison » des enfants, mais à leur « mémoire ». C'est dans ces « mémoires », d'une génération nouvelle d'écoliers, que le poète désire verser les définitions, qu'il a données, du Bien, du Mal, du Droit, du Juste, de

---

1. Seule l'*Histoire populaire du Christianisme* fut signée.

l'Homme, de l'Individu, du Corps social, de la République.
Que les écoliers apprennent d'adord ces définitions à la
lettre, — tout comme les élèves de ceux, qu'avec une inconséquence, dont on ne peut s'empêcher de sourire, Leconte
de Lisle appelait certainement des « ignorantins » — ils
verront ensuite à les critiquer, s'ils en sont capables.

· Quelle est donc la différence radicale que Leconte de Lisle
aperçoit entre son Catéchisme Républicain, et l'autre, le
Catéchisme dogmatique de Rome, qu'il s'agit de remplacer ?
Celle-ci : Rome et les Religions prétendent que les vérités
fondamentales ont été « révélées ». Elles « descendent du
ciel sur la terre ». Leconte de Lisle les découvre dans la
conscience de l'homme. Pour lui, elles « montent de la terre
au ciel » et de ce ciel, Leconte de Lisle — comme Auguste
Comte, comme le positivisme — ne s'occupe point.

L'enfant républicain, veut-il savoir à l'aide de quelles rè-
gles l'homme distingue la Justice de l'Injustice ? On lui répond : « Par le témoignage infaillible de la conscience, c'est-
à-dire en s'affirmant soi-même, car la nature propre de
l'homme est de tendre au Bien et de fuir le Mal. »

Mais ce « Bien » lui-même, quel est-il? « Il est ce qui est
conforme à la Nature de l'homme ; le Mal est ce qui lui est
contraire. »

De même, le principe de la « Justice » ne doit pas être cherché en dehors de l'homme : « autrement l'homme cesserait
d'être un être normal, il tomberait au niveau de la brute. »
Cette Justice est révélée par la conscience qui la définit :
« rendre à chacun ce qui lui est dû, afin que la destinée humaine s'accomplisse », à savoir : « l'avènement du bonheur
par la pratique de la justice. »

Voilà la doctrine, dans sa noblesse et dans sa naïveté. Elle
ne se connaît qu'un adversaire : l'ignorance, qu'elle méprise
et repousse, comme une cause éternelle d'erreur, de violence
et d'oppression.

On remarque, qu'à la minute où Leconte de Lisle publie

ces brochures, Victor Hugo commence d'écrire, dans ses poèmes, le mot de « Justice » à la place où autrefois il écrivait
le mot « Dieu ». Pour l'auteur de *La Légende des Siècles*,
c'est une mode de l'heure : les deux vocables sont équivalents. Il n'en est point de même pour Leconte de Lisle. Dans
son *Catéchisme* la « Justice » exproprie, de l'antique paradis, le « Dieu-Providence ». Elle est l'Ange de Feu qui, de
son glaive à deux tranchants, garde l'idéal sanctuaire où
trône la République, déifiée en des termes au travers des
quels on croit entendre, comme le tremblement de la voix
du croyant qui adore :

« ... La République est la liberté individuelle et la liberté collective, proclamées et garanties. C'est la nature
elle-même, vivante et active, morale, intelligente et perfec-
tible, se connaissant et se possédant, affirmant sa destinée et
la réalisant par l'entier développement de ses forces, par le
complet excercice de ses facultés et de ses droits, par l'accomplissement total de ses devoirs envers sa propre dignité
qui consiste à ne jamais cesser de s'appartenir ; c'est enfin la
Vérité et la Justice dans l'Individu et dans l'Humanité... »

Ceux qui auraient une tendance à croire que les hardiesses
de Leconte de Lisle auraient été singulièrement facilitées par
l'état d'esprit public à la date même de la publication de ces
brochures, n'auraient qu'à se reporter au compte-rendu officiel des Séances de l'Assemblée de Versailles. Ils y verront, largement développée, une interpellation de M. de Gavardie, demandant à M. Dufaure, garde des Sceaux, Ministre
de la Justice, des poursuites contre le *Catéchisme populaire
Républicain*, qu'il a trouvé, dit-il, « exposé publiquement en
vente, dans une des rues les plus fréquentée de Versailles. »
M. de Gavardie, soutenu par une partie de la Droite, donne
lecture d'importants fragments de cette brochure. Il affirme
qu'elle constitue « un délit prévu par nos lois pénales »; il
incrimine particulièrement ce passage :

« ... Ceux qui prétendent que Dieu a créé l'homme afin

d'être connu, aimé et servi par lui, n'exigent pas autre chose de l'homme que de renoncer à sa raison, à son intelligence, à sa liberté morale, de se nier soi-même et de s'anéantir en face d'une puissance absolue dont il ne lui est accordé de comprendre ni la nature ni la justice [1] »

L'attitude violente que Leconte de Lisle prend ici contre la théorie qui inspira, à un Bossuet, le *Discours sur l'Histoire universelle* s'explique, encore une fois, par l'angoisse affreuse où il était de voir, l'esprit d'autorité puiser, dans le spectacle du triomphe de l'Allemagne et de l'effondrement momentané de la France, des forces nouvelles de sommation. A supposer que l'idée d'une abdication de Napoléon III au profit de son fils fut un fantôme vite écarté du chemin de ceux qui allaient à la République, la possibilité d'une Restauration monarchique hantait tous les esprits [2].

Le poète craignait que, ceux qui font remonter, à une intervention providentielle, la cause des événements, ne cherchassent, dans un mouvement religieux, — l'appui nécessaire pour asseoir leur autorité. Il voulut jeter le cri d'avertissement et de ralliement qui réveilleraient ceux, d'entre les représentants du peuple, qui pouvaient hésiter sur les formes ou sur les principes :

« ... Nul ne pourra se dire, déclara-t-il, et ne sera sincèrement Républicain, s'il n'est pas convaincu que le principe de la Justice est inhérent à sa conscience et s'il peut croire

---

1. M. Dufaure, Garde des Sceaux, Ministre de la Justice, répondit à l'interpellation de M. de Gavardie en disant qu'il lirait le livre entier et qu'ensuite il saurait : « ... s'il était justiciable des tribunaux ou du bon sens du public ». Et il n'en fut plus question.

2. M. Henry Houssaye qui, après la mort du poète vint s'asseoir sur le fauteuil de Leconte de Lisle, à l'Académie française remarque à ce propos : « Les Grecs n'ont pas seulement créé les plus beaux monuments de l'art et de la pensée... ils ont aussi créé cette chose inconnue avant eux et oubliée après eux pendant douze ou quinze siècles : la Liberté. Leconte de Lisle était trop pénétré de l'esprit grec pour ne point avoir des sentiments démocratiques (Henry Houssaye ». *Discours de Réception à l'Académie française*, 13 décembre 1895.)

un seul instant, qu'une Raison, étrangère et supérieure à la Raison humaine, puisse modifier arbitrairement les lois immuables de la morale. »

Les idées absolues et révolutionnaires dont Leconte de Lisle vivait, ont, depuis quarante ans, poussé tant de branches, en tant de sens, que ce serait manquer à la mémoire du poète et mettre sa physionomie politique dans une menteuse pénombre, que de ne point dire combien son républicanisme fut étranger au rêve du socialisme intégral, et de l'internationalisme. Jamais il ne sépara, dans son amour, l'idée de la France et l'idée de la République. Il suffit, pour s'en convaincre, de lire la correspondance, qu'entre le mois d'août 1870 et le mois de mai 1871, il expédiait, de Paris, où il était enfermé et assiégé [1].

Ces lettres précisent la qualité du patriotisme du poète, tout intellectuel et moral : il n'était ni un normand, ni un gascon, ni un limousin, sa patrie particulière, celle qu'il aimait comme l'oiseau chérit, avant l'arbre qui porte le nid, le nid lui-même, c'était l'Ile lointaine et créole de Bourbon. Il se sentait donc, avec la province française, peu de liens et peu de sympathie. Dans une de ces lettres datée du 19 mars 1871, on lit :

« ... Si le pays s'était levé tout entier comme il le devait, nous ne serions pas contraints d'accepter une paix déshonorante qui le mutile, le ruine et l'avilit. La province, qui n'a jamais eu aucune initiation intellectuelle ou politique, qui n'est et ne peut être, jusqu'à nouvel ordre, qu'un reflet et un écho, serait très mal venue de s'imaginer que Paris doit s'anéantir devant elle. Le cas échéant la France ne tarderait pas à s'endormir dans l'inertie et l'abêtissement. »

Pour lui, « la France » est représentée par ce Paris qu'il admire, qu'il aime et à qui, en une pièce de vers écrite au mi-

---

1. Lettres adressées en grande partie à MM. Louis Ménard, Fouques et J. M. de Hérédia.

lieu de tant d'agonies, il jette ce cri d'amour passionné :

> « ... Ville auguste, cerveau du monde, orgueil de l'homme,
>   Ruche immortelle des esprits,
> Phare allumé dans l'ombre où sont Athènes et Rome,
>   Astre des nations, Paris !... [1] »

Ce Paris, « cerveau du monde », le poète ne se contente pas de le louer, en contemplateur, en historien. Pendant ces deux années sanglantes, la douleur qu'il éprouve à voir la patrie en danger, réveille en lui, le goût que, dans sa jeunesse, il a eu, de mettre l'action au service de la pensée. Ses lettres du Siège qu'il écrit, le fusil en travers de ses genoux, sont pleines de cris de colère contre ceux qui ont la charge de commander cette défense de Paris, où l'honneur de la France et les destinées de la République sont en jeu :

« ... Les hommes, qui sont à la tête de la République, ne me semblent pas avoir l'énergie nécessaire pour les circonstances [2]... » « ... On fait tout, mais trop lentement. Le gouvernement n'a pas d'initiative... [3] » « ... Nos chefs n'agissent pas. Le temps passe et nous finirons ainsi par capituler faute de vivres... [4] » « ...L'effroyable impéritie de nos Gouvernants décourage une admirable population... [5] »

Il y a des minutes, d'enthousiasme et d'indignation, où il rêve qu'on lui confie la charge de diriger ces âmes hésitantes pour les orienter du côté du devoir et de l'honneur, à travers tous les sacrifices :

« ... Si j'étais demain dictateur de Paris, on verrait ce que c'est que d'avoir des idées absolues !... J'ai déjà entendu de gros bourgeois parler de se rendre !... [6] »

---

1. « Le Sacre de Paris, 1871 », en brochure. *Poèmes Barbares.* 1884.
2. Paris, 5 septembre 1870.
3. Paris, 25 octobre 1870.
4. Paris, 12 novembre 1870.
5. Paris, 9 février 1871.
6. Paris, 5 septembre 1870.

Mais il ne se contente pas de rêves. Il oublie qu'il a cin-
quante-deux ans, que sa vie s'est passée derrière une table de
travail, dans l'ombre des Bibliothèques. Il a pris l'uniforme
de la Garde Nationale. Le fusil dans les mains, la baïonnette
au canon, il passe des nuits sur les bastions, aux avant-postes.

C'est de là que, prêt à soutenir de son effort « la mobile
qui se bat bien », il a vu les batailles qui se livrent autour de
Paris :

« ... La Garde Nationale se mobilise. Nous serons, avant
peu, deux cent mille hommes, armés et prêts à nous jeter
sur ces misérables. Si nous sommes repoussés, Paris et la
France sont perdus. [1] »

Jusqu'à l'horizon, les plaines, les coteaux fourmillent de
soldats :

« ... Sous un large soleil d'été, de l'aube au soir,
Sans relâche, fauchant les blés, brisant les vignes,
Longs murs d'hommes, ils ont poussé leurs sombres lignes,
Et là, par blocs entiers, ils se sont laissés choir...
Victorieux, vaincus, fantassins, cavaliers,
Les voici maintenant, blêmes, muets, farouches,
Les poings fermés serrant les dents et les yeux louches,
Dans la mort furieuse, étendus par milliers. [2] »

Certes, son intelligence se révolte devant « cette stupide
et épouvantable chose qu'on nomme la guerre ». Cependant
il n'oublie point que, cette fois, la France ne lutte pas pour
une conquête, toujours discutable aux yeux du philosophe,
elle défend le plus glorieux patrimoine de l'humanité :

« ... Mais, sous l'ardent soleil ou sur la plaine noire,
Si, heurtant de leur cœur la gueule du canon,
Ils sont morts, Liberté, ces braves, en ton nom,
Béni soit le sang pur qui fume vers ta gloire !.. [3] »

1. Paris, 25 octobre 1870.
2. « Le soir d'une bataille, 1871 », en brochure. *Poèmes Barbares.*
1884.
3. *Ibid.*

Un de ses neveux tombe sur le champ de bataille, il l'envie : « ... Alfred a perdu son fils aîné, tué à Toul, par un boulet qui lui a emporté les deux jambes. C'était un brave garçon. Il est bien mort. Il est heureux. [1] »

Leconte de Lisle n'a jamais eu d'illusion sur la fin de la tragédie qu'il vivait. Mais du moins, espérait-il que l'on sauverait l'honneur. Il ne voulait pas que Paris ouvrit ses portes, mais qu'on prit la ville d'assaut :

« ... Il faut songer à bien recevoir l'ennemi dans la ville elle-même, faire sauter 20.000 maisons au besoin, occuper toutes les grandes voies par de formidables barricades, et faire payer aux Prussiens, leur victoire probable, par un tel massacre, qu'ils n'entrent ici que sur nos cadavres, à tous » [2].

Et ce ne sont point là les propos d'une cervelle échauffée. Il ne ment pas d'un mot quand il écrit : « ... La mort est sur nous, elle peut nous frapper d'heure en heure... [3] » « ... Notre bataillon a encore perdu soixante hommes, l'un a été décapité par un obus, l'autre a eu la cuisse droite cassée, vous voyez que la Garde Nationale a fait de son mieux. [4] »

Il est remarquable, qu'à cette minute, où les misères dont Leconte de Lisle est oppressé eussent suffi à accabler une volonté, moins trempée que la sienne, il prophétise : il prédit :

« ... L'avenir est horrible : la paix même nous mettra aux mains ici. Le parti extrême n'attend que cela pour recommencer. Nous les avons chassés de l'Hôtel de Ville, mais ils y reviendront. [5] »

Certes, d'un bout à l'autre de sa vie, Leconte de Lisle apparaît, comme incapable de reculer devant aucune des conséquences d'une idée, qu'il croit juste, ou d'une réforme

1. 9 février 1871.
2. 5 septembre 1870.
3. 25 octobre 1870.
4. 9 février 1871.
5. 12 novembre 1870.

qu'il estime féconde. C'est en ce sens qu'il est un jacobin.
Mais ce qu'il y a d'implacable dans les décisions de sa raison
ne permet pas, a une conscience timorée comme la sienne,
de s'écarter, même dans la fièvre de l'action, de ce qui est la
nécessité du droit et l'opportunité de la justice. Il souffre
donc d'une douleur, pire que toutes celles qu'il a endurées
pendant le Siège, quand il voit les folies de la Commune
compromettre, dans l'incendie, le sang, et le pillage, cet Idéal
de la République, dont il écrivait dès le 19 mars 1871 :

« ... Il y a quinze chances sur cent pour que la République
meure avant d'avoir vécu. Quelle singulière nation que notre pauvre France ! »

Les mots qui lui montent aux lèvres pour désigner cette
populace qui prétend agir au nom de la liberté et qui la com-
promet dans l'infamie, sont ceux de « scélérats » de « bandits ».

« ... Je vous écris en pleurant d'horreur et de désespoir :
l'infâme bande de scélérats qui tyrannisait et pillait Paris
depuis le 18 mars, a consommé son œuvre en mettant le feu
à presque tous nos monuments... [1] »

De quel œil, en effet, le philosophe, sincèrement épris de
vérité qu'il est, persuadé que d'une instruction raisonnée sortira l'éducation supérieure du peuple, peut-il assister à ces
criminelles et imbéciles destructions qui compromettent l'a-
venir de la pensée humaine ?

« ... Ce n'est pas assez de nos palais, de nos bibliothèques,
de toute la ligne des quais, depuis le Ministère des Affaires
Etrangères, qui est en charpie, jusqu'à la Caisse des Dépôts
qui n'est plus qu'un monceau de décombres. Voici que le feu
éclate, au moment où je vous écris, rue Saint-Antoine, place
Royale et aux environs... [2] »

En face de ces énergumènes qui attentent à l'Idée, Leconte
de Lisle se dresse impitoyable. Il ne tient aucun compte des

1. Paris, 19 mai 1871.
2. Paris, 29 mai 1871.

souffrances que ces malheureux ont supportées, des excita-
tions qui peut-être les ont déchaînées. Il ne voit plus que
leurs crimes :

« ... Ces bandits ont laissé derrière eux des troupes de
femmes qui allument de nouveaux incendies à tout moment...
On a saisi, sur le fait, d'ignobles créatures qui versent du pé-
trole dans les soupiraux des caves et l'y allument. Elles
sont immédiatement fusillées, mais cent autres leur succè-
dent. [1] »

Ces exécutions sommaires, non seulement Leconte de Lisle
les approuve, mais il veut qu'on les étende, que l'on nettoie,
par le fer et par le feu, toute l'affreuse plaie. Il se réjouit
d'apprendre que les « bandits » vigoureusement culbutés de
toutes les barricades, sont enfin acculés à Belleville et à la
Villette, « où on les écrasera sans doute avant peu. »

Il a recueilli le bruit que la plupart des « énergumènes »
de la Commune ont été fusillés. Il « en doute » ; mais il souhaite « qu'ils ne perdent rien pour attendre » :

« ... Il n'est pas, écrit-il, un seul gouverneur étranger qui
puisse refuser l'extradiction de scélérats semblables. »

Et comme il ne veut point que l'on se méprenne, sur les
sentiments qu'il exprime, sur les châtiments qu'il exige,
comme il n'entend pas que la postérité aperçoive en lui, un
bourgeois terrorisé, il distingue, une fois pour toutes, la « propagande par le fait », de « l'action raisonnée. » Il rejette
loin de lui tous les fauteurs d'anarchie. Il fulmine cette
excommunication :

« ... Il ne s'agit plus ici de politique : il s'agit de vols publics et privés, de massacres dans les prisons, d'hospices in-
cendiés avec les malades qui y étaient couchés, de maisons en
flammes, croulant avec les familles qui les habitaient, de monuments publics, contenant des choses inestimables, à jamais
perdues. Ce sont là des crimes tellement monstrueux qu'au-

[1]. Paris, 21 mai 1871.

17

cun châtiment, si ce n'est la mort, ne peut être infligé à ceux
qui les ont commis. [1] »

Il est intéressant de rapprocher la pensée qui a poussé le
poète à signer ces lignes, de celle, qui lui fait aimer, d'une
tendresse fougueuse et sans dissimulation, *Qaïn*, le révolté, le premier meurtrier, le damné expulsé du paradis.
C'est que, dans son âme sincère et complexe d'homme du
xixe siècle, des instincts différents se livrent bataille. Certes, jusqu'à l'extinction de sa pensée, Leconte de Lisle se
considère, non pas comme le fils du doux et débile Abel,
mais comme un descendant direct de l'aïeul disgracié.
Comme lui, il se souvient qu'il a été : « un révolté dans ses
langes »; ses préférences, ses élans d'âme, vont à cet ancê-
tre qui ne sut « ni fléchir, ni prier », qui, « avant le temps, »
était un « deshérité de l'Eden », le « misérable héritier de
l'angoisse première », qui considère : « la terre immense
comme sa prison, » — la « Victime d'Iaveh ».

Comme lui il se rebelle contre la destinée incompréhensible ; comme lui, à la voix qui ordonne: « Prie, et prosterne-
toi ! » il répond :

« ... Je resterai debout ! Et du soir à l'aurore,
Et de l'aube à la nuit, jamais je ne tairai
L'infatigable cri d'un cœur désespéré!... [2] »

Mais, dans le temps même où il donne, pour but à sa vie, la
revendication en faveur de la justice, Leconte de Lisle ne
permet plus à l'homme du xixe siècle, héritier de l'histoire
et du progrès de la civilisation, les gestes de violence sauvage,
meurtrière, sanguinaire, qu'il excuse dans l'homme primitif.
Pour ne point laisser de doute sur sa doctrine, en ce point essentiel, il écrit, dans son *Catéchisme Républicain,* au chapitre de « l'Individu », cette demande et cette réponse, dans
lesquelles se résument sa probité morale, avec l'expression

---

1. Paris, 21 mai 1874.
2. « Qaïn ». *Poèmes Barbares.*

de sa foi dans le progrès illimité d'une humanité, éclairée par la Pensée libre et par la Justice consciente :

« ... Si les droits de l'Individu ou du Corps Social sont lésés, qui donc a le devoir de les garantir et de les faire respecter ?

« La loi seule. »

CHAPITRE XVII

—

La Conception philosophique

Dans son discours de réception à l'Académie française, Leconte de Lisle a défini la qualité de philosophie que, la critique et le public sont, à son avis, en droit d'attendre d'un poète. Il va de soi que l'on ne saurait exiger d'un artiste — dont les premiers devoirs sont, d'une part, de recevoir des impressions du monde extérieur, de l'autre, de ne point résister à ses inspirations — les rigueurs systématiques, et l'impeccable logique d'un raisonneur de carrière :

« ... Cependant, remarque Leconte de Lisle, toute vraie et haute poésie contient une philosophie, quelle qu'elle soit : aspiration, espérance, foi, ou renoncement réfléchi au sentiment de notre identité, survivant à l'existence terrestre [1]. »

Ces lignes tracent la courbe même de la pensée philosophique du poète. Elles résument les débats d'âme qui, peut-être, tinrent la plus grande place dans sa vie intellectuelle. Et, comme si, malgré la netteté de ses affirmations, il craignait de n'être pas compris, il voulut préciser sa pensée en

[1]. 31 mars 1887.

la distinguant de ce qui n'était pas elle. Il recourut à ce procédé de logique qu'on nomme « la définition par les contraires ». Pour dégager sa façon individuelle de sentir et sa propre originalité, il analysa donc « l'Idée du Divin » telle que, finalement, elle se dégage de l'œuvre d'Hugo. Ainsi Leconte de Lisle obligeait ceux, qui voulaient voir en lui un disciple irrégulier du « Maître », à percevoir les différences qui séparent les conceptions optimistes du poète de la *Légende des Siècles* du pessimisme de l'auteur des *Poèmes Tragiques* : Il remarque que la philosophie de Victor Hugo, tient, « à la fois du panthéisme et du déisme. » Dieu, pour lui, est tantôt « l'Etre infini, indéterminé, le monde intellectuel et le monde moral, la nature tout entière, la vie universelle avec ses biens et ses maux »; tantôt Dieu se distingue des êtres et des choses, affirme sa personnalité, « veut, agit, » détermine les pensées, les actes, amène les catastrophes physiques, relève les faibles, punit les oppresseurs en les incarnant de nouveau dans les formes les plus abjectes de l'animalité, ou dans celles de la matière inerte :

« ... Or, Dieu, conclut Leconte de Lisle, étant, selon le poète des *Châtiments*, toute justice et toute bonté, et les âmes qu'il crée n'étant déchues et corrompues que par l'ignorance de la vérité, ignorance où elles se complaisent, ou qui leur est infligée, a voulu que toutes fussent appelées, si elles le désirent, à la réhabilitation définitive. Mais leur immortalité est conditionnelle, et beaucoup d'entre elles sont condamnées à l'anéantissement total. Telle est la foi de Victor Hugo... Il est enivré du Mystère éternel, il dédaigne la Science, qui prétend expliquer les origines de la vie, il ne lui accorde même pas le droit de le tenter, et il se rattache en ceci, plus qu'il ne se l'avoue à lui-même, aux dogmes arbitraires des religions révélées. Il croit puiser dans sa foi profonde en une Puissance infinie, rémunératrice et clémente, la généreuse compassion qui l'anime pour les faibles, les deshérités, les misérables, les proscrits auxquels il offre si noblement un asile. Il lui doit, pense-t-il, de chanter, en paroles sublimes, la beauté, la grandeur, l'harmonie du monde visible, comme les splendeurs pacifiques de l'humanité future. Et il ne veut pas reconnaître qu'il ne doit, sa magnifique conception du Beau, qu'à son propre génie, comme ses élans de bonté et de vaste indulgence, qu'à son propre cœur... [1] »

Dégagé de louanges, dont la sincérité est évidente, ce jugement enferme un certain nombre de critiques, qu'il suffit de mettre bout à bout pour dresser, en face des fluctuations de la pensée d'Hugo, la rigidité du parti pris philosophique où Leconte de Lisle a fini par se fixer. On sent qu'il est choqué de ce qu'il y a de « sentimental » dans les conceptions que Victor Hugo se forme du divin. Il lui en veut, de n'avoir pas su faire un choix, entre le panthéisme, qui le tente, et le vieux Dieu providentiel des Religions, qui donne « la grâce aux filles des riches » et « la force à leurs fils », parce qu'ils ont fait l'aumône à ces petits enfants qui ramassent, sous leurs pieds, les « miettes des orgies ». Il ne dissimule pas un sourire, un peu ironique, pour le dogme nouveau dont Hugo est l'instaurateur et qui veut mettre d'accord, la croyance en l'immortalité, avec la religion du néant, donnant ainsi une demi-satisfaction à tous les partis de la pensée.

D'autre part, si l'auteur du *Dies Irae* reproche à Hugo d'avoir été un anthropomorphiste, d'avoir créé Dieu à sa propre image, de l'avoir déclaré généreux, parce que lui-même avait de la compassion dans le cœur ; bon, parce que son génie personnel le portait à l'universelle indulgence, Leconte de Lisle ne pardonne pas au « Maître », d'avoir « dédaigné la Science », et de s'être complu dans cette indifférence, de ce qui n'avait pas de rapport direct avec lui-même, où l'auteur de la *Légende des Siècles* vécut et mourut sereinement.

1. 31 mars 1887.

Au contraire, tout l'effort de la pensée de Leconte de Lisle, à travers son œuvre comme à travers sa vie, à consisté à s'affranchir de ce qui, en lui, était vague de sentiment, influence irraisonnée ou héritée — pour essayer d'aboutir à une certitude philosophique, assise sur des réalités scientifiques.

Au terme de sa réflexion, il apparaît décidément panthéiste : pour lui, Dieu n'est plus distinct de la nature entière « de la vie universelle avec ses maux et ses biens ». Ce « Grand Tout », ne veut point, il n'agit pas, il ne détermine ni les pensées, ni les actes, il se désintéresse des faibles autant que des oppresseurs : « car il n'est ni bon, ni méchant, ni juste, ni injuste, ni généreux, ni cruel. » La passion pour la Beauté, pour la Vérité, pour la Justice, sont les rêves que l'homme — forme et personnalité momentanée — songe, au sein du rêve universel. Il est donc fatal que ce rêve de l'homme, se heurtant perpétuellement à l'indifférence du Grand Tout, engendre, chez ceux qui pensent, cette tristesse particulière et constante, qu'on nomme pessimisme et finit, par leur imposer la vision de ce Néant, dont il sont sortis, et où ils vont rentrer.

Il arrive, qu'en poussant au terme de ces pensées sombres, le poète philosophé se demande si l'Etre universel, anonyme, et le Néant, ne sont pas, simplement, des termes identiques ? Si le Grand Tout n'est pas le synonyme du Grand Rien ? [1] C'est là un dernier fond d'abîme où la pensée du poète se complaît, avec une jouissance d'orgueil qui a des reflets sataniques.

Il reste que, parvenu à ce dernier cercle du détachement et du doute, le penseur peut encore se demander, s'il n'est pas aussi vain de descendre à l'abîme, que d'escalader le ciel, avec les seules ressources des forces de la Raison humaine ? Le problème des Origines et de la Destinée demeure intact,

---

1. Voir notre chapitre : *L'Inde.*

même pour celui qui s'est consumé dans sa contemplation.
Cet aveu est monté une ou deux fois aux lèvres de Leconte
de Lisle. Ce n'est point ce que l'on pourrait nommer sa
doctrine officielle, ni son attitude extérieure, ce n'est pas davantage une défaillance comme cet « Eli lama sabactani »
qui tomba, du haut de la Croix. C'est un acte d'ultime sincérité. Il donne tout son prix à ce qu'il y a de préoccupations
philosophiques dans l'œuvre du poète, qui, aux limites du
connu, que l'intelligence peut atteindre, réserve l'inconnu.
Ce fut, sans doute, dans des sentiments analogues, que,
Socrate mourant, recommanda, à ses disciples, de sacrifier
un coq à Esculape !

L'étude scientifique que l'auteur de *Bhagavat* avait faite,
de toutes les religions, lui avait rendu impossible d'adhérer à
aucun dogme [1]. C'était là une raison de plus pour, qu'en dehors de représentations trop définies et égoïstes du divin, il
cherchât à contrôler, de bonne foi, la valeur de cet instinct
naturel, appuyé sur le témoignage de la conscience, qui fait
désirer, à tout ce qui existe, de prolonger sa durée sur la terre,
et qui incite l'homme à rechercher les causes premières et
les causes finales de la vie, à demander une explication de
la pensée et de la douleur.

Le poète savait, à présent, qu'il lui serait impossible d'entrer jamais, corps et âme, dans l'Olympe des Grecs, ou
dans le Nirvana des Hindous, ou dans la Walhalla scandinave, pour y vivre, en paix olympienne, dans la léthar-
gie de la conscience morale, une existence de passions naturelles : trop de scrupules, de regrets, d'inquiétudes de
l'au-delà, de soucis de bonté et de justice l'habitaient, le
hantaient [2].

---

1. Voir notre chapitre : *La Conception du Divin.*
2. Il sentait persister profondément malgré lui, dans ses moelles, ces
dispositions chrétiennes, qu'à travers les siècles, l'hérédité celtique lui
avaient imposées. La pièce qui a pour titre : *Le Runoïa* contient à
cet égard des confidences qui ont la sincérité d'une confession. Lui

Alors, dans l'impossibilité d'échapper, à ses hérédités, du côté de l'inconscience de la lumière et de la joie, Leconte de Lisle décida de les fuir dans l'amour du Néant.

La discipline chrétienne, pensait-il, avait empoisonné les sources de sa vie et tari ses chances de bonheur? Il se vengeait d'elle en se précipitant dans un pessimisme sans espérance. Contre ceux, qui, naïvement, croient, son œuvre n'a été qu'un cri de colère et de superbe mépris. Mais, au travers de cette passion du néant, de ces violences de destruction, de cette fureur d'anéantissement on peut dire, que, comme dans les éclats de la jalousie d'une Hermione, survit, dans le cœur du poète, sinon l'amour d'un Idéal perdu, du moins, tout le contraire du dédain et de l'indifférence.

D'ailleurs, il semble que Leconte de Lisle ait eu, dès sa première jeunesse le sentiment qu'il était né marqué pour la souffrance. A seize ans, dans les premiers vers qu'il composait on relève cette exclamation naïve :

> « ... Je sens à mes soupirs...
> Que réelle est ma vie. »

C'est-à-dire qu'il prenait conscience de soi dans la douleur. Et quelques années plus tard, il écrivait : « ... L'homme d'une nature exceptionnelle aime à être malheureux. L'Ame du poète est faite d'un sentiment de douleur et d'espérance. Celle de l'homme positif, d'un sentiment de joie et de présent. [1] »

Cette disposition naturelle se fortifie en lui par la contemplation de la nature. Il est d'avis qu'elle achemine les hommes au pessimisme, aussi bien que toutes les passions

---

aussi, comme le héros de la pièce, le poète a, dans les os : « Le sacrifice et l'angoisse ». Il est affecté « des souillures du monde ». Il porte dans l'âme: « cette ardente blessure », que la souffrance de chaque jour « élargit ». Il a pratiqué, dès sa jeunesse : « le mépris de la volupté et de la vie ».

1. « Le Songe d'Hermann ». *La Démocratie Pacifique*, 1846.

humaines — l'amour, par exemple. La nature déçoit en effet,
aussi sûrement que la femme. Elle soulève dans l'âme
« d'immenses désirs »; mais ils sont « irréalisables ». Elle
développe « des aspirations généreuses »; mais elles sont
« vaines ». Elle semble désigner « un but »; mais on ne fait
que l'entrevoir. Elle développe «un besoin de tendresse irrésistible »; mais il demeure inapaisé « comme la soif de Tantale. [1] »

Et la lecture de l'Histoire produit, sur le poète, à peu près
le même effet que le gémissement du vent à travers les arbres de la forêt; il se sent une pitié infinie pour les mul-
titudes sans voix, sans nom, dont nul n'a connu les agonies,
qui, tout de même, brûlèrent d'un feu sacré et furent en
proie à la vie :

> « ... Lâches, saints et héros, brutes, mâles génies,
> Ajoutés au fumier des siècles par monceaux... »

Lorsque, à vingt-sept ans, Leconte de Lisle avait débarqué
à Paris, tout soulevé de son optimisme fouriériste, il n'a-
vait pas cru seulement à la possibilité de déblayer, le terrain
de l'histoire, des ruines des religions et des institutions qui
l'encombraient. Il avait rêvé d'édifier à leur place « ces temples sereins » où l'humanité serait régénérée : « ... Les génies heureux de l'Eden berceront, entre leurs bras, l'Humanité, outragée depuis longtemps, mais qui renaîtra, jeune
et belle, au soleil de l'Amour et de la Liberté. »

On a vu quelles déceptions ont suivi ces juvéniles enthousiasmes. Leur écroulement laissait, dans l'âme du poète,
un terrain favorable à la croissance des idées pessimistes.
D'autre part, à une minute de l'existence où la joie semble un
fruit naturel de la jeunesse, il avait passé trop de temps dans
une solitude propre à développer en lui les tristesses de
l'orgueil; il vivait seul à Bourbon avec ses livres, son cœur

1. « Le Songe d'Hermann. » *La Démocratie Pacifique*, 1846.

et sa tête : « ... Ce sont, après tout, de meilleurs compagnons que la majorité de mes contemporains... » [1]

Tout de suite après, lorsqu'il était entré dans l'action, les contacts qu'il avait eu avec la foule, lui arrachèrent des cris de souffrance : « ... Que le grand Diable d'Enfer emporte les sales populations de la province! Vous vous figurez à grand peine l'état d'abrutissement, d'ignorance de stupidité naturelle de cette malheureuse Bretagne. [2] »

Or, ce n'était pas seulement l'humanité en général qu'il haïssait depuis qu'il était entré en relations avec les hommes. Ses « contemporains » lui apparaissaient comme « une engeance particulièrement écœurante et odieuse. » En 1855, il écrivait dans la Préface de son premier volume de vers : « C'est par suite de la répulsion naturelle que nous éprouvons pour ce qui nous tue, que je hais mon temps » [3]. Il était intimement persuadé : « qu'il y a un nombre prodigieux de natures perverses et imbéciles en ce monde » [4]. Il ne doutait pas davantage que leur foule n'ait jamais été aussi considérable qu'à la minute même où il vivait. Une des pages les plus cinglantes où il a fustigé Bérenger commence par ces mots :

« ... Au moment néfaste où les imaginations s'éteignent, où les suprêmes pressentiments du Beau se dissipent, où la fièvre de l'utile, les convoitises de l'argent, l'indifférence et le mépris de l'Idée, s'installent victorieusement dans les intelligences, même lettrées... etc. [5] »

Tout cela revient à dire que la sensibilité frissonnante du poète d'une part, de l'autre, son éducation, enfin cette indifférence où un public, insuffisamment averti, a si longtemps, tenu son œuvre, ont fait de lui un misanthrope.

---

1. Lettre écrite à Bourbon en 1845, publiée par le *Figaro* du 27 juillet 1895.
2. Dinan. Avril 1848. Voir notre chapitre : *L'Action.*
3. *Poèmes et Poésies.*
4. Préface aux *Fleurs du Mal*, 1861.
5. *Nain Jaune*, 1864.

Avant tout examen des faits philosophiques qu'il aura a se poser dans le silence de la pensée, il est le juge prévenu qui ignore sa prévention. Il projette, sur toute la surface de l'univers, l'ombre dont il est enveloppé :

« ... Et voici qu'on entend gémir comme autrefois,
L'Ecclésiaste assis sous les cèdres bibliques... [1] »
« L'angoisse du désir vainement nous convie
L'homme a perdu le sens des paroles de vie
L'esprit se tait... [2] »
« Les lumières d'en haut s'en vont diminuées... »
L'esprit ne descend plus sur la race choisie ;
Il ne consacre plus les justes et les forts... [3] »
« ... Les Muses, à pas lents, mendiantes divines,
S'en vont par les cités en proie au rire amer.
Ah ! c'est assez saigner sous le bandeau d'épines
Et pousser un sanglot sans fin comme la mer !... [4]
« ... Oui ! le Mal Éternel est dans sa plénitude... [5] »

Enfin cette réponse de *Qaïn* à Dieu :

« ... Que m'importe la vie au prix où tu la vends !... [6] »

A présent, le poète est sûr que le monde est l'œuvre du Mal, et qu'il ne vivra qu'autant que vivra le Mal lui-même. Dans la *Tristesse du Diable* il affirme que « l'œuvre des six journées » sera abolie le jour où, du fond de l'espace sans limites, les races dominées entendront une voix crier : « Satan est mort ! »

Cette terrible certitude attache Leconte de Lisle à ceux qui ont aperçu, comme lui, l'universelle destruction au terme des créations de la douleur. C'est la raison pour laquelle ce poète, — amant des marbres grecs que le soleil inonde,

1. « L'Anathème, 1845 ». *Poèmes Barbares.*
2. « Dies Irae, 1845 ». *Poèmes Antiques.*
3. *Ibid.*
4. *Ibid.*
5. *Ibid.*
6. « Qaïn ». *Poèmes Barbares.*

de la jungle indienne qui s'assoupit en l'heureuse torpeur de ses perpétuelles créations — a été fasciné par les brouillards et les fantômes de ce monde scandinave qui aurait dû lui inspirer un frisson d'horreur. Il a aimé le Nord à cause de ses désespérances, à cause du pessimisme qui mûrit, comme un fruit naturel, dans les conceptions de ces enfants de l'ombre ; à cause de cette tristesse belliqueuse et de ces pressentiments sinistres qu'Ampère a notés ; à cause de cette misère matérielle et morale qui faisait dire à Marmier : « ... Le ciel scandinave est pauvre... Les dieux qui l'habitent sont les plus malheureux que je connaisse. Si les mythes indiens se sont développés comme des rameaux de fleurs sous un ciel d'azur, sur une terre riante — les mythes scandinaves sont restés noirs comme les nuages qui flottent au-dessus de la mer Baltique... »

Sûrement, es-ce dans ce parti pris ou était Leconte de Lisle d'écarter de sa pensée les spectacles de joie et les occasions d'espérance, qu'il faut faire remonter la raison qui lui fit écarter de son œuvre, « l'enfant », dont les poèmes de Hugo sont remplis.

Il serait insuffisant de dire que cet oubli vint du fait accidentel que le poète n'eut, lui-même, ni fils, ni fille ; il ne pouvait ignorer que la tendresse des pères et des mères pour les enfants est le sentiment le plus général et peut-être le plus profond dans lequel l'humanité communie.

Si l'on va s'asseoir à la Bibliothèque du Luxembourg, dans l'angle près de la fenêtre sous le tableau de Delacroix, où le poète réfléchit et rêva pendant un quart de siècle, on constate qu'il lui suffisait de soulever un rideau pour apercevoir, dans l'encadrement des lauriers roses, le bassin sur lequel les enfants font voguer leurs bateaux, tandis que les jeunes mères réchauffent leurs nouveaux-nés au soleil.

A supposer que Leconte de Lisle eut parfois jeté les yeux sur ce spectacle heureux, il n'a pas noté les impressions qu'il en recevait. On dirait que, l'impassible artiste qu'il voulait

demeurer, a craint, de puiser à cette source d'émotion, si facile et si capiteuse que, ceux qui s'y désaltèrent, touchent les
cœurs sans autre effort. Il eut, pour se taire, une raison plus
profonde : la sincérité de son pessimisme. L'enfant — autant que l'amour, — lui apparaissait comme une illusion
suprême; peut-être même était-il pris d'une sourde colère
en voyant l'humanité qui, à chaque pas de l'histoire, se
plaint de porter le fardeau de la vie, se réjouir soudain, et se
réveiller optimiste, parce qu'un petit enfant a souri, ou, pour
la première fois, posé ses pieds sur la terre.

Plus que tout, cet amant de la mort éprouvait un trouble
de pitié qui le faisait muet, devant cet être frêle qui, n'en
est encore qu'au seuil de l'étape, et qui, lui aussi, aura à porter le poids des jours.

Ce goût surprenant que les hommes ont de vivre une vie
reconnue mauvaise, Leconte de Lisle ne le nie point. Il
s'en étonne, et il a trop de probité morale pour ne pas le
noter. A cet égard, une pièce comme sa *Prière védique
pour les Morts*, où il a comme concrétisé les doctrines indiennes, est un précieux renseignement.

Les amis du mort sont persuadés que ce corps, qu'ils touchent encore de leurs mains, sera rendu aux éléments qui
l'avaient composé :

« ... Voici l'heure : ton souffle au vent, ton œil au feu !
O Libation sainte, arrose sa poussière !
Qu'elle s'unisse à tout dans le temps et le lieu!... [1] »

Mais le mort lui-même n'est pas dans cette substance
qui va être restituée à l'universelle nature; ceux qui le con-
fient à la terre croient qu'il subsistera « en un corps de lumière » — le corps radieux de la tradition chrétienne — dans
« une portion vivante » qui va remonter, prendre « la forme
immortelle d'un Dieu », siéger : « dans la splendeur du ciel ».

---

1. « Prière védique pour les Morts ». *Poèmes Antiques.*

On conçoit ce qu'une telle espérance a de réconfortant. Cependant, à la minute où cette ascension, de ce qui semble divin dans l'homme, est louée par le poète avec une gloire admirable de lyrisme, il fait entendre, comme en sourdine, un murmure des assistants, qui, après chaque strophe, où l'espérance d'éternité est affirmée, revient ainsi qu'un refrain de doute et de terreur :

« ... Berger du monde, accours ! Eblouis de tes flammes
Les deux chiens d'Yama, dévorateurs des âmes... [1] »

Et ceux qui, dans leurs chants semblent « éblouis » eux aussi, par la vision des choses éternelles, craignent cependant que leurs âmes soient dévorées en route. Ils savent que Yama, le Dieu pourvoyeur de la mort, « rabatteur des tombes » erre sans cesse, suivi de ses chiens, qui flairent les traces des pas, donnent la chasse à tout homme vivant. Et l'angoisse que l'homme éprouve, d'entendre, derrière soi, ces abois, lui fait oublier la mort, l'oblige à faire un retour sur lui-même. Il supplie que le Maître de la Vie le maintienne longtemps à la surface des choses et prolonge, pour lui, la contemplation délicieuse des apparences que les astres éclairent :

« ... Tes deux chiens, qui jamais n'ont connu le sommeil,
Dont les larges naseaux suivent le pied des races,
Puissent-ils, Yama ! jusqu'au dernier réveil,
Dans la vallée et sur les monts perdant nos traces,
Nous laisser voir longtemps la beauté du soleil... [2] »

Mais le poète, lui, est sorti de ces troubles. Il se réjouit, que l'effort philosophique qu'il a fait pour atteindre la Vérité, l'ait élevé au-dessus de telles craintes et lui fasse apercevoir la mort comme un bienfait.

Un des griefs les plus persistants que Leconte de Lisle

---

1. « **Prière védique pour les Morts** ». *Poèmes Antiques.*
2. *Ibid.*

a continué d'entretenir dans son cœur contre le Moyen Age chrétien était la façon dont il a défiguré la Mort, la faisant affreuse afin qu'elle devint, en même temps qu'un objet d'épouvante, un moyen de gouvernement ;

« ... Une tête et deux os d'homme, hideux emblême... [1] »

Cette vision médiévale de la mort lui répugnait. Il préférait, pour sa part, celle que la Grèce donnait à cette figure : elle l'identifiait au dieu du Sommeil. Elle ne voulait la distinguer de lui que par le calme plus grand qu'elle répandait sur ses traits. C'est dans cette pensée que songeant, dans l'*Illusion suprême,* à cette jeune créole dont le souvenir a hanté toute sa vie, le poète écrivit :

« ... La tombe bienheureuse a sauvé sa beauté... [2] »

Il ne se réjouit pas seulement que la Mort ait divinisé un cher souvenir : il envie ceux qui, comme cette frêle enfant, s'arrêtent dès les premières étapes du chemin :

« ... Le mal est de trop vivre, et la mort est meilleure. [3] »

A l'époque où une rupture sentimentale plongeait le poète dans un découragement, où périt le dernier désir qu'il avait de vivre, il éprouva de l'apaisement à évoquer, sur un champ de bataille, les morts, dont les chiens viennent, au milieu de la neige, « entrechoquer les os ». Il pensa qu'il aurait voulu être un de ces glorieux tombés :

« ... Ah ! dans vos lits profonds quand je pourrai descendre !
Comme un forçat vieilli qui voit tomber ses fers,
Que j'aimerai sentir, libre des maux soufferts,
Ce qui fut moi rentrer dans la commune cendre !... [4]

1. « L'Agonie d'un Saint ». *Poèmes Barbares.*
2. « L'Illusion suprême ». *Poèmes Tragiques.*
3. « Le Vœu suprême ». *Poèmes Barbares.*
4. « Le Vent froid de la nuit », 1845.

D'après le dessin de Jules Breton, 1885.

Ce désir de mourir revient chez lui comme une obsession. C'est une des rares occasions où il prend la parole en son nom propre :

« ... Que ne puis je couché sous le chiendent amer,
Chair inerte, vouée au vent qui la dévore
M'engloutir dans la nuit qui n'aura point d'aurore,
Au grondement immense et morne de la mer... [1] »

Une seule fois il ajoute l'expression d'un souhait à cette proclamation de son impatience d'en finir avec la vie, et ce souhait c'est le plus humain, le plus tendre de tous : il voudrait que ses os blanchissent près des dépouilles de ceux qu'il a aimés :

« ... J'ai goûté peu de joie, et j'ai l'âme assouvie
Des jours nouveaux non moins que des siècles anciens :
Dans le sable stérile où dorment tous les miens
Que ne puis-je finir le songe de ma vie ! »

Quel homme désirerait vivre si on pouvait lui laisser jeter, sur sa destinée, un coup d'œil prophétique ? Quel homme consentirait à ressusciter, s'il savait qu'il doit porter, dans le recommencement de la route, le poids des souvenirs anciens? Le poète va chercher, dans l'ombre où il gît, muet depuis tant de siècles, le père de tous les humains, le vieil Adam. Il le ressuscite. Il l'oblige à rouvrir les yeux, à se lever, à gravir la montagne d'Hébron ; il fait repasser dans son cœur les souvenirs d'Eve, du Paradis, — du meurtre de Qaïn, de cette heure de torture où :

« ... La femme a pleuré, mort, le meilleur de sa chair ! [2] »

Sous le poids de ses douleurs, le vieil Adam s'écroule :

« ... Grâce, ! Je me repens du crime d'être né... [3]

1. « Si l'Aurore ». *Poèmes Barbares.*
2. « La fin de l'Homme ». *Poèmes Barbares.*
3. *Ibid.*

Et il s'abîme d'épouvante en songeant que son péché et son supplice lui survivent dans sa race.

Quelle sera la dernière espérance, du poète, — que de telles visions hantent, et qui plie à ce point sous la charge de « l'universelle souffrance, » sinon la certitude de « l'universelle destruction » ? La prophétie que Leconte de Lisle en fait, à la fin de ses *Poèmes Barbares*, l'enivre d'une sorte de joie triomphale. Oui! Un jour l'homme finira, avec ses blas-phèmes, ses cris d'épouvante, de haine, de rage, ses tour-ments, ses crimes, ses remords, ses sanglots, ses forçats, ses rois, ses dieux! Et tout ce qui a été créé, tout ce qui peuple la terre, la mer, le ciel — de mouvement, de couleur, de charme de murmures — s'effondrera, en même temps, que l'homme :

> « ... Les bêtes des forêts, des monts et de la mer,
> Ce qui vole et bondit et rampe en cet enfer,
> Tout ce qui tremble et fuit, tout ce qui tue et mange,
> Depuis le ver de terre écrasé dans la fange
> Jusqu'à la foudre errant dans l'épaisseur des nuits!
> D'un seul coup la Nature interrompra ses bruits... [1] »

Il n'y faudra que la rencontre d'une autre planète qui dé-foncera l'écorce de la vieille et misérable terre et qui, par mille crevasses, fera, avec ses océans, ruisseler sa flamme intérieure.

Dans un article, écrit au moment de l'élection de Leconte de Lisle à l'Académie Française, M. Henry Houssaye fait cette remarque ingénieuse, que l'auteur de l'*Imitation de Jésus-Christ*, a, tout autant que le poète de *Solvet Se-clum*, déclaré que la vie est un mal, la mort, un souverain bien :

« ... Pour l'auteur de l'*Imitation*, dit-il, comme pour Shopenhauer, comme pour Leconte de Lisle, la vie est mau-vaise, la mort est une délivrance. Mais, tandis que l'un met

---

1, « Solvet Seclum ». *Poèmes Barbares.*

l'espoir dans une Résurrection, l'autre aspire à l'éternel Repos. C'est une question de foi et une question de goût qu'on ne saurait invoquer pour condamner personne... [1] »

Le fait est que, non seulement le poète n'arriva pas, du premier coup, à cette conception du lendemain de la mort et de la destruction des apparences de la création, que serait le Néant, mais il eut encore, toute sa vie, des élans d'espoir qui sillonnent son œuvre.

« ... Vers un jeune soleil flotte l'esprit humain. [2] »

Avec une extrême perspicacité M. Paul Bourget a noté ces nuances et a découvert la cause de cet irrésistible élan :

« La philosophie de l'universel phénomène, écrit-il, a rencontré, dans Leconte de Lisle, une âme essentiellement, uniquement poétique. Ces âmes sont celles qui éprouvent le plus ardent besoin d'une solution humaine de la vie humaine, car nos exigences sont en raison directe de nos facultés et l'âme poétique possédant plus qu'une autre le pouvoir de sentir, subit plus qu'une autre, le désir effréné de sentir toujours... [3] »

D'autre part, Leconte de Lisle avait vu se dégager, de ses longues études historiques, la loi de l'évolution. Elle était devenue pour lui comme une sorte de *credo* scientifique, qui servait de base à ses pensées quotidiennes, à sa vie pratique, il avait des violences de dévot contre ceux qui n'apercevaient pas cette clarté :

« La Révolution, disait-il, s'accomplira, parce que l'humanité contient virtuellement un dogme nouveau qui se manifestera après une durée morale de gestation. L'ordre social actuel sera anéanti par tous les moyens, parce qu'il est irréligieux et mauvais, mais pas un seul des démocrates ac-

---

1. *Journal des Débats*, 1887.
2. « Solvet Seclum ». *Poèmes Barbares*.
3. Paul Bourget : *Nouveaux essais de psychologie contemporaine*.

tuels n'a le sens de cette transformation magnifique : ils sont trop bêtes et trop ignorants... [1] »

Les nombreux poèmes, dans lesquels Leconte de Lisle a étudié les diverses théogonies, pour les opposer les unes aux autres, les compléter les unes par les autres, sont la preuve de ses loyales préoccupations, et de la crainte où il était de laisser échapper, en cette matière, une parcelle des vérités qu'il aurait pu saisir.

Ainsi, quand le hasard d'une lecture fait tomber, par exemple, sous ses yeux, une légende taïtienne, accidentellement recueillie par un voyageur [2], il va aux sources, il s'impose de descendre au fond de cette poésie bégayante pour en saisir le sens secret ; il lui donne autant d'importance qu'à un fragment d'Hésiode sur l'origine des Dieux ; il la vêt, en la traduisant, d'une égale splendeur de beauté [3].

Il a, pour peindre les races qui tournent autour de la surface de la terre, des expressions de poète dont la science peut s'enrichir. Il avoue ses préférences pour une date particulière de cette évolution qui emporte tout avec soi. Il s'écrie : « ... Je suis trop vieux de trois mille ans au moins, et je vis, bon gré mal gré, au xixe siècle de l'ère chrétienne [4] ! «

Mais, il ne veut pas que ses préférences et ses regrets apparaissent comme la folle volonté d'arrêter, à une minute de son choix, la pensée humaine dans sa course sans fin.

« ... Qu'on se rassure, l'étude du passé n'a rien d'exclusif, ni d'absolu. Savoir n'est pas reculer. Donner la vie idéale à qui n'a plus la vie réelle n'est pas se complaire stérilement dans la mort. La pensée humaine a ses heures d'arrêt et de réflexion. »

Pour contempler ce grondement de la vie qui, tantôt s'écoule avec les violences d'un torrent déchaîné, tantôt filtre

1. Lettre à Louis Ménard, 27 octobre 1849.
2. « M. J. A. Moerenhout ». *Voyages aux Iles du Grand Océan*, 1837.
3. « La Genèse Polynésienne ». *Poèmes Barbares*.
4. Préface des *Poèmes et Poésies*, 1852.

comme un mince filet d'eau entre des pierres arides, Leconte
de Lisle a dû s'élever jusqu'à ces « Temples sereins » dont
parle Lucrèce, jusqu'à la paix de ces « Sages », que l'auteur
de *Dies Irae* nous montre, couchés sous les sacrés portiques
possédant le calme souhaité, et regardant :

> « Les époques d'orage et les temps pacifiques
> Rouler, d'un cours égal, l'homme à l'éternité. [1] »

Mais si jamais l'imagination du poëte lui fournit vraiment une image qui l'ait satisfait, et dans laquelle il ait
aperçu, réfléchie comme dans un miroir, cette loi de l'évolution, ce fut, lorsque le spectacle évoqué de la *Forêt Vierge*
surgit, dans son souvenir, avec ses alternatives de mort appa-
rente et d'explosion de vie. Après les longues résistances
qu'elle a opposées à toutes les destructions, il la voit, cette
forêt bien aimée, tombant enfin sous la hache de l'homme :
« ce vermisseau plus frêle que les herbes. » Mais au moment
où, toute entière, elle s'écroule en gémissant, il lui promet
sa revanche. De la souche archaïque elle rejettera, triomphante de l'homme périssable, elle reverdira entre les dé-
bris des colonnes et les murs en ruine des propylées :

> « ... Dans la profonde nuit où tout doit redescendre :
> Les larmes et le sang arroseront ta cendre,
> Et tu rejailliras de la nôtre, ô forêt. [2] »

Il en va des idées éternelles, comme de cette verdeur des
souches qui rajeunissent. Leconte de Lisle ne sépare point,
dans sa pensée, l'évolution des choses et l'évolution des idées.

C'est ainsi qu'il aperçoit Hypathie, cette vierge païenne
dans l'amour de laquelle il s'est complu, comme la prophé-
tesse de ce qui est éternel, dressée au milieu du torrent de
ce qui passe.

---

1. « Dies Irae ». *Poëmes Antiques.*
2. « La Forêt Vierge ». *Poëmes Barbares.*

Comme Leconte de Lisle, Hypathie sait que les idées ne
surgissent pas de terre spontanément, toutes armées et cas-
quées, telles des apparitions mythologiques. Elle les voit
comme des germes qui ont eu leur lente incubation dans le
passé, qui ont leur épanouissement dans le présent, ou qui
l'auront dans l'avenir :

« Jean n'a-t-il point parlé comme autrefois Platon ?...
C'est toujours un Dieu qui parle dans les sages...
Et j'entends, comme aux jours d'Homère et de Virgile
Les sons qui m'ont bercée, expliquer l'Evangile... [1] »

Pas plus que Leconte de Lisle, Hypathie ne peut croire à
l'éternelle durée de la nouvelle religion : tout ce qui est humain en elle s'usera, périra, sera emporté, grain à grain,
par le flot de l'évolution, comme l'a été déjà, tout ce qu'il y
avait de périssable, dans les autres religions :

« ... Demain, dans mille années,
Dans vingt siècles — qu'importe au cours des destinées!
L'homme étouffé par vous enfin se dressera :
Le temps vous fera croître et le temps vous tuera:
Et, comme toute chose humaine et périssable,
Votre œuvre ira dormir dans l'Ombre irrévocable!... [2] »

On remarquera que le poète philosophe écrit ici le mot
« ombre » pour le mot « néant ». Il est évident que sa claire
raison se heurte, comme celle de tout penseur loyal, à l'ir-
réductible difficulté d'accorder les idées de cause et d'effet
— qui se dégagent du spectacle de l'Evolution et des som-
mations de la Raison humaine, — avec cette passion pour
le Néant, où il se réfugie, comme vers un gouffre de total
oubli où ses ailes, épuisées, le laissent tomber du ciel.
Aussi bien, lorsqu'on a cherché à serrer de près l'idée
poétique que Leconte de Lisle se forma de la Mort, on a

1. « Hypathie et Cyrille ». *Poèmes Antiques.*
2. « Hypathie et Cyrille ». *Poèmes Antiques.*

constaté que, presque partout, il l'identifie à la Nuit. D'autre part, il s'est si fort habitué à traverser, sans s'y arrêter, les apparences, qui pourraient lui donner de la joie, afin de méditer sur leur envers de souffrance, que la pensée de la « Lumière-Vie », voyage toujours, chez lui, de concert avec « la Mort-Nuit », comme l'ombre suit la clarté et la souligne.

Mais, quelle conscience d'eux-mêmes, du passé, de ce qui fut, ou paraît être, quel espoir, ou quelle épouvante d'une vie nouvelle, ceux qui ont traversé les portes de la Mort conservent-ils, au seuil de l'Au-delà? Leconte de Lisle n'est jamais las de s'interroger là-dessus. Nul n'a plus ardemment que lui, souffert, du doute qu'Hamlet a formulé en deux mots : « Dormir? Rêver?... » il n'est jamais las de se pencher sur les ensevelis. Il les interroge avec une passion si ardente qu'il ne peut supporter l'idée qu'ils se tairaient s'ils pouvaient l'entendre :

> « ... O pâles habitants de la nuit sans réveil,
> Quel amer souvenir, troublant votre sommeil,
> S'échappe en lourds sanglots de vos lèvres glacées ? [1] »

Or ils ne répondent point : « les morts se taisent dans leur nuit ». Ce que le poète a perçu, lorsqu'il les a visités à la place nocture de leur repos :

> « ... C'est le vent, c'est l'effort des chiens à leur pâture,
> C'est ton morne soupir, implacable nature !
> C'est mon cœur ulcéré qui pleure et qui gémit... [2] »

Es-ce à dire que, sur les ruines des espoirs anciens, s'établit, dans ce « cœur ulcéré », la certitude que la Mort est bien la Fin, le Silence? Cette croyance, qui s'érige sur tant de décombres, finira-t-elle par conquérir la pensée du poète, par le dominer aux minutes mêmes où il s'estime le plus clairvoyant? Parfois, elle jaillit de ses lèvres avec la splendeur d'un

---

1. « Le Vent froid de la Nuit ». *Poèmes Barbares.*
2. *Ibid.*

hymne, si grandiose, qu'il dépasse peut-être tous les autres
élans du lyrisme où sa pensée a éclaté. Il apparait, alors,
après le soulèvement tumultueux de tant d'espoirs, de tant
de doutes, comme le pic suprême d'où il a aperçu le plus
lointain horizon :

> « ... Et ce sera la Nuit aveugle, la grande Ombre
> Informe, dans son vide et sa stérilité,
> L'abîme pacifique où gît la vanité
> De ce qui fut le temps et l'espace et le nombre... [1] »

Analysant cette formule, et celles où, dans son œuvre, le
poète a exprimé la même pensée, Alexandre Dumas fils a
dit : « Leconte de Lisle croit dans l'univers à une simple
série de formes qui s'engendrent les unes les autres et s'évanouissent aussitôt que formées, disparaissent dans une sorte
d'éternel tonneau des Danaïdes, que l'Eternelle Nature re-
nouvelle éternellement pour l'Eternelle Mort. »

On peut, en effet, rapprocher un grand nombre de passages
qui donnent lieu de penser que Leconte de Lisle voulut que
la foule de ceux qui le liraient s'arrêtât, à l'affirmation du
Néant, comme à son choix et à sa conviction dernière :

> « ... La terre s'ouvre; un peu de chair y tombe ;
> Et l'herbe de l'oubli, cachant bientôt la tombe,
> Sur tant de vanité croît éternellement. [2] »

Il est dit, dans l'*Illusion suprême* que, celui qui meurt,
« va goûter le sommeil sans aurore », il sera de la chair qui
va disparaître, « une âme qui s'évapore ».

> « ... Et les hommes croissaient, vivaient, mouraient, semblables
> A des rêves, amas de choses périssables
> Que le vent éternel des impassibles cieux
> Balayait dans l'oubli morne et silencieux... [3]

1. « La Dernière Vision ». *Poèmes Barbares.*
2. « Le Vent froid de la Nuit ». *Poèmes Barbares.*
3. « Le Corbeau ». *Poèmes Barbares.*

Mais si l'on y regarde de près, il y a, dans cette muraille d'ombre, contre laquelle les espoirs de l'humanité viennent se briser, quelques imperceptibles fissures par lesquelles filtre — on n'oserait dire un rayon — on a le droit d'écrire : le doute du doute. Cela commence, dans une pièce, qui a pour titre : *Aux Morts*, par une hésitation d'affirmation, un « si » qui, à nouveau, pose tout le problème :

> « ... O lugubre troupeau des morts, je vous envie,
> Si, quand l'immense espace est en proie à la vie...
> Vous goûtez à jamais, hôtes d'un noir mystère,
> L'irrévocable paix inconnue à la terre... 1 »

Il est certain que si le poète a souvent invoqué le Néant, comme un Dieu cher et attendu, perpétuellement il a été traversé, au cours même de ces invocations, par des incertitudes, qui, tantôt prenaient la couleur de la révolte, tantôt les reflets du vieil espoir. L'ascète, qu'il met en scène dans son poème *La Ravine de Saint Gilles*, aperçoit, dans l'ombre sans bornes où sa pensée s'effondre: « un trait de feu ». Qu'est donc, dans le Néant où il se dissolvait, cet éclair de clarté entrevue qui le ranime ?

> « ... C'est le reflet perdu des espaces meilleurs,
> C'est ton rapide éclair Espérance éternelle
> Qui l'éveille en sa tombe et le convie ailleurs. 2 »

Et le poète jette ce sanglot :

> « Vertu, douleur, pensée, espérance, remords
> Amour qui traversais l'univers d'un coup d'aile,
> Qu'êtes-vous devenus ? L'âme, qu'a-t-on fait d'elle ?
> Qu'a-t-on fait de l'esprit silencieux des morts ? 3 »

C'est que, pareil à son Ascète, et malgré la conscience

---

1. « Aux Morts ». *Poèmes Barbares*.
2. « La Ravine Saint Gilles ». *Poèmes Barbares*.
3. « La Dernière Vision ». *Poèmes Barbares*.

qu'il croit avoir du Néant, Leconte de Lisle voit, lui aussi, persister une clarté. Il ne peut pas étouffer en soi les mouvements d'un spiritualisme toujours renaissant. S'il doute, s'il se révolte, s'il nie, il ne lui est pas possible, cependant, de cesser d'espérer avec fièvre, de chercher avec trouble.

CHAPITRE XVIII

—

La Conception de l'Art

La principale préoccupation des artistes, peintres, sculpteurs, prosateurs, et poètes, qui, dans la deuxième moitié du xixᵉ siècle, ont travaillé à rendre, à l'Art, la dignité et le goût de la vérité a été de le dégager des conventions parasites qui était en train de l'étouffer.

Un effet ordinaire des admirations, d'abord naturelles, puis exagérées, puis dangereuses, que ressentent, pour des œuvres parfaites, les successeurs immédiats d'une période classique, c'est que, beaucoup d'artistes, épris des modèles qui sont offerts à leurs yeux, renoncent à atteindre la beauté en observant eux-mêmes, directement et toutes palpitantes, la nature et la vie, pour s'épuiser à imiter ces chefs-d'œuvre de l'art dans lesquels la nature et la vie n'ont fait que se refléter.

Le résultat fâcheux de ces imitations « d'après l'art » ne se fait point attendre : l'œuvre qui n'a pas eu de contact avec ce qui est vivant, s'affadit. Son contour devient conventionnel. Il existe, à la fin, des moules tout faits que le premier venu, après un peu d'étude, remplit avec la plus médiocre matière. Les apparences extérieures peuvent demeurer quelque temps les mêmes, mais c'est, alors par en dedans, que l'œuvre d'art fléchit. Ce qui était son essence même, sa raison d'être, ce qui lui créait une âme, s'est évanoui.

Les signes de la décrépitude que ce formalisme conventionnel avait apportée vers 1830, dans les arts plastiques, nous détourne, avec un mouvement d'agacement et d'humeur, des œuvres que nos grands-pères ont le plus admirées. C'était le règne des « keepsake » de ces haïssables images qui triomphaient dans les salons bourgeois à l'époque de Louis-Phillippe, et que, par exemple en peinture, figèrent la représentation des types divers de la beauté féminine dans les images, anonymes, des « Quatre Saisons ».

Des insuffisances identiques flétrissaient au même moment la prose, et encore plus les vers. L'indignation d'un Leconte de Lisle contre les platitudes d'un Bérenger et de tous les rimeurs de romances, dont la vague pensée s'éclairait des vignettes dessinées sur des couvertures de recueils musicaux et poétiques, correspondaient aux colères des rénovateurs de la peinture française qui voyaient l'histoire devenir, avec un Paul Delaroche, une matière à illustrations anecdotiques.

Du moins, dans l'ordre de la prose, des hommes comme Stendhal et Mérimée avait-ils commencé à donner, à côté de leur esthétique, l'admirable exemple de ce que l'on nomme le « caractère » en art. Les études italiennes de Stendhal et les portraits que Mérimée avait faits de Carmen de Colomba, dégageaient de la convention ces traits d'individualisme, ce particularisme des milieux et des types qui, comme le relief à la médaille, donnent toute sa valeur à une observation littéraire. Mais dans le camp des poètes on s'attardait davantage. L'harmonie musicale des vers de Lamartine empêchait ses lecteurs de regarder de près à la logique, à la clarté, au sens. Le romantisme d'un Musset charmait

trop, pour qu'on s'appliquât à rechercher si son vers était
beau. Enfin, on ne voulait pas s'apercevoir que, malgré le
génie du poète, les *Orientales* d'Hugo portaient le sceau
d'une convention aussi éloignée de la vérité que les keepsake
des « Quatre Saisons » : les « almées », les « baigneuses »
du poète, n'avaient pas plus de réalité que les « Printemps »
et et les « Automnes » coiffés de pampres et de raisins.

Leconte de Lisle ne se lassait pas de dénoncer l'affadisse-
ment où le vers était tombé, et d'attaquer la mollesse du
courage qui faisait glisser les poètes à se contenter d'une
médiocrité de forme si peu adéquate à une pensée haute.

« ... Nous nous sommes faits, dit-il, grâce à notre extrême paresse d'esprit, qui n'a d'égale que notre inaptitude
spéciale à comprendre le Beau, un type immuable de versification en tout genre, quelque chose de fluide, d'une harmonie flasque et banale. Dès qu'un vers bien construit, bien
rythmé, d'une riche sonorité, viril, net et solide nous frappe
l'oreille, il est jugé et condamné en vertu de ce principe :
nul ne possède toutes les puissances de l'expression poéti-
que qu'au préjudice des idées : il ne faut pas sacrifier le
fond à la forme. [1] »

Et il braque le feu de ses ironies contre les poètes qui
parlent ainsi et qui : « se gardent bien d'être d'habiles artistes » :

« Ils y parviendraient sans peine et sur l'heure disent-ils !
Mais leur ambition est d'un ordre infiniment plus élevé ! Ils
puisent leur génie dans leur cœur ! S'ils daignent sacrifier
au rythme et à la rime, ils ne dissimulent point le mépris
que ces petites nécessités leur inspirent en composant, d'ins
piration, des vers, d'autant plus sublimes... qu'ils sont plus
mauvais... [2] »

Or, selon Leconte de Lisle, le plus grand obstacle à la

1. Préface aux *Poèmes de Beaudelaire*, 1861.
2. *Ibid.*

beauté de la forme, est le vague de la pensée, ce vague qui,
au début de presque toute carrière poétique est l'état d'une
âme soulevée d'émotions et d'intentions qui se précisent mal.
Lui-même semble, s'être évadé, dès sa première jeunesse
de ces « indécisions ». En effet dès 1841, on lit dans ses cahiers d'adolescent une appréciation, du *Jocelyn* de Lamartine, qui prouve que, déjà, les poètes qui se bercent de sanglots et se plaisent dans une poésie vague, impatientent
Leconte de Lisle : « Je me suis décidé enfin à lire *Jocelyn*...
Je savais M. de Lamartine très capable de rendre, avec vérité,
une existence remplie de poésie ; mais je me doutais aussi
qu'il sacrifierait souvent la douce et gracieuse peinture que
comportait un tel sujet, au vague prétentieux qui abonde
dans ses plus beaux ouvrages... »

Leconte de Lisle, qui est habitué à lutter contre le mot,
contre la phrase, jusqu'à ce que l'expression lui ait donné
satisfaction totale, juge, avec sévérité, tout ce qui, en poésie, est facilité sans contrôle et lyrisme égoïste. Certes, il
ne marchande pas, à l'auteur des *Méditations*, une imagination noble et élevée : « marquée de quelques traits saisis-
sants de génie » ; ni l'éclat des inspirations « presque toujours hautes et pures » ; il constate que Lamartine est : « le
plus fécond, le plus éloquent, le plus lyrique des faiseurs de
vers du xixᵉ siècle. » Mais ici les réserves commencent. Il
note que cette riche imagination est flottante » — qu'elle
touche seulement « à la superficie des choses » ; que ses inspirations sont « incomplètes » ; que Lamartine succombe aux
atteintes d'une sorte de « phtisie intellectuelle » ; au goût dé-
pravé d'un « étrange mysticisme mondain » ; à une « mélancolie bâtarde ». Il affirme que, trop souvent, pour l'auteur
des *Méditations*, la foi, l'amour, la poésie n'ont été que
« matières à amplifications brillantes ». Enfin il déclare que
Jocelyn lui apparaît comme la révélation d'un état d'esprit
« qui le blesse et l'irrite dans toutes ses fibres sensibles ». Il
ajoute :

« Lamartine a laissé derrière lui, — *comme une expiation,* une multitude d'esprits avortés, cervelles liquéfiées et cœurs de pierres — misérable famille d'un père illustre... [1] »

Devant l'horreur d'une telle « expiation » on comprend l'importance que Leconte de Lisle attachait, pour la jeune génération de poètes, au travail d'érudition et de perfection auquel se livrait, sous ses yeux, un Gustave Flaubert afin d'écrire sa *Salammbô* ou sa *Tentation de saint Antoine.* Il pensait que cet effort d'art était aussi nécessaire au poète qu'au prosateur. Selon lui, pas un mot, pas une comparaison qui ne fussent des traits de vérité, ne devaient entrer dans ce vers parfait dont il rêvait l'avènement, et dont lui-même, il donnait l'exemple.

Un tel effort pouvait suffire à absorber l'activité d'un artiste, même doué de génie. Leconte de Lisle s'en avisa dès son adolescence. On a de lui une lettre de jeunesse où il subordonnait le goût de la femme au culte de l'art. Il y traitait Eve de créature inférieure, « parce que ses propres sentiments l'occupent plus que l'Idée de la Beauté ». Le bonheur après lequel il courait, c'était la joie d'écrire un beau vers. L'inquiétude particulière qui le torturait, c'était la crainte d'être demeuré « incertain dans la poursuite de sa pensée », insuffisant « dans l'expression ». Voilà des soucis dignes

---

1. Si l'on continue à parcourir ces notes, dans lesquelles, en des jugements brefs et aigus, Leconte de Lisle a épinglé ses opinions sur des hommes illustres, on est frappé de l'importance que prend de plus en plus à ses yeux, le don de l'expression plastique totalement adéquate à l'idée. Pour avoir négligé d'atteindre cette perfection, Alfred de Musset est traité de : « poète médiocre, d'artiste nul. » Ponsard est « un exporté de province ». Par contre : « Louis Bouilhet a été oublié, injustement, puisqu'il a écrit çà et là de beaux vers de forme parfaite. » Barbier est qualifié de « mouton affublé d'une peau de lion », parce qu'il a publié des poèmes satiriques dont la forme est insuffisante, s'il trouve grâce c'est qu'il a aligné de fort beaux vers dans : *Il Pianto.* Théophile Gauthier est dit : « Excellent poète, excellent écrivain, à cause de sa passion de la ligne pure. » Alfred de Vigny est proclamé : « un grand et noble artiste » pour être resté, jusqu'à la mort, « fidèle à l'unique religion du Beau. »

d'affecter un poète, s'il se sent capable de vivre, pour eux,
« une vie de pleurs et d'angoisses amères ». Auprès de ces
préoccupations « les autres souffrances pâlissent ». Leconte
de Lisle appartient à la phalange d'élite, capable de vivre
cette vie supérieure. Au moment même où il est le plus tourmenté par les contingences de la vie, il conserve la faculté
de s'élever au-dessus des tristesses qu'elle apporte, pour se
réfugier dans la contemplation de l'idée :

« ... Rien n'empêche, — écrivait-il de Dinan, en 1848, au
cours de sa fameuse mission politique — que je ne vive toujours sur les hauteurs intellectuelles, dans le calme, dans la
contemplation sereine des formes divines. Il se fait un grand
tumulte dans les bas-fonds de mon cerveau, mais la partie
supérieure ne sait rien des choses contingentes. [1] »

Afin d'éduquer en soi ce sens inné de la Beauté, et de la
Vérité, Leconte de Lisle s'était attaché, dès son adolescence,
à fréquenter ceux qui marchaient vers l'art, par des sentiers
différents du sien. On retrouve la trace d'une tournée qu'il
fit, à travers la Bretagne, en 1838, avec une boîte à couleurs
sur le dos, en compagnie de deux amis peintres. C'était là
proprement l'école buissonnière, car ses parents le croyaient
occupé à préparer son baccalauréat. Mais le jeune homme
cédait à un instinct irrésistible. Il se sentait capable de devenir un « descriptif » parfait. Il avait plaisir à travailler près
de ceux qui regardaient la nature dans les yeux, afin de
surprendre le secret de ses formes et de ses couleurs.

Il n'était pas moins bien disposé, à cette époque, pour les
musiciens, que, plus tard, il devait prendre en grippe. Cela
ressort d'une pièce, de forme hésitante, mais d'inspiration
sincère, qui a pour titre : *Trois harmonies en une*[2], il y dé-

---

1. Lettre à Louis Ménard.
2.   « ... Pétrarque, Rossini, Raphaël ! O poètes,
    La terre tressaillit quand l'Harmonie en pleurs
    Epancha trois rayons dont pour vous furent faites
    Vos âmes... »   « Trois harmonies en une ». *La Variété*,
                Dinan, 1839.

couvrait une perception très nette des rapports qui unissent les arts entre eux.

De même, il était porté, d'instinct, dans le choix de ses amitiés, vers les hommes qui avaient un penchant pour la science, un des attraits qu'il trouva dans Louis Ménard fut le complément que le goût, et la culture de la science, apportaient au développement général de ce noble esprit. Avant que de philosopher, de s'occuper de culture grecque, d'écrire des vers, Ménard avait travaillé dans le laboratoire du chimiste Pelouze. Il avait reconnu la solubilité du coton-poudre dans l'éther, et la photographie lui a dû le perfectionnement du collodion. Un autre ami du poète, le breton Paul de Flotte, se livrait à des études sur l'hélice qui le firent nommer lieutenant de vaisseau au choix.

Persuadé que la vérité est encore le plus sûr moyen d'arriver à la beauté, Leconte de Lisle déclara, dès sa première jeunesse, qu'il était : « soucieux de mêler un peu de science à ses pièces de poésie [1] ». Et cette passion de la science ne fit que croître en lui. Il ne s'agissait pas de mettre en vers, comme on faisait il y a cent ans, à la manière de l'abbé Delille, les *Trois Règnes de la Nature*, Leconte de Lisle était d'avis, avec Taine, que, pour atteindre à la connaissance des causes permanentes et génératrices, desquelles son être et celui de ses pareils dépendent, l'homme a deux voies : « la première, est la science, par laquelle, dégageant ces causes et ces lois fondamentales, il les exprime en formules exactes et en termes abstraits; la seconde est l'art, par laquelle il manifeste ces causes et ces lois fondamentales d'une façon sensible, en s'adressant, non seulement à la raison, mais au cœur et aux sens. L'art a cela de particulier qu'il est à la fois

---

1. Un des premiers poèmes qu'il ait publiés dans *Le Foyer*, 1839, a pour titre *A une Galère*. Or, cette « galère » est un zoophyte des mers du Sud.

supérieur et populaire, : « il manifeste ce qu'il y a de plus élevé, et le manifeste à tous... [1] »

« ... La science est l'étude raisonnée et l'exposition lumineuse de la nature extérieure, écrit Leconte de Lisle. C'est son rôle de rappeler à l'art le sens de ses traditions oubliées pour qu'il les fasse revivre dans les formes qui lui sont propres... L'art et la science, longtemps séparés par des efforts divergents de l'intelligence, doivent donc tendre à s'unir étroitement, si ce n'est à se confondre... [2] »

La façon dont le poète a réussi finalement à unir, dans ses vers, la science et l'art lui ont valu les approbations les plus chères à sa conscience d'artiste. On devine avec quelle joie d'avoir été si pleinement compris et approuvé, il put lire, dans les leçons sur l'*Evolution de la Poésie lyrique* de Brunetière, ces lignes qui le concernent :

« ... La science et la poésie ne sont pas la même chose, mais elles ont les mêmes racines dans les profondeurs de l'esprit, quelque chose de commun entre elles, et, de mettre en lumière par des moyens qui lui sont propres ces affinités secrètes ou cette parentée primitive, c'est une des fonctions de l'Art, si même ce n'en est pas la fin... »

En effet, Leconte de Lisle s'est trouvé conduit à réaliser, d'une manière inattendue, par l'alliance de la Science et de la Poésie, un idéal plus contemporain que celui des plus déterminés partisans de la modernité en art. Il ne s'agit pas ici de soumettre la poésie, ni l'art en général, aux méthodes de la science. Encore moins est-il question, — sous prétexte de modernité, — d'interdire au poète de puiser son inspiration aux sources de la légende ou de la fable. Ce que Leconte de Lisle a pensé, c'est que pour parler, fut-ce en vers, de l'Inde, de la Grèce, ou de Rome, peut-être était-il bon de commencer par les connaître et, pour cela, de les étudier.

---

1. Taine : *La Philosophie de l'Art.*
2. Préface des *Poèmes Antiques,* 1855.

« Vous avez déclaré que la régénération de la Poésie ne peut être opérée que par sa fusion avec la Science, s'écriait Alexandre Dumas fils, en recevant Leconte de Lisle à l'Académie française : Avec une pareille esthétique la forme devait être modifiée pour ainsi dire, de fond en comble. Il fallait que votre langue poétique eut avec l'harmonie, la couleur et la souplesse de la langue de sentiment, la sûreté, la fermeté des termes scientifiques. C'était là le problème à résoudre. Vous l'avez résolu. Vous avez enfermé, quant au métier, les poètes à venir dans des lois rigoureuses dont ils ne pourront plus sortir sans s'évaporer dans le bleu ou se noyer dans le gris. Les élèves de Victor Hugo, après s'être égarés dans les mille chemins que le Maître s'est frayés, et que lui seul pouvait parcourir jusqu'au bout, ne parviendront à faire œuvre qui dure, que s'ils reviennent à votre école. »

A côté de cet éloge, Alexandre Dumas, qui conservait, contre la philosophie de Leconte de Lisle, quelque rancune, avait tenu à apporter ce qu'il considérait comme un blâme : il distingua la facilité géniale des inspirations de Victor Hugo, de l'application réfléchie, de l'étude patiente qui soutiennent l'œuvre de Leconte de Lisle. Mais le poète ne s'en offensa point, il avait toujours été d'avis que le « don », dans « l'art », est insuffisant à faire un grand écrivain : [1]

« ... Pourquoi, dit-il, Victor Hugo est-il en effet, avant tout, un sublime poète ? C'est qu'il est un irréprochable artiste, car les deux termes sont nécessairement identiques. Il a su transmuter la substance de tout en substance poétique, ce qui est la condition expresse et première de l'art, l'unique moyen d'échapper au didactisme rimé, cette négation absolue de toute poésie. [2] »

1. Il avait été heureux d'entendre Brunetière dire en pleine Sorbonne : « Il faut louer Leconte de Lisle d'avoir reconnu le pouvoir de la forme, d'avoir dit et prouvé par son exemple qu'aucune école ne vaut, pour un pareil apprentissage, l'école de l'antiquité. »

2. Avant-propos aux critiques du *Nain Jaune,* 1864.

Pour Leconte de Lisle, l'art est la révélation primitive de l'idéal, contenu dans la nature extérieure. Il sait que le poète doit réaliser sa vision interne dans la mesure de ses forces, par la combinaison complexe, savante, harmonique des lignes, des couleurs et des sons, non moins que par les ressources de la passion, de la réflexion, de la science et de la fantaisie. Il sent que toute œuvre de l'esprit, dénuée de ces conditions nécessaires de beauté sensible, ne peut être une œuvre d'art : « Ainsi, quoiqu'on en puisse prétendre, dit-il, la poésie, est un art qui s'apprend ; elle a ses méthodes, ses formules, ses arcanes, son contrepoint et son travail harmonique. [1] »

Quiconque ne satisfait pas à ces exigences, ne pourra, selon lui, être dit artiste ; le succès de ses productions, ni sa renommée n'y changeront rien.

Une conception si juste de l'art devait rejeter, de la façon la plus intransigeante, toutes les prétentions et toutes les réserves, qui risquaient de rétrécir le champ de cet idéal. De là vient la cinglante ironie avec laquelle Leconte de Lisle a rallié les partisans de ce que, avec les Parnassiens, Flaubert en tête, appelaient : « l'art prêcheur ».

« ... L'Art, écrivait-il, n'a pas mission de changer en or fin le plomb vil des âmes inférieures, de même que toutes les vertus imaginables sont impuissantes à mettre en relief ce côté pittoresque, idéal et réel, mystérieux et saisissant, des choses extérieures, de la grandeur et de la misère humaine... [2] » Et il proteste contre l'ardeur « indécente et ridicule du prosélytisme moral », de la manie qui veut transformer « en maximes, sentences et préceptes, l'œuvre de beauté. » Il ne pardonne pas à Barbier, d'avoir satisfait « à ce goût des vertueuses générations parmi lesquelles la nôtre tient la première place »; il trouve que le poète satirique est un moraliste par

1. *Nain Jaune*, 1864.
2. Préface à Beaudelaire, 1861.

excellence, pourvu qu'il ne s'abaisse pas au niveau « des excitateurs à la vertu » : « dès qu'il monte en chaire, l'artiste meurt en lui, sans profit pour personne. »

Une autre fiction, pour laquelle cet amateur du beau absolu et d'idéal général qu'est Leconte de Lisle ne peut être tendre, c'est la prétention que ses contemporains affectent de cultiver un art « national », d'avoir donné naissance à des « poètes nationaux ». L'art est, pour lui, international en soi :

« Ce n'est pas que je nie, écrit-il, l'art individuel, la poésie intime et cordiale. Je ne nie rien, très dissemblable en cela à la multitude de ceux qui s'enferment en eux-mêmes et se confèrent la dignité de microcosme. [1] »

Mais il est persuadé que le génie français de son temps est réfractaire à l'art, particulièrement à la poésie lyrique. Il déclare que Victor Hugo ne sera jamais un « poète national, » il l'en glorifie, car, si le titre est beau, le génie doit y renoncer quand on le décerne à des rimeurs vulgaires, à des ménétriers d'occasion :

« Hugo, le prince des lyriques contemporains, écrit-il, n'a-t-il pas, pour fonction supérieure, de sonner, victorieusement, de son clairon d'or, les fanfares éclatantes de l'âme humaine en face de la beauté et de la force naturelles ? Un souffle de cette vigueur mettrait en pièces les mirlitons nationaux, si chers aux oreilles, obstruées des reprises de guinguettes... [2] »

Loin de chercher des obstacles à sa liberté de création et de s'imposer des partis pris qui le diminuent, l'artiste désireux d'atteindre ce « caractère général » qui renferme dans une œuvre vivante l'expression d'une vertu ou d'une passion idéalisée, ne se haussera jamais assez haut au-dessus des préjugés. Même parmi les artistes marqués du sceau du génie, le nombre de ceux qui se sont élevés à ces hauteurs de

---

1. « Etude sur Vigny ». *Nain Jaune,* 1864.
2. Préface des *Poèmes et Poésies,* 1852.

conception et à ces miracles d'exécution est singulièrement restreint.

« Shakespeare, déclare Leconte de Lisle, a produit une série de caractères féminins, mais Ophélia, Desdémona, Juliette, Miranda sont-elles des « types » dans le sens antique ? Non, à coup sûr. Ce sont de riches fantaisies qui charment, qui touchent et rien de plus... Seuls, au XVIIe siècle, Alceste, Tartufe et Harpagon se rattachent étroitement à la grande famille des créations morales de l'antiquité grecque, car ils en possèdent la généralité et la précision » [2].

Quand on se demande quels efforts Leconte de Lisle a tentés lui-même pour atteindre, par la couleur locale, à ce caractère artistique qui, seul, donne la personnalité et la vie à une œuvre littéraire, on constate que, s'il a mérité quelque reproche, c'est moins pour avoir mis sa théorie en oubli que pour avoir exagéré, si l'on peut dire, le caractère du caractère. L'étude des sources où le poète puisa, pour écrire ses poèmes grecs, hindous, scandinaves, finnois, celtiques ou bibliques, montre en effet que, quand il change quelque chose à son modèle, c'est pour aggraver ce qu'il en considère comme l'esprit : la plasticité et la sérénité, s'il peint la Grèce ; l'indifférence et l'engourdissement, si l'Inde est en jeu ; la barbarie, s'il s'agit des héros scandinaves ou espagnols ; l'intransigeance de la doctrine, si les religions — particulièrement le moyen âge chrétien — sont en cause.

C'est le danger ordinaire de tout ce qui est perpétuellement intense et surhumain de côtoyer à certaines minutes le caricatural. Hugo est souvent tombé dans ce piège. Il est arrivé que Leconte de Lisle l'ait frôlé. Il n'avait pas peur de ce sourire, qui parfois monte aux lèvres, après la lecture de telle de ses pièces. Il l'estimait, au contraire, comme un gage extérieur de l'affranchissement de la raison, allégée de tous ses liens.

---

1. Préface des *Poèmes et Poésies*, 1852.

On peut se demander pourquoi un esprit, si novateur, est
allé chercher, délibérément, dans le passé les sources de son
inspiration. C'est que, dès sa jeunesse, il avait senti que ce
n'était pas seulement le génie, qui manquait aux poètes de
son temps, mais que, cette heure même où ils vivaient, et
où, lui-même, il vivait à côté d'eux, n'était point favorable
à la poésie. Ses sources les plus larges s'étaient affaiblies ou
taries ; les éléments de compositions épiques n'existaient plus.
Les nobles récits qui, autrefois, se déroulaient à travers la
vie d'un peuple, exprimant son génie, et son idéal religieux
particulier, n'avaient plus de raison d'être du jour où les
races avaient perdu toute existence propre, tout caractère
spécial. Dans ces conditions, il s'était dit que le meilleur
moyen de féconder l'esprit de ceux qui, d'un si grand naufrage, cherchaient à sauver — comme Enée sur ses navires
— l'étincelle sacrée de la poésie, était de vivre dans la religion des chefs-d'œuvre anciens.

Mais, si Leconte de Lisle a affirmé que l'étude, et l'art,
sont indispensables au poète créateur, il sait que ces efforts
ne suffisent pas à lui donner du génie. Qu'il faille y ajouter
le don, l'élan primesautier, l'auteur du *Manchy* n'en doute
pas. Il considère Corneille comme un vrai poète, « parce que
le *Cid* et *Polyeucte* sont nés, non d'une méditation de
douze années, comme celle qui enfanta Athalie, mais d'un
élan d'intelligence primitive. »

Quand on lit des vers qui datent de la première jeunesse de
Leconte de Lisle — ces vers dont il a jeté les cendres au
vent et dont quelques-uns ont été conservés, malgré lui, —
on constate que, lui-même, longtemps avant d'avoir acquis
la moindre virtuosité de métier, il possédait l'inspiration
poétique, le tressaillement, l'instinct, le goût ; il parlait
alors de son art comme il l'a fait dans sa maturité. On a une
lettre, qui date de son adolescence, et qu'il écrit a un camarade dont il avait reçu un petit poème. Il se déclare « touché
de la fraîcheur du sentiment, » mais « blessé des épithètes

forcées, des rimes moins que suffisantes, du vague de la pièce. » Et ce n'était pas seulement aux productions de son ami qu'il avait songé, en formulant cette critique, mais aux vers que, lui-même, il écrivait « sous l'influence d'idées *inconscientes* d'abord, *réfléchies* ensuite... »

Le jour où il était sorti de cette « inconscience, » il ne s'était plus contenté des élans lyriques dans lesquelles se soulagent tous les enthousiasmes de jeunesse. Il avait rêvé d'enfermer sa pensée dans une formule précise :

« La poésie, dit-il alors, c'est l'inspiration créatrice et spontanée, le sentiment inné du grand et du vrai... La poésie est trois fois générée, par l'intelligence, par la passion, par la rêverie. L'intelligence et la passion créent les types qui expriment des idées complètes. La rêverie répond au désir légitime qui entraîne vers le mystérieux et l'inconnu... [1] » « La poésie est l'expression éclatante, intense et complète de l'Art. [2] »

Ces citations correspondent, sans doute, à la vision générale que Leconte de Lisle avait apportée de la poésie, en naissant. Elles précisent le don particulier qu'il développa en lui, et qui fut le lyrisme épique.

« La part propre de Leconte de Lisle dans l'évolution de la poésie contemporaine, a écrit Brunetière, est d'y avoir réintégré le sens de l'Epopée. [3] »

Pour ce qui est du don lyrique, nul, en dépit d'une feinte

---

1. Préface des *Poèmes et Poésies*, 1852.

2. Avant-Propos aux critiques du *Nain Jaune*, 1864.

3. Dans son petit traité de *Poésies françaises*, Théodore de Banville parlant des *Poèmes Barbares* de Leconte de Lisle a dit qu'ils sont : « les plus parfaits modèles de ce que pourra être aujourd'hui le style épique ». Il ajoute à propos de *Qaïn* : « Un tel exemple en dit plus que toutes les théories possibles. Le tableau superbe et grandiose est décrit et vu, comme aurait pu le voir, un géant des premiers jours du monde, et le poète ne l'a pas déparé par un seul trait moderne qui eut fait évanouir l'illusion. Là est le salut de l'Epopée. Je crois fermement qu'elle est encore possible pour un poète de génie — car aujourd'hui seulement nous savons ce qui ne doit *pas être* un poème épique... »

impassibilité, ne posséda à un degré plus haut que Leconte de Lisle, cette sensibilité frissonnante qui met, un poète, en relation d'émotion et de passion avec le monde extérieur, les hommes, les idées de son temps. Dans une lettre de Rennes, qui date de la vingtième année, on lisait déjà cet aveu :

« ... Je me reconnais un tel besoin de métamorphose que je me sentirais capable d'éprouver, en un mois, tout l'amour, toute la haine, et toutes les espérances d'un homme... » Il a dit, ailleurs, qu'il possédait « cette ouïe de l'âme qui prête des chants, mélodieux ou sublimes, aux divines formes organiques, cette étincelle, qui vivifie le bois et l'argile. »

De ce chef, alors qu'il habitait encore Bourbon, sa tendresse allait à Ronsard. Il a loué ce maître d'avoir été « le seul poète du xvi° siècle qui eut la gloire de n'avoir pas été compris par Boileau ». Il le considérait comme le créateur, en France, de la poésie lyrique. Il affirmait que, grâce à lui, elle était née du premier coup, « délicate, naïve, mélodieuse et brillante. »

S'il était parfois choqué des fantaisies épiques de Victor Hugo, au fond desquelles il distinguait « le mépris de l'histoire et un optimisme vague, » il admirait, sans réserve, le poète lyrique dans l'auteur des *Contemplations* et des *Feuilles d'Automne*, Hugo lui apparaissait comme « le père des seuls chefs-d'œuvre lyriques que la poésie française puisse opposer, avec la certitude du triomphe, aux littératures étrangères. [1] »

Certes, les qualités de lyrisme de Leconte de Lisle sont perceptibles, même pour le lecteur isolé et silencieux qui, en tête à tête muet avec le livre, écoute les vers du poète

---

1. « Etude sur Victor Hugo ». *Nain Jaune*, 1864. Il revient sur cet éloge dans son discours de Réception à l'Académie française : « Victor Hugo, dit-il, a rendu, à la poésie française, avec plus de richesse, de vigueur et de certitude, les vertus lyriques dont elle était destituée depuis plus de deux siècles », 1887.

chanter, dans cette place mystérieuse du cerveau, où la vue des mots éveille des émotions sonores. Mais pour que ce lyrisme éclate, dans son plein effet, il est indispensable que les vers du poète soient déclamés. Tel était l'avis de Flaubert qui lui écrivit un jour : « J'ai relu, dans la nouvelle édition que tu m'envoies, mes pièces favorites avec le « gueuloir » qui leur sied, et cela m'a fait du bien... »

Sainte-Beuve, dont l'esprit critique se défendait, si vivement, contre les impressions extérieures, qui auraient pu obscurcir la netteté de sa clairvoyance, s'écrie, avec enthousiasme, au lendemain d'une récitation, où Leconte de Lisle lui-même l'a ému en déclamant un de ses poèmes :

« ... On ne saurait rendre l'ampleur et le procédé habituel de cette poésie si on ne l'a entendue dans son récitatif lent et mystérieux. C'est un flot large et continu, une poésie amante de l'idéal dont l'expression est faite pour des lèvres harmonieuses et amies du nombre... »

Dès qu'il s'agit de la forme et de la musique du vers, Leconte de Lisle n'est pas moins intransigeant, à l'égard des amis qu'il admire le plus, qu'il ne l'est pour soi-même. On a retrouvé, parmi les lettres qu'il a adressées à Ménard, un billet où il dit :

« ... Tes vers de dix pieds sont on ne peut plus anti-prosodiques, ainsi mêlés aux hexamètres, et cela est d'autant plus déplorable qu'ils sont très bien faits en eux-mêmes. J'aurais beaucoup préféré que toute la pièce fut écrite en vers de dix pieds. C'est une de nos vieilles querelles... [1] »

On le voit, l'adaptation des rythmes à l'idée, et leur rapport entre eux, était, pour Leconte de Lisle, une préoccupation très vive. Nul n'a connu mieux que lui, dans ce qu'ils ont de plus intime, de plus secret, le pouvoir de la forme, la vertu mystérieuse de la rime, du rythme, du mot.

---

1. 18 avril 1851.

Une note manuscrite, classée dans les papiers du poète, a pour titre : *De l'expression et de la forme poétique*. Elle dit :

« On confond souvent la prosodie et le rythme. La prosodie est l'art de construire le vers; la rythme résulte de l'entrelacement harmonique de plusieurs vers constituant la strophe. C'est par suite de cette confusion de termes que Victor Hugo passe pour un grand inventeur de rythmes bien qu'il n'en ait jamais inventé un seul : tous les rythmes dont il s'est servi appartiennent aux poètes du xvi° siècle. »

Théodore de Banville, maître en la matière, et qui sacrifia souvent, sans hésiter, la pensée aux raffinements de la forme, écrivit à Leconte de Lisle après une lecture des *Poèmes Tragiques* :

« Devant de si hautes conceptions, faut-il oser louer l'invention des rythmes, de vos admirables *Pantoum ?* C'est comme un double chant, si l'on peut dire majeur et mineur. Une des pensées, une des idées, une des images, soutenant l'autre, comme un accompagnement. [1] »

On s'attendait à ce que, dans son Discours de réception à l'Académie française, Leconte de Lisle, fit une part importante à ces préoccupations professionnelles, et qu'il donnât la théorie d'un art qu'il avait porté à sa perfection. Il n'en fit rien. Alexandre Dumas se fit l'écho de cet unanime regret :

« J'aurais voulu, dit-il, vous voir entrer dans quelques détails sur les procédés de l'école nouvelle de versification, dont Victor Hugo a été et reste le chef, dont vous êtes le continuateur le plus autorisé, encore plus sévère que lui sur ces questions de césure, de rejet, d'enjambement, de rimes riches ou pauvres, avec ou sans consonnes d'appui, enfin sur toutes ces questions de technique et de prosodie qui font tant de bruit sur le nouveau Parnasse... »

---

[1]. Théophile Gautier déclare à ce propos : « Leconte de Lisle possède un coin a son effigie avec lequel il frappe toute sa monnaie, qu'elle soit d'or, d'argent ou de bronze. » *Histoire du Romantisme* (1865).

Ce ne fut point par hasard, mais de propos très délibéré que le nouvel élu demeura, à l'Académie, muet sur ces questions techniques. Il était là-dessus, de l'avis de Louis Ménard qui, au lendemain de la réception de son ami à l'Académie, écrivit, dans *La critique philosophique*, cette page dont la conclusion explique le silence du poète :

« Sous le rapport de la beauté des vers, on rend justice à Leconte de Lisle ou du moins on le croit ; mais on ajoute que cette beauté, toujours égale, est monotone. Rien n'est plus faux : sa forme est extrêmement variée et toujours appropriée au sujet. A côté de vers cyclopéens et martelés, à sonorités métalliques, comme dans *Qaïn*, il y a une foule de pièces légères, qui semblent des fils de la Vierge saupoudrés d'une poussière d'ailes de papillon. Il y a des créations rythmiques merveilleuses, avec des refrains diversifiés à la fin de chaque strophe, comme dans *Les Etoiles* ; *La Véranda* ; *La Lampe du ciel*. C'est, à la fois, une valse de Beethoven et un paysage de Van der Neer. Je ne connais rien de plus parfait dans notre langue. Mais c'est une perfection qui échappe à l'analyse : l'expliquer à ceux qui ne la sentent pas, ce serait perdre son temps, et ceux qui la sentent n'ont pas besoin qu'on la leur explique. [1] »

---

1. 30 août 1887. — Presque à la même minute, M. Jules Lemaître écrivait : « ... La forme des *Poèmes antiques* et des *Poèmes Barbares*, répond, exactement, au dessein que l'artiste a formé de voir et de peindre les choses par le côté plastique... Pas de ces mots flottants et de sens incertain, qui corrompent la clarté de la vision. Sauf de rares exceptions, les épithètes appartiennent à l'ordre physique, rappellent des sensations, expriment des contours et des couleurs. Il n'y a peut-être que la prose de Flaubert qui atteigne ce degré de précision dans le rendu. La versification, par sa régularité classique, ajoute encore a la netteté sereine de la forme. Elle exclut le rythme parfois saccadé de Hugo et le rythme souvent lâché de Banville... Peu de rejets. Le plus grand nombre des vers coupés après l'hémistiche. Çà et là une coupe romantique, la moins contestable, celle qui divise le vers en trois groupes équivalents de syllabes. Les périodes assez courtes pour qu'il soit très aisé d'en embrasser le dessin. Des arrangements de rimes simples : rimes plates, quatrains en rimes croisées ou embrassées, tierces rimes

qui, par l'entrelacement ininterrompu et la lenteur sans repos, semblent faites exprès pour Leconte de Lisle... Ajoutez une strophe de cinq vers, dont il est, je crois, l'inventeur, et à qui la prédominence des rimes masculines donne beaucoup de force et de gravité... Les rimes elles-mêmes, sont d'une grande richesse, surtout dans les *Poèmes Barbares*, et souvent d'une rareté à ravir les gens du métier... »
(Cf. *L'évolution de la Poésie lyrique en France.*)

CHAPITRE XIX

—

L'Épreuve du Théâtre

La certitude que ses vers étaient faits pour être dits, après qu'ils avaient été lus, et que, d'une façon générale, la poésie ne saurait se contenter du tête à tête du lecteur avec un livre, mais réclame les manifestations extérieures, le contact avec les foules, l'éclat sonore et voyant d'un culte, devait pousser Leconte de Lisle à désirer, pour son œuvre dramatique, les pompes extérieures et la révélation du théâtre. Il les souhaitait et il les craignait à la fois, car il voulait arriver sur la scène sans sacrifice, et il n'oubliait point que son intransigeance l'avait fait écarter, en 1871, par la Comédie-Française. M. Perrin lui avait renvoyé alors le manuscrit des *Erinnyes* en déclarant qu'il croyait inutile de soumettre ce poème à son comité de lecture.

Il fallut qu'un ami, M. Charles Edmond, se chargeât, presque en secret, de rouvrir des négociations du côté des théâtres. La stupéfaction de Leconte de Lisle fut donc vive lorsqu'il apprit que M. Duquesnel, directeur de l'Odéon, accueillait les *Erinnyes*, et qu'il décidait de monter la pièce immédiatement.

Sans doute, cette joie n'alla pas sans quelque souffrance. Leconte de Lisle s'est souvenu jusqu'à la fin de sa vie des luttes qu'il soutint aux cours des répétitions de sa pièce contre une actrice qui négligeait de prononcer les « e muets, » même lorsqu'ils comptaient pour une syllabe dans la mesure du vers. C'est ainsi qu'elle déclamait :

Femmes, sur ce tombeau cher aux peupl's Hellènes
Posons ces tristes fleurs auprès des coup's pleines.

« *Peu-ples, Cou-pes!* » reprenait Leconte de Lisle en appuyant fortement sur la seconde syllabe : « l'élision supprime un pied ! J'ai l'air d'avoir fabriqué des vers faux. Je vous serais bien reconnaissant, madame... »

Mais la comédienne refusait de s'incliner ; elle répondait avec arrogance, et Leconte de Lisle se demandait si, devant cette résistance, il n'allait pas retirer sa pièce.

Le succès moral des *Erinnyes* fut considérable. Le poète était heureux de sentir qu'il avait imposé à ses contemporains le respect, voire l'admiration de la méthode d'art à laquelle, depuis sa jeunesse, il était fidèle et qui consistait à dissimuler l'auteur derrière l'œuvre, à négliger toutes les passions contemporaines pour mettre exclusivement en valeur le caractère historique et artistique d'un temps, les pensées et les sentiments exacts d'une génération d'hommes disparus.

Leconte de Lisle s'était trouvé, cette fois, en face d'Eschyle. On aurait pu croire que l'âpre nudité, la simplicité du vieux tragique, son réalisme poétique, avait de quoi le satisfaire. Il n'en fut rien, et les spectateurs, qui, en janvier 1873, emplissaient le théâtre de l'Odéon, constatèrent, avec surprise, que l'auteur des *Erinnyes* s'était éloigné de son modèle grec, presque autant que l'avait fait Racine.

Evidemment, il ne pouvait être question, à ce moment, de transporter l'Orestie eschylienne, telle quelle, sur une scène parisienne du xixe siècle. Les longueurs lyriques, qui sont une des principales beautés des tragédies grecques, se

justifiaient par les conditions extérieures dans lesquelles ces
œuvres étaient représentées. Le public français ne les eût
pas supportées. Leconte de Lisle les abrégea, et fit subir
d'autres transformations importantes au poème d'Eschyle.
Mais dans quel sens innova-t-il? Voilà ce qu'il est intéressant de préciser si l'on veut entrer dans le secret de sa méthode, dans le vif de sa conscience esthétique.

Nourri comme il l'était à toutes les sources d'érudition
dont disposaient les historiens de son temps, il se sentait
plus renseigné sur les mœurs et, si l'on peut dire, sur les
états d'âme d'une Klytemnestra et d'un Orestès que ne
pouvait l'être Eschyle lui-même. Racine avait fait de ses héros grecs des gens de cour en « canons » et en « perruques » à
la mode de Versailles. Le scrupuleux Leconte de Lisle eut le
sentiment que, toutes proportions gardées, Eschyle avait agi
de même, et que, lui aussi, il avait trop « modernisé » les
aventures et les caractères de ses personnages : il les avait
représentés comme s'ils étaient ses contemporains. L'auteur
des *Erinnyes* estimait que la méthode historique devait
replacer cette fable à l'époque même où elle s'était développée dans l'action : soit, à la période de la civilisation
mycénienne. Il jugeait qu'on ne pouvait prêter les mêmes
raffinements de pensée, les mêmes expressions de passion,
aux Grecs primitifs, qui avaient sculpté la Porte des Lions,
et à ces contemporains d'Eschyle, qui commençaient d'en-
velopper le marbre, comme la pensée, dans des formes de
beauté parfaite.

En conséquence, Leconte de Lisle n'hésita pas à faire
revivre, — sous les masques, qu'il sentait déjà trop classiques et figés de l'Agamemnon, de la Klytemnestra, de l'O-
restès eschyléens, — les barbares qu'il voudrait peindre.

Mais cet essai qu'il tentait pour remettre l'histoire des Atri-
des dans leur vrai cadre, ne le satisfaisait pas encore [1]. Il rêva

1. On a retrouvé, dans les papiers de Leconte de Lisle le manuscrit, non signé d'une chronique qui reflète le souvenir de ces journées

de se donner à lui-même l'âme d'un contemporain de ses héros. Y réussit-il ? Il y avait, pour l'en empêcher, un apport personnel dont il ne pouvait s'affranchir, c'étaient ses supérieures préoccupations d'artiste et de philosophe ; c'était son goût impeccable qui ne s'accommodait pas des faiblesses, des obscurités, des répétitions, auxquelles les vrais contemporains d'Agamemnon s'étaient sans doute abandonnés plus aisément encore que les contemporains d'Eschyle.

Le poète moderne a donc introduit, bon gré mal gré, dans sa tragédie, le mouvement, la brièveté, la netteté. Il a fait plus : il rencontrait dans l'âme d'Eschyle et de ses contem-

---

d'émotion et de gloire, on lit : « Le théâtre n'attirait pas l'auteur des *Poèmes Barbares*, la convention scénique lui faisait peur ; il ne voyait, dans une œuvre dramatique, qu'un prétexte à poésie. De plus, il se souciait assez peu, et n'entendait quoique ce soit, à l'art de la mise en scène, si bien que les *Erinnyes* n'auraient, probablement, jamais connu les feux de la rampe, sans l'intervention d'un ami de l'auteur, érudit et galant homme, Charles Edmond. bibliothécaire du Luxembourg, qui, enthousiasmé pour l'œuvre de Leconte de Lisle, porta le manuscrit, à l'insu de l'auteur, au théâtre de l'Odéon. Il entra dans le cabinet de M. Félix Duquesnel, le manuscrit à la main :

— Avez-vous peur, d'un chef-d'œuvre ?

— Non !

— Et s'il s'agissait d'une tragédie, ultra classique, en vers ?

— Je la lirais sans trembler.

Trois jours après, Charles Edmond revenait à la charge : « Eh bien, avez-vous lu ? »

— Oui, je reçois la pièce. Toutefois j'ai une condition à exprimer. L'observation porte sur les mots grecs : j'aimerais mieux Oreste qu'Orestès, Clytemnestre que Klytemnestra. Zeus, Daimon, le Kronide, l'Hadès, et bien d'autres me font peur. Puis nous ferons une musique de scène, à la manière des Allemands. Ces vers qui sont beaux, sonores, gagneront encore à être accompagnés par ce que Mendelssohn appelait la musique de support, c'est-à-dire des introductions, des intermèdes de mélodrame... La distribution est toute faite : pour Klytemnestra, j'ai Marie Laurent ; Taillade pour Orestès. Pour Electra, une débutante, Mademoiselle Broisat, une voix chaude, une jolie figure et des cheveux admirables. Pour Kassandra, nous chercherons. Je ne puis vous offrir Sarah Bernardt : elle est partie pour le Théâtre-Français .

Charles Edmond revint à l'Odéon avec l'auteur : un homme cor-

porains l'épouvante du Destin, de la farouche « Moira »
adorée par eux comme la divinité suprême qui gouverne les
Olympiens, aussi bien que le reste de l'univers. En rappro-
chant les textes, les poèmes, en suivant, pas à pas, ces li-
gnées de meurtriers, d'abord dans leurs premières suggestions, puis dans leurs angoisses funèbres ; en notant la façon
dont l'esprit prévenu de ces hommes se laissait halluciner
par la vue des victimes que la Moira poursuivait, et le spectacle des lieux où, avant eux, des aïeux maudits avaient
commis les crimes irréparables, Leconte de Lisle acquit la
certitude que la « fatalité » dont étaient écrasées les familles
de ces prédestinés n'était, sans doute, que cette implacable

rect, un peu raide dans sa redingote, avec des manières courtoises,
d'une froideur polie, avec une pointe de méfiance ; le monocle vissé
au coin de l'œil gauche. Leconte de Lisle refusa de modifier ses ter-
minaisons grecques. Il concéda la partition musicale, à condition :
« que le bruit n'empêchât pas d'entendre les vers ». Il vint rarement,
aux répétitions, et plutôt en curieux qu'en auteur. Il était préoccupé
de la manière dont seraient dits ses vers ; la partition musicale, l'in-
quiétait ; il regrettait d'en avoir accepté la condition. La composition
de cette partition fut confiée à Massenet ; il se conformerait au désir
de l'auteur, en faisant une musique sobre, discrète : ni bois ni cuivre,
rien que des instruments à cordes, tout au plus une batterie et trois
trombones, pour les apparitions. Grâce à l'intervention d'Edouard
Colonne la partition fut vite mise au point. Les répétitions d'ensemble
commencèrent, et, avec elles, l'ère des difficultés. Si discrète que fut
la musique, elle agaçait le poète, qui ne se gênait pas pour mani-
fester son irritation : il fallait couper. Massenet, se promenait dans
les coulisses, désespéré, Duquesnel tenait à la musique. Un jour,
Leconte de Lisle quitta brusquement la répétition, en déclarant qu'il
ne reviendrait plus. « S'il ne revient pas, s'écria Duquesnel j'ajou-
terai un ballet à sa tragédie ! Quand Agammemnon arrive victorieux,
il célèbrera sa victoire, par des chants et des danses, les vainqueurs
danseront, et ils feront danser les prisonnières, cela fera deux mouvements tout à fait différents... » Massenet s'était mis au piano. Il
esquissa des airs de ballet, joyeux, brillants, donnant l'impression
d'un cliquetis d'armes, d'un chant de triomphe. Puis une marche funèbre, enfin une mélopée. Mais Leconte de Lisle revint. On dût renoncer au ballet. Quatre ans plus tard, on reprit les *Erinnyes* à la
Gaieté. Le ballet : *Danses Antiques,* était celui improvisé par Massenet sur le piano de l'Odéon. »

loi des « hérédités » dont la science la plus contemporaine commence à préciser la formule.

Certes, le poète se dominait trop pour laisser paraître dans sa tragédie la joie que lui causait une telle découverte, cependant il ne réussit pas à cacher complètement, qu'une fois de plus, avec la volupté d'un philosophe, il assistait à l'écroulement d'un de ces fantômes à l'aide desquels les Religions ont longtemps gouverné les hommes et qu'un beau jour la science démasque. C'est en ce sens que M. Vianey a raison de dire :

« ... Les *Erinnyes* de Leconte de Lisle nous apportent, dans un décor très ancien, des actes d'une sauvagerie très primitive, et expliqués par une psychologie très moderne... »

Il n'y a pas de doute que Leconte de Lisle n'ait éprouvé une satisfaction profonde dans la possibilité que les *Erinnyes* lui avaient donnée de produire, sur le théâtre, sous un voile de poésie, une doctrine scientifique à laquelle il croyait. Mais il escomptait, comme une joie plus haute encore, l'espoir de produire, sur la scène, cette *Apollonide* dans laquelle il avait exprimé sa pensée complète sur la Beauté, et sur le culte que les hommes lui doivent. Cette douceur lui fut refusée. Ce fut seulement en 1896, — deux ans après la mort du poète, — que le directeur de l'Odéon monta la pièce qui avait été publiée en librairie douze années plus tôt [1].

Quoi qu'il en soit, Leconte de Lisle a écrit l'*Apollonide* pour rendre visible, aux yeux de tous, l'apothéose d'art, de beauté, de poésie dont lui-même était ébloui lorsqu'il fermait les yeux sur le monde extérieur, pour se tourner vers l'idéal grec, dont il s'était éclairé, et qui vivait en lui. Il faut lire, dans les *Impressions de théâtre* de M. Jules Lemaître [2], l'analyse de l'*Ion* d'Euripide, où Leconte de Lisle a

---

1. La pièce fut précédée d'une conférence de M. Jules Lemaître dont les critiques provoquèrent une polémique intéressante avec M. Catulle Mendès. *Le Journal,* 12 décembre 1896.

2. *Euripide,* 9ᵉ série.

trouvé les sources de son inspiration, pour se faire une idée exacte des différences radicales qui, encore ici, séparent la pièce grecque de la pièce française. A-t-on le droit de dire que l'*Apollonide* n'est point, comme l'*Andromaque* ou *la Phèdre* de Racine, une pièce nouvelle sur un sujet ancien — mais une simple « adaptation » — sous prétexte qu'il n'y a pas une scène de l'*Apollonide* qui ne soit dans *Ion*?

Quoiqu'il en soit, l'esprit dans lequel Leconte de Lisle s'est fait sa route, entre les faciles ironies et les élans de sincérité religieuse, qui s'entretissent dans le drame d'Euripide, aboutit à faire, de l'*Apollonide*, une œuvre d'un caractère totalement différent de son modèle. Qu'est-ce à dire? Pourquoi Leconte de Lisle, le plus ironique, le moins pieux des hommes, ne suit-il, ici, Euripide dans aucune de ses satires contre les Dieux et leurs mœurs? C'est qu'il s'agit, cette fois, de la Beauté, et de la Beauté grecque. Alors les sentiments du poète sont ceux de ce jeune Ion lui-même, qui veille à entretenir la pureté du Temple, et qui s'écrie :

« Laurier, désir illustre oubli des jours funestes
Qui d'un songe immortel sais charmer nos douleurs !
Permets que, par mes mains pieuses, ô bel Arbre,
Ton feuillage mystique effleure le parvis,
Afin que la blancheur vénérable du marbre
Eblouisse les yeux ravis ! [1] »

Le rire, qui défigure les visages autant que les convulsions de la douleur, doit être d'un bout à l'autre banni de cette histoire religieuse, dont les héros sont, un Dieu invisible, le jeune prêtre Ion, et Kreousa, la reine douloureuse qui est à la recherche de son enfant perdu, fils d'Apollôn.

Il s'agit, cette fois, de conter, allégoriquement, l'aventure la plus chère au cœur de Leconte de Lisle, de représenter la filiation d'Athéna avec l'Olympe par l'intermédiaire d'Ion, fils divin du grand Apollôn, Dieu du soleil et des Arts. La

---

1. « L'Apollonide ». *Derniers Poèmes.*

pièce entière, on le sent, a été composée pour faire glorieusement surgir l'éclatante apparition qui la couronne.

Le temple de l'Apollôn Delphien s'ouvre, à cette minute, comme la corolle d'une fleur magique, pour qu'à travers ses murs écartés, les générations des hommes découvrent la vision de l'Athéna telle qu'elle sera dans l'avenir, telle que, déjà, elle vit dans le rêve des poètes. Non pas celle, qui, comme toutes les choses périssables, est montée de la barbarie à la rusticité, de la rusticité à l'harmonie, mais une évocation complète, sublime, hors de l'espace et du temps, quelque chose comme une vision platonicienne de l'éternelle Idée, de l'Athéna qui s'est ébauchée dans la durée, aux pieds de l'Acropole, entre le Parthénon, la géante statue de Pallas, les trirèmes de Salamine, et l'Agora, où parla Démosthènes :

> . . . . . . « Dans l'aurore et l'azur
> Emplissant l'horizon de sa splendeur soudaine,
> Monte, aux Cieux élargis, la Cité surhumaine...
> Et la grande Pallas, le front ceint d'un éclair,
> Dresse sa lance d'or sur les monts et la mer!...
> Enfant ! tu vois la Fleur magnifique des âges
> Qui s'épanouira sur le monde enchanté
> La Ville des héros, des chanteurs et des sages,
> Le Temple éblouissant de la sainte Beauté... [1] »

Et en même temps que ce décor s'illumine, les vraies citoyennes de la « Cité surhumaine » apparaissent. Ce sont les Muses, les Vierges sacrées :

> « Délices du vaste univers...
> Aux mîtres d'or, aux lauriers verts,
> Aux lèvres toujours inspirées... [2] »

Elles s'écrient :

---

1. « L'Apollonide ». *Derniers Poèmes.*
2. *Ibid.*

> « A travers la nue infinie
> Et la fuite sans fin des temps,
> Le chœur des astres éclatants
> Se soumet à notre harmonie.
> Tout n'est qu'un écho de nos voix
> L'oiseau qui chante dans les bois,
> La mer qui gémit et qui gronde
> Le long murmure des vivants
> Et la foudre immense et les vents :
> Car nous sommes l'âme du monde ! [1] »

Et ceci est bien la formule définitive de cette religion poétique et lyrique de la Sainte Beauté et de l'Art parfait, pour laquelle Leconte de Lisle a vécu. Il a passé sur la terre, dans un temps de critique, de machinisme, d'industrie, comme un Olympien en exil. Il a été vraiment le prêtre de ce Temple éblouissant que la magie de ses vers a évoqué pour toujours et précisé, dans une apparence incorruptible, entre la terre et le ciel [2].

---

1. « L'Apollonide ». *Derniers Poèmes.*
2. Jusqu'à la fin de sa vie, Leconte de Lisle parla d'une pièce de théâtre : *Frédégonde*, dont on n'a trouvé, dans ses papiers, que le fragment publié dans ces *Derniers Poèmes*. On lit, à ce propos, dans une lettre inédite de Flaubert adressée au Poète : « Coppée m'a dit que ta *Frédégonde* avançait : l'idée de l'exaltation à laquelle je serai en proie le jour de la première m'effraie d'avance. Quand sera-ce ? » D'autre part, Mme Sarah Bernhardt, se souvient d'avoir écouté la lecture d'un scénario de cette *Frédégonde*, que le poète ne laissa pas entre ses mains, et dont elle n'entendit plus parler.

CHAPITRE XX

—

L'Homme

« ... Aucun de ceux qui ont été admis dans le salon de Leconte de Lisle, ne perdra le souvenir de ces nobles et doux soirs, qui, pendant tant d'années, furent leurs plus belles heures. Avec quelle impatience, chaque semaine, nous attendions le samedi, où il nous était donné de nous retrouver, unis d'esprit et de cœur, autour de celui qui avait toute notre admiration et toute notre tendresse... C'était dans le petit appartement au cinquième étage d'une maison neuve, boulevard des Invalides que nous venions dire nos projets, que nous apportions nos vers nouveaux, sollicitant le jugement de nos camarades et de notre grand ami... Leconte de Lisle nous donnait l'exemple de la franchise. Avec une rudesse dont nous lui savions gré, il lui arrivait souvent de blâmer vertement nos œuvres nouvelles, de nous reprocher notre paresse, de réprimander nos concessions. Parce qu'il nous aimait, il n'était pas indulgent. Mais aussi quel prix donnait, aux éloges, cette sévérité coutumière. [1] »

1. Catulle Mendès : *La Légende du Parnasse Contemporain.* — Et, dès 1865, Théophile Gautier avait rendu, au poète, le même témoignage : « ... Retiré dans sa fière indifférence du succès, ou plutôt de la

Ces lignes, de Catulle Mendès [1], au travers desquelles on
sent comme le trouble d'une émotion, qui honore à la fois le
Maître et le Disciple, ne jette pas seulement de la lumière sur
le salon littéraire de Leconte de Lisle : elle éclaire avec vérité son caractère. Une froideur, si on peut dire « physique »,
une hauteur d'apparence, propre à inspirer de l'inquiétude,
frappait au premier abord. Lui-même il n'ignorait point
cet aspect extérieur de sa personne, ni l'effet que produi-
saient, autour de lui, les accès de colère où, dès son adolescence, il se laissait entraîner :

« Je suis emporté de caractère, têtu et capable, quand je

---

popularité, Leconte de Lisle a réuni autour de lui une Ecole, un Cénacle de jeunes poètes qui l'admirent avec raison, car il a toutes les qualités d'un Chef d'Ecole... »

1. Catulle Mendès, a défini avec précision, l'état d'esprit de cette phalange, dont il était un des glorieux représentants lorsqu'elle décida de
se rallier à Leconte de Lisle comme à son porte-drapeau: « Ce qui nous
manquait, dit-il, c'était une ferme discipline, une ligne de conduite précise et résolue. Certes le sentiment de la beauté, l'horreur des niaises sen-
sibleries qui déshonoraient alors la poésie française, nous les avions !
Mais quoi! si jeunes, c'était en désordre, et un peu au hasard, que nous
nous jetions dans la mêlée et que nous marchions à la conquête de notre idéal. Il était temps que les enfants de naguère prissent des attitudes d'hommes, que notre corps de tirailleurs devînt une armée régu-
lière. Il nous fallait la règle, une règle imposée de haut et qui, tout en
nous laissant notre indépendance intellectuelle, fît concourir gravement,
dignement nos forces éparses, à la victoire entrevue. Cette règle, c'est
de Leconte de Lisle que nous la reçûmes... »

Cette royauté, morale et littéraire, irritait les adversaires du poète
parnassien. Veuillot écrivait : « En philosophie comme en poésie,
Leconte de Lisle est un pontife. Au Parnasse Contemporain, passage
Choiseul, on le considère beaucoup. Quarante-neuf enfants d'Apollon,
garçons, filles et vénérables, garnissent ce Parnasse, tous grands rimeurs et la plupart pareils au *puellus inagri* de l'Ecriture, le petit
de l'onagre, qui dresse son oreille pointue vers le ciel et qui dit : « Je
suis libre ». Nulle part ne sont plus dédaignés le Dieu des chrétiens
et le Boileau des français. Dans cette fière volière M. Leconte de
Lisle tient rang de coq (ou kok). Il a plus de grec, plus d'hébreu, plus
de sanskrit, il distribue le *k* avec plus d'abondance, il fait avec plus de
facilité le vers difficile, et la flèche de son esprit frappe plus avant au
cœur de Iaveh! Heureux oncle Kaïn, d'avoir trouvé cet Homère! »
La Vérité, 1869.

suis contredit, de m'exaspérer jusqu'à l'oubli de toute mesure. [1] »

D'autre part, il avait longuement lutté pour se débarrasser de la « versatilité » qu'il avait distingué dans les penchants de son esprit. A ce sujet, il écrit, à Louis Ménard,
une lettre saisissante. Certes, ce sont les tendances de son
camarade dont il esquisse la critique, mais il semble se regarder ici, dans l'âme de son camarade, comme dans un
miroir. Il nous donne à la fois le portrait moral de son ami
et le sien propre :

« ... La grande facilité que tu possèdes de t'assimiler les
idées les plus hétérogènes, et de te livrer aux études les plus
opposées, avec le même goût et la même passion, ont développé en toi une excessive mobilité à laquelle tu ne prends
pas assez garde... Tu portes dans la science et dans l'art,
comme dans la politique, cette fatigue de tout effort suivi,
ce désir auquel tu obéis de changer de culte au gré de ton
caprice. Agir ainsi, c'est disperser tes forces, c'est répandre
ton esprit en libations stériles, c'est appeler en toi, avant
l'âge, la lassitude de l'intelligence et le dégoût de la vie.
Or, tu es jeune, tu es instruit, tu as une haute moralité
esthétique, tu as un talent plein de distinction et d'éclat,
donc tu n'es pas fait pour mourir de la vie que tu mènes.
*Tout est-il perdu parce que trois ou quatre ans se sont
écoulés sans qu'on ait fait attention à nous ?* Tu sais bien
que tout ceci rentre dans l'ordre commun. Se désespérer
d'un fait aussi naturel, aussi normal, aussi universel, c'est
se plaindre de ne pouvoir décrocher une étoile du ciel. [2] »

Et lorsqu'il comparera cette inquiétude d'âme, dont il veut
se guérir comme d'une tare, à la sérénité d'un Alfred de
Vigny. Il ne cachera pas son admiration pour une telle supériorité : « Du sanctuaire où de Vigny vivait, comme dans

1. 1840.
2. Lettre inédite de Leconte de Lisle à Louis Ménard, 6 novembre 1849.

une tour d'ivoire, des poèmes sont sortis, avec une discrétion un peu hautaine, à laquelle j'applaudis... [1] »

Le fait est que Leconte de Lisle réussit, assez vite, a dominer, au moins aux yeux de ses contemporains, cette sensibilité frissonnante qui faisait de lui une proie offerte à toutes les émotions. Flaubert, qui venait de faire sa connaissance écrivait en 1853 dans sa correspondance : « Le sieur Leconte de Lisle me plaît : j'aime les gens tranchants et énergumènes. On ne fait rien de grand sans le fanatisme. »

Mais ce ne sera point sans lutte que le poète de Bourbon se conquérera sur la soucieuse indolence de son enfance, sur cette faiblesse, qu'à vingt ans, il avouait à ses parents et qu'il sentait en soi « plus dangereuse que la propension à mal faire » ; sur les « remords », auxquels il fait une place, dans l'*Illusion suprême*, au milieu de la rapide énumération de ce qui est, à peu près, le tout, douloureux de la vie : « peines, combats, remords. »

Il n'atteindra la paix que le jour où il aura fortifié, en soi, la certitude qu'il est venu au monde pour l'accomplissement d'un devoir particulier, et que ce devoir est la production de l'œuvre d'art. De là le trouble profond où il tombe chaque fois que les vapeurs du désir obscurcissent passagèrement son esprit, engourdissent son intelligence créatrice, ou que la volonté de l'action politique le reprend. Alors, il sent, profondément, qu'il vient de manquer à cette discipline individuelle que le Catholicisme a nommée « les devoirs de l'état ». Et, jusque au fond de son âme, il est bouleversé.

On pourrait multiplier les exemples de la conscience avec laquelle il s'habitua à remplir ses obligations professionnelles. Nommé bibliothécaire du Sénat [2], jamais il n'oublia d'aller à son bureau, s'asseoir, de midi à quatre heures, derrière sa petite table : « Il était un fonctionnaire modèle.

---

1. *Nain Jaune*, 1864.
2. Il exerça ces fonctions de 1872 jusqu'à sa mort 1894.

Jamais, même à l'apogée de sa gloire littéraire, il n'alla assister aux séances académiques sans la permission du bibliothécaire en chef, M. Charles Edmond. [1] »

On n'aurait certes pas choqué Leconte de Lisle en distinguant sous cette exactitude, un fond d'orgueil.

Il a souvent parlé, de cet orgueil-là, dans ses lettres de jeunesse. Une envie de dominer, plus forte que sa volonté même, est en lui. Parfois il ne sait plus distinguer s'il est guidé par cet orgueil ou par la modestie.

Dans l'avant propos de ses études critiques au *Nain Jaune* il s'écrie : « J'ai trop d'orgueil pour être injuste »!

D'autre part, lorsqu'il imagine d'évoquer le Démon en face du Christ, Satan prend le masque de l'Orgueil :

« Ecoute! j'ai nom Force et j'ai nom Volonté.
Ma main tient le licou de l'univers dompté !
Je suis très grand, très fier, et plein d'intelligence,
Et tout est devant moi comme une vile engeance. [2] »

Il y a des minutes où cet orgueil effraie le poète, où il se demande s'il n'est pas une des causes des tourments d'âme où il se débat :

. . . . « ... Suis-je
Quelque antique Orgueil, de ses actes puni,
Qui ne peut remonter à ses sources divines ?... [3] »

Mais ces velléités ne durent guère. Les préférences du poète sont pour les orgueilleux, pour un Lucifer : « le premier rêveur, la plus vieille victime »; pour un brigand, comme le duc Magnus, renégat de toute foi, de tout serment, qui frappé finalement par le Seigneur, refuse de profiter des dernières chances d'expiation que lui fournit la souffrance :

1. Charles Fromentin : *Figaro*, 22 juillet 1894.
2. « Paraboles de Dom Guy ». *Poèmes Barbares*.
3. « La Vision de Brahma ». *Poèmes Antiques*.

« Non ! dit Magnus. Pourquoi Dieu m'a-t-il forgé l'âme
De façon qu'elle rompe et ne puisse ployer ?
Puisqu'il l'a faite ainsi, qu'il en porte le blâme... [1] »

L'orgueil a été, d'ailleurs, le plus sûr bouclier que Leconte de Lisle ait eu à sa disposition, pour se protéger contre l'envie et la haine. A ceux qui attaquaient sa poétique, il répondait :

« ... Les insultes imbéciles qui se sont soulevées autour de moi comme une infecte poussière, n'ont fait que saturer de dégoût la profondeur tranquille de mon mépris [2] ».

Au même moment, il se servait d'une étude qu'il écrivait sur Hugo, pour traduire les sentiments que lui inspiraient les détracteurs systématiques de la poésie en général, et des maître-poètes en particulier :

« ... Les piqûres envenimées, les insultes, les négations, ne le transformeront point. On ne fera jamais de cet aigle un volatile de basse-cour. On n'attellera pas ce lion à l'omnibus littéraire. Le prétendu orgueil du grand poète n'est autre chose au fond, que l'aveu pur et simple qu'il est ce qu'il est... [3] »

Leconte de Lisle se rendait compte qu'une telle intransigeance, la condamnait à l'impeccabilité morale. Longtemps, il avait eu la fierté de son désintéressement. La misère d'argent, subie avec un si noble stoïcisme pendant toute sa jeunesse, lui donnait le droit, pensait-il, de reprocher à certains « de vivre de la Muse » alors que, lui, se mourait, presque sans pain, de son amour pour elle. Aussi, jamais il ne laissait miroiter, dans son vers, le reflet de l'argent, sans anathémiser la tentation qu'il représente :

« ... L'idole au ventre d'or, le Moloch affamé
S'assied, la pourpre au dos, sur la terre avilie. [4] »

1. « Le Lévrier de Magnus ». *Poèmes Tragiques*.
2. « Etude sur Vigny ». *Nain Jaune*, 1864.
3. *Nain Jaune*, 1864.
4. « L'Anathème, 1845 ». *Poèmes Barbares*.

Il n'est pas tendre pour ceux qui ne partagent point ces
dédains :

« Hommes, tueurs de Dieux, les temps ne sont pas loin
Où, sur un grand tas d'or, vautrés dans quelque coin,
Ayant rongé le sol nourricier jusqu'aux roches,
Vous mourrez bêtement en emplissant vos poches... [1] »

Il ne cachait point, qu'un de ses plus grands griefs contre
la Rome papale, était la passion de lucre qu'elle a eue ; il
ne se lassait point de la peindre : « rapace, acharnée »,
plongeant « ses mains flétries » dans des monceaux d'or et
d'argent, « chauds de larmes », fumants du sang des victimes innombrables.

D'autre part, il ne pardonnait point aux artistes de se livrer, par besoin d'argent, à des travaux hâtifs et effrénés de
prose ou de vers. Il en voulait, pour cela, à Lamartine, il se
demandait si le poète n'était pas en proie « a une perturba-
tion mentale ? » Il parlait « d'irresponsabilité ». Il avait osé
écrire à ce propos : « On peut brûler, on peut maudire ce
que l'on a adoré, mais on ne l'avilit, qu'en s'avilissant soi-
même » [2]

Leconte de Lisle se réjouissait de penser, qu'un jour, sur
son lit de mort, il aurait le droit de répéter, avec son « Saint »
à l'agonie :

« Les richesses du monde et ses tentations,
J'ai tout foulé du pied comme la fange et l'herbe... [3] »

Un incident de vie, où la volonté personnelle du poète n'eut
point de part, vint porter atteinte à cette légitime fierté. Tant
que la pauvreté n'avait affecté que lui-même et la noble compagne qui, avec lui, vivait son rêve d'artiste, Leconte de

---

1. « Aux Modernes, 1848 ». *Poèmes Barbares.*
2. « Etude sur Lamartine ». *Nain Jaune*, 1864.
3. « L'Agonie d'un Saint ». *Poèmes Barbares.*

Lisle avait traité la question d'argent avec le superbe mépris d'un créole, qui subsiste d'une poignée de riz et dont le tabac est la dépense la plus importante. Brusquement, une brouille de famille, à laquelle il était étranger, fit tomber, à sa charge sa mère et ses deux sœurs. Elle quittèrent Bordeaux et vinrent à Paris lui demander asile [1]. La situation du poète devint insoutenable. Des amis intervinrent, occultement, auprès des pouvoirs publics pour qu'on trouvât moyen de remédier à une situation, si inextricable, dans des formes dont la dignité de Leconte de Lisle ne put prendre ombrage. Catulle Mendès s'épuisa en démarches auprès du Ministère de l'Instruction publique. Les Jobbé Duval furent plus heureux. Ils étaient liés avec une femme, bonne et intelligente, sœur de lait de Napoléon III [2]. Ce fut elle qui informa le souverain des difficultés dont était écrasé un homme de génie.

L'empereur répondit à ces sollicitations secrètes d'une façon qui l'honore : il proposa de confier à l'Imprimerie Impériale la traduction de l'*Illiade* que Leconte de Lisle venait d'achever ; Gustave Doré illustrerait cette édition d'art. Pour prix de son travail, le poète recevrait une somme de 20.000 francs ; de plus, il serait attaché à une Bibliothèque.

Napoléon III mettait une condition à ces largesses : le poète dédierait sa traduction au Prince Impérial.

A la stupeur de ceux qui avaient plaidé la cause du poète, et au désespoir des siens, Leconte de Lisle, qu'il avait bien fallu mettre au courant, refusa cette combinaison. Elle offensait son républicanisme. Il fit répondre : « qu'il ne saurait dédier la traduction d'un chef-d'œuvre grec à un enfant de deux ans incapable de le comprendre. »

Les négociateurs, en déroute, ne savaient comment apporter une telle réponse au souverain. Mais Napoléon III sourit : « C'est, dit-il, M. Leconte de Lisle qui a raison ! »

---

1. Dans son petit appartement du boulevard des Invalides.
2. Madame Cornu, femme du peintre.

Contre toute attente, le poète reçut une lettre, signée d'un homme de confiance de Napoléon III, M. Mocquart; elle l'informait que l'Empereur : « soucieux de favoriser les auteurs de talent qui faisaient honneur au pays », lui octroyait « une indemnité littéraire et annuelle de 3.600 francs ». Cette somme, devait être payée : « sur la cassette particulière du souverain, sans condition aucune. [1] »

Cette fois, Leconte de Lisle baissa la tête. A aucun prix il n'eut consenti à effacer, d'aucune de ses œuvres anciennes, les vers où, avec une clarté sans ambages, il avait formulé son sentiment sur les « tyrans » en général, voir sur la personne particulière du grand aïeul, dont Napoléon III se réclamait. Jamais il n'imposa silence aux amis de sa jeunesse, qui partageaient ses opinions politiques, et continuaient à s'exprimer, sur le régime impérial, avec une verve toute républicaine. Seulement, il estima que le sacrifice qu'il avait fait, le jour où il avait été placé devant la nécessité d'abandonner à la misère, sa mère et ses sœurs, ou d'accepter, d'un homme qu'il continuait à considérer comme un adversaire de son idéal, un mouvement de générosité — lui scellait la bouche. Cette attitude silencieuse, sur les sujets qui lui tenaient le plus à cœur, lui était si familière, que ses amis ne la remarquèrent même point.

Ils furent donc stupéfaits, lorsque, après l'effondrement de 1870 on publia les papiers de la Cassette Impériale, de trouver, le nom de Leconte de Lisle, sur la liste particulière du Souverain. Certains voisinages donnaient beau jeu aux ennemis, que le poète s'était faits, en cours de route, pour l'accabler sous cette découverte. Déconcertés par une telle aventure, ses amis se taisaient. Un témoignage subsiste où les angoisses morales de ces heures sont peintes, par le poète lui-même, avec une simplicité de douleur qui émeut. C'est une

1. La pension fut versée à partir de juillet 1864, jusqu'à la chute de l'Empire.

lettre adressée par Leconte de Lisle à son cousin M. Foul-
ques, à la date du 2 octobre 1870, et qui fut expédiée de Paris par la poste des ballons :

« ... Au milieu de toutes mes misères matérielles, écrit-
il, je suis accablé par une nouvelle calamité morale : mon
nom a paru dans les listes des Papiers Impériaux. Vous savez
qu'une allocation mensuelle de 300 francs, m'avait été offerte
dans le temps pour faire mes traductions grecques. Une nécessité sans réplique m'avait contraint d'accepter, car la pension de Bourbon me manquait, et me trouvant chargé de ma
mère et de mes sœurs qui manquaient de tout, je devais
choisir entre la vie et la mort des miens. Je me suis sacrifié.
Et m'en voici récompensé par les insultes des journaux. Je
vous jure que si les Prussiens pouvaient me tuer, ils me ren-
draient un suprême service. Je suis si profondément malheureux que je me demande si je ne ferais pas mieux de me
brûler la cervelle. Après avoir vécu pauvre dans la retraite
et dans le travail, voici que je n'en recueille que des outrages pour toutes récompenses. Tout cela est affreux et me
jette dans le désespoir... Je suis de garde aux Remparts
demain au point du jour. C'est là qu'on attend l'assaut.
Puissè-je y rester !... »

Il est aisé de se former une idée des sentiments qui, en effet, pouvaient hanter l'âme de Leconte de Lisle et ajouter
l'accablement psychique aux fatigues physiques, pendant ces
heures de guet, sur le Rempart, où, autour de lui comme au
dedans de lui, il sentait crouler toutes ses fiertés. Qui sait
si, à cette minute, ils ne revinrent pas sur ses lèvres, avec un
goût particulier d'amertume, ces vers, que, peu d'années au-
paravant il avait composés en l'honneur de l'éternelle
« Chimère ? »

C'était en 1867. Il venait de traduire Hésiode. Il y avait
trouvé la matière du poème symbolique qu'il a intitulé
Ekhidna. Tout, alors, semblait lui sourire : le peu d'or qui
entrait dans sa maison lui assurait la paix d'esprit dont il

D'après le portrait de Benjamin Constant, 1888.

avait besoin pour méditer. Les hommages de son cénacle parnassien lui donnaient l'occasion de toucher, d'une façon vivante, la montée de sa gloire. Il avait une Revue à sa dévotion pour y publier ses poèmes [1]. Sur les théâtres, où Agar disait ses vers, plus d'une fois, le succès était monté à l'enthousiasme. Et pourtant, le poète avait choisi cette minute pour évoquer la figure terrible d'Ekhidna, la Chimère, aux aguets, sur le seuil de la grotte, qu'elle emplit de sa croupe et de ses désirs, tandis que, cachant ce qui est, en elle, monstrueux, elle charme les hommes par la beauté de sa gorge et les séductions de son visage. Elle les appelle, elle leur promet, si seulement ils la touchent de leurs lèvres, la gloire éternelle.

Leconte de Lisle avait eu une joie amère et presciente à peindre cette dévoratrice, qui attire à soi ceux qui ont fait le Grand Rêve, et entre lesquels les amants de la Beauté et de l'Harmonie, « les Poètes », sont les meilleurs :

> « Ils lui criaient : « Je t'aime et je veux être un Dieu ! »
> Et tous l'enveloppaient de leurs chaudes haleines.
> Mais ceux qu'elle enchaînait de ses bras amoureux,
> Nul n'en dira jamais la foule disparue.
> Le monstre aux yeux charmants dévorait leur chair crue. [2] »

Lorsque, à travers l'œuvre entière de Leconte de Lisle, on glane, parmi ses lettres de jeunesse, ses premiers vers, sa prose et ses poèmes, pour y relever les cris de confession qui, au cours de sa vie, lui ont échappé, on constate que sa sensibilité, aisément blessée, et, d'autre part, la défiance qu'il avait de soi-même se tournèrent vite en ironie. Dès sa vingtième année, on le voyait admirer Hoffmann : « parce qu'il est un modèle d'ironie étincelante, en réaction contre la sentimentalité lunaire des Allemands ». C'est pour la même

1. *Le Parnasse Contemporain*. Recueil de vers nouveaux. (Alphonse Lemerre, 1866 à 1876).

2. « Ekhidna ». *Poèmes Barbares*.

raison qu'il chérit Henri Heine et Shéridan. Il crut distinguer de l'ironie dans Michel Ange, et il l'en admira davantage, il le nomma :

. . . . « ... Fier et sombre génie,
Mélange de splendeur, d'audace et d'ironie. »

Il adorait la *Lelia* de George Sand, parce qu'elle aussi, elle est un mélange « de beauté, de force et d'ironie ». Ce qu'il préfère peut être le plus décidément dans le talent de Baudelaire — si contraire au sien par le goût du compliqué, par le maniérisme libertin, la modernité aiguë — c'est son ironie.

Cette surveillance, de soi-même et des autres, était, si bien, une habitude perpétuelle de sa pensée, que Sainte-Beuve s'y trompa, et la prit, non pour une acquisition de route, mais pour une forme spontanée de tempérament : « Je me figure, dit-il, M. Leconte de Lisle comme une nature altière et saturée, qui est arrivée à l'ironie tranquille. [1]»

Après l'épreuve que lui imposa la réprobation momentanée de ses amis politiques, cette ironie, purement intellectuelle du poète, céda, un instant, la place à une sorte de cruauté qui, à la surface de cette âme fière, n'était que la révolte d'avoir été méconnue. Elle s'écrivit, aux coins de la bouche, en plis, qui ne devaient se détendre que dans la gloire des dernières années, pour ne s'effacer, tout à fait, que sur le lit funèbre.

Ce n'était plus cette puissance de satyre, que les familiers de Leconte de Lisle avaient toujours connue au service de leur Maître, et dont ils riaient avec lui, quand, par exemple, il déclarait :

« S'il n'existe qu'un seul moyen de conquérir la sympathie générale, il en est plusieurs de rester ignoré de la foule. On atteint aisément, avec une certitude mathématique, ce

1. Nouveaux lundis.

but, peu envié, en se gardant de flatter jamais les goûts grossiers et les caprices du jour, de complaire aux vanités stériles
et de feindre, pour le jugement du public, un respect déri-
soire. [1] »

Le ton d'ironie amère sur lequel Leconte de Lisle écrivait,
à cette heure, son *Histoire populaire du Christianisme*
avait suffisamment averti l'entourage du poète de l'intensité
insupportable de sa souffrance Elle éclatait, d'autre part,
dans des mots, qui, maintenant, jaillissaient de lui comme des
éclairs, et dont il semblait foudroyer, ceux qu'il avait visés,
avec l'impassibilité d'un Jupiter tonnant [2]. On eut dit que
toute sensibilité, au moins le goût de mettre quelque chose
de son cœur au jeu, fut pour un moment, aboli en lui, et
que, le seul reflet qu'il permit à son génie de répandre autour de soi, dans la bise glacée où il marchait, fut le froid
rayon de la pure et sévère intellectualité.

Le poète fut sauvé du péril, que couraient sa sensibilité
et son amour de la justice, par l'affection de ceux qui
avaient été les témoins de sa vie. Ils se rallièrent à lui dans
l'épreuve imméritée qui l'accablait. Ils le réchauffèrent de
leurs respects et de leurs tendresses. Ils rallumèrent, sur sa
route, cette flamme qui devait éclairer, la fin de sa vie,
d'un reflet d'apothéose.

Ce que l'on connaît de la façon dont Leconte de Lisle
entendait l'amour, fait deviner que, dans sa vie, il réserva
une grande place à l'amitié. Avec un homme de cette trempe
il ne pouvait être question que d'amitié virile.

Dans des lettres que le poète écrit, à vingt deux ans, il
met déjà la femme en dehors de ses préoccupations les plus

---

1. « Etude sur de Vigny ». *Nain Jaune.*
2. Il semble que Verlaine ait songé à de telles boutades lorsqu'au
lendemain de la mort de Leconte de Lisle, il écrivit dans une chronique nécrologique : « On a déjà parlé, hier et aujourd'hui, des « mots »
de Leconte de Lisle. Il me semble d'autant plus inutile de les lui reprocher, qu'ils sont justes pour la plupart, et que, quant aux autres,
mieux vaut les taire... »

précieuses « parce qu'il ne voulait pas distinguer, l'art et la poésie, de l'amitié », et que les femmes « s'accordent mal de ces partages » : « ... J'ai rêvé comme un autre, d'amour, et de jours heureux écoulés, entre une femme aimée et un ami bien cher, mais ce n'était là qu'un songe... [1] »

De ce songe il ne sauve que sa foi dans l'amitié dont il dit :

« L'Amitié réelle n'est autre chose qu'un amour intellectuel [2].

Les deux faces de la vie de Leconte de Lisle — la politique, la littéraire — le mirent en relation avec des générations d'hommes, différents, comme les buts même vers lesquels leurs rêves étaient orientés. Autour des années 1848 et 49, le poète avait vécu au milieu d'une petite bande littéraire et robespierriste dont les héros sont rentrés, pour la plupart, dans une obscurité définitive. Les noms de Thalès Bernard, de Paul de Flotte et de Louis Ménard évoquent seuls encore, pour notre génération, des souvenirs précis [3].

Un lien, de qualité merveilleuse, exista certainement entre Leconte de Lisle et Louis Ménard, dont l'un devait entrer dans la gloire universelle, tandis que l'autre, malgré ses dons de génie, est demeuré dans l'obscurité d'une chapelle, où quelques dévots le vénèrent. Il serait curieux d'étudier quelle action et quelle réaction ces deux hommes exercèrent l'un sur l'autre. Leconte de Lisle aimait à répéter ce qu'il devait à cet ami érudit, linguiste, chimiste, peintre, historien, poète [4]. Quant à Ménard, il ne perdait pas une occasion de

1. Rennes, 1842.

2. *Ibid.*

3. Les premiers amis littéraires de Leconte de Lisle avaient été A. Lacaussade, Sandeau, Barracand, Louise Colet, Louis Ménard, E. Arago, Gustave Flaubert, Théophile Gautier, Charles Beaudelaire, Villiers de Lisle Adam, Léon Cladel, E. des Essards, etc.

4. M. Henri Roujon écrit à ce propos, dans son beau livre, *Galerie de Bustes* (1908) : « Louis Ménard, homme unique et généralement doué, encyclopédiste comme un Alberti, fut le maître, en hellénisme, de Leconte de Lisle ».

signer des pages ou il combattait pour la philosophie, la poétique, voire la personnalité de Leconte de Lisle. La renommée de son ami était au moins aussi chère a Ménard, que la sienne propre [1]. C'était en Leconte de Lisle que son idéal poétique avait trouvé une forme supérieure. Il se réjouissait d'avoir été admis à contempler cette beauté sereine. Il fut, pour l'auteur des *Poèmes Antiques*, cet « ami véritable » dont le bon Lafontaine a dit, avec un élan d'exclamation : « Que c'est une douce chose ! »

Il fut aussi le lien entre les générations d'admirateurs qui, peu à peu, se sont ralliés au génie de Leconte de Lisle, comme à un astre, dont la route s'éclaire.

Un de ces jeunes gens, M. Gabriel Marc, a laissé une amusante liste rimée des poètes qui se réunissaient, passage Choiseul, sous la présidence de Leconte de Lisle, pour y tenir les assises de la poésie :

> « Dans ce poétique entresol,
> Hugo règne à côté d'Homère.
> Les beaux vers émaillent le sol
> Dans ce poétique entresol... [2] »

1. Voir entre autres dans la *Critique philosophique* du 30 avril 1897 : « ... On a beau se réfugier dans les hautes sphères de l'intelligence, on y retrouve l'insatiable désir et les inutiles regrets, et les angoisses de l'irréparable. Est-ce un poète impassible celui qui a décrit ce poignant examen de conscience de l'histoire qu'il intitule : *Dies Iræ*. Lorsqu'il évoque les souvenirs radieux de la jeunesse du monde, il semble que c'est le cœur de l'humanité qui bat dans sa poitrine, et quand il retombe du joyeux berceau des races pures, aux tristesses désespérées de l'heure présente, ses regrets ressemblent à des remords. — Louis Ménard.

2. Chez l'éditeur A. Lemerre : ... « Une toute petite boutique — écrivait Mendès, presqu'une échoppe avec un entresol très bas où l'on montait par un escalier qui tourne. Juste assez de livres pour être une librairie et juste assez de place pour la visite quotidienne des poètes. Alphonse Lemerre était un tout petit libraire du temps où, les plus célèbres d'entre nous, étaient de tout petits poètes... Il a été des nôtres à sa façon, il a lutté comme nous et avec nous. Ce n'est pas aux Parnassiens qu'on peut reprocher « leur libraire à l'hôpital ré-

Et les strophes enchâssent les noms de Baudelaire, de Banville, de Glatigny, de Valade, de Catulle Mendès, de Coppée, de Sully-Prudhomme, de Léon Dierx, de Mérat, de d'Hervilly, de Renaud, de Cazalis, de Theuriet, de Lafenestre, de Silvestre, de des Essards, de J. M. de Hérédia... Cela se clôt, dans un sourire, par cet « Envoi » :

> « ... Gardons le triolet, proscrit
> Par La Harpe et l'abbé Delille !
> A ces innocents jeux d'esprit
> Pardonnez, Leconte de Lisle ! »

Des gloires, qui n'étaient alors qu'à leur aube, vinrent, plus tard, réparer les brèches que la mort faisait, dans cette phalange des premiers Parnassiens. L'amitié et la maison de Leconte de Lisle s'ouvrirent pour France, Verlaine, Mallarmé, Judith Gautier, Plessis, Bourget, Richepin, Haraucourt, Jeanne Loiseau, Le Vicomte de Guerne, Robert de Montesquiou, Hugues Le Roux, E. Glaser, de Bonnières, de Nolhac, de Régnier, Edmond Rostand... [1].

Une multitude de lettres, que Leconte de Lisle conservait, témoignent du sentiment de « dévotion » dont il était l'objet de la part de cet entourage d'élite. C'est, sans une ombre, l'admiration de l'œuvre, du caractère, de l'homme. Ce sont, des mouvements de gratitude, des élans de cœur, au travers desquels, celui qui se plaisait à être appelé un impitoyable Olympien, et qui se masquait d'ironie — se révèle, non seulement affectueux et paternel aux débutants,

---

duit ». Lemerre a publié des poèmes et il a des rentes sur l'Etat ! Ajoutez que la renommée lui est venue en même temps que l'accumulation des trésors. Le successeur de Percepied est le successeur des Elzévirs. Nous sommes contents de l'avoir fait riche et fameux ». *La Légende du Parnasse Contemporain.*

1. « ... Leconte de Lisle aimait les poètes et leurs entretiens, écrivait Robert de Bonnières au lendemain de la mort du poète : il n'aimait vraiment que ceux-là. Il n'a guère connu qu'eux, et de génération en génération, pourrais-je dire, car, dans ces derniers temps, il s'entourait des plus jeunes et, parmi nous, des derniers venus. La jeunesse et les roses lui étaient une vue délicieuse. » *Figaro,* 19 juillet 1894.

mais préoccupé d'eux, ardent à les servir dans ces embarras de vie. que, si souvent, occasionne la Muse, à ceux qui l'aiment. Les mois d'été éparpillaient les membres du petit cénacle, sans interrompre ces rites de l'amitié. Des nouvelles arrivent au poète de tous les amis qui sont loin, de toutes les œuvres qui s'élaborent. D'autre part, les fidèles ont emporté les volumes de vers où le Maître a enchâssé de la Beauté éternelle; ces lectures les aident « à supporter l'éloignement »; elles sont « la meilleure nourriture de leurs esprits ». Leconte de Lisle a bien le sentiment qu'il s'est créé une famille intellectuelle, qui vit de ses principes, lui emprunte son idéal, et qui, pour de nobles efforts, ne connaît pas de meilleure récompense, qu'une approbation de sa bouche.

Il faut citer, comme un type de ces lettres, ce billet inédit de Verlaine, qui date du 12 août 1867, et indique quels liens d'amitiés reliait, dès cette minute, à Leconte de Lisle, l'élite des poètes de son temps :

« Cher Maître et Ami... Victor Hugo, que j'ai eu le bonheur de voir à Bruxelles, après m'avoir longuement parlé de vous avec la plus grande admiration et la plus vive sympathie, m'a chargé de vous prier de lui envoyer votre article sur lui qui a paru, il y a quelques années, dans le *Nain Jaune*... Je lui promis d'agir sans retard, c'est pourquoi je viens aujourd'hui vous demander l'époque approximative de la « parution » (style Lemerre) dudit article... J'entrerai dans la Caverne Castognory Barbey-Genesco, j'achèterai le numéro en question et, si vous m'y autorisez, je l'enverrai de votre part, à l'homme de lettres dont il a été parlé ci-contre. L'éditeur blond du passage Choiseul, m'apprend que vous avez le bonheur d'être le voisin de la mer, et son hôte. Hélas ! Où est le temps où, moi aussi, je me pouvais tremper dans l'onde amère et gagner, à ces ablutions, des forces nouvelles et de terribles appétits ! J'ai reçu des nouvelles de Catulle, qui est à Arcachon, où le scélérat fait

force vers, paraît-il. Valade a depuis deux jours cinglé vers
ces bords qu'arrose la Gironde. Coppée, rendu fou par mes
récits de Bruxelles, se propose d'aller, à la fin du mois, avec
Silvestre, faire visite, lui aussi, à « l'autre Maître » — comme
dit Essarts. Du reste, pas le moindre vers à l'horizon. Dierx,
entr'autres, se distingue par sa non-fécondité depuis les *Lèvres Closes*. France s'occupe d'un volume, *Statues et bas-
reliefs*. Voilà, cher Maître et ami, toutes les nouvelles. Il
fait une insupportable chaleur : la fête du 15 Août a été d'un
hideux rare. Tout le monde souhaite votre prompt retour... »

Une dédicace du Maître, sur une page, est un « inappré-
ciable bonheur ». L'espoir qu'il « lira » une nouvelle qu'on
lui a soumise « fait battre le cœur. [1] »

Son disciple préféré, J. M. de Hérédia, en villégiature à
Bagnères, ne se contente pas de dépeindre à son grand ami
les belles « buveuses d'eau aux robes multicolores, à pied, à
cheval, à baudet, en voiture, en chaise à porteurs »; il
ajoute : « J'ai eu, chez le libraire, une douce émotion en y
trouvant un exemplaire des *Poèmes Antiques*. Décidément
Lemerre... et Leconte de Lisle pénètrent même au fond des
antres de la civilisation. [2] »

Et le poète apparaît, à la fin, à son entourage, comme une
personnalité divine en séjour sur la terre. M. Robert de Montesquiou, qui vient d'obtenir de lui une Préface, pour son
livre des *Chauves Souris*, le remercie en ces termes lyriques... « Vous n'avez pas voulu qu'une chose, venant de vous,
n'unit pas, toute la grâce à toute la force. C'est pourquoi vous
vous êtes délicatement complu à revêtir, de spirituelle confra-
ternité, votre bénédiction fraternelle, comme les Dieux en
voyage, voilaient, leurs formes olympiennes, pour ne pas
anéantir les mortels. [3] »

---

1. Maurice Barrès.

2. 25 août 1874.

3. 20 juin 1884. Et, presque à la même minute, le Vicomte de
Guerne écrit : « Mon respect devant votre œuvre ne vous est pas

C'est bien là le culte des demi-dieux et des héros sur-humains, par l'admiration desquels, Carlysle, voulait relever le niveau des âmes ordinaires; ainsi, la place où le poète est né devient, de son vivant même, un lieu de pélerinage :

« Nous sommes très malheureux, ma femme et moi, écrit M. Frédéric Plessis : nous avions fait un rêve irréalisable, c'était d'aller, à Bourbon, voir les lieux où se sont passées vos premières années... [1] »

Le pauvre, charmant et enthousiaste Glatigny va plus loin. De Hambourg, il écrit au Maître, cette lettre sans date :

« Dites le bonjour à mes amis qui ont le bonheur de venir chez vous et à qui je pense souvent... J'ai acheté un petit buste d'Homère, pareil à celui que vous avez, et tous les samedis je le mets sur la commode. Les cheminées n'existent ici qu'à l'état de poële. Vos livres aimés que je place autour me rappellent nos chères réunions de chaque semaine. Il me manque votre portrait. Le bon Carjat doit en avoir encore dans ses boîtes. Soyez assez bon pour en filouter un que vous m'envèrrez. »

Ces marques d'admiration fervente et de tendresse de ceux qu'il considérait comme ses pairs ou comme les héritiers de sa tradition, étaient les seules récompenses auxquelles Leconte de Lisle fût attaché. Il s'étonnait qu'un poète put éprouver quelque fierté à recevoir, par exemple, sous la forme d'une décoration une « consécration officielle ». Au début de sa vie littéraire il avait retiré son admiration à Dumas père, parce que l'auteur des *Trois Mousquetaires*

inconnu, cher Maître. Merci de nous donner encore de tels vers, qui nous soutiennent, réveillent en nous l'amour de la grande et noble poésie et nous la montrent comme un refuge... Je n'oublie pas l'extrême bienveillance que vous m'avez témoignée lorsque je vous ai lu mon poème. Je veux espérer que, lorsque je vous demanderai de lire vous-même *La Vision*, vous serez plus sévère. Je mets tout mon orgueil de poète à n'avoir droit à aucune indulgence. 25 mars 1884. »

1. Mars 1888.

« copiait de sa main ses manuscrits et leur mettait des ro-
settes de satin pour les expédier à tous les souverains d'Europe qui, en retour, le couvraient de plaques. »

L'histoire littéraire doit cependant relater que le nom de
Leconte de Lisle est inscrit sur la dernière liste des Croix
de la Légion d'Honneur, que le régime impérial a publiée
avant sa chute [1].

Leconte de Lisle, qui n'avait fait aucune démarche pour
obtenir cette nomination, n'en tint pas compte. Ce fut seulement lorsqu'elle fut ratifiée par la République, qu'il porta
le ruban rouge [2].

Par contre, le poète avait estimé qu'il accomplissait une
sorte de devoir en se présentant à l'Académie Française.
Dès 1873 il s'était mis sur les rangs. Sa candidature ayant
échoué, il revint à la charge en 1877 [3] : Son succès ne fut pas
meilleur. Il est vrai qu'il put se consoler en lisant ce billet
que Victor Hugo lui adressait au lendemain de l'échec :

« Mon Eminent et cher Confrère... Je vous ai donné trois
fois ma voix, je vous l'eusse donnée dix fois... Continuez vos
beaux travaux et publiez vos nobles œuvres qui font partie
de la gloire de notre temps... En présence d'hommes tels
que vous, une Académie et particulièrement l'Académie
Française, devrait songer à ceci : qu'elle leur est inutile, et
qu'ils lui sont nécessaires... [4] »

1. On retrouve, en effet, dans les papiers personnels du poète, un
document de taille et de format officiel portant l'en-tête du Ministère de
l'Instruction publique, datée du « Palais du Louvre », 9 août 1870, et
qui dit : « Monsieur, j'ai le plaisir de vous annoncer que par décret de
ce jour, rendu sur ma proposition, S. M. l'Impératrice Régente vous a
nommé au grade de Chevalier de la Légion d'Honneur. Recevez...
etc. »... signée : « le Ministre, Maurice Richard ».

2. La nomination de Leconte de Lisle comme Officier de la Légion
d'Honneur, date du 13 juillet 1883, signée par Jules Ferry, Président
du Conseil, Ministre de l'Instruction Publique.

3. Le Père Gratry fut, en 1873, le concurrent heureux de Leconte
de Lisle. En 1877, à la mort d'Autran, Leconte de Lisle échouait
contre Victorien Sardou.

4. 9 juin 1877.

Mais la résolution de Leconte de Lisle était désormais arrêtée ; il ne ferait plus un pas vers l'Académie ; il attendrait d'être invité par elle avant de se remettre sur les rangs. Ce geste se produisit en 1884. L'Académie se décida spontanément à offrir, à l'auteur des *Poèmes Barbares*, le prix Jean Reynaud.

Cette fois, malgré l'ombrageuse fierté du poète, ses amis l'obligèrent à reconnaître que les Immortels avaient voulu lui rendre hommage, lui faire « une avance »[1].

Ce fut de la Bretagne, où il était en villégiature, que le poète data sa lettre de candidature[2]. Sully-Prudhomme et François Coppée vinrent le voir dès son retour à Paris. Ils prévinrent ainsi sa visite académique, ne voulant pas permettre que ce fut lui qui se rendit chez eux — déjà Immortels — avec la figure d'un candidat.

D'ailleurs les luttes d'autan étaient finies. Les académiciens qui avaient été le plus prévenus contre l'auteur des *Poèmes Barbares*, ceux même qui avaient, jusqu'à ce jour, refusé de lire son œuvre à cause des tendances de son esprit, constatèrent, en fréquentant celui qu'ils avaient jugé comme un sceptique ironique et froid, que le poète avait gardé une jeunesse de sentiment, une ardeur de passion

---

1. « L'Académie, lui écrivait-on, vous fait une véritable avance. Vous pourriez l'accepter dans toute sa signification, sans le moindre scrupule. C'est elle qui sera honorée de vous recevoir et les démarches préliminaires sont de pures formalités ». Docteur Samuel Pozzi, juin 1884. « Constatez, lui faisait remarquer un autre ami, que vous n'avez pas que des ennemis à l'Académie, ce serait, je crois, le moment de vous présenter. Faites vos visites. Soyez aimable comme vous savez l'être. Lettre du sculpteur Christophe, juin 1884.

2. Une note, publiée dans le journal le *Soir*, le 8 août 1885, dit : « Voilà qui est fait : M. Camille Doucet a donné lecture à l'Académie Française de la lettre par laquelle M. Leconte de Lisle pose sa candidature au fauteuil vacant par la mort de Victor Hugo. Nous savions, depuis quelques jours, que M. Leconte de Lisle avait été pressé d'écrire cette lettre ; mais on ajoute tout bas que le poète ne s'y est décidé qu'après avoir eu « l'assurance » d'être agréé par la « docte compagnie ».

toutes fraîches, presque naïves, et que le penseur austère,
érudit, âpre et farouche des *Poèmes Tragiques* était, en
même temps, un des causeurs les plus brillants, les plus dé-
licats, les plus spirituels de Paris. Cette formalité des visites, que la fierté du poète avait tant redoutée, s'accomplit
donc avec une aisance à laquelle il était loin de s'attendre [1].

La première conséquence de la gloire, désormais consa-
crée du poète, fut la réconciliation du vieil anti-esclava-
giste, devenu Académicien, avec ses cousins créoles, avec
les sœurs de cette belle dédaigneuse que, l'auteur du *Manchy*, avait ensevelie dans son cœur. On trouve, en effet,
dans le portefeuille où le poète avait groupé les documents, qui
avaient trait à son élection, des lettres que, sûrement, il
avait gardées avec un sourire d'indulgente amertume. L'une
d'elles, datée de Saint-Denis de Bourbon, est signée : « Cé-
cile de Lanux, fille de votre oncle Frédérick. [2] »

Un autre document de même style vient à la même date,
de l'Ile de Sainte-Marie de Madagascar. Le président Schnei-
der, qui se déclare neveu d'un camarade d'enfance, félicite
son illustre compatriote, au nom de tous les enfants de Saint-
Paul : « de votre vieux Quartier qui tressaille d'orgueil et de
bonheur ». Il est vrai que cet administrateur passionné

---

1. « J'ai presque terminé mes visites, écrivait-il à un familier, et
je n'ai qu'à me louer de l'accueil que j'ai reçu partout, les Académiciens que j'ai vus ont tous été pour moi d'une parfaite gracieuseté, et
ceux-là mêmes dont les idées philosophiques sont contraires aux
miennes se sont montrés aussi aimables que les autres. »

2. Voici un fragment de cette lettre : « Je ne veux pas être la dernière, mon cher cousin, à vous témoigner toute ma sympathie, la
chose eût été déjà faite et m'aurait même coûté, sans cette indifférence dans laquelle on nous a laissé grandir et vieillir pour ceux qui
nous sont unis par les liens du sang. Je la déplore et je veux y remédier ; l'occasion se présente, je la saisis, sans me demander si ce
n'est pas une témérité. Enfant, je contemplais avec plaisir la photographie de mon cousin « le poète » et je disais à ma chère et re-
grettée maman : « Pourquoi ne le connaissons-nous pas ? » Vous me
trouverez peut-être étrange, mais qu'importe, j'obéis à un sentiment
irrésistible ». 11 mai 1886.

joint à sa lettre une brochure malgache dont il est l'auteur. Maître Chrétien « notaire à Saint-Paul de la Réunion » en use de même avec le poète : il « soumet à sa bienveillance », des pages qu'il a écrites « sur notre chère colonie ». C'étaient là les petits inconvénients de la notoriété et Leconte de Lisle en souriait, avec une larme dans ses yeux clairs. C'est que, entre toutes les injustices dont il avait souffert au cours de sa vie, l'indifférence où le laissaient ses compatriotes créoles lui avait été particulièrement sensible. Il traversa donc ce qu'il y avait d'un peu intéressé dans leurs tardifs hommages pour en savourer le suc.

Afin de répondre à l'éloge de Victor Hugo, dont Leconte de Lisle était naturellement chargé, l'Académie française, désigna Alexandre Dumas fils. Les deux hommes ne s'étaient jamais fréquentés, et il semble bien que Dumas n'ait vraiment fait la connaissance de l'œuvre de Leconte de Lisle qu'en la lisant pour établir son propre discours[1].

Une lettre de lui, adressée au poète dans le courant de l'été 1886, indique qu'au moment même où il achevait cette lecture, Dumas, qui était d'un naturel enthousiaste, se sentit moins maître de son admiration qu'il ne le fit paraître dans le discours, très étudié et plein de réserves, par lequel il répondit, un peu plus tard, au nouvel Immortel[2].

---

1. Leconte de Lisle a été élu sur le fauteuil de Victor Hugo le 11 février 1886. La réception eut lieu le 31 mars 1887.

2. Voici un passage de cette lettre inédite de Dumas : « Mon cher Confrère... Pingard m'a dit que vous désiriez rentrer en possession de votre discours, le faire imprimer et le revoir. Comme j'en avais besoin pour faire le mien, je l'ai fait copier, c'est ce qui m'a empêché de vous l'envoyer dès que Pingard m'a prévenu. D'autant plus que pour éviter toutes les indiscrétions à prévoir dans ces temps-ci, je l'ai fait copier chez moi, par ma fille. Malgré l'intervention du féminin, ce secret sera bien gardé... Vos beaux vers ont été, tout cet été, le grand repos et la grande stimulance pendant que je faisais ma pièce. Je suis tout pénétré de vous et je tâcherai de vous le dire publiquement, le mieux possible. Croyez, mon cher confrère, à tous mes sentiments d'admiration et de sympathie... »

Pour Leconte de Lisle, la nécessité de se produire en public fut une épreuve. Bien qu'il s'efforçât de ne rien faire
paraître de ses sentiments sur son visage qui prit, dès lors,
son expression définitive de calme marmoréen, il laissa,
malgré tout, percer son émotion par un peu de confusion
dans le débit : sa voix, d'ordinaire vibrante, profonde, chau-
dement timbrée, parut tout à coup s'être assourdie, voilée ;
du moins, dans le long recueillement où il avait écrit ce discours, le poète était-il bien assuré de n'avoir fait de concession à aucune nécessité académique, littéraire, politique
ou mondaine. Il dit, clairement, ce qu'il avait à dire :
son admiration pour un poète « de la race désormais
éteinte, des génies universels »; son opinion personnelle,
intransigeante, sur les faits historiques, politiques, philosophiques et religieux, qui avaient été la substance de l'œuvre
colossale d'Hugo.

Lorsque Van Dyck peignait un de ses contemporains il
l'habillait de son idéal personnel. Qu'il fut roi ou drapier, il
lui communiquait de sa distinction, de son élégance propre ;
il lui prêtait ses mains effilées d'homme de bonne race. Dans
un degré plus ou moins apparent, tous les peintres de génie
en ont usé de même; ils ont ajouté de leur tempérament, de
leur nature, de leur goût propre, à chacun des modèles qu'ils
se proposaient de peindre.

A son insu Leconte de Lisle a versé dans cette pratique.
Le portrait d'Hugo qu'il a présenté à l'Académie, dans le
cadre de ce discours de Réception, ressemble par plus d'un
trait à Leconte de Lisle lui-même. Dans Hugo c'est le lyrique,
que — lyrique avant tout — Leconte de Lisle salue avec une
admiration presque religieuse. D'autre part, l''occasion était
trop favorable pour que l'orateur ne cédât pas au désir de
montrer à ses auditeurs comment, à travers toute l'Histoire
de la Poésie, les heures de sa grandeur correspondent à l'explosion des joies naturelles et païennes, les jours de sa faiblesse au triomphe de la discipline chrétienne ou de l'esprit

d'autorité. C'est ainsi que, entre les grandes clartés qui illuminent l'histoire, le poète évoque le Moyen Age comme un abîme d'ombre ; le xviiᵉ siècle est une lande ingrate, que la poésie lyrique traverse comme une épreuve. Enfin, avec l'affranchissement philosophique du xviiiᵉ siècle, la poésie recommence à gravir la montagne au sommet de laquelle, au-dessus des éclairs de la glorieuse tempête de la Révolution, le chant de Victor Hugo pourra éclater et se faire entendre jusqu'au bout du monde.

Et l'orateur montre le poète, ébloui par tous les mirages, traversant toutes les conventions ; toutes les indécisions — admiration de « l'homme néfaste couché aujourd'hui sous le dôme des Invalides » ; illusions royalistes reparues après la chute de l'Empire ; résurrection pittoresque du Catholicisme — pour s'élever, en une ascension toujours plus éclatante, jusqu'à cet amour de la Justice, cette passion de la Liberté qui rayonnent, dans la seconde partie, « la plus magnifique », de l'œuvre de Victor Hugo.

Leconte de Lisle n'ignore point que ses paroles vont choquer, dans son auditoire, ceux qui ne se contentent pas de voir, en Napoléon Iᵉʳ : « le semeur des idées révolutionnaires à travers l'Europe, doublement conquise. » Il sait que sa tirade, sur les noires années du Moyen Age, qu'il nomme : « années d'abominables barbaries, avilissant les esprits par la recrudescence des plus ineptes superstitions, par l'atrocité des mœurs et la tyrannie sanglante du fanatisme religieux » — est faite pour lui aliéner, dans l'assemblée, beaucoup d'esprits. Mais il juge, que, puisque l'occasion lui est offerte de dire, cette fois, en public, sa pensée entière, il se doit à soi-même, et il doit à sa sincère passion de la poésie, à son admiration de la beauté absolue, de ne rien ménager de ce qu'il croit être la vérité.

Au nom de cette « vérité », Leconte de Lisle a admiré, dans Hugo — après « le grammairien impeccable » — le « poète sublime, l'irréprochable artiste qui sut forger des vers

d'or sur une enclume d'airain ». Mais, à tort ou à raison, il
ne consentit pas à louer, en lui, l'historien, ni le philosophe,
ni le savant. Il ne dissimula point le sourire, un peu ironique,
qui lui montait aux lèvres devant l'Illusion que Hugo avait
nourrie : « d'exprimer l'Humanité tout entière dans une œuvre cyclique ». Surtout il ne dissimula pas que, la foi déiste
de l'auteur de la *Légende des Siècles* lui « interdisait d'a-
border, avec un esprit affranchi », un terrain d'étude sur
lequel, lui-même, il s'était cantonné. Enfin, en face de la
mort de ce poète glorieux, chargé d'ans, et serein, qui sortait
de la vie sans inquiétude sur l'au delà comme sans certitude de foi : « auréolé de l'illusion suprême », Leconte de
Lisle tint à affirmer que, pour sa part, il croyait vraie la pensée profonde et lugubre d'Alfred de Vigny : « La vie est un
accident sombre entre deux sommeils infinis ».

Sur cette conclusion, le poète s'assit, dans l'émotion un
peu houleuse de l'auditoire, heureux d'avoir, en cette occasion définitive, satisfait à sa conscience et à la logique de
sa vie.

Sans doute, ce fut au sortir de cette séance qu'il écrivit, sur
ses tablettes, cette pensée : « On a mécontenté tout le monde?
Il y a des chances pour que l'on ait dit la vérité ».

Le génie français, — qui vit dans une perpétuelle gestation de l'idéal, — ne s'accommode guère de négations qui,
dévoilant la vanité et l'inanité de tout effort, risquent de lui
briser les ailes, de le faire tomber au gouffre. Alexandre
Dumas eut donc, pour lui, le suffrage de la majorité de
l'assistance, lorsque, dans sa réponse au discours du nouvel
Académicien, serrant de près ce déisme d'Hugo dont Leconte
de Lisle faisait bon marché, il regretta que le poète de *La
Tristesse d'Olympio* ne put revenir, à cette minute même :
« pour confier, à ses admirateurs et à ses contradicteurs,
les secrets d'outre-tombe, dans cette langue merveilleuse —
parfois un peu obscure quand elle n'était qu'humaine et
qu'elle voulait tout expliquer — mais, qui resplendirait, au-

jourd'hui, de la Lumière éternelle, dans laquelle, selon ses convictions, le grand poète doit être allé se fondre, sans s'y dissoudre. »

D'autre part, le discours de Dumas contenait une prophétie que, dans une certaine mesure, l'événement, a justifiée. Il prévoyait que Leconte de Lisle approchait de l'heure, où, sa vie, si longuement traversée par d'ardentes luttes littéraires, politiques, et par de grandes douleurs, s'éclairerait; où, « il s'apaiserait et sourirait dans sa gloire »; où, il deviendrait « plus indulgent aux autres, à soi même, et à la destinée »:

« La mort, conclut Dumas, la mort a du bon. Mais l'homme lui préférera toujours la vie, pour commencer. A ce point que l'espérance que nous avons, d'être éternels dans un autre monde, n'est peut-être faite, pour beaucoup, que du désespoir de ne pas l'être dans celui-ci. Toutes nos doléances à ce sujet, aboutissent finalement à la fable de *La Mort et le Bûcheron* du Bonhomme La Fontaine, — philosophe pour enfants, à qui nous revenons, quand nous sommes vieux, — dont la philosophie est peut-être la seule qui soit à la mesure de l'homme, et à laquelle il me semble, M. Leconte de Lisle, que vous commencez vous-même à faire retour Et la preuve, c'est que nous vous voyons là, vivant, grâce à Dieu, et même Immortel, — Immortel comme nous le sommes tous ici. Je ne vous garantis pas davantage! — Durant cette immortalité mutuelle, nous nous efforcerons de vous faire aimer la Vie, pour que vous puissiez, écrire longtemps encore, de beaux vers, sur la Mort. Et vous verrez que cette vie a quelques bons moments, comme celui-ci par exemple, où j'éprouve une joie véritable à honorer publiquement, tout en le controversant un peu, un homme d'un grand talent et d'un beau caractère. »

Les sept années, durant lesquelles, le sort, qui avait été si implacable au poète au début de sa vie, lui permit de goûter, en paix, les douceurs de la gloire, eurent, ainsi que l'avait prédit Dumas, une influence heureuse sur le cœur de

Leconte de Lisle et sur sa pensée profonde. Une espèce d'allégresse se manifesta en lui, comme si, à la fin, son âme était allégée du fardeau, trop lourd, sous lequel, si longtemps, elle avait ployé. Ce fut, en lui, comme un renouveau de vie, une explosion de jeunesse, qui paraissait rendre des forces à son invention, de la souplesse à sa noble stature, de la lumière à son visage.

Comment ne point se remémorer, devant cette glorieuse métamorphose, le beau vers par lesquel Sully Prudhomme clôt ses *Solitudes* :

« Chacun meurt comme il est, sincère à l'improviste »

Avant la mort, cette finale sincérité monta au front de Leconte de Lisle. Elle détendit, ce qu'il y avait encore d'angoisse, figée dans les lignes de son masque. Elle illumina, pour lui, cette certitude, éblouissante chez ceux qui vécurent stoïques, que, le devoir ayant été accompli dans son entier, ils ont désormais le droit de s'asseoir et de se rafraîchir, au dernier souffle de leur crépuscule.

De ces jours heureux, date la série de ces dix pièces grecques : *Les Hymnes Orphiques*[1], qui ne parut qu'après la mort du poète et ou, une dernière fois, avec une verve juvénile, il exalte et salue ces « Visions divines » qu'il a tant adorées.

Certes, Leconte de Lisle parlait bien encore, comme d'une menace de vieux Titan qui ne veut point désarmer, d'achever, un jour, ce poème : *Les Etats du Diable*[2] où Borgia serait évoqué, pour la confusion des ennemis de la vérité. Mais la plume lui tombait des mains, quand il voulait se remettre à ce qui n'était plus pour lui, désormais, qu'un exercice de rhétorique.

C'est, qu'à cette minute, la pensée que la vie « n'est qu'un accident sombre entre deux sommeils infinis » ne s'imposait plus au poète avec l'impérieuse certitude d'une proposition

1. *Derniers Poèmes*, 1895.
2. « Fragment ». *Derniers Poèmes*, 1895.

mathématique. Le rayonnement de ses derniers jours jetait pour lui de la clarté, sur l'inconnu qui précède et qui suit la vie. On se souvient du testament philosophique par lequel Victor Hugo, mourant, légua, si l'on peut dire, un « Credo », à la fois spiritualiste, et dégagé des formes religieuses :

> « Je crois en Dieu. Je refuse l'assistance de toutes les Eglises. Je demande une prière à toutes les âmes. »

Leconte de Lisle n'affirma jamais rien d'aussi précis. Mais sûrement, il estimait, qu'une fois pour toutes, il avait formulé le dernier état 'de sa pensée dans cette pièce : *In Excelsis* où, au delà des doutes, il a fait un suprême effort pour atteindre — si elle est à la portée de l'homme — la Cause Première. Il se souvenait des heures où, dans un élan éperdu, il s'était senti porté vers la Lumière, par ce chant des sept strophes, qui l'élevaient, comme les sept ailes des Chérubins. Il entendait encore en lui l'écho de ce cri : « Monte, monte ! » qui, dans le vide, avait soutenu sa volonté d'atteindre, à la fin, l'Infini :

> « ... Monte où la Source en feu brûle et jaillit entière.
> De rêve en rêve, va ! des meilleurs aux plus beaux. [1] »

Il était sûr d'être parvenu ce jour-là à la limite où « l'intelligible cesse ». La révélation dont il avait été touché, à cette hauteur de vertige, l'avait laissé persuadé, que la pensée de l'homme n'est point faite pour tout embrasser, que tout ce qui est, ne peut pas être compris : « et voici l'agonie, le mépris de soi même, et l'ombre » :

> « Et le renoncement furieux du génie. [2] »

Hélas ! à quoi lui avait-il servi, ce « génie », dont il se sentait embrasé et qui, sûrement, lui avait donné de la puissance

---

1. « In Excelsis ». *Poèmes Barbares.*
2. *Ibid.*

pour monter, vers l'Inconnu, plus haut que le reste des hommes ? Après avoir tant cru à la vertu de ce don unique, il était forcé d'en reconnaître la vanité. Il lui fallait s'avouer, qu'au bout du compte et dans ce qui est essentiel, il avait été, lui, le poète, le chercheur d'absolu, peu différent du troupeau humain. Le sacrifice de l'orgueil, des témérités anciennes, est fait ici, total. Et, si aucune affirmation ne se précise, si un point d'interrogation subsiste, à la fin de cette pièce, entre toutes saisissante, on peut dire que, passionné comme il l'était pour la Beauté et la Vérité, affranchi d'autre part, de toute crainte d'outre-tombe, non seulement, à la veille de la mort, Leconte de Lisle ne redouta pas les chances de la survie, mais peut-être, il les souhaita.

En effet, jusqu'à sa dernière heure, il se sentit brûlé par cette soif inextinguible de Connaissance et d'Amour qui, dans la pleine force de sa jeunesse et de sa pensée, lui avait arraché ce cri :

« J'ai vécu, l'œil fixé sur la source de l'Être,
Et j'ai laissé mourir mon cœur, pour mieux Connaître... [1] »

Le vers qui clôt la pièce : *In Excelsis,* répond à ces nobles inquiétudes en même temps qu'à notre désir de pénétrer, dans son tréfond, le secret de cette âme profonde :

« Lumière, où donc es-tu ? Peut-être dans la mort. »

Cette lumière, suprêmement invoquée, luit, au milieu des ténèbres du pessimisme et des négations où, toute sa vie le poète a marché, pareille à cette première étoile qui, chaque soir, jaillit et palpite au ciel, entre la chute du jour et la montée de la nuit [2].

Louveciennes, Juillet 1903 — Octobre 1908.

1. « Bhagavat ». *Poèmes Antiques.*
2. Charles Leconte de Lisle est mort, d'une pneumonie, à l'âge de 76 ans, le mardi 17 juillet 1894, à 7 heures du soir, au Pavillon de

Voisins, à Louveciennes, d'où le poète a daté ses derniers poèmes. Les obsèques ont eu lieu à Paris, le samedi 21 juillet, à l'église Saint-Sulpice. Le poète a été inhumé au cimetière Montparnasse.

Des monuments commémoratifs lui ont été élevés. Sur sa tombe : un buste en bronze, de Moulin. Dans le Jardin du Luxembourg : une composition allégorique de Puech. A la Réunion : un buste en pierre de José de Charmoy.

AUTOGRAPHES

La famille paternelle de Leconte de Lisle
est originaire d'Avranches — Normandie — et
vint habiter Dinan — Bretagne — vers le
milieu du 18ᵐᵉ siècle.

Deux branches, aînée et cadette :

Le Conte de Lisle et Le Conte de Prével.

Le père du poète, né en 1794, à Dinan,
Côtes du Nord, émigra à l'Île Bourbon, en 1816,
et y épousa Suzanne Marguerite Elysée de Lanux
d'une ancienne famille créole établie à l'Île
Bourbon, vers 1720, en la personne du marquis
François de Lanux, languedocien, exilé par
le Régent.

Les détails donnés par M. Alex. Dumas
sont absolument erronés, sauf le fait de la
parenté du poète et de Parny, ce dernier était
fils de Paul de Parny et de Marie Geneviève
de Lanux, arrière grande tante de Leconte de
Lisle.

Leconte.

Hymnes Orphiques. — Parfum d'Aphrodite.

O Fille de l'Écume, ô Reine universelle,
Toi dont la chevelure en tresses d'or ruisselle !
Dont le premier sourire a pour toujours dompté
Les Dieux Ouraniens ivres de ta beauté,
Dès l'heure où les flots bleus, avec un frais murmure,
Éblouis des trésors de ta nudité pure,
De leur neige amoureuse ont baisé tes pieds blancs,
Entends-nous, ô Divine aux yeux étincelants !

Par quelque nom sacré dont la terre te nomme,
Tristesse, joie, angoisse adorable de l'homme,
Qu'un éternel désir enchaîne à tes genoux,
Aphrodite, Kypris, Érycine, entends-nous !

Tu charmes, Bienheureuse, immortellement nue,
Le serpent dans les bois et l'aigle dans la nue ;
Tu fais, dès l'aube, au seuil de l'antre ensanglanté,
Le lion chevelu rugir de volupté ;
Par toi la mer soupire en caressant ses rives,
Les astres clairs, épars au fond des nuits pensives,
Attirés par l'effluve embaumé de tes yeux,
Déroulent, enlacés, leur cours harmonieux ;
Et jusque dans l'Érèbe où sont les morts sans nombre,
Ton souvenir céleste illumine leur ombre !

Louveciennes – septembre 98. —   Leconte de Lisle

Il est peu de femmes qui, sans le partager, ne soient intérieurement heureuses d'un amour qu'elles ont inspiré. Cet amour dédaigné n'en est pas moins comme un miroir magique où elles se contemplent et s'admirent.

Sauf de rares exceptions, les femmes se fatiguent promptement d'un amour dont elles sont trop sûres. Elles mettent à un bien plus haut prix celui dont elles doutent encore.

Il y a des cœurs de femmes et d'hommes d'une nature essentiellement poreuse : l'amour y est toujours frais, grâce à une constante évaporation.

[signature]

Tu ne liras jamais Boccace
ma belle, dans l'original.
En tout cas, ce n'est point un mal
De ne lire jamais Boccace
Qui n'est qu'indécent et cocasse;
Le lire, au contraire, est un mal.
Donc, si tu veux lire Boccace
que ce soit dans l'original.

Malheur au poète ou à l'écrivain, qui dédaigne de flatter les goûts grossiers de la foule, de se faire l'écho servile et intéressé de ses caprices et de ses engouements injustes, de ressembler à quelque trompette publique pendue à l'angle des rues, et dans laquelle souffle le vent qui passe. Il est d'ailleurs de toute justice que la foule ne comprenne, n'applaudisse et ne paye que ceux qui parlent sa langue et s'appliquent à être aussi bêtes qu'elle.

« Malheur, a dit Alfred de Vigny, à qui ne sait pas écrire les choses communes qui font vivre. »

Ego.

RÉFÉRENCES

———

Je dois, avant tout, mention des pièces et documents inédits utilisés ici.

Ils ont été fournis, en grande partie, par la correspondance, les cahiers, poèmes, papiers et manuscrits, laissés par le poète, et obligeamment prêtés par Mme Leconte de Lisle.

Je suis redevable, pour les autres pièces, lettres et manuscrits, à la complaisance de MM. Louis Ménard ; J.-M. de Hérédia ; William Dumont — qui a bien voulu se charger de rapporter, de Bourbon, la copie des manuscrits conservés au Lycée Leconte de Lisle ; — de MM. Murat, président de la Cour d'appel de Saint-Denis et bibliographe érudit ; Vinson et Augé, de la Réunion.

Ont été consultés, les revues et ouvrages suivants :

La Variété. — Rennes, 1840-41.
La Démocratie Pacifique. — Paris, 1845-48.
La Phalange. — Paris, 1845-48.
Revue Indépendante. — Paris, 1845.
Le Nain Jaune. — Paris, 1861-65.
Le Parnasse Contemporain. — Paris, 1866-71.
Sainte-Beuve. — *Nouveaux Lundis*, tome II.
Théophile Gautier. — *Histoire du Romantisme.*

THÉODORE DE BANVILLE. — *Traité de Poésie française.*

ANATOLE FRANCE. — *Vie littéraire*, tome II.

LOUIS MÉNARD. — *La Critique philosophique* (1884-87).

CATULLE MENDÈS. — *La Légende du Parnasse Contemporain.*

JULES LEMAÎTRE. — *Les Contemporains*, tome II.

FERDINAND BRUNETIÈRE. — *Evolution de la Poésie lyrique en France.*

PAUL BOURGET. — *Nouveaux Essais de Psychologie Contemporaine.*

LOUIS TIERCELIN. — *Bretons de Lettres.*

CALMETTE. — *Leconte de Lisle et ses Amis.*

MARIUS-ARY-LEBLOND. — *Leconte de Lisle. D'après des documents nouveaux.*

JOSEPH VIANEY. — *Les Sources de Leconte de Lisle.*

HENRY ROUJON. — *Galerie de Bustes.*

J. D.

BIBLIOGRAPHIE

Le Lycée Leconte de Lisle, à Bourbon, contient des lettres, des cahiers, et les premiers manuscrits inédits de Leconte de Lisle. Il enferme aussi des autographes de ses premiers *Essais poétiques* : *La Désillusion ; Sa voix ; l'Invocation ; Un instant de Bonheur ; La Rose ; Elégie ; La Soirée ; Le Bouton de rose ; Le Départ ; Le Souvenir ; Amour...*

La Variété (Rennes, 1840-184?) contient des pièces de vers inédits de Leconte de Lisle : *Trois Harmonies en une ; Issa Ben Miriam ; A une Indienne ; Ode à Lamennais ; Lelia dans la solitude ; Les cendres de Napoléon ; Chant alterné.* Des études sur : *Chénier ; Sheridan ; Hoffmann ; Lamartine ; Barbier ; Th. Gauthier ; Alexandre Dumas ; Balzac ; Georges Sand.* Des nouvelles : *Mon premier amour*, en prose ; *L'Eden...*

La Démocratie Pacifique et la *Phalange* (Paris, 1845-1848), contiennent des pièces de vers inédits de Leconte de Lisle : *La Recherche de Dieu ; Architecture ; Hélène ; Les Epis ; La Robe du Centaure ; Le Poète ; La Vénus de Milo ; Idylle antique ; Eglogue harmonienne ; Hylas ; Les Sandales d'Empedocle ; Thyoné ; Tantale ; Le voile d'Isis ; Elaucé ; La Fontaine aux Lianes ; Hypathie.* Des nouvelles : *Sacatove ; Le Songe d'Hermann ; La Mélodie incarnée ; Le Prince Menœleas ; Marcie ; La Princesse Yaso'da ; Dianova...* Des articles politiques :

*La Justice et le Droit ; Un dernier attentat contre la Pologne ;
L'Oppression et l Indigence.*

Poèmes Antiques, par Leconte de Lisle. Paris, librairie
de Marc ; Ducloux, éditeur, rue Tronchet, 2 (Imp. Marc Ducloux et Cie), 1852, 1 vol. in-12, couv. impr., xix p. (faux titre,
titre et préface), 387 p., 1 f. blanc.

Poèmes et Poésies, par Leconte de Lisle, auteur des *Poèmes
Antiques*. Paris, Dentu, libraire-éditeur, Palais-Royal, galerie
vitrée, 1855 (Imp. Bailly, Divry et Cie). 1 vol. in-12, couv.
impr., 2 f. (faux titre et titre), xvi p. (préface) et 268 p. Contient 28 pièces en édition originale. Quatre d'entre elles : *Les
bois lavés par les rosées; Tre Fila d'Oro ; Le Sacrifice; A
Mademoiselle M. J. D.*; n'ont pas été réimprimées dans les
éditions définitives.

*Poésies complètes de Leconte de Lisle; Poèmes Antiques ;
Poèmes et Poésies* (ouvrages couronnés par l'Académie française). Poésies nouvelles, avec une eau-forte dessinée et gravée
par Louis Duveau. Paris, Poulet-Malassis et de Broise, im-
primeurs-libraires-éditeurs, 9, rue des Beaux-Arts, 1858
(Alençon, typ. Poulet-Malassis et de Broise). 1 vol. in-12,
couv. impr., publié à 4 fr. Il a été tiré des exemplaires sur
papier de Hollande. 2 f. (faux titre et titre rouge et noir);
333 p.; 1 f. non chiffré (marque des imprimeurs).

Divisé en trois parties, comme l'indique le titre : 1° *Poèmes
Antiques*, dans l'ordre de l'édition originale, moins *La Vipère*
(quatre strophes : Si les chastes amours...) 2° *Poèmes et Poésies*, moins : *Les bois lavés par les rosées; Le Sacrifice ; A
Mademoiselle M. J. D.;* mais augmentés d'un poème : *La Passion*, qui avait paru pour la première fois l'année précédente
dans une réédition des *Poèmes et Poésies*, publiée sans autre
changement par Taride, éditeur, rue Marengo, 2 (1 vol. in-18);
3° *Poésies nouvelles*. Onze pièces en édition originale en librairie : *La Ravine Saint-Gilles; Le Manchy; Les Plaintes du
Cyclope; L'enfance d'Héraclès ; La mort de Penthée; Héraclès
au taureau; L'oasis; Hypathie et Cyrille ; La genèse polynésienne; La vision de Brahma; Le sommeil du Condor.*

Le Nain Jaune (Paris, 1861-64), contient des études sur les
*Poètes contemporains : Béranger ; Lamartine ; Victor Hugo;
Alfred de Vigny ; Auguste Barbier.*

La Revue Européenne (Paris, 1861), contient une étude de Leconte de Lisle : *Charles Baudelaire*.

Leconte de Lisle, Poésies Barbares. Paris, librairie Poulet-Malassis, 97, rue de Richelieu, 1862 (Imp. Poupart, Davyl et Cie), 1 vol. in-12, couv. impr. 2 f. (faux titre et titre) et 307 p. A la fin : Extrait du catalogue de la librairie Poulet-Malassis, 97, rue de Richelieu : *Poètes contemporains*, 11 p. Au verso de la dernière page, la marque de l'éditeur.

Deux de ces poésies : *Les deux Amours ; Mens Blanda*, n'ont pas été réimprimés dans les éditions définitives. Contient 36 poèmes dans son édition originale.

Le Parnasse Contemporain (Lemerre, 1866, 1 vol. in-8), contient 10 pièces inédites de Leconte de Lisle : *Le rêve du Jaguar ; La Vérandah ; La tristesse du Diable ; Les Spectres ; Les larmes de l'ours ; Le cœur de Hialmar ; Ekhidna ; Prière védique pour les morts ; La dernière vision ; l'Ecclésiaste*. Dans le deuxième volume (1871), paraît pour la première fois ⟨ librairie : *Qaïn*. Enfin, dans le troisième volume (1876), n trouvons l'édition originale de Hiéronymus, publié sous titre de : *l'Epopée du Moine*, et qui figurera, en 1884, dans le *Poèmes Tragiques*[1].

Leconte de Lisle, Histoire populaire du Christianisme. Paris, Alphonse Lemerre, 1871 (Impr. J. Claye). 1 brochure in-18.

Histoire populaire de la Révolution française. Paris, Alphonse Lemerre, 1871 (Impr. J. Claye). 1 brochure in-18, non signée.

Catéchisme populaire républicain. Paris, Alphonse Lemerre, 1872 (Impr. Claye). 1 brochure in-18, non signée.

Leconte de Lisle, Poèmes Barbares. Edition définitive, revue et considérablement augmentée. Paris, Alphonse Lemerre, éditeur, 47, passage Choiseul, 1872 (Impr. J. Claye). 1 vol. in-8, couv. impr. 1 f. (faux titre ; au verso, justification du ti-

---

1. *Le Parnasse Contemporain*. Recueil de vers nouveaux. Paris, Alphonse Lemerre, éditeur, 1866, 1871, 1876. 3 volumes in-8 (284 p. ; 401 p. ; 451 p.), sur papier vélin. Il a été tiré un petit nombre d'exemplaires sur Hollande et sur Chine.

rage) ; 1 f. (titre) ; 350 p. ; et 1 f. non chiffré (achevé d'imprimer).

Publié à 7 fr. 5o ; il a tiré 100 ex. sur Hollande (20 fr.);
10 ex. sur Chine (40 fr.) ; 10 ex. sur Whatman (40 fr.); et
5 ex. sur parchemin, tous numérotés et paraphés par l'éditeur
Titre des ex. de luxe en rouge et noir.

Contient 77 pièces ; douze en édition originale : *Le sommeil
de Leilah ; La forét vierge ; Les Taureaux ; Ultra Caelos ; Les
Montreurs ; La mort d'un lion ; Mille ans après ; Le dernier
souvenir ; Fiat Nox ; In Excelsis ; Les réves morts* ; *Aux Modernes*. Les autres sont réimprimées ; des *Poèmes Antiques*,
Ducloux, 1862 ; (2 *La Vipère, La Fontaine aux lianes*), des
Poèmes et Poésies, Dentu 1855 (15); des *Poésies complètes*,
Poulet-Malassis, 1858 (5) ; des *Poésies Barbares*, Poulet-Malassis, 1862 (32) ; du *Parnasse Contemporain*, Lemerre, 1868 et
1871 (10) ; enfin le *Combat homérique* a paru dans *Sonnets et
Eaux-Fortes*, Lemerre, 1869.

Leconte de Lisle, Poèmes Antiques. Edition nouvelle, revue
et considérablement augmentée. Paris, Alphonse Lemerre,
éditeur, 27-29, passage Choiseul, 1874 (Impr. J. Claye), 1 vol.
in-8. couv. impr. 2 f. (faux titre et titre ; au verso du faux
titre, justification) ; 310 p. ; et 1 f. non chiffré (achevé d'imprimer). Portrait de l'auteur gravé à l'eau forte par Rajon,
hors texte.

Publié à 7 fr. 5o. Il a été tiré 100 ex. sur Hollande (20 fr.) ;
10 ex. sur Wattman (40 fr.); et 5 ex. sur parchemin, tous numérotés et paraphés par l'éditeur. Titre des ex. de luxe, rouge
et noir.

Contient 55 pièces, dont huit paraissent ici pour la première fois : *Thestylis ; Péristéris ; Paysage ; Klarista ; Symphonie ; Le retour d'Adonis ; Kéraclès solaire ; Les Etoiles mortelles*. Les autres ont paru précédemment : dans les *Poèmes
Antiques*, Ducloux, 1852 (29); dans les *Poèmes et Poésies*,
Dentu, 1855 (9); dans les *Poésies complètes*, Poulet-Malassis,
1862 (2 : *Médailles antiques ; les Bucoliastes*); et dans le *Parnasse Contemporain* (1 : *Prière védique pour les morts*).

Leconte de Lisle, Poèmes Barbares, nouvelle édition, revue
et considérablement augmentée. Paris, Alphonse Lemerre,
éditeur, 27-31, passage Choiseul, 1878. 1 vol. in-12, couv.
impr. ; fait partie de la petite bibliothèque littéraire, auteurs

contemporains. 1 f. (faux titre ; au verso, justification); 1 f. (titre rouge et noir); 366 p. ; 1 f. non chiffré (achevé d'imprimer).

Publié à 6 fr. sur papier vélin teinté. Il a été tiré 30 ex. sur Hollande (10 fr.); et 25 sur Chine (25 fr.).

Contient toutes les pièces parues dans l'édition in-8 Lemerre, 1872, plus quatre pièces nouvelles, qui paraissent ici en édition originale : *Le Paysage polaire ; La Tête du Comte*; *L'accident de Don Inigo ; Rimena.*

Leconte de Lisle, Poèmes Tragiques. Paris, Alphonse Lemerre, éditeur, 27-31, passage Choiseul, MDCCCLXXXIV (1884). Imprimerie Ch. Unsinger). 1 vol. in-8, couv. impr. 1 f. (faux titre : au verso, justification) ; 1 f. (titre) ; 326 p. et 1 f. non chiffré (achevé d'imprimer).

Publié à 7 fr. 50. Il a été tiré 30 ex. sur Hollande (20 fr.); 10 ex. sur Chine (40 fr.) ; 5 ex. sur Whatman (40 fr.), numérotés et paraphés par l'éditeur. Titre des ex. de luxe, rouge et noir.

Contient 37 pièces ; 31 figurent ici en édition originale en librairie : *Le Sacre de Paris ; Soir de bataille* et *Les Erinnyes*, ont été publiés séparément, chez Lemerre, en 1871 et 1873 ; *Hiéronymus* a fait partie du troisième volume du *Parnasse Contemporain*, Lemerre, 1876, sous le titre : *l'Epopée du Moine ; la Tête du Comte ; Ximena ; l'Accident de don Inigo ;* ont paru dans l'édition in-12 des *Poèmes Barbares*, 1878.

Leconte de Lisle, Poèmes Tragiques. Edition revue et augmentée. Paris, Alphonse Lemerre, éditeur, 27-31, passage Choiseul, MDCCCLXXXVI (1886). (Imp. A. Lemerre). 1 voi. in-12, couv. imp. Fait partie de la petite bibliothèque littéraire, auteurs contemporains. 1 f. (faux titre ; au verso, justification); 1 f. (titre rouge et noir); 238 p. ; et 1 f. non chiffré (achevé d'imprimer).

Publié à 6 fr. sur papier vélin teinté. Il a été tiré 25 ex. sur Chine (25 fr.) ; et 25 sur Hollande (10 fr.).

Contient toutes les pièces de l'édition précédente, sauf trois : *La Tête du Comte ; Ximena ; L'accident de don Inigo ;* mais, par contre, six pièces figurent ici en édition originale : *Le paysage polaire ; Le frais matin dorait ; Le Calumet du Sachem ; Le dernier Dieu ; Le secret de la Vie ; Les Inquiétudes de don Simuel.*

Leconte de Lisle, Derniers Poèmes. L'Apollonide ; La Passion ; Poètes Contemporains ; Discours sur Victor Hugo. Paris, Alphonse Lemerre, éditeur, 27-31, passage Choiseul, MDCCCXCV (1895) (Imp. A. Lemerre). 1 vol. in-8, couv. imp. 1 f. blanc; 1 f. (titre); 1 f. (avertissement de José-Maria de Hérédia et du Vicomte de Guerne) ; 305 p.; 1 f. non chiffré (achevé d'imprimer).

Publié à 7 fr. 50. Il a été tiré 50 ex. sur Hollande (20 fr.) ; 5 ex. sur Chine (40 fr.) ; et 2 ex. sur Whatman, tous numérotés et paraphés par l'éditeur. Le Vicomte de Guerne a reçu, en outre, un exemplaire sur Hollande, sans numéro. Titre des ex. de luxe, rouge et noir.

Publication posthume ; contient 33 pièces, dont 31 en édition originale. *L'Apollonide* a paru à part, chez Lemerre, en 1888, in-4° ; *La Passion* a fait partie de la deuxième édition des *Poèmes et Poésies*, Taride, 1857.

Leconte de Lisle, Derniers Poèmes. Paris, Alphonse Lemerre, éditeur, 23-31, passage Choiseul, MDCCCXCIX (1899) (Imp. A. Lemerre). 1 vol. in-12, couv. imp. Fait partie de la petite bibliothèque littéraire, auteurs contemporains. 1 f. (faux titre; au verso, justification); 1 f. (titre rouge et noir) ; 1 f. (avertissement de José-Maria de Hérédia et du Vicomte de Guerne) ; 315 p.; 1 f. non chiffré (achevé d'imprimer).

Contient toutes les pièces parues dans l'édition précédente, plus : *Soleils ! poussière d'or*, ici, en édition originale en librairie.

1853. — *La Ravine de Saint-Gilles; Le Manchy ; Les Plaintes du Cyclope ; L'enfance d'Héraclès ; La Mort de Penthée ; Héraclès au Taureau ; L'Oasis ; La Genèse polynésienne; Le sommeil du Condor.*

1862 (non réédités). — *Les deux Amours ; Mens Blanda ; Médailles Antiques ; Les Buccolistes.*

1866. — *Le rêve du Jaguar ; La tristesse du Diable ; Les larmes de l'Ours ; Le cœur d'Hialmar ; Ekhidna ; La dernière vision ; L'Ecclésiaste.*

1869 (dans *Le Parnasse*). — *Kaïn.*

1871 (pour la première fois en volume). — *Kaïn.*

1876. — *Hiéronymus ou l'Epopée du Moine* (en 1884, sous ce dernier titre).

1872 (*Barbares*). — *Le sommeil de Leilah; La forêt vierge;*

Les Taureaux ; La mort d'un lion : Mille ans après ; Le dernier souvenir ; Fiat nox ; In Excelsis ; Aux Modernes ; Combat homérique.

1873. — *Les Erynnies* (brochure) ; joué à l'Odéon, 1873

1874. — *Poèmes Antiques,* augmentés de : *Thestylis ; Péristéris ; Paysage ; Klearista ; Symphonie ; Le Retour d'Adonis ; Héraclès solaire ; Les Etoiles mortelles.*

1878. — *Poèmes Barbares,* augmentés de : *Le paysage polaire ; La Tête du Comte ; L'accident de don Inigo ; Ximena.*

1884. — *Poèmes Tragiques,* tous originaux.

1887. — *Poèmes Tragiques,* augmentés de : *Le frais matin dorait ; Le calumet du Sachem ; Le dernier Dieu ; Le secret de la Vie ; Les inquiétudes de don Simuel.*

1888. — *L'Apollonide,* en brochure en 1888 ; joué à l'Odéon en 1896.

1895. — *Derniers Poèmes.* — *Le Sacrifice,* joué en 1855 (*Poèmes et Poésies*), est différent du : *Le Sacrifice,* paru en 1895 (*Derniers Poèmes*). — *Les bois lavés par les rosées ; Tre fila d'oro ; Le Sacrifice ; A Mademoiselle M. J. D.;* n'ont paru que dans les *Poèmes et Poésies* (chez Dentu, en 1855).

TRADUCTIONS

Idylles de Théocrite et *Odes Anacréontiques,* 1861. — *Illiade* et *Odyssée,* 1866-1867. — *Odyssée, Hésiode* et *Hymnes Orphiques,* 1867-1869. — *Eschyle,* 1872. — *Horace,* 1873. — *Sophocle,* 1877. — *Euripide,* 1885.

THÉATRE

Les Erinnyes, 1873 (brochure) ; 1884 (*Poèmes Tragiques*). *L'Apollonide,* 1888 (brochure) ; 1896 (*Derniers Poèmes*).

TABLE DES CHAPITRES

TROISIÈME PARTIE

Imprimerie Générale de Châtillon-sur-Seine. — A. PICHAT.